KB086572

From Zero to Hero

매장꾼의 아들 4

샘 포이어바흐Sam Feuerbach | 이희승옮김

글루온

Der Totengräbersohn

Der Totengräbersohn : Buch 4 ⓒ 2018 Sam Feuerbach
All rights reserved.

Korean language edition ⓒ 2022 by Silence Book
Korean translation rights arranged with Sam Feuerbach through EntersKorea Co., Ltd.,
Seoul, Korea.

매장꾼의 아들 4

지 은 이 | 샘 포이어바흐(Sam Feuerbach)
옮 긴 이 | 이희승
펴 낸 이 | 박동성

펴 낸 곳 | **사일런스북** | 경기도 수원시 장안구 송정로 76번길 36
전   화 | 070-4823-8399   팩   스 | 031-248-8399
홈페이지 | www.silencebook.co.kr

2022년 5월 29일 초판 1쇄 발행
I S B N | 979-11-89437-35-0 (04850)
I S B N | 979-11-89437-31-2 (세트)
가   격 | 15,000원

요한나와 베네 그리고 야스민에게,
그리고 볼프강 드뤼펠에게 특별한 고마움을 전하며

목차

걱정과 계획

파린은 지게스문트 성벽 위에서 멍한 눈으로 저 먼 곳을 바라보며 깊은 생각에 잠겨 있었다. 고향 마을 하우펜을 떠난 뒤 믿을 수 없는 일들이 일어났고, 어느새 그는 사건 하나가 해결되기가 무섭게 다른 사건에 휘말리는 긴박한 상황에 익숙해져 가고 있었다. 상대적으로 평화로운 며칠이 흘렀다. 성안의 구설수 때문에 자꾸 신경이 쓰이긴 했지만 나도는 소문에 귀를 닫으면 그만이었다. 스콰이어 파린은 어느새 유명 인사가 되어 있었다. 저습지에서 살아 돌아온 것만으로도 모자라 성문 앞에서 기사와 기이한 대결을 벌인 그를 이제는 모르는 사람이 없었다. 그 모든 게 고약한 마법에 걸린 기사를 구해 내기 위해서였다니! 신하와 하인과 병사들 사이에 이야깃거리는 무궁무진했다. 그리고 그 사건이 사람들의 입에 오르내릴수록 사실과 무관한 황당한 소문이 되어 눈덩이처럼 불어나고 있었다.

파린은 되도록 사람들의 수군거림을 무시하려고 애썼다. 어차피 해명한다고 해도 달라지는 건 없을 테니까. 어제는 멍청이, 오늘은 영웅. 그렇다면 내일은 뭐가 될까? 변하지 않는 진실은 단 하나, 바로 그가 하우펜 마을 출신 매장꾼의 아들이라는 사실이었다. 물론 이제 그는 에미코의 스콰이어이기도 했다.

멍한 표정으로 어디를 뚫어져라 보고 있는 거야? 징글징글이 기지개를 켰다. 요 며칠 너 게론다보다도 더, 그것도 아주 끔찍하게 지루한 거 알아?

"무슨 소리야?"

싸움도 없고, 결투도 없고, 화끈한 잠자리도 없고. 넌 지금 유한한 네 인생을 허비하고 있다고.

"가끔은 느슨하게 지내는 것이 건강에도 좋아."

그런 거라면 죽고 나서 해도 늦지 않아. 지금은 긴장과 흥분 그리고 자극이 필요한 때라고. 그게 바로 인생이지.

"인내심을 좀 가져 봐. 지금도 어디선가 또 다른 사건이 우릴 기다리고 있을 게 분명하니까. 가만히 숨어서 적당한 때만 기다리는 강도처럼 말이야."

인내심은 천하의 지루한 인간들에게나 어울리는 거야. 그리고 나서 징글징글은 뒤통수에서 무어라 불분명하게 중얼거렸다.

사실 징글징글은 걱정할 필요가 없었다. 망상과 불길한 사건은 바늘과 실처럼 늘 붙어 다녔으니까.

오후에 파린은 드로그단을 찾아 나섰다. 그를 발견한 곳은 도공 브란파르의 작업실이었다. 브란파르는 미끈거리는 진흙이 묻은 손으로 컵을 만들고 있었다. 드로그단은 기다란 막대기로 물레를 돌리며 그를 돕는 중이었다.

"여기 있었어요?"

그가 대답 대신 고개만 끄덕였다.

파린은 잠시 도공의 능숙한 손놀림을 관찰했다. 흙이 묻은 손가락이 부드럽게 움직이자 둥근 흙덩어리는 금세 얇은 두께의 컵으로 변했다. 사방으로 흙물이 튀었다. 가죽 갑옷에도 얼룩이 생겼지만 파린은 개의치 않았다.

한참 동안 물레 위만 바라보던 파린이 비로소 용건을 말했다. "드로그단, 검술을 더 가르쳐 주세요. 그리고 투척 도끼 던지는 법도 배우고 싶어요."

언제나 생기 넘치던 드로그단의 두 눈이 흐릿해졌다. "감옥에 갇힌 신세라 네가 기사님과 검술을 겨루는 모습을 직접 보지는 못했어. 하지만 지켜본 사람들의 말을 절반만 믿는다고 해도 오히려 내가 너에게 한 수 배워야 할 것 같은데?"

악령이 자신을 대신해 에미코와 싸웠다고 말할 수는 없었다. "소문은 원래 과장되기 마련인 거 잘 알잖아요. 그냥 운이 좋았을 뿐이에요. 특히 지금까지 배운 기본 기술이 큰 도움이 되었어요. 그게 아니었다면 기사님의 첫 번째 공격부터 막아 낼 가능성이 전혀 없었어요."

브란파르의 손이 꿈틀거리며 하마터면 컵 모양 흙덩이를 망칠 뻔했다. "뭐라고? 그건 분명 지금껏 한 번도 보지 못한 검투였어. 둘의 실력은 막상막하였다고. 드로그단, 내 말을 믿어. 이 스콰이어는 정말로 보통이 아니었어. 유연하고, 정교하고, 기술적인 면에서 완벽했다니까."

파린은 입을 꾹 다문 채 브란파르를 향해 떨떠름함과 원망이 뒤섞인 시선을 보냈다.

그러자 브란파르가 미간을 찌푸리며 재빨리 덧붙였다. "곰곰이 생각해 보니 다리의 위치와 검을 휘두르는 자세에서 조금 고칠 점이 있었던 것 같기도 하네. 드로그단 자네가 봐 준다면 분명 유용할 거야."

드로그단이 귓불을 만지작대며 말했다. 귀라도 온전히 붙어 있는게 다행이라 생각했는지. "힘내라고 그러는 거 다 알아. 그런데 난도리어 놀림 받는 기분이 들어." 드로그단 특유의 밝고 편안한 목소리는 없었다. 그가 붕대가 감긴 자신의 왼손을 물끄러미 바라보았다. 손에는 손톱이 하나도 남아 있지 않았다. 손꼽아 다섯을 세기도 어려웠다.

이틀만 일찍 저습지에서 돌아왔더라면, 파린은 자신을 원망했다.

그럼 이틀만 늦게 도착했더라면? 그랬더라면 손톱 말고 여기저기 사라진 데가 더 많았을 텐데? 대체 덧없는 존재들의 '이랬더라면, 아니 저랬더라면' 따위는 대체 어디에 쓰는 거지? 아무 쓸모도 없는 감정의 낭비일 뿐이라고!

기이한 일이었다. 누구보다 파린을 비난하는 데 앞장서던 징글징글이었건만 파린이 스스로 비난하는 꼴만은 봐줄 수가 없는 모양이었다. 갑자기 드로그단을 원정대 선발에서 제외시킨 결정이 후회되기 시작했다. 그 대신 선택된 사람은 플라우디우스였다. 그건 에미코의 결정이었고 그때는 모두가 동의했었다. 믿을 수 있는 부하 중 한 명은 반드시 성에 남아 감히 부를 수 없는 존재의 낙인이 찍힌 에미코를 감시해야 했으니까. 감히 부를 수 없는 존재, 그 교활한 악령은 아무런 예고도 없이 에미코의 정신을 지배한 뒤 드로그단을 감옥에 가두고 고문하게 했다. 드로그단이 그곳에서 얼마나 고통스러운 시간을 보냈을지 짐작이 가고도 남았다. 육체적인 고통뿐만 아니라 패배자라는 절망이 그를 괴롭혔을 것이었다. 어두운 지하 감옥에서 그를 가장 힘들게 한 건 집게로 손톱이 뽑히는 고문이 아니라 바로 자책이었다. 설령 자신의 잘못이 아니었다고 해도. 파린이 에미코의 몸에서 악령을 쫓아내기 전까지 감히 부를 수 없는 존재의 낙인이 찍힌 사람은 아무도 구할 수가 없었다. 그러니 그건 드로그단이 막을 수 있는 일이 아니었다.

"저의 약점에 대해 누구보다 잘 알고 있잖아요. 어서요. 연습장으로 가요." 파린이 다시 부탁했다.

"바빠." 드로그단이 대답했다. 바쁘다고? 드로그단은 몸이 완전히 회복될 때까지 모든 임무를 면제받은 상태였다.

"그럼, 내일은요?"

"한번 보고."

그의 대답은 마치 '귀찮게 하지 말고 인제 그만 가 줄래?'처럼 들렸다.

파린은 무거운 마음으로 도공의 작업실을 나섰다. 천천히 생각해 보자. 그러면 드로그단을 도울 좋은 방법이 떠오를지도 몰라.

"왜 그래? 무슨 일 있어?" 플라우디우스가 파린을 위아래로 훑어 보며 물었다.

"브란파르의 작업실에 갔었어요."

"그래, 드로그단도 거기 있었지?"

"네. 어떻게 하면 다시 드로그단이 예전의 모습으로 돌아올 수 있을까요?"

"쉽지 않을 거야. 정의에 대한 믿음이 흔들렸으니까. 그리고 드로그단은 지금 복수심에 사로잡혀 있어."

"하지만 기사님은 온전한 정신이 아니었어요. 드로그단을 감옥에 가둔 건 감히 부를 수 없는 존재였어요. 우리가 싸워야 하는 상대는 악령이라고요."

"에미코 기사님 얘기를 하는 게 아니야. 드로그단은 감옥지기를 가만히 두지 않을 거야. 그가 거칠고 무자비했던 건 맞지만 사실은 명령을 따른 것뿐인데…."

"감옥지기에게 복수한다 해도 드로그단의 상처는 치유되지 않을 거예요."

플라우디우스가 슬픈 얼굴로 대답했다. "바로 그거야. 이십 년 동안 지켜봤지만 드로그단의 저런 모습은 처음 봐."

"우리가 드로그단의 마음을 다 이해할 수 없어요. 성 사람들은 영광스럽게 돌아온 우리를 보고 환호하지, 아무 잘못도 없이 갇혀 고초를 당한 드로그단에 대해서는 아무도 신경 쓰지 않죠." 파린이 화난 얼굴로 인상을 찌푸렸다. "아직도 네코르인과 그들의 우두머리인 감히 부를 수 없는 존재의 만행을 뿌리 뽑지 못했어요. 우리가 복수할 대상은 바로 그들이에요."

"그 스승이라는 존재, 우린 아직도 그게 누구인지, 그리고 어디에 있는지 몰라. 그보다 요새 나는 다른 질문에 답하느라고 바빠서 정신이 없구나."

"무슨 다른 질문이요?"

플라우디우스는 책망의 눈빛을 보냈지만 동시에 입가에 야릇한 미소가 번졌다. "성 사람들이 계속 너에 대해서 집요하게 묻고 있거든. 평범한 매장꾼이 어떻게 그런 천재적인 검술가가 되었는지, 어떻게 그렇게 용감할 수 있는지, 어떻게 그렇게 좋은 리더가 될 수 있는지."

글쎄, 어떻게 그랬을까? 나도 궁금하네. 징글징글이 아침 햇살에 머리를 내민 새싹보다 더 천진난만한 목소리로 물었다.

"그래서 뭐라고 대답했어요?"

"너한테 직접 물어보라고 했지." 플라우디우스가 대답했다.

"흠, 하지만 지금까지 아무도 저에게 그런 걸 물어본 사람은 없었어요. 뭐라고 대답해야 할지는 모르겠지만요."

"그건 선뜻 물어볼 용기가 나지 않아서일 거야. 게다가 성주이신 기사님과 너 사이의 특별한 관계를 생각하면 더더욱 엄두가 안 나겠지."

"네? 무슨 특별한 관계요? 저는 전혀 그렇게 생각하지 않는데요? 기사님은 상대가 누구든 똑같이 대하시잖아요."

"그건 그렇지. 어쨌든 그때 하우펜 마을에서 널 모셔오길 정말 잘했지 뭐냐."

"모셔왔다고요? 드로그단이 제 머리에 도끼를 던졌고, 냄새나는 자루를 덮어씌운 다음에 슈투름바흐트 성까지 납치해 놓고."

"그래, 그때 너 정말 웃겼어."

"왜 아니었겠어요."

그날 이후 파린은 기사 에미코의 스콰이어로 다시 태어났다. 새로운 임무는 그를 사로잡았고, 그는 자기 일에 만족했다.

오늘 저녁 여덟 번째 종이 울리는 시간에 대식당에서 에미코와의 약속이 잡혀 있었다. 지각에 관해서라면 에미코의 인내심이 폭발 직전이었기 때문에 오늘만큼은 절대로 늦지 않겠다고 다짐을 했다.

파린은 플라우디우스에게 인사를 하고 서둘러 자리를 떴다. 에미코를 만나기 전에 끝내야 할 일들이 있었다. 말들을 돌보고 갑옷과 무기를 손질하는 일도 그중 하나였다.

"흠, 왜 아무도 안 오지?" 파린은 혼자 지게스문트 성의 화려한 대식당에 앉아 있었다. 약속 장소에 가장 먼저 와 보긴 처음이었다. 직접 경험해 보니 기다리는 사람이나 지각하는 사람이나 마음이 불편하기는 마찬가지였다.

뚜벅뚜벅 발걸음 소리가 가까워졌다. "왜 이렇게 일찍 왔지? 그렇게 할 일이 없는 게냐?" 에미코가 파린을 보자마자 나무랐다. 그리고 떡갈나무로 만든 커다란 문을 열어 둔 채 안으로 들어왔다.

역시 또 꾸중으로 시작되는군. 언제나처럼. 파린은 조금도 놀라지 않았다.

헤헤, 인간들은 바로 이런 걸 전통이라고 부르지.

에미코의 목 언저리에 푸른빛 펜던트가 반짝였다. 서부산맥에서 구더기족의 왕 토렘이 파린에게 준 선물이었다.

에미코의 푸른 눈이 반짝였다. 그의 눈빛만으로는 좋은 신호인지 그 반대인지 도통 알 수가 없었다.

"또 누가 오나요?" 최대한 별 뜻 없는 것처럼 들리도록 애쓰며 파린이 물었다. 둘이서 할 얘기였다면 에미코는 파린을 서재로 불렀을 테니까.

에미코가 숱이 많은 눈썹을 치켜뜨며 물었다. "나 하나로는 부족한가?"

불안해하지 말자, 파린이 불안해하며 생각했다.

"사람들이 너에 대해 떠드는 얘기들 때문에 너무 우쭐하지 않았으면 좋겠다." 에미코가 본론으로 들어갔다.

파린은 잠자코 있었다. 아무 말도 떠오르지 않아서였다.

대화를 하려면 두 명이 필요하지. 혼자 말하는 건 독백이라고 하고. 징글징글이 상기시켜 주었다.

내가 무슨 말을 한다고 해도 어차피 달라지는 건 없어, 파린은 생각했다.

"네코르인들에게 맞서기 위한 대책이 필요하다. 그러기 위해서는 이 푸른 금속이 아주 유용할 것 같아. 실제로 악령을 쫓는 힘을 가진 게 분명하니까." 에미코의 엄지손가락이 무의식중에 목에 걸린 펜던트의 요철을 더듬었다. 알 수 없는 글자로 써진 세 단어.

바로 그때 노크 소리가 들렸다. 문 앞에 서 있는 노파가 보였다.

"들어오시오!" 에미코의 목소리에 친절함이라고는 눈곱만큼도 묻어 있지 않았다.

점쟁이이자 치료사, 프레니아가 발을 끌며 들어왔다. "안녕하세요. 제가 좀 늦었나요?" 그녀의 목소리에 미안한 기색 따위는 없었다.

이제 불호령이 떨어질 차례군, 파린이 생각했다.

에미코가 어울리지 않게 부드러운 말투로 대답했다. "아니, 전혀 그렇지 않소. 설령 그렇다 해도 그건 숙녀의 당연한 특권이지."

프레니아는 잠시 '숙녀'라는 단어가 심한 욕설이 아닌지 생각하는 것 같았다.

기사님은 언제나 사람을 놀래는 재주가 있어, 파린이 생각했다.

이런 상황에서는 조용히, 그리고 참을성 있게 기다려야 한다는 사실을 그는 경험으로 알고 있었다. 그중에서도 특히 '조용히'가 중요했다.

에미코가 친히 크리스털 잔에 포도주를 따라 주고 탁자 머리에 가서 앉았다. 파린과 프레니아가 그의 가까이에 자리를 잡았다. 나머지 열여덟 개의 의자를 비워 둔 채 본격적인 회의가 시작되었다.

기사가 왼손 주먹으로 쿵 소리가 나도록 탁자를 내리치더니 팔을 들어 올려 휘두르며 말했다. 흰 피부에 특별한 흔적은 보이지 않았다. 거꾸로 선 별, 감히 부를 수 없는 존재의 낙인은 완전히 사라지고 없었다. "너희들이 나를 저주에서 해방시켰다." 그의 목소리가 어찌나 당당했던지 오히려 파린과 프레니아가 미안해해야 할 것 같은 착각마저 들었다.

파린은 숲속 공터의 노루만큼이나 조심스럽게 에미코를 곁눈질했다. 프레니아도 눈을 가늘게 뜨고 있었다. 의구심과 호기심과 놀라움이 뒤섞인 얼굴이었다.

에미코가 이를 드러내며 활짝 웃었다. 설마 그건 칭찬이었을까? 파린은 혹시 몰래 에미코의 오른팔도 살펴보아야 하는 건 아닐까 생각했다.

"다행입니다." 프레니아가 지금까지 에미코를 상대한 경험을 총동원하여 대답했다.

"원인과 효능. 그걸 알고 싶다." 에미코가 팔짱을 끼며 말했다.

"아하, 그렇군요." 파린이 진지한 목소리로 동의했다. 하지만 사실은 원인에 대해서도 효능에 대해서도 아무 생각이 없었다. 심지어 '아하'나 '그렇구나'가 이 대목에서 왜 나왔는지조차도.

"낙인은 네코르인들의 예측할 수 없는 역겨운 무기다. 그리고 우리는 그것을 영구적으로 제거함으로써 그들에 맞설 방법을 찾았지. 너희는 어떻게 생각하지? 그 방법이 정화의 영약일까, 아니면 내 목에 걸고 있는 펜던트일까?"

파린이 결심하고 입을 열었다. "정화의 영약이 뒤늦게 효과를 발휘한 것일 수도 있습니다. 그리고 펜던트가 없었더라면 결투를 벌이는 동안 기사님을 지배한 악령을 쫓아낼 수 없었을 거고요. 악령은 그 푸른 금속을 견디지 못하는 게 분명해요. 아무래도 금속이 고통을 유발하는 것 같습니다."

에미코가 물었다. "내 기억이 정확하진 않지만 감히 부를 수 없는 존재가 그 약을 '동화책에나 나오는 장난 같은 물약'이라고 부르지 않았나?"

"그건 악령의 말이었죠." 파린이 어깨를 으쓱했다.

"하지만 그 약이 실제로도 아무 효과가 없을 가능성도 있지 않은가?"

"그럴 수도 있지만," 프레니아가 끼어들었다. "어쩌면 두 가지의 조합이 기사님의 낙인을 사라지게 한 것일 수도 있습니다. 정확한 건 알 수 없지만요. 약효를 시험할 또 다른 대상이 필요해요."

"그리고 펜던트도." 에미코가 턱을 긁으며 말했다. "약은 몇 병이나 남아 있지, 프레니아?"

"일곱 병이 남아 있습니다. 두 병은… 기사님께 썼고요."

노련한 대답이었어, 파린이 생각했다. 한 병은 에미코가 마셨고, 또 다른 한 병은 제정신이 아닌 그가 박살을 내 버렸으니까.

"좋아. 그리고 그 펜던트는 폐하께서 친히 비밀에 싸인 '누구도 아닌 그 누군가'에게 주었고, 내 스콰이어는 약속 때문에 누구도 아닌 그 누군가가 누구인지 나에게 말할 수 없다고 한다."

에미코는 인상 한 번 찌푸리지 않았지만 그의 눈썹은 파린을 책망하고 있었다.

프레니아는 파린을 호기심 가득한 눈으로 바라보았다. 파린은 일부러 그녀의 시선을 모른 척했다.

"그렇다면 폐하께서 내게 직접 말씀해 주시겠지. 그 금속은 매우 중요하다. 폐하께 직접 여쭙기 위해 모레, 제국의 수도인 나벤슈타인으로 출발한다."

전혀 예상치 못한 결정은 아니었다. 파린은 아무 대꾸도 하지 않았다.

기사의 밝은 눈동자가 파린을 물끄러미 바라보고 있었다. "그 전에 네가 솔직히 말해 준다면 더 좋겠지만 말이야."

"전에 말씀드렸듯이 그건 무엇보다 동료들을 보호하기 위한 약속이었습니다. 그리고 다시 그런 상황이 온다 해도 저는 마찬가지 결정을 내릴 것입니다. 기사님께서 늘 약속을 지키시는 것처럼요. 결국 이 모든 일이 기사님이 지시하신 임무의 일부이고, 기사님의 안전을 위한 길입니다. 저를 믿어 주십시오."

파린은 에미코의 표정에 드러난 복잡한 심경을 읽었다. 한편으로 그는 파린을 이해하고 있었지만 다른 한편으로는 조건 없는 순종과 충성을 기대하고 있었다. 반항적인 스콰이어가 무언가를 숨기고 있다는 게 계속해서 마음에 걸리는 모양이었다.

"폐하께도 사건에 관해 직접 보고해야 한다." 에미코가 말했다. "우리가 도착하기 전에 왕궁에 어떤 소문이 퍼졌을지는 생각조차 하고 싶지 않구나."

"누가 같이 가죠?" 화제가 전환되기를 바라며 파린이 물었다.

"노련한 전사 오십 명을 데리고 갈 거다. 도중에 네코르인의 습격을 받고 싶지는 않으니까."

"또 누가 함께 가나요?"

"그러지 말고 네가 같이 가고 싶은 사람이 누구인지 말해!" 에미코가 나무라듯 말했다.

"드로그단이 함께 가면 좋겠어요." 이유는 덧붙이지 않았다.

"나도 드로그단을 데리고 갈 생각이었다. 플라우디우스도 마찬가지고."

"바랄돈은요?"

"형제처럼 붙어 다니더니 너는 그 아이에게 푹 빠져 있구나. 좋아, 그것도 괜찮은 생각이야. 네가 왕궁의 예의범절을 어겨 웃음거리가 되지 않도록 바랄돈이 도와줄 수 있을 거다."

에미코의 말이 정확히 무슨 뜻인지는 몰랐지만 어차피 곧 알게 될 거라고 파린은 생각했다.

"프레니아, 그대의 역할이 필요할 수도 있네. 그러니 우리와 함께 떠나도록. 마차에 자리를 마련할 테니." 거부를 허용하지 않는 단호한 명령이었다.

파린은 곁눈질로 프레니아의 기색을 살폈다. 그녀는 마구간의 당나귀 취급을 받는 걸 참지 못했다. 그녀는 입술을 왼쪽으로, 그리고 다시 오른쪽으로 실룩거렸지만 결국 입을 열지는 않았다.

"질문이 더 있는가?" 질문이 있더라도 입을 다물라는 뜻이었다.

하지만 프레니아는 전혀 개의치 않았다. "레미는요?"

"누구?" 에미코의 눈썹이 한가운데로 모였다.

"죄송합니다, 렘볼트 말이었어요."

파린이 씩 웃었다. 프레니아가 서부산맥에서 동고동락한 용병 렘볼트의 이름을 꺼내다니.

"그 늙은 불평꾼에게 관심을 가지는 사람이 있을 줄이야. 렘볼트는 여기 있을 거다. 전부 다 데려갈 수는 없어."

"아쉽군요, 제가 아무래도 렘볼트에게 푹 빠진 것 같아요."

"또 할 말이 있는가?" 에미코가 화난 사람처럼 물었다.

"스승이 누구인지 알아내야 합니다. 혹시 기사님의 첩자가 새로운 소식을 전해오지는 않았나요?" 프레니아가 무심하게 물었다.

"아니. 우린 여전히 어둠 속을 더듬고 있어. 감히 부를 수 없는 존재가 현재 누구의 정신 속에 숨어들어 있는지는 아무도 모른다. 우리는 네코르인의 우두머리와 악령을 함께 찾아서 죽여야 해. 그러려면 결국 다시 그 푸른 금속 얘기로 돌아가지 않을 수 없다. 분명 그것에서 해결의 실마리를 찾을 수 있을 거야." 에미코가 일어섰다. 회의가 끝났음을 알리는 명백한 신호였다. "나벤슈타인으로 떠날 준비를 하라."

프레니아와 파린은 말없이 고개만 끄덕였다.

새로운 세상

평생 기억에 남을 굉장한 풍경이었다. 집과 거리와 사람과 동물들로 버글거리는 계단식 축대들이 우뚝 솟아 있었다. 다른 대륙이야! 바르바로사는 천천히 거대한 부두를 향해 다가가고 있었다. 나벤슈타인과는 달랐다. 물이 깊어 커다란 범선도 내항까지 들어가 선착장에 정박할 수 있는 거대한 항구. 모든 것이 풍요로운 대륙이라더니 듣던 대로 굉장했다.

아로스는 난간에 몸을 기댄 채 키 옆에 서 있었다. 그녀의 눈빛이 호기심으로 빛났다. 가로돛은 벌써 모두 내려졌고 야콥 선장이 조타석에 서서 선원들에게 명령을 내리고 있었다.

부드러운 바람이 불어와 그녀의 짧은 머리카락을 기분 좋게 날렸다. 아로스는 눈을 껌뻑이며 사방을 둘러보았다. 지금껏 경험한 적 없는 밝은 기운이 사방을 비추고 있었다. 그리고 고향 나벤슈타인과 전혀 다른 향기가 났다. 배를 타고 여기까지 올 생각은 없었다. 우연히 출항하는 바르바로사 호에 타고 있었을 뿐. 하지만 우연으로만 볼 수도 없었다. 누군가 그녀를 망망대해로 데려가려는 계획을 세우고 몰래 공격했으니까. 그 범인은, 그러니까 당시 선장이었던 졸칸은 이제 죽고 없었다. 선원들을 괴롭히는 게 낙이었던 역겨운 부항해장 론둘프도 같은 운명이었다. 마음이 편하지만은 않았다. 항해 중에 겪은 끔찍한 사건들이 여전히 그녀를 괴롭히고 있었다.

그녀 옆에 서 있는 키는 오늘도 어김없이 태양만큼이나 환하게 빛을 발하는 중이었다. "화가는 이 대륙에서 왔어. 이 도시는 아니지만. 동쪽 멀리 아주 작은 마을이 고향이야."

아로스는 낯선 감정을 느끼며 곁눈질로 키를 보았다. 굉장한 사내. 작은 거인. 아로스보다 조금 클까 말까 한 키에 가느다랗고 살짝 위로 올라간 눈, 납작한 코, 매끄러운 피부와 길게 땋은 머리. 어떻게 보면 그의 모습은 사내아이 같았다. 아니면 늘 기쁨으로 충만한 에너지 때문에 나이보다 한참 어려 보이는 걸까?

아로스는 복잡한 심경으로 몰려든 사람들을 바라보았다. 그들은 바르바로사 호가 정박하는 모습을 호기심 어린 눈으로 바라보고 있었다.

"사람이 너무 많아서 정신이 하나도 없어." 아로스가 한숨을 쉬며 말했다.

아바스토란이라 불리는 이곳은 마을이나 도시라고 부르기엔 너무 거대한 완전히 새로운 세상이었다. 알려지지 않은 세상. 그녀가 지금껏 겪은 세상은 끔찍했다. 이 새로운 세상은 대체 어떤 곳일까? "실수였어. 사고가 나를 이 도시로 데려온 거야."

아로스는 키의 가느다란 눈이 자신을 보고 있는 걸 느꼈다. "운명이 친구 아가씨를 아바스토란으로 데려왔어. 그리고 그 운명이 이곳에서도 친구 아가씨를 지켜 줄 거야."

"운명이라고? 내가 멍청해서지. 내가 내 발로 바르바로사의 후미

24

갑판실로 숨어들어 갔으니까. 하긴, 졸칸 선장이 나를 공격할 거라고는 꿈에도 몰랐어."

"운명과 어리석음. 차이가 뭐지?"

대답이자 설명이면서 동시에 결론이기도 한 그의 질문은 길게 땋은 머리카락만큼이나 키에게 잘 어울렸다. 아로스도 더는 깊이 생각하고 싶지 않았다.

나의 하루야, 나는 지금 여기에서 할 일이 많아. 내일 일어날 일에 대해 미리 생각하는 게 무슨 소용이 있을까? 나에게 조금만 친절하게 대해 줘. 그러면 저녁에 너를 칭찬해 줄게.

이제 그녀의 생각은 머나먼 대양 너머 그녀의 말 리젤을 향해 갔다. 스콰이어 파린과 기사 에미코가 그녀에게 준 선물. 그녀가 리젤을 나벤슈타인 근교의 초원에 놔두고 왔다. 목동들이 그녀의 소중한 말을 잘 돌보아 주어야 할 텐데. 노파 니네브가 남긴 마법의 어금니를 제외하면 그녀의 유일한 소유물인 리젤.

"친구 아가씨는 리젤 걱정은 안 해도 돼. 리젤은 잘 지내고 있어." 키가 아로스의 생각을 읽고 말했다. "친구 아가씨와 화가는 이제 이곳에 있어. 아바스토란에는 놀라운 것들이 아주 많지."

"놀랄 일이라면 벌써 몇 주 동안 바다에서 겪을 만큼 겪었어. 이제 놀라는 것만큼은 누구보다 잘할 자신이 있어." 아로스가 대답했다.

키의 얼굴이 평소와 달리 심각해졌다. "친구 아가씨는 나이에 비해 너무 큰 사건들을 겪었어. 그것만으로도 그녀는 특별한 사람이지. 그도 그럴 것이 그녀는 마지막 돌란인이니까."

바람이 그녀의 뺨을 간지럽혔다. 아니면 그건 그녀의 입에서 나온 한숨이었을까? "나는 그냥 아로스이고 싶어. 그리고 조용히 살고 싶고. 돌란인, 돌란인. 돌란인이라는 말을 들으면 좋은 느낌이 드는 게 아니라 부담스럽게 들려."

"탐욕이 깨어나고 있어. 악령이 친구 아가씨를 손에 넣으려 해. 그게 불가능하다면 그녀를 죽이려고 하지. 그러니 지금은 위험이 마치 구름처럼 항상 아로스의 머리 위를 따라다니는 것과도 같아. 아로스의 타고난 능력이 악령에 대항하는 무기가 될 거야. 하지만 그것 때문에 더 위험해질 수도 있지."

"나한테 그런 능력이 없었다면 대항할 필요도 없겠지."

"'그런 능력이 없었다면' 같은 가정은 오류를 범하게 만드는 전형적인 말이야. 바꿀 수 없는 현실을 부정하고 할 수 있는 일들이 있어도 제대로 보지 못하게 만들지."

"아하. 아저씨를 만나지 않았더라면 나와는 상관없는 일이었을 거 아냐." 아로스가 입을 비죽거렸다. 설교를 늘어놓을 마음이 싹 사라지게 하는 표정이었다.

키는 일출을 바라보는 꽃처럼 미소를 짓고 있었다.

"야콥 선장님이 그러는데 바르바로사가 열흘 뒤에 나벤슈타인으로 다시 출발할 거래. 어떤 특별한 물건이 도착하기를 기다려야 하나 봐."

"열흘이면 결정을 내리기에 충분한 시간이야. 선택할 수 있는 자에게만 선택권이 있어. 그래서 화가는 친구 아가씨에게 가능성을 보여 주고 싶어. 그중 하나는 영적인 자들의 길드를 찾아가는 거야."

"흠, 그게 대체 어떤 사람들인데?"

"온 세상의 마법을 다루는 마지막 사람들. 그들은 연구하고 배우고, 또 그런 능력을 다루는 법을 가르쳐. 그곳에 가게 되면 친구 아가씨는 자기 자신에 대해 많은 것을 알게 될 거야."

"나 자신에 대해서라면 이미 잘 알고 있어."

"하마터면 선원들 절반이 죽을 뻔했어." 키는 아로스가 돛대에 묶여 분노와 고통의 마법을 사용했던 지난 사건을 상기시켰다.

"'하마터면'도 마찬가지로 불필요한 가정이야."

키의 얼굴이 동의하듯 밝아졌다. "친구 아가씨는 배우는 속도가 정말 빨라." 하지만 곧 다시 진지한 얼굴로 덧붙였다. "돌란인은 고통의 변환을 통해 정신의 힘만으로 수백 명을 단번에 죽일 수 있어. 친구 아가씨도 그 점을 잘 알고 있지."

"나의 작은할머니뻘 되는 니네브는 돌란인이었어. 그렇지?"

키가 고개를 끄덕였다.

"그것 봐! 그 엄청난 힘도 아무런 소용이 없었어. 군인들이 니네브를 장작 위에서 화형 시켰다고. 비참한 죽음이었어. 난 그걸 목격했고." 끔찍한 기억에 몸서리치며 아로스가 말했다.

"니네브는 충만한 삶을 살았어. 이미 고령이었고. 마침내 자신의 유산을 물려받을 친구 아가씨를 찾았다는 사실에 행복한 미소를 지으며 세상을 떠났지."

"니네브가 얼마나 끔찍한 고통을 견뎌야 했을지 나는 상상조차 할 수 없어."

키가 고개를 끄덕였다. "니네브는 죽음을 맞이하고도 일부러 자신의 능력을 쓰지 않았어. 대광장에 모인 사람들을 단숨에 피바다에 빠뜨리는 것쯤은 니네브에게 아주 쉬운 일이었는데도 말이지."

아로스는 등골에 오싹한 전율을 느꼈다. 당시 대광장에 모인 인파를 생각해 보면 바르바로사 호에서 14년 전 일어났던 피비린내 나는 사건은 그저 그런 작은 소동에 가까웠다. 니네브에 대한 존경심이 일었다. 무엇보다도 그녀는 기이한 마법으로 자신을 구해 준 은인이었다. 사악한 고아원 원장이 아로스를 때려죽이기 직전, 사방에서 쥐들이 나타나 날카로운 이빨로 그녀를 갈기갈기 찢어 버린 사건이 떠올랐다. 어떻게 그럴 수 있었을까? 아로스가 아랫입술을 비죽 내밀었다. 그건 고통의 변환 말고도 또 다른 마법이 있다는 뜻이리라.

그런 생각이 들자 호기심이 생겼다. "좋아, 그 길드라는 곳에 한 번 가 보자."

하! 언제부터 이별의 순간이 이토록 힘들었던 걸까? 지금껏 어딘가에서 사라질 때마다 그녀가 느낀 감정은 해방감뿐이었는데.

크노헨이 길고 가느다란 팔로 아로스를 짧게 포옹한 뒤 입을 꾹 다물고 그녀의 눈을 바라보았다. 그의 눈가는 촉촉하게 젖어 있었다. "또 보자." 그가 속삭였다.

뚱뚱한 조리장은 아무 말도 하지 않았다. 그는 갑판의 널빤지처럼 굳은 얼굴로 아로스를 보다가 마지막으로 꿀밤 한 대를 남겼다. 아주 살짝… 부드럽고 다정한 꿀밤이었다.

야콥 선장이 미소를 지었다. "열흘 후에 출범하는 거 알지? 나벤슈타인으로 돌아가려거든… 훌륭한 졸때기라면 언제든지 환영이다." 그가 아로스에게 윙크했다. "졸때기가 별로라면 캐빈 보이로 승진시켜 주마."

선장은 아로스가 여자아이라는 사실을 아는 유일한 사람이었다. 다른 선원들에게 그녀는 여전히 졸때기 니켈이었다. 그녀의 목소리가 아주 조금 떨렸다. "고마워요, 선장님."

몇 걸음을 내디뎌 보았다. 몇 주 만에 처음으로 밟는 육지였다. 하지만 기억과 달리 육지는 전혀 단단하지 않았다. 똑바로 걸으려고 해도 이상하게 몸이 비틀거렸다. "키 아저씨, 왜 이렇게 땅이 흔들리는 거지? 꼭 줄에 매달린 쟁반이 된 기분이야."

"그건 우리의 감각이 착각을 일으키는 거야. 실제로 땅이 흔들리는 게 아니고 우리 머릿속에서 일어나는 일이지. 친구 아가씨는 배가 아닌 땅바닥 환경에 다시 적응해야 해." 키는 밀짚모자를 눌러썼다. 모자는 그에게 너무 커서 가느다란 눈을 다 덮었다.

둘은 부두에 모인 인파를 뚫고 지나갔다. 네 개의 거대한 돛을 단 바르바로사 호를 구경하느라 키와 아로스에게는 아무도 눈길을 주지 않았다. 이곳은 항구의 크기만 해도 나벤슈타인 전체만큼 거대했다. 갈색과 노란빛 돌담으로 둘러싸인 집들은 언덕을 따라 층층이 지어져 마치 하늘로 향하는 계단처럼 보였다. 사이사이에 구불구불한 오르막길도 보였다. 어느 쪽을 보아도 사람들이 바삐 움직이고 있었다. 한 번에 그렇게 많은 사람을 본 건 난생처음이었다. 아로스는 본능적으로 코를 찡그렸다. 하지만 예상은 완전히 빗나갔다. 이곳에는 악취가 없었다. 분뇨의 냄새도, 하수구 냄새도 나지 않았다.

이 도시에 사는 사람들은 옷차림도 나벤슈타인 사람들과 달랐다. 그들이 입은 옷은 훨씬 밝고, 얇고, 가벼웠다. 사내들은 무릎까지 내려오는 셔츠를, 여자들은 알록달록하게 염색한 리넨으로 만든 민소매 원피스를 입고 있었다. 위로 틀어 올린 검은 머리카락에 눈동자는 대부분 갈색이었지만 피부색은 흰색, 노란색, 붉은색, 갈색, 검은색 등 다양했다. 대륙 여기저기에서 사람들이 모여드는 곳임을 짐작할 수 있었다.

키와 아로스는 좁은 길을 따라 천천히 걸었다. 수없이 많은 발코니가 지붕처럼 하늘을 가렸다. 발코니 위엔 빨랫줄에 널린 빨래들이 펄럭였다. 당연히 긴 셔츠와 알록달록한 원피스들이었다.

미로처럼 복잡한 길들을 따라 걷다 보니 금세 오전이 절반이나 지나 있었다. 키 아저씨는 어디로 가야 할지 알고 있는 걸까? 바로 그 순간, 그가 바닥에 쪼그리고 앉아 있는 걸인 앞에서 걸음을 멈추었다. 눈을 감은 채 돌바닥 위에 무릎을 꿇고 앉은 노인은 떨리는 손으로 동전 한 줌이 담긴 납 그릇을 들고 있었다. 키는 겉옷 여기저기를 뒤지다가 어딘가에서 동전 하나를 찾아낸 뒤 엄지와 검지로 그릇 안에 튕겨 넣었다. 하지만 예상했던 쨍그랑 소리가 들리지 않았다. 아로스가 놀란 얼굴로 노인에게 가까이 다가갔다. 키가 걸인에게 준 것은 처음 보는 나무 동전이었다. 쓸모없는 물건으로 장난을 친다고 화를 내면 어쩌지?

노인은 눈을 감은 채 손가락을 뻗어 나무 동전을 더듬었다. 회색빛 눈썹이 떨렸다. "고마워요, 형제님. 환영합니다."

"안녕하세요, 형제님." 키가 말했다.

그러자 그가 갈라진 목소리로 들릴 듯 말 듯 속삭였다. "자정에 난쟁이들의 구역입니다. 그들이 찾아올 겁니다." 그러더니 노인은 다시 고개를 숙이고 납 그릇을 쥔 손을 흔들었다.

키는 아무 일도 없었다는 듯이 다시 언덕을 오르기 시작했다. 아로스는 어미를 따라가는 새끼 거위처럼 키의 뒤만 졸졸 따랐다. 키를 믿기는 하지만 그래도 왜 그렇게 비밀스럽게 얘기를 나눴는지 정도는 물어봐야 할 것 같았다.

키가 고개를 돌리고 말했다. "봐, 여기 위에서 내려다보는 아바스토란의 풍경이 얼마나 압도적인지." 그는 적절한 순간에 능숙하게 화제를 전환할 줄 아는 사람이었다. 그리고 그의 말은 실제로도 과장이 아니었다. 과연 힘들게 언덕을 오른 수고를 다 잊게 할 만큼 황홀한 경치였다. 끝이 보이지 않을 만큼 거대하고 화려한 도시가 그들의 발아래에 있었다. 셀 수 없이 많은 작은 점들이 해변까지 이어진 황토색 담벼락 사잇길을 바삐 움직이고 있었다. 아로스의 눈에 네 개의 거대한 돛이 달린 배가 보였다. 위에서 내려다보니 바르바로사 호조차 병 안에 든 모형 배처럼 작아 보였다.

빌어먹을, 크기라는 것도 결국은 보는 사람의 시점에 따라 달라지는 거로군. 아로스는 저도 모르게 베테랑 선원 같은 말투로 중얼거렸다.

동그란 눈으로 사방을 둘러본 뒤 그녀가 키에게 들릴 만큼 큰소리로 한숨을 내뱉었다. "솔직히 이건 정말 많아도 너무 많다. 이렇게 많은 사람을 한꺼번에 보니까 좀 무섭기까지 해. 쥐들은 좁고 어두운 구석을 좋아하거든."

"그래서 친구 아가씨랑 화가는 오늘 밤에 영적인 자들의 길드에 들어가려는 거야. 거기서 잠시 쉬면서 앞으로 어떻게 해야 할지 그들의 말을 들어보려고. 파수꾼이 장소와 시간을 알려 줬어."

"파수꾼? 방금 만났던 그 앞을 못 보는 걸인 말이야?"

"이곳에선 모든 게 보이는 것과 달라."

"그건 나벤슈타인도 마찬가지야. 보이는 그대로인 건 아무것도 없었지. 대부분은 실제가 훨씬 더 끔찍하고, 형편없고, 역겨웠어."

"하지만 그 속에서 큰 기쁨과 친절함도 경험했다는 걸 잊지 마. 아까 바르바로사에서 친구들과 작별할 때 그들과 진심을 나눴잖아. 우정은 사랑의 어머니야."

키는 어김없이 알 수 없는 이야기를 했다.

아로스는 입을 비죽이며 걸인의 말을 곱씹었다. "그러니까 걸인 파수꾼은 우리에게 난쟁이들의 구역으로 가라고 했어. 그게 어디인지 알아?"

"물론. 아바스토란의 고지대에 있는 여러 구역 중 하나지."

"거기에 난쟁이들이 살고 있다고 말하지는 말아 줘." 아로스가 고개를 흔들며 말했다. "그런 얘기 따위는 안 믿어. 피 흘리는 멍청한 거인 얘기만큼이나 허무맹랑하잖아."

"그렇고말고. 그래도 그곳에서 난쟁이들을 볼 수는 있어. 엄청나게 작은 존재들 말이야."

"키 아저씨, 나를 잘 봐. 나는 이제 그런 동화 같은 얘기를 믿을 만큼 어리지 않다고." 아로스가 말했다.

"그곳엔 난쟁이들이 있어. 친구 아가씨도 곧 보게 될 거야." 키는 아로스의 의심 가득한 눈길에 웃음으로 답했다.

얼마나 더 가야 정상일까? 둘은 바위와 집들 사이로 난 오르막길을 따라 계속 걸었다. 태양이 쉼 없이 빛났고, 아로스의 등줄기에는 땀방울이 흘러내렸다.

물론 키는 땀 한 방울 흘리지 않았다. 힘든 기색도 전혀 없었다.

"잠깐만, 좀 쉬었다 가자!" 아로스가 숨을 헐떡이며 말했다. "영적인 자들의 길드에 대해서 좀 더 자세히 얘기해 줘."

키는 얼른 주위를 돌아보고 속삭였다. "아바스토란에는 백 개도 넘는 길드가 있어. 그중 하나가 영적인 이들의 길드야. 말하자면 마법사들의 조합이라고 할 수 있지."

"흠." 아로스는 말을 잇지 못했다. 무슨 말을 더 할 수 있을까? 키가 괜한 허풍을 떠는 건 아닐 것이다. 그녀는 이 도시에 대해 아무것도 몰랐고, 키 말고는 아는 사람은 물론 앞으로의 계획이나 아이디어도 없었다. 그러니 수만 명의 사람 가운데 있어도 사실은 외딴 무인도에 있는 것과 마찬가지 신세였다. 길드가 하나뿐이든 천 개가 있든 그게 뭐가 중요하지? 아로스에게는 키만 있으면 그만이었다. 그녀에게 키 아저씨는 분명 큰 위안이 되긴 했지만 가끔은 제정신이 아닌 사람처럼 보이기도 했다. 대체 누가 난쟁이 따위를 믿는다고!

태양이 노을 속으로 저물어 가고 있었다. 어느새 둘은 산 정상에 이르렀고, 평평한 지대를 지나 내륙 방향으로 계속 걸었다. 저 앞에 우물이 보였고, 한 여자가 물을 길어 커다란 항아리 두 개에 옮겨

담고 있었다.

"마셔도 되는 물이야?" 아로스가 나벤슈타인 빈민가의 냄새 나는 우물물을 떠올리며 물었다.

키를 향한 질문이었지만 여자가 놀란 얼굴로 돌아보았다. 그리고 고개를 절레절레 흔들더니 얼른 물 항아리를 집어 들고 잰걸음으로 그곳을 떠났다.

키는 능숙한 동작으로 도르래를 돌려 물통을 내린 뒤 물을 채워 다시 끌어올렸다. "아바스토란은 위생 시설이 아주 잘 갖춰진 곳이야. 하수도와 대중탕이 있고 깨끗한 물이 나오는 샘들도 아주 많아. 친구 아가씨는 걱정하지 말고 이 물을 마셔도 돼." 키가 자신의 물주머니에 물을 채웠다. 아로스도 키를 따라 물을 담고 곧바로 몇 모금을 들이켰다. 정말로 깨끗한 물이었다. 둘은 나란히 우물가에 앉아 주위를 둘러보았다. 이 근방에는 지나는 사람들이 별로 없었다. 다시 아로스의 마음이 편해졌다. 사실은 불안해할 이유가 없었다. 그녀는 이제 쫓기는 신세가 아니었다. 아니, 오히려 이곳 사람들은 그녀를 투명 인간 취급했다. 그런데도 여태껏 경험해 보지 못한 불안감이 자꾸 그녀를 괴롭혔다. 바르바로사에서 치른 악령과의 싸움이 머릿속에서 떠나지 않았다. 돛대에 묶여 있을 때 한없이 추악한 악령이 그녀의 눈을 꿰뚫어 보았었다. 이제 잊어야 한다고 생각해도 그날의 기억은 끈적끈적하게 들러붙어 그녀의 머릿속을 떠나지 않았다. 굳이 니네브의 어금니를 손에 쥐지 않아도 그녀는 감히 부를 수 없는 존재와의 싸움이 아직 끝나지 않았음을 직감할 수 있었다. 그녀를 자신의 편으로 만들거나 아니면 죽이는 것이 악령의 목표였다.

점점 길어지던 그림자가 마침내 사라졌다. 키와 아로스는 풀밭에 앉아 수박을 나눠 먹고 있었다. 아로스는 씨를 뱉으며 소매로 턱에 묻은 과즙을 닦아 냈다. "정말 맛있어."

잠시 후 그들은 자리에서 일어나 고지대 마을의 중심부로 이동했다. 골목도, 집들 사이의 간격도 점점 좁아져 갔다. 담벼락이 어찌나 높은지 그 사이로 별들도 거의 보이지 않을 정도였다. 제 발로는 절대로 찾아오지 않을 장소였다.

"난쟁이들의 구역까지는 아직 멀었어?" 아로스가 물었다.

키는 고개를 살짝 끄덕이고는 잠시 멈춰 서서 밀짚모자를 더 깊게 눌러썼다. "여기가 바로 난쟁이들의 구역이야. 자정쯤이면 친구 아가씨와 화가는 약속한 장소에 도착하게 될 거야."

"여기서 잠잘 데를 찾을 수 있을까?" 말을 끝내기도 전에 하품이 터져 나왔다.

키의 대답보다 먼저 웬 그림자들이 나타나 길을 가로막더니 순식간에 둘을 에워쌌다. 검은 옷을 입은 사내 셋이었다. 하나같이 키가 2미터는 되어 보였다. 사내들의 동작은 위협적이었다. 커다란 주먹에다가 가시 달린 몽둥이까지 쥐고 있었다. 도망치기엔 너무 늦은 것 같았다.

그들 중 대장처럼 보이는 사내가 낯선 억양으로 말했다. "너희 난쟁이들은 여기서 뭘 찾고 있지?"

키가 미소 띤 얼굴로 아로스를 보았다. "이제 친구 아가씨도 이곳에 난쟁이가 있다는 말을 믿을 수 있겠지?"

"키, 지금은 그런 농담이나 할 때가 아니야. 이 사람들, 조금도 상냥해 보이지 않아."

"뭘 하러 온 거냐고 물었다." 키 아저씨보다 머리 네 개쯤은 더 커 보이는 거인이 다시 호통을 쳤다. 다른 둘은 아로스와 키 쪽으로 더 가까이 다가왔다. 그중 한 명의 다리 사이에 도망칠 만한 공간이 보였다.

키가 말했다. "길드의 높으신 분들은 벌써 알고 있을 텐데요. 걸인 한 명이 친구 아가씨와 화가를 이곳으로 보냈습니다."

"그 말만 듣고 너희를 통과시켜 줄 순 없다. 평의회에 입장하기 위해선 철저한 심사를 거쳐야만 해. 위험한 시기니까."

"친구 아가씨와 화가는 그 심사를 거위 털만큼이나 가볍게 통과할 수 있지요."

키의 대답이 마음에 들지 않았는지 사내는 한층 더 험상궂은 표정을 지었다. 아로스는 잔뜩 긴장한 채 이를 꽉 물고 만약의 공격에 대비할 궁리를 했다.

"왼쪽으로 일곱 번째." 사내가 말했다. "나머지는 저절로 알게 될 거야." 사내들은 그 말만 남기고 어둠 속으로 사라져 버렸다.

아로스는 눈이 휘둥그레져서 그들이 사라지고 없는 골목을 멍하니 바라보았다. 영적인 이들의 길드라더니 이렇게 사람을 놀라게 만들 줄이야.

키는 아무 일도 없었다는 듯이 왼편의 문을 세며 다시 걷기 시작했다. "다섯, 여섯, 일곱. 여기, 이 문이네!" 그가 검지로 좁은 문이 달린 좁은 집을 가리키며 말했다. 다른 집들과 별로 다를 것 없는 아주 평범한 건물이었다.

의구심이 고개를 들었다. 이게 뭐지? 아바스토란은 부유한 도시였기에 아로스는 무언가 호화찬란하고 압도적인 장소를 기대했었다. 그러니까 조합원들의 성 같은 화려한 건물이 그들을 기다리고 있을 거라는 막연한 상상을 하고 있었다.

키는 이번에도 아로스의 생각을 읽었는지 미소를 지은 뒤 열린 문을 지나 어둠 속으로 사라졌다.

아로스도 키의 뒤를 따라 안으로 들어갔다. 불안함에 좌우를 두리번거렸다. 미리 놀랄 각오를 한 상태였지만 내부의 작은 공간에는 아무도 없었고 벽에 걸린 횃불만이 희미한 빛을 발하고 있었다. 키는 방 안에 놓인 유일한 가구인 문 반대쪽의 긴 의자를 가리켰다. 둘은 의자에 나란히 앉았다. 시간이 얼마나 흘렀을까? 인제 어쩌지? 무슨 일이 일어날까? 아로스는 오늘만큼은 인내심이라는 미덕을 최대한 발휘해 말없이 기다려 보리라 다짐했다. 그렇게 기다리고 또 기다렸다. 발로 흙바닥을 두드리지도 않았다. 쳇, 이게 뭐가 어렵다고. 그런데 대체 지금 여기서 뭘 기다리는 거지? 하긴 그게 무엇인지는 중요하지 않았다. 어차피 기다리는 시간은 마찬가지니까.

물론 아로스에게 가만히 앉아 기다리는 일이 얼마나 어려운 것인지 키도 잘 알고 있었다. 그가 손을 펴고 부드러운 목소리로 말했다. "인내는 시간에 대한 믿음이야."

그럴 줄 알았어. 키다운 표현이었다. 시간이 무슨 동맹이라도 되는 것처럼. 아로스는 최대한 큰 소리로 콧김을 내뿜었다. 인내심은 수레 하나에 가득 실린 편자보다 무거웠다. 죽을 때까지 여기서 기다려야 하는 거냐고 키에게 물어보려는 찰나, 문 앞에 그림자가 보였다. 숱이 듬성듬성한 은발의 사내가 머리를 들이밀고 눈을 껌뻑였다. 숨기려 했지만 누가 봐도 놀란 표정이었다. "정말이야." 그가 쉰 목소리로 말했다. "후보자 둘이 찾아오다니."

아로스의 인내심이 한계에 다다라 마침내 폭발했다. 그녀가 짜증 섞인 목소리로 외쳤다. "우린 어느 패거리에도 속해 있지 않아!"

그녀는 동의를 구하려고 키 쪽으로 고개를 돌렸다. 키는 노인의 말을 이해하는 모양이었다. "여기 이 젊은 여인이 가르침을 구하고 있습니다." 키가 말했다.

생애 처음으로 누군가가 자신을 젊은 여인이라 불렀다. 좋은 의미일까? 아니면 뭔가 다른 뜻이 숨어 있는 걸까?

노인은 기이한 동물이라도 발견한 듯 아로스를 한참 살펴보더니 물었다. "어느 쪽이지? 작용, 예언, 아니면 변환?"

"변환과 예언입니다." 키가 대답했다.

"믿을 수 없어! 그럴 리가!" 노인이 쿨룩쿨룩 기침 소리를 내며 말했다. "내 의심을 거둘 수가 없어 미안하오. 그들 계보의 마지막이었던 니네브는 처형당했어. 석탄 덩이처럼 불태워졌지." 그가 고개를 흔들었다. "지난 수십 년간 니네브를 뒤이을 만한 후예는 없었어. 길드 안에도, 그리고 다른 어느 곳에도. 덕스 파날리안이 그나마 변환 마법의 본질에 접근한 유일한 인물이야. 돌란인은 대가 끊긴 거지."

노인은 대체 무슨 말을 하는 걸까? 이해하고 싶지 않았다. "아주 똑똑한 분이시네, 그러니까 그 말이 맞겠지. 우린 그만 가자." 아로스는 괴상망측한 훈계를 늘어놓는 노인이 마음에 들지 않았다. 그리고 애초에 돌란인 따위가 되고 싶지도 않았다. 어떤 조직에 속하는 것도 싫었고 덕스가 뭔지도 관심 밖이었다.

노인은 한심하다는 듯 아로스를 한 번 보고는 고개를 저으며 키에게 물었다. "누가 그대 같은 사람에게 길드 평의회가 어디 있는지 알려 주었지?"

"니네브가 직접 화가에게 말해 주었습니다."

노인의 표정이 달라졌다. "그러니까 지금 돌란인의 마지막 후계자를 안다고 말하는 건가? 니네브는 자신의 신분을 밝히는 법이 거

40

의 없었어. 그대가 진실을 말한다면 나에게 비밀 암호를 말할 수 있겠지?"

키는 미소를 지을 뿐 아무 말도 하지 않았다.

노인은 무표정한 얼굴로 세 개뿐인 이를 드러냈다. "안됐지만 증거를 대지 않으면 생텀성소으로 데려갈 수 없어. 그러니 더는 내 시간을 빼앗지 말고 돌아가시게. 아니면 암호를 대든가. 비밀의 단어가 뭐지?"

"개자식!" 아로스가 큰소리로 또박또박 말했다. 확신에 찬 음성이었다.

노인의 얼굴에 언짢은 기색이 스쳤다. 입술을 비죽이며 그가 말했다. "암호가 틀렸어. 더 말할 필요가 없겠군. 당신들은 자격이 없소. 즉시 이곳을 떠나시오."

아로스가 조금도 주저하지 않고 벌떡 일어섰다. "좋은 생각이야. 가자."

"친구 아가씨와 화가는 인내심을 가져야 해."

"물론. 인내심이라면 차고 넘쳐." 아로스가 조급하게 말했다. "방금 들었잖아. 우리는 불청객이라고. 키 아저씨, 난 똑같은 말 두 번 하기 싫어."

노인의 눈이 휘둥그레지고 이마에는 주름이 파도처럼 넘실댔다. "키… 에… 키?" 노인이 쉰 목소리로 물었다.

"사람들이 저를 그렇게 부르지요." 키는 밀짚모자를 똑바로 쓴 뒤

손바닥을 가슴 앞에 마주 대고 허리를 숙였다.

"바로 그분이셨군요!" 노인의 눈은 휘둥그레지다 못해 눈알이 굴러떨어질 지경이었다. 그리고 곧바로 바닥에 무릎을 대고 엎드렸다. "영광입니다, 영광입니다, 마이스터 키." 그가 말을 더듬었다. 침이 흘러내려 손등에 떨어졌다.

"무릎까지 꿇으실 필요는 없습니다. 화가는 오랫동안 이곳을 찾지 않았으니까요."

"왜 곧바로 말씀하시지 않으셨습니까? 당연히 성소로 모시겠습니다." 그렇게 말하면서도 그는 곁눈질로 아로스를 향한 적의를 숨기지 않았다. 잠시 후 그가 키에게 물었다. "확실합니까? 그러니까 이…" 그는 아로스를 무어라 부를지 잠시 고민하다가 말을 이었다. "…이 사람이 그 능력을 갖췄다는 게…"

"친구 아가씨는 돌란인이에요."

"좋습니다. 존경하는 마이스터 키. 평의회가 저 사람을 심사하게 될 겁니다. 우리 길드는 매우 신중하게 움직여야 하거든요. 황제가 영적인 이들의 길드를 의심의 눈초리로 보고 있습니다. 이제 조합에 남은 구성원은 예순여덟 명뿐입니다."

아로스가 키에게 눈을 흘겼다. 놀라서 소리를 질러야 할 만큼 가시 돋친 날카로운 눈길을 보내려 했지만 언제나처럼 그의 환한 미소 앞에서 완전히 무력해지고 말았다. 키가 이곳에서 낯선 인물이 아니라는 사실을 진작 눈치챘어야 했는데.

노인은 힘들게 몸을 일으켰다. 그리고 문 쪽으로 걸어가 키를 향해 돌아섰다. "저를 따라오시죠." 친절한 목소리로 그가 말했다. 아로스는 왠지 그 친절이 피 묻은 단도를 품은 호의처럼 느껴졌다.

모래와 물

감히 부를 수 없는 존재와 내가 형제지간이라고 왜 에미코한테 말하지 않은 거야?

징글징글이 물었다. 그러게, 왜 말하지 않았을까?

"이미 기사님의 기분이 언짢은 상태였으니까. 토렘이 기사님의 아버지를 죽였을 때 손 놓고 있었던 그 악령이 바로 너였잖아. 그래서 말하기가 좀 껄끄러웠어."

손을 어디에 놨다는 거야?

"그건 비유적인 표현이야. 구경만 했다는 뜻이라고." 파린이 씩씩대며 설명했다. "나한테 그 신기한 푸른 금속과 가죽 갑옷을 선물한 게 하필이면 토렘이라니."

한 가지만 말해 봐, 벌레. 네가 그 사실을 에미코에게 말하고 안 하고가 결론적으로 무슨 차이가 있지? 토렘이 그 사실을 알게 될 리가 없잖아. 세상에 약속 따위를 진지하게 받아들이는 인간은 없다고. 하물며 악령은 두말할 필요 없고. 어제 내가 무슨 말을 떠들어 댔건 그게 오늘의 나랑 무슨 상관이야?

징글징글의 느슨하고 자유분방한 윤리란. 버들가지처럼 쉽게 휘어지고 바람에 나부끼는 깃발처럼 쉽게 방향을 바꾸는 유연함이란.

파린이 입을 비죽이며 말했다. "나 자신을 속일 수는 없잖아. 내가 약속을 어기는 순간 내가 그 사실을 알게 된다고."

얘 지금 뭐라는 거니.

"그래도 네 말을 전적으로 신뢰할 수 있다는 거 늘 염두에 두고 있어."

아니, 믿지 마! 내 말에 믿을 구석이 하나도 없다는 건 내가 장담하지. 징글징글이 낄낄댔다.

망상은 파린이 진지하게 생각하는 것들에 대해 비웃기 일쑤였다. 서서히 화가 치밀어 올랐다. "넌 정말 부끄러움도 없는 거야?"

헤? 부, 부끄… 뭐라고? 너 혼자만 아는 전형적인 벌레들의 단어인가? 파린의 머릿속 한구석에서 악령이 호흡을 가다듬는 소리가 들리는 것 같았다. '잠깐, 일장 연설을 시작할 거야.'라고 경고하는 신호였다. 아니나 다를까, 속사포처럼 잔소리가 터져 나왔다. **약속, 맹세, 선서, 그건 다 깨지라고 있는 거라고. 생각해 봐, 그렇지 않다면 그런 것들이 다 무슨 가치가 있는지. 내가 뭔가를 약속했다고 치자. 그러면 난 그 약속을 잊지 말아야 해. 영원히. 내 수명을 생각해 보면 '영원히'는 꽤나 긴 시간이라고.**

"그럼 너는 네 마음대로 생각해. 하지만 내 윤리관만큼은 내가 알아서 하게 해 줘."

아하, 또 벌레다운 단어 하나 추가요. 윤리는 부끄러움의 계모쯤 되려나?

"너… 너는 정말 신의도 없고, 염치도 없고, 그리고… 그리고…"

흠잡을 데 없지. 악령이 잔뜩 뽐내며 말했다.

"관두자, 징글징글. 너랑 인간의 가치에 관해서 토론하는 건 시간 낭비야."

맞아! 인간들이 가치에 관해서 토론하는 건 시간 낭비지.

"흥!" 파린이 발끈했다. 콧방귀는 아주 확실하고 단호한 반론이었다.

너는 자신을 세상에 어느 정도라도 맞추려는 노력을 좀 할 필요가 있어. 네 태도에 대해서 말하자면 난 상당히 비관적이야.

"나는 매장꾼이고, 남들과는 다른 역할을 당연한 걸로 받아들이며 성장했어. 난 앞으로도 거울에 비친 내 본모습을 똑바로 바라보며 살아가고 싶어."

이럴 때 넌 참 귀엽다니까. 본질적인 얘기를 해 보자. 우리는 왕이 있는 성으로 가. 내 생각에 너는 그게 무슨 뜻인지 모르는 것 같아.

"당연하지, 한 번도 가 본 적이 없으니까."

하지만 난 거기에 많이 있어 봤지. 제1기사로서, 시녀로서, 자문으로서, 그리고 왕궁의 얼간이 광대로서 말이지.

파린은 귀를 기울였다. 그래, 징글징글에게는 수백 년의 과거가 있었지. "왕궁의 광대라고?"

지금으로부터 약 700년 전에 나는 무자비하기로 유명했던 로데비크 왕의 궁전에서 두 번 다시 없을 성공을 거뒀지.

"두 번 다시 없을 무자비한 장난 아니고?"

로데비크 왕 앞에서 그런 식의 농담을 했다가는 세 문장도 말하기 전에 혀가 뽑히고 참수당했을 거야.

"그러고 보니 징글징글보다 얼간이란 이름이 더 마음에 드는데? 넌 어때?"

그러기만 해 봐라.

"네가 네 진짜 이름을 말해 주지 않으니까."

말해 줘 봤자 어차피 해 질 무렵이면 잊어버릴 거잖아.

"그래 맞아. 그러니까 그냥 알려 줘도 되잖아. 얼른 말해 봐!"

너는 그럴 자격이 없어. 난 덧없는 존재에게는 절대로 내 이름을 말하지 않는다고.

"왜 그렇게 발끈하는 건데? 무슨 이유라도 있어?"

악령의 이름은 특별한 거니까. 그 어떤 맹세보다 중요하고 그 어떤 선서보다 더 준엄하지.

"하지만 조금 전에 네 입으로 약속과 도덕 따위는 악령에게 파리 똥만큼도 중요하지 않다고 말했잖아."

맙소사! 그런 차마 입에도 담지 못할 상스러운 단어를 쓰다니.

"풉, 그러니까 얼른 말하라고."

너 오늘따라 유난히 이해력이 떨어지는 것 같아. 악령의 이름은 그냥 단어 이상의 의미가 있다고. 그건 묵시이고, 고백이고, 책무야.

징글징글은 대체 무슨 얘기를 하는 걸까? "무슨 말인지 모르겠어."

이 당연한 걸 모른다고? 잘 들어. 네가 어느 악령의 이름을 안다면 그 악령이 원하지 않아도 펜타그램 안으로 불러낼 수 있게 돼.

"그럼 그 악령을 쫓아낼 수도 있어?"

당연히 아니지.

"내 생각엔 네 이름이 창피해서 알려 주지 않는 것 같은데."

꽤나 깜찍한 시도였어, 이 단순한 꼬맹아. 징글징글이 이를 바득바득 갈았다.

"좋아, 그만두자. 나벤슈타인이라니! 드디어 벨텐 제국의 수도로 가는 거야. 너도 같이 가는 거지?" 파린이 어느새 티격태격은 잊고 한껏 들떠서 물었다

꼭 그래야 한다면 뭐. 알지? 내가 너를 위해서라면 불 속에도 뛰어드는 거.

"그럼. 네가 물고기라면 물을 가로질러 헤엄치는 것도 다 나를 위해서겠지?"

아니 아니, 그건 너무 멀리 갔어.

파린은 이쯤에서 그만두기로 했다. 징글징글의 징글징글함은 끝이 없었다.

언제나처럼 작은 나뭇가지와 손가락으로 이를 닦고 자신의 소지품을 챙겼다. 토렘이 선물한 가죽 갑옷도 입었다. 이만하면 왕궁에서도 꽤 괜찮아 보일 것 같았다. 이제 몇 시간 후면 출발이었다. 나벤슈타인으로!

거의 60명쯤 되는 인원이 지게스문트 성문을 통과했다. 그들은

두 줄로 남동쪽 해안을 향해 서서히 말을 달렸다.

에미코는 지난 며칠 동안 여러 차례 정탐을 보내 나벤슈타인으로 가는 길을 살피게 했다. 다행히 적의 수상한 움직임에 대한 보고는 없었다.

오랫동안 네코르인들의 습격이 없었지만 파린은 안심할 상황이 아니라는 걸 알고 있었다. 그들은 성 밖 어디에선가 음모를 꾸미고 있는 게 분명했다. 혹시 폭풍 전야의 고요함은 아닐까? 그는 깊은 생각에 잠겨 뤼베의 두 귀 사이를 부드럽게 쓰다듬었다.

동료들은 모두 그의 근처에 있었다. 플라우디우스와 드로그단은 파린 앞에서, 그리고 바랄돈은 바로 옆에서 말을 몰았다. 에미코의 많은 신하들 가운데 섞일 수 있다는 것 자체가 뿌듯했다. 저습지로 떠난 원정에서 어쩔 수 없이 맡은 리더의 역할은 그의 체질에 맞지 않았다. 말로만 듣던 벨텐 제국의 수도를 직접 볼 수 있다는 사실이 믿기지 않았다. 그곳에는 큰 항구가 있고, 도시를 내려다보는 자리에 왕궁이 있다고 했다. 그리고 아로스, 그 아이는 나벤슈타인의 고아원에서 자랐다. 파린은 단 하루도 천방지축 아로스를 생각하지 않은 날이 없었다. 그녀에게 자신의 말이었던 리젤을 선물했었다. 그리고 얼마 지나지 않아 그녀는 그 말을 타고 홀연히 성을 떠나고 말았다. 네코르인들이, 창을 든 전사들이, 노상강도들이, 그리고 악당들이 들끓는 성 밖으로 혼자 떠났다. 그녀의 행동은 둘 중 하나였다. 무서움을 모르는 미친 짓이었거나 구제 불능의 순진함이거나.

불현듯 니네브라는 이름의, 베일에 싸인 노파가 프레니아에게 해 주었다는 예언이 떠올랐다. "뼈를 보는 사람을 제시간에 예언가와 만나게 하여라. 악령과 환영의 동맹만이 벨텐 제국을 지옥 불로부터 지켜낼 수 있다." 사실 예언은 벌써 현실이 되었다. 그는 뼈를 보는 사람이었고, 그녀는 예언가였다. 그의 몸에는 악령이 있었고, 그녀는 환영을 보았다. 그러니 아로스가 그렇게 훌쩍 떠나 버리지 않았더라면 아무 문제가 없었을 텐데.

파린은 허벅지로 뤼베의 옆구리를 지그시 눌러 프레니아가 타고 있는 마차 옆으로 가라는 신호를 보냈다. 프레니아는 정말 편안해 보였다. 그녀가 앉은 자리에는 푹신한 쿠션이 깔려 쇠를 두른 바퀴에서 오는 충격을 완화했다.

"프레니아, 말해 봐요. 스승 이름이 니네브라고 했죠? 그분은 어떤 사람이었어요?"

"갑자기 그건 왜?" 프레니아는 지루하던 참에 이야깃거리가 생겨 기쁜 모양이었다. "니네브는 예언가 계보의 마지막 인물이었어. 그러니까…" 그녀가 목소리를 낮추었다. "그분은 우리 시대의 위대한 마법사 중 하나야. 나는 7년 7개월, 그리고 7일 동안 그분의 가르침을 받았고, 남들이 볼 수 없는 것들을 보게 되었지. 지금도 스승님이 많이 그리워. 니네브는 네가 나를 찾아올 거라고 말했었어."

마법이라고? 예전 같았으면 분명 인상을 찌푸리며 고개를 저었겠지. 하지만 지난 몇 개월 동안 상상조차 할 수 없던 기이한 일들을 몸소 체험했고, 특히 그의 머릿속에는 상상도 못 할 일을 해낼 수 있는 악령이 몰래 숨어 있었다. 그리고 그때부터 끊임없이 광기와 천재 사이를 오가는 삶이 진행 중이었다.

그게 도대체 무슨 말이야? 아하, 알겠다. 너는 광기. 나는 천재.

"아니, 아니. 너한테는 천재라는 말도 부족하지." 파린이 속삭였다.

반어법은 너에게 어울리지 않아. 그런 복잡한 유희는 그냥 너보다 훨씬 똑똑한 존재에게 맡기라고.

파린은 아무 말도 하지 않았다. 징글징글은 칭찬만 들으려고 했다. 아무리 조용히 생각해도 자신에 대한 비판은 귀신같이 알아차리고 야단법석을 떨었다.

프레니아가 의미심장하게 웃으며 물었다. "지금 네 머릿속의 악령과 대화 중이구나, 그렇지?"

"뭐, 그렇다고 볼 수 있죠."

"사실 우리는 모두 바람 속 나뭇잎 같은 존재란다. 심지어는 네 악령도 예외가 아니야. 그렇게 전해 주렴."

바람 속의 나뭇잎? 징글징글이 한숨을 쉬었다. 나는 바람이라고 전해. 폭풍도, 회오리도 바람에서 시작되지. 그리고 내가 저 할망구를 정말 싫어한다는 말도 잊지 말고 전해라. 그다음엔 잠깐 나한테 네 정신을 넘겨줄래? 내가 바람을 일으켜 저 할멈을 수레에서 날려 버릴 테니까.

"악령이 잘 알겠다고 하네요."

흠, 그라쿠스 왕이 뭐라고 했더라? 외교가들은 검은 백마를 탄다고 했지, 아마.

"프레니아, 제가 뭘 할 수 있을지 정말 모르겠어요. 지금까지는 사건이 일어나면 끌려다니기 바빴거든요."

"너는 기사님의 낙인을 사라지게 했어. 그다음은 아마 네코르인과의 싸움이 되겠지." 프레니아는 평소와 달리 들뜬 목소리로 말을 이었다. "폐하를 만나 네코르인을 무찌를 방법을 함께 찾아낼 거야. 정말 믿기지 않는구나."

"그런데 앞으로의 계획에서 그 아로스라는 아이가 무슨 역할을 하게 될지 모르겠어요. 그 아이가 결정적인 역할을 하는 것만큼은 분명한데 지금 어디에 있는지, 그리고 무엇을 하고 있는지 알 길이 없네요."

프레니아가 어깨를 으쓱하며 말했다. "나는 그 아이를 직접 본 적이 한 번도 없으니…. 넌 그 예언을 생각하고 있는 게로구나."

"맞아요. 그 아이도 예언의 일부니까요."

"그런데 그 애가 떠났고 완전히 사라져 버렸지. 예언은 밀랍처럼 부드러운 거야. 그래서 예나 지금이나 해석이 어려운 법이지."

"에미코 기사님의 내면에 숨어 있던 감히 부를 수 없는 존재와 싸웠을 때 아로스와 하나가 되었다고 느꼈어요. 잘 설명할 수는 없지만…. 그러니까 마치 그 아이와 손을 잡고 악령에 대항해 싸우는 것 같은 느낌이요."

"네 안의 악령을 잘 길들여 봐. 그러면 다음으로 해야 할 일이 뭔지 알 수 있을 거야."

뭐, 뭐라고? 길들인다고? 이 노파는 지금 자기가 무슨 말을 하는지나 알고 지껄이는 거야?

"프레니아, 혹시 왕궁에 가 본 적이 있어요?"

"왕궁까지는 못 들어가 봤지. 그래도 2년 동안 성 언저리에서 살아 보긴 했어. 나에게 맞지 않는 곳이었지. 어쨌든 그 덕분에 귀족과 성직자 계급의 관습에 대해서는 좀 알고 있어."

"저는 정말 아무것도 아는 게 없어요."

"처음이니까 내가 한 가지 쓸 만한 조언을 해 주마. 무조건 입을 다물고 있거라. 최대한 말을 아껴. 네 입에서 나온 말은 언젠간 모두 네 목을 조이고, 너를 공격하게 될 테니까. 높으신 분들은 미천한 백성이 자신들의 세계에 끼어드는 걸 좋아하지 않아."

"하지만 우리는 폐하의 손님들이잖아요. 그러니 성안에 있는 동안은 우리도 그들에 속하는 것 아닌가요?"

"그래서 그들은 더 화가 나고 더 비열해지지. 폐하의 총애를 받는 이들은 누구나 질투의 대상일 뿐이야."

"명심할게요. 고마워요." 그는 프레니아에게 손을 흔들고 다시 바랄돈 옆자리로 돌아가 나란히 말을 달렸다.

"내일이면 나벤슈타인에 도착할 거야. 벨텐 제국에서 가장 큰 성이 있는 가장 중요한 도시에! 지난 4년 동안 한 번도 못 가 봤는데."

플라우디우스가 말했다. "굼벵이보다 느려 터진 저 마차만 아니었다면 벌써 도착하고도 남았겠지. 그럼 오늘 밤은 밖에서 보내지 않아도 되었을 거고."

"에이, 뭐 이 정도를 가지고 그래요. 서부산맥에 있을 때 산꼭대기에서 어떻게 잤는지 생각해 봐요. 그때에 비하면 여긴 비단 침대죠."

때마침 에미코가 일행을 멈춰 세우고 묵을 곳을 마련하라고 지시했다. 이른 저녁이었다. 그는 어두워지기 전에 주변 정찰을 마치고 안전한 곳에서 밤을 보내는 것을 선호했다.

드로그단과 플라우디우스와 파린은 말들의 상태를 살폈다. 차분한 속도로 달려와서인지 말들은 지친 기색이 없었다. 파린은 먼저 기사의 말에게 물을 먹이고 솔질을 했다.

에미코는 아까부터 바랄돈과 이야기를 나누고 있었다. 왕궁에 가면 바랄돈에게 새 기사를 찾아 주려는 것일지도.

파린이 고개를 들어 하늘을 보았다. 바람이 빙그르 돌며 불규칙한 소리를 싣고 왔다. "바다예요! 분명 바닷소리예요!" 파린이 작은 소리로 말했다.

"당연하지. 바다가 아니면 뭐겠어?" 드로그단이 대수롭지 않다는 듯이 대답했다.

"어릴 때부터 꼭 한번 바다를 보고 싶었어요. 지난번 뗏목이 폭포에서 떨어질 뻔했을 때 아주 잠깐 보긴 했지만, 이번엔 정말로 눈앞에서 바다를 볼 수 있는 거잖아요. 바다 냄새를 맡고, 바다를 느끼고, 바닷물이 얼마나 짠지 직접 맛보고 싶어요."

다른 일행들은 말에서 떨어져 머리를 다친 사람을 보는 것 같은 걱정스러운 얼굴로 파린을 보고 있었다.

"아이고, 그렇지!" 플라우디우스가 놀리듯 말했다.

"나벤슈타인은 바닷가에 있어. 그러니 너의 그 바다 숭배는 그때 가서 해도 늦지 않아." 드로그단이 말했다. "그것도 매일 매일 지겹도록."

"도저히 기다릴 수가 없어요. 지금 바로 말을 타고 다녀올게요. 혹시 누가 같이 갈래요?" 파린은 흥분한 나머지 얼굴이 달아오르는 것을 느꼈다.

"지금?" 플라우디우스가 관심 없다는 듯이 물었다. "내일도 바다는 그 자리에 있어."

"나도 별로. 그리고 일단은 기사님 허락부터 받는 게 좋을 거다." 드로그단이 말했다. "말도 없이 사라져 버리면 기사님이 화내실 게 분명해. 네가 몰래 혼자서 '제시간에' 여관으로 돌아가 버렸을 때 어땠는지 생각해 봐."

파린은 목을 쭉 빼고 에미코 쪽을 보았다. 그는 여전히 바랄돈과 진지한 얼굴로 이야기를 나누고 있었다. "말씀 중에 방해하고 싶지 않아요. 기사님이 물어보시면 바다가 너무 보고 싶어서 아주 잠깐만 다녀온다고 전해 주세요."

"흠, 너는 어린아이가 아니니. 정 그렇다면 네 생각대로 하든지." 드로그단이 짜증 섞인 목소리로 말했다.

파린은 곧바로 뤼베에게 갔다. "뤼베, 우리 한 번만 더 갔다 오자. 해변으로 가는 거야. 내가 바다를 보여 줄게." 뤼베는 상냥한 울음소리를 냈다. 기쁨을 나눌 수 있는 친구가 하나라도 있어 다행이었다. 금방 다녀올 생각으로 파린은 안장도 없이 뤼베의 등에 올라탔다. 뤼베와 파린은 바위 지대를 돌아 동쪽으로 달려 나갔다. 마침내 오랜 꿈이 이루어진다는 기쁨이 그를 압도했다. 달리는 뤼베의 등근육이 움직일 때마다 파린에게 그대로 전해졌다. 처음으로 말과 자신이 하나가 된 느낌이었다.

북쪽에 네코르인의 동태를 살피기 위해 에미코가 보낸 부하 한 명이 보였다. 파린이 손을 흔들어 인사하자 사내도 파린을 향해 가볍게 손을 흔들었다. 사방이 고요했다. 어디에도 적의 움직임은 없었다. 아름다운 세상이 참모습을 드러내는 드문 순간이었다.

바닥이 점점 모래로 바뀌더니 전방에 거대한 모래 언덕이 나타났다. 바람의 흔적이 물결무늬로 남아 있었고 곳곳에 듬성듬성 자란 풀이 보였다. 파린은 흥분하여 목을 길게 뺐다. 바람을 타고 오는 바다 냄새가 그를 더 들뜨게 했다.

너 지금 너무 주책없이 흥분하는 거 아니니? 징글징글이 물었다.

"왜? 바다처럼 굉장하고 멋진 게 기다리고 있는데 좀 흥분하면 안 돼?"

바다는 거대하긴 해도 멋지진 않아. 인간에게도 악령에게도 썩 유쾌한 곳은 못 되지.

"혹시 악령들은 불에서 온 존재라 물을 싫어하는 거야?"

하하. 서부산맥에서 누가 호수에 뛰어들었는지 잊었어? 아둔한 인간 같으니.

뤼베의 달리는 속도가 점점 느려졌다. 모래가 깊어지고 있었다. 뤼베가 발을 다칠까 봐 걱정스러웠다. 파린은 언덕 아래쪽으로 방향을 틀었다가 50미터 이상을 달려 다시 언덕 위쪽으로 말을 몰았다. 수풀은 더 높아지고, 빽빽해졌다. 파도 소리는 점점 크게 들려왔다. 부서지는 파도 소리에 가슴이 뛰었다. 그 소리는 점점 더 크고, 더 거칠게 귓가에 울렸다. 아직은 모래 언덕에 가려 바다를 볼 수 없었다. 파린은 잽싸게 뛰어내려 뤼베의 고삐를 쥐고 모래 언덕 꼭대기까지 마지막 남은 구간을 함께 걸었다. 한 걸음 한 걸음 발을 옮길 때마다 파린과 뤼베의 발이 모래 속으로 파묻혔다. 드디어 모래 언덕 정상에 오르자 해변이 시야에 들어왔다. 저 멀리 왼편에 바위들이 솟은 만이 보였고 금빛 모래 해변이 거기까지 펼쳐져 있었다. 짙푸른 바닷물이 머나먼 수평선까지 넘실대며 빛나고 있었다. 파린은 입을 꼭 다물었다. 꼴깍 소리를 내며 목구멍으로 침이 넘어갔다. 굉장한 광경이었다. 그는 꼼짝도 하지 않고 그 자리에 서서 몰려오는 파도를 바라보았다.

그렇게 한참을 서 있다가 비로소 다시 정신이 들었다. 바다로 가려면 모래 언덕 아래로 내려가야 했다. 파린은 부서지는 파도를 향해 성큼성큼 걸어갔다. 번개처럼 빠르게 신발을 벗었다. 발가락 사이로 모래가 삐져나왔다. 발바닥이 간질거렸다. 말로는 표현할 수 없는 느낌이었다. 모래 위에 남겨진 자신의 흔적을 돌아보았다. 게 한 마리가 바다 쪽으로 기어가다가 잠시 멈춰 집게발로 그에게 인사하는 듯했다.

"야호오오!" 파린은 마침내 무릎 깊이까지 바다로 뛰어들며 환호했다. 그리고 그곳에 잠깐 멈춰 꼼짝도 하지 않고 서 있었다.

때때로 높은 파도가 일어 가슴을 때렸다. 하지만 파린은 조금도 개의치 않았다. 손을 뻗어 바닷물을 찍어 입에 대 보았다. 마치 달콤한 꿀이라도 되는 것처럼. 파린이 상상했던 거보다 훨씬 더 짠 맛이 났다. 누가 이렇게 많은 소금을 바다에 뿌렸을까?

으이, 저놈의 오두방정. 징글징글이 끼어들었다.

파린은 내면의 소리를 들은 체 만 체 했다. 파도 소리와 물보라, 빛나는 저녁 태양에 반짝이는 수많은 물방울! 이 모든 것이 꿈에서 그려 왔던 것보다 훨씬 더 환상적이었다. 이보다 더 아름다운 광경은 본 적이 없었다. 눈 앞에 펼쳐진 바다는 서부산맥의 정상에서 경험한 풍경보다도 더 장대했다. 운명이 그를 하우펜 마을 밖 세상으로 이끌지 않았더라면 이 모든 걸 놓치고 살았겠지.

서서히 발이 시려 왔다. 태양은 하늘을 오렌지빛과 붉은빛으로 물들이며 서서히 수평선 너머로 사라질 준비를 하고 있었다. 막 뒤를 돌아 뤼베에게 돌아가려고 할 때 모래 안에서 무언가 반짝이는 게 눈에 띄었다. 얼핏 보기에는 도자기 같아 보이는 물건이었다. 허리를 숙여 집어 들고 보니 그건 소라 껍데기였다. 손끝으로 입구 부분을 쓰다듬어 보았다. 값비싼 백자처럼 매끄럽고 분홍빛이 감도는 안쪽과 달리 바깥쪽 표면은 울퉁불퉁하고 거칠었다. 그리고 달팽이 집처럼 소용돌이 모양으로 한쪽 끝이 뾰족했다. 파린은 감동해서 말을 잇지 못하고 이쪽저쪽으로 돌려보았다. "징글징글, 이것 좀 봐."

소라네. 나 대신 하품 한 번만 해 줄래?

"그래, 너한테는 이 경이로운 자연이 하나도 특별하지 않다는 거지."

전혀. 내가 그 경이로운 존재, 그 자체인 걸 뭐.

"이 아름다운 자연을 앞에 두고 자아도취에 빠진, 구제 불능 같으니. 남의 말은 절대 안 듣는 악령과 토론하는 건 공기 낭비고 시간 낭비지." 파린이 일부러 큰 소리로 내면을 향해 말했다.

소라 껍데기는 조심스럽게 허리춤에 찬 주머니에 넣었다. 일부러 말을 달려 여기까지 온 보람이 있었다. 해변을 따라 조금 더 말을 달려 볼까 생각하던 찰나, 저 멀리 바위들이 바다를 향해 뻗어 나가는 만 쪽에서 움직이는 형체가 보였다. 적이 나타난 걸까? 파린은 잔뜩 긴장한 채 이마에 손을 얹어 빛을 가리고 그쪽을 바라보았다.

"저쪽에 누군가가 움직이는 게 보여. 나 좀 도와줘, 징글징글."

이 몸께서 경이로운 존재라는 걸 인정하긴 하나 보군. 악령이 투덜거리며 파린이 놓아 버린 정신 일부를 탐욕스럽게 받았다.

그러자 마치 에미코가 가진 희귀한 망원경을 통해 보는 것처럼 저 멀리에서 일어나는 일을 선명하게 관찰할 수 있었다.

순간 파린은 뤼베도, 바다도 모두 잊었다. "젠장!" 그 중얼거림은 평소의 '젠장'과 확실히 달랐다.

그는 완전히 얼어붙은 채 뤼베 옆에 서서 멍하니 한 곳만 바라보았다. 젊은 여자였다. 그녀는 바위 옆에 서서 머리띠를 풀었다. 수수한 리넨 원피스에는 빛바랜 붉은 꽃무늬 장식이 보였다. 검은 머리카락이 왼쪽 어깨를 지나 앞쪽으로 흘러내렸다. 그 우아한 동작만으로도 숨이 멎을 것만 같았다. 다음 순간 꽃무늬 원피스가 허리를 지나 발 위로 미끄러져 내렸다. 이제 그녀는 실오라기 하나 걸치지 않은 알몸이었다. 완벽한 피부, 완벽한 굴곡, 완벽한 얼굴이었다. 그녀는 파도를 향해 달려가며 어린아이처럼 두 팔을 휘저었다. 등 왼쪽 어깨 위로 보일 듯 말 듯 한 점이 그녀의 뒷모습을 더욱 아름답게 만들었다. 물방울이 날렸다. 검은 머리카락이 소용돌이쳤다. 완벽한 그녀는 우아한 동작으로 몸을 날려 파도 속으로 사라졌다.

"저게 뭐지?" 피린이 물었다.

뭐처럼 보이는데?

"난… 잘… 모르겠어."

악령이 말했다. **아주 정확히는 모르겠어. 얼핏 보기에 못된 네코르인들**

이 벌거벗은 여자로 음흉하게 변장한 것 같긴 한데…. 아무래도 제대로 확인해 보려면 한 번 더 봐야겠는데?

파린은 입을 꼭 다물었다. 악령의 음흉한 목소리가 마음에 들지 않았다. "아니, 절대로 안 돼!" 그가 얼른 대답하고 자신의 정신을 넘겨받았다. 낯선 사람을 몰래 엿보다니, 있을 수 없는 일이었다.

벌써 다 봤잖아.

"그, 그건 실수였어. 수상한 움직임이 있는지 보려고 그랬던 거라고."

바로 그거야. 내가 지금까지 너를 봐 와서 아는데, 저건 너한테 네코르인 백 명보다도 더한 엄청난 위험이라고.

"그런데… 너무 예뻤어."

그게 뭐? 나도 너무 예쁜데.

"한번 가 보자. 말을 걸어 봐야겠어. 인사라도 해 보고 싶어."

인사라도 해 보고 싶어. 징글징글이 파린의 목소리를 흉내 내며 놀렸다. 저기까지 안 가도 난 무슨 일이 일어날지 벌써 다 알겠어.

파린은 모래 묻은 손가락으로 신발을 신고 뤼베의 등에 재빠르게 올라탔다. 그리고 일부러 "휘, 휘!" 하고 큰 소리로 내며 천천히 만 쪽으로 움직였다.

너 자신이 참 모자라 보인다고 생각 안 해? 징글징글이 잔뜩 흥이 나서 물었다.

"내가 다가오고 있다는 걸 알리려는 거야. 놀라거나 당황하지 않게."

바위들이 점점 가까워졌다. 파린의 눈으로 보니 아주 작은 점 하나가 바다에서 해변 쪽으로 달려가는 것이 보였다. 여자는 파린을 발견하고 황급히 옷을 입는 중이었다. 파린은 그녀가 도망치지 않기만을, 바위 사이로 사라져 버리지 않기만을 바랐다. 이제 뤼베는 속도를 조금 높여 빠른 구보로 움직였다. 얕은 바닷물이 말발굽 주위로 철벅거리며 흩날렸다. 뤼베의 갈기가 바람에 흩날렸다. 입술에 소금기가 느껴졌다.

잠시 후 파린은 여자가 물속에 뛰어들었던 지점에 다다랐다. 심장 박동 소리를 애써 무시하며 주위를 둘러보았지만 아무도 없었다. 바위 위쪽 2미터 지점에 검은 구멍 몇 개가 보였다. 바닷물이 그녀를 휩쓸어 버린 건 아니겠지? 바로 그때 바위 사이의 구멍 앞에 여자가 나타났다. 그녀는 호기심 어린 눈으로 아래쪽을 내려다보았다.

파린은 정신이 나간 사람처럼 멍한 얼굴로 뤼베를 멈춰 세우고 말에서 내려 꼼짝도 하지 않고 그 자리에 서 있었다. 반걸음만 움직여도 여자가 사라질지도 모른다는 두려움에 다리가 후들거렸다. 그는 마치 여신을 바라보듯 경탄의 눈으로 여자를 올려다보았다. 그녀는 가만히 서서 아무 말도 없었다. 심지어 여름 축제에서 춤을 추던 아니에타를 능가할 정도로 매혹적인 여인이었다. 얼마나 오랫동안 파도가 밀려오고 밀려갔을까? 마침내 파린이 입을 열었다.

"에… 헤…." 최대한 남자답게 보이려고 애쓰며 내뱉은 소리였다.

시작부터 못 봐 주겠군. 징글징글이 푸념했다. **이 아가씨 너한테 중요한 사람 맞지? 차라리 내가 얘기할까?**

"나한테 중요한 사람이니까 넌 제발 좀 빠져 줘." 파린이 징글징글의 제안을 마음속으로 뿌리쳤다.

"안녕하세요!" 그녀가 바닷물을 짜내기 위해 두 손으로 머리칼을 쓸어내리며 인사했다. 그녀의 검은 머리가 커튼처럼 무릎에 닿았다.

징글징글한 악령과의 말싸움에는 익숙했지만 매혹적인 여인과 대화를 나누는 건 너무나도 어려운 일이었다.

젠장, 아무런 할 말이 떠오르지 않았다. 슈투름바흐트 성의 집사 마르칸은 완벽한 스콰이어가 되기 위한 조건에 관해 설명했었다. '기사가 되려는 자는 최고의 예의범절을 갖추어야 한다. 섬길 줄 알아야 하고, 춤을 출 수 있어야 한다. 여인과 함께 있을 때는 어떤 상황에서도 정중한 대화를 이끌어야 한다.'

그리고 파린은 지금 마르칸의 가르침과 정반대로 행동하고 있었다. "헤…에…."

우리 벌레 씨, 이건 또 무슨…. 괴로운 한숨 소리가 뒤통수에서 들렸다. **정말 못 봐 주겠네.**

여자의 커다란 갈색 눈동자가 파린을 물끄러미 바라보고 있었다. "갑자기 어디서 나타나신 거죠?" 그녀가 물었다.

파린은 질문의 의도를 파악하지 못했다. 질문일까, 단정일까, 아니면 비난일까? 그의 내면에서 지금껏 경험하지 못한 무언가가 그를 어루만졌다. 그녀의 부드럽고 애교 섞인 목소리가 파린의 감각을 깨웠다. 모든 것이 그의 주위를 뱅글뱅글 도는 것만 같았다. 바람도, 파도도, 단어들도. 어디가 앞이고 어디가 뒤일까? 그녀에게 반한 나머지 정신이 어떻게 되어 버리기라도 한 걸까?

무슨 일이 있어도 대화를 멈춰선 안 돼, 파린이 생각했다.

너 왜 그래, 벌레? 정신 차려. 네 차례야. 번갈아 가면서 말을 하는 게 대화라고.

"혹시 말을 할 줄 몰라요?" 그녀가 부드럽게 물었다. 얼마나 부드럽고 공감이 담긴 말투인지 파린의 눈에 눈물이 맺힐 정도였다.

이 멍청아, 이건 내 눈물이라고! 지금 기가 막혀서 눈물이 날 지경이다.

어떻게 하지? 무슨 말을 해야 하지? 수만 가지 생각들이 꼬리를 물며 폭풍에 날리는 가을 낙엽처럼 어디론가 세차게 날아가고 있었다.

집중을 좀 해. 그리고 오늘만큼은 좀 예외로 이성적으로 행동해 봐. 예를 들면 헤… 에… 이런 거 말고, 호… 요… 이런 거 말이야.

이성? 이성이라고? 지금 이건 뜨거운 열정이잖아. 이성이 무슨 상관이지? 지금 중요한 건 감정이고 이끌림이고… 또 뭐라고 해야 할까? 정의할 수 없는 느낌말이야!

뤼베의 울음소리가 꿈을 꾸는 파린을 다시 이 세상으로 불러왔다. "저는… 파린이라고 합니다." 그가 간신히 입을 열었다. "이름이 뭔가요?"

"사벨리아예요. 하지만 다들 그냥 리아라고 불러요." 그녀가 지는 태양 아래서 미소를 지었다. 갈색 눈동자가 반짝였다. 광대뼈가 보일 듯 말 듯 움직였다. 윗입술이 살짝 열리며 송곳니가 반짝였다. 불가능한 일이 일어났다. 조금 전까지 완벽하던 그녀의 얼굴은 이제 한층 더 아름다워졌다.

파린은 믿을 수가 없어 눈을 한 번 깜빡였다. 혹시 지금 꿈을 꾸는 건 아닐까?

"저는 이제 그만 가 봐야 해요." 그녀가 다시 머리띠를 했다.

그 어떤 협박보다 무서운 한마디 말. 정신이 번쩍 들었다. 이렇게 가 버리면 안 돼! 그녀가 그냥 사라진다면 그건 파린에게 고문이나 마찬가지였다. 아직 그녀에 대해 아무것도 아는 게 없는데! "리아, 그대는 어디에서 왔죠?" 파린이 물었다.

리아는 팔을 들어 남쪽을 가리켰다. "해변을 따라 조금만 가면 노르다우라고 하는 어촌이 있어요. 그곳에 부모님과 함께 살아요."

"저도 작은 마을 출신이에요. 멀리 북쪽에서 왔죠. 하우펜이라는 곳입니다."

저 숙녀가 어마어마하게 감동한 것 같은데? 이번엔 '따뜻한 맥주'에 네 지정석이 있었다고 말해 봐. 그러면 바로 너한테 사랑에 빠지겠어.

파리는 징글징글의 조롱을 무시했다.

"저는 매장꾼입니다."

안 돼! 난 몰라!

눈앞의 황홀한 상대에게 완전히 마음을 빼앗기지 않았다면 심각하게 징글징글의 상태를 걱정했어야 할 만큼 처절한 한숨 소리였다.

"오!" 사벨리아가 말했다. "저는… 저는 기사님이신 줄 알았어요."

"내가 기사처럼 보이나요?" 파린은 놀람과 동시에 조금 자랑스러운 생각이 들었다.

그녀는 미소를 지으며 원피스를 조금 위로 올리고 모래 위에 앉았다. 파린도 그녀를 따라 모래 위에 앉았다. 사벨리아가 이대로 달아나 버리지는 않을 것이라는 생각에 조금 안심이 되었다. "이곳에 자주 오나요?"

"네, 가끔은 조용히 혼자 있고 싶어서요. 저 뒤쪽에 보이는 동굴 안에 숨으면 아무도 모르거든요. 저희 할머니 할아버지도 해적을 피해 저기 숨으셨대요. 그래서 여기는 제가 특별히 좋아하는 곳이에요."

"아직도 해적이 있나요? 그러니까… 아직도 그때처럼 위험한 일이 있어요?" 파린은 도적 떼에 맞서 그녀를 지키겠다는 듯 허리를 꼿꼿이 세우고 단호한 표정을 지었다.

"이제 해적은 없어요. 하지만 그 대신 네코르인들이 나타나죠." 한순간에 그녀의 얼굴이 어두워졌다.

"네코르인들은 악마를 숭배하죠. 혹시 그들에 대해 더 아는 사실이 있나요?"

"제가 아는 건 그들이 위험한 무리라는 사실뿐이에요. 그들의 주장은 파괴적이고 비열하죠. 네코르인 얘기는 별로 하고 싶지 않아요."

담소를 나누기에 적절하지 않은 주제였다. "저는… 바다에 처음 와 봐요. 그런데 생각했던 것보다 훨씬 더 아름답고 황홀하네요."

'그대만큼이나 아름답고 매혹적이에요.'라고 생각했지만 입 밖으로 나오지는 않았다.

"바다는 우리 어부들의 삶을 결정해요. 우리의 생계이고, 고향이고, 숙명이죠."

파린은 급히 주머니를 뒤져 소라 껍데기를 찾아냈다. "이것 보세요. 방금 찾은 거예요. 바다가 첫 만남을 기념하며 나에게 준 선물이에요."

"바다가 있는 곳에는 소라 껍데기가 있어요." 그녀가 파린의 손을 바라보며 담담하게 말했다. "저는 늘 그런 것들과 함께 자랐죠." 하지만 파린의 들뜬 눈빛을 보고는 얼른 상냥하게 덧붙였다. "하지만 이건 아주 보기 드문 종류예요. 참 예쁘네요."

이제 게 한 마리, 그다음엔 모래 한 움큼을 보여 주면 되겠어.

징글징글은 파린이 이 재미있는 상황을 저한테 맡기지 않은 데 대해 단단히 삐친 것 같았다.

"나는 지금 나벤슈타인 성에 폐하를 만나러 가는 길이에요." 파린이 다시 입을 열었다. "한동안 그곳에 머물 겁니다. 혹시 그 근처에 오게 된다면 성문 앞에서 스콰이어 파린을 찾아 주세요. 그러면 곧바로 달려 나올게요." 어느새 파린은 아까보다 친근한 말투로 말하고 있었다.

그녀의 얼굴에 호기심과 놀라움과 불신의 감정이 차례대로 스쳤다. "그러니까 당신은 스콰이어라는 말이네요. 폐하께서 직접 만나 주신다는 건가요?" 리아도 친근한 어조로 말했다.

"그건 확실해요. 슈투름바흐트 성에서 기사들의 대회가 열렸던 날 밤에 한참 동안 폐하와 대화를 나눈 적이 있거든요."

이제 회의적인 시선이 다른 감정들을 압도했다.

파린은 그녀의 시선을 피하지 않았다. "그때는 그 노인이 발단 그라쿠스 왕이라는 사실을 몰랐었죠."

사벨리아가 상냥하게 웃었다. "당신 얘기는 마치 동화처럼 들리네요. 그리고 당신은 어쩐지 그런 일을 진짜로 겪을 만한 사람처럼 보이고."

"무슨 뜻이죠?"

사벨리아가 대답을 하려는 순간 뒤쪽 바위에서 사내 둘이 나타났다. 그들은 수수한 치마 형태의 옷을 입고 넓은 허리띠와 긴 가죽 장화를 신고 있었다. 검은 곱슬머리로 보아 사벨리아와 친척 관계로 보였다.

둘 중 나이 많은 사내가 그녀에게 호통을 쳤다. "멀리 가지 말라고 했잖니!"

사벨리아는 벌떡 일어서서 치마에 묻은 모래를 털었다. "잠깐 수영을 한 것뿐이에요, 아빠."

"그럼 이자는 누구지?" 젊은 쪽이 물었다. 험악한 인상이 파린을 당장 죽이기라도 할 기세였다.

"하우펜에서 온 파린이에요."

"한 번도 들어본 적이 없는 곳이야. 낯선 사람이라면 더더욱 조심해야 하는 상황인 거 모르니? 이자에게는 무기도 없고, 말에는 안장도, 덮개도 없어. 그렇다면 더더욱 의심스럽지. 분명 네코르인과 한패일 거야."

"아니에요. 파린은 매장꾼이에요."

"대체 언제까지 그렇게 어린애같이 굴 셈이냐? 저 사람을 한 번 봐! 저렇게 생긴 매장꾼을 본 적이 있어?" 사벨리아의 아버지가 다그쳤다. "저 사람이 입은 바지만 해도 일 년 내내 우리가 잡은 물고기보다 값이 더 나가겠구나. 저자는 너를 속이고 있어."

"저는 네코르인과 싸우기 위해 에미코 기사님과 함께 폐하께 가는 길입니다. 저는…"

성난 목소리가 파린의 말을 가로막았다. "들었지? 폐하란다! 이 파렴치한 사기꾼!" 갑자기 사내가 투척 도끼를 쳐들었다.

"안 돼요, 삼촌!" 사벨리아가 날카롭게 외쳤다.

파린은 본능적으로 정신 일부를 악령에게 넘겼다. 조금만 늦었더라면! 그녀의 비명이 귓가에 울렸다.

도끼를 든 손이 앞쪽을 향했다. 쇳덩이는 무서운 속력으로 파린을 향해 날아들었다. 도끼가 회전하며 바람을 가르는 소리가 멜로디처럼 울려 퍼졌다. 그것은 죽음의 노래였다. 파린은 무의식적으로 팔을 올렸다. 그의 손가락이 나무로 만든 손잡이를 낚아챘다. 쇠붙이의 냄새가 났다. 그도 그럴 것이 도끼는 그의 이마 바로 앞에 있었다. 파린은 잠시 손에 쥔 도끼로 사내를 공격해야 하는 걸까 생각했다. 하지만 곧 뒤를 돌아 바다를 향해 던져 버렸다.

사벨리아와 사내들은 한참을 날아가다 점이 되어 파도 속으로 사라지는 도끼를 놀란 눈으로 바라보았다.

"삼촌, 미쳤어요?" 사벨리아가 사내를 향해 소리쳤다. 그리고 파린쪽을 보며 말했다. "정말로 미안해요. 하지만… 당신은 도끼를…." 그녀가 믿을 수 없다는 듯이 고개를 흔들었다.

"위험한 자가 분명해. 내가 그럴 줄 알았다고." 사내가 중얼거렸다.

"어서 가자!" 사벨리아의 아버지가 말했다.

셋은 바위 사이의 컴컴한 구멍으로 사라졌다.

파린은 숨을 쉬는 것도 잊고 뤼베 옆에 서서 그들이 사라지고 없는 바위를 멍하니 바라보았다. 그녀가 떠났다. 사내들은 아무래도 상관없었다. 중요한 건 사벨리아뿐이었다. 조금 전 일어난 일이 꿈만 같았다. 갑자기 그녀가 사라졌다는 사실이 너무나도 고통스러웠다. 파린은 마치 몽유병 환자처럼 멍한 얼굴로 소라 껍데기를 주머니에 넣고 뤼베 주위를 서성였다. 뤼베도 궁금한 얼굴로 파린을 슬그머니 툭 쳤다. "괜찮아, 뤼베." 그는 뤼베의 등에 올라타 젖은 모래를 밟으며 다시 왔던 길로 되돌아가기 시작했다.

인간아, 나 정말 놀랐어.

"나… 난 말이야, 첫눈에 사랑에 빠진 것 같아, 사벨리아!"

아하, 그러니까 알프차라크가 게룬다에게 빠진 것처럼?

"그것보다 훨씬 더. 훨씬 더 많이. 언젠가 꼭 다시 만나고 말 거야. 사벨리아, 이름도 너무 예쁘지 않아?"

사벨리아, 사벨리아. 그 이름 좀 그만 불러. 흠… 이름을 까먹지 않은 걸 보면 이번엔 좀 심각한 건가?

"너무나도 아름다워."

한 가지만 짚고 넘어가자. 그러니까 대체 왜…, 뒤통수에서 헛기침 소리가 들렸다. **첫마디부터 네가 매장꾼이라고 자랑스럽게 밝힌 건지?**

"그게 사실이니까."

어이쿠, 귀여워라. 진실이라… 진실이라는 건 수많은 이론 가운데 하나일 뿐이야. 대체 언제쯤이면 이해가 되는 거야? 매장꾼 따위는 잊어버리라고. 너는 벌텐 제국에서 가장 유명한 기사 중 한 명인 에미코의 스콰이어고, 이 나라에서 가장 큰 기사들의 대회에서 우승했고, 저승지의

늪에 맞서 네 진가를 인정받았어. 넌 네 기사를 끔찍한 저주에서 해방시켰고, 역사상 가장 위대한 지배자인 발단 그라쿠스와 밤새도록 철학을 논했어. 그리고 무엇보다도 너한테는 천재적이고 굉장한 악령이…

"징글징글, 일단 그 얘기는 기억해 뒀다가 나중에 하자. 저기 말을 탄 사람들이 이쪽으로 오고 있어."

징글징글의 흥분을 가라앉히는 건 성난 황소를 멈춰 세우기보다 어려운 일이었다.

근데 멍청한 벌레가 사랑스럽고 어여쁜 아가씨에게 처음으로 한 말이 뭐였다고? 나는 매장꾼이에요. 나는 모공 하나하나까지 깨끗하게 시체를 닦죠. 징글징글은 도저히 진정시킬 수도 없고 진정할 생각도 없는 것 같았다.

이제 징글징글의 시력을 빌지 않아도 상대편이 세 명이라는 사실을 알 수 있었다. 드로그단과 플라우디우스와 에미코였다. 에미코의 얼굴은 붉게 타오르고 있었다. 그건 석양 때문이 아니었다.

곧바로 에미코의 불호령이 떨어졌다. "스콰이어, 허락 없이 혼자 이탈하다니 대체 무슨 생각을 한 거지? 이게 벌써 두 번째다. 넌 우리 모두를 위험에 빠뜨렸어. 공개적으로 매질이라도 당해야 정신을 차리겠는가?"

에미코의 말은 파린의 의식에 도달하지 못하고 반사되어 허공으로 날아갔다. 파린은 환희에 들떠 말했다. "드디어… 봤어요."

"바다 말이야?" 플라우디우스가 물었다. "너 좀… 심하게 흥분한 거 아니야?"

"아니요, 에… 네 맞아요. 바다도 맞고… 근데 제 말은 그게 아니고, 벨텐 제국에서 가장 아름다운 걸 봤어요."

"바싹 구워진 거위 고기?" 플라우디우스가 백번 이해한다는 얼굴로 대답했다.

어휴, 저 양반 대체 무슨 얘기를 하는 거야? "아니, 요정처럼 예쁜 아가씨요. 너무나도 아름다운… 이름이 사벨리아래요."

에미코는 성난 얼굴로 고개를 저으며 드로그단과 플라우디우스를 노려보았다. "너희들도 방금 이 얼빠진 스콰이어가 뭐라고 지껄이는지 들었지? 이러니까 항상 잘 감시하라고 말한 거다. 자, 이제 즉시 돌아간다!"

일행이 있는 곳까지 어떻게 돌아왔는지 기억이 나지 않았다. 정신을 차리고 보니 벌써 침낭을 덮은 채 별이 반짝이는 밤하늘을 바라보고 있었다. "노르다우에 사는 사벨리아. 널 꼭 다시 만날 거야."

왕궁

저 멀리 나무 꼭대기 위로 일곱 개의 탑이 보였다. 왕궁이 처음으로 모습을 드러내는 순간이었다.

"저 앞에 보이는 숲을 지나서 평지를 달리다 보면 나벤슈타인 서쪽 문이 나올 거야." 플라우디우스가 알려 주었다.

"서쪽 문이요? 성에 문이 여러 개 있나요?" 파린이 물었다.

"남쪽에도 도개교가 있어."

가슴이 뛰기 시작했다. 그가 아는 성이라고는 북쪽의 슈투름바흐트와 남쪽의 지게스문트뿐이었다. 다시 일곱 개의 탑을 보니 지금까지 경험한 것과는 완전히 다른 규모의 성이 그들을 기다리고 있음을 짐작할 수 있었다. 어쩌면 이제 조금이나마 사벨리아 생각에서 벗어날 수 있을지도 몰라. 그녀의 모습은 파린의 머릿속에서 떠나지 않았다. 대체 무슨 일이 일어난 걸까? 그는 분명 지금 제정신이 아니었다.

"노르다우라는 어촌을 알아요?"

플라우디우스가 고개를 저었다. "처음 듣는데? 아마도 아주 작은 마을인가 봐. 젊었을 때 이 근방을 많이 돌아다녀서 잘 알거든."

"알겠어요." 어떻게든 사벨리아 생각을 떨쳐내야 했다. 집중해야할 당면 임무가 있다는 건 어떤 면에서 다행이었다. 이제 곧 벨텐 제국의 왕을 만나게 될 것이었다. 벌써 세 번째였다. 하우펜 출신

촌놈으로서는 믿기지 않는 일이었다.

숲을 통과하는 데 시간이 많이 지체되었다. 마차 때문에 도무지 속력이 나지 않았기 때문이었다. 파린은 마음이 급했지만 꾹 참고 자신의 자리를 지켰다. 바랄돈이 그의 옆으로 왔을 때 파린이 물었다. "너는 왕궁을 잘 알지?"

"지금까지 딱 두 번 가 봤어. 5년 전이 마지막이었고. 본관에 대해서만 조금 아는 정도야. 성안은 웬만한 도시만큼 크고 복잡해서 아버지께서 혼자 돌아다니지 못하게 하셨거든."

대충 짐작이 갔다. 투르겐손 공작. 바랄돈의 아버지인 그는 그라쿠스 왕의 조카였다. 동시에 노련한 변호사였고, 얼마 전에 프레니아가 마녀라는 누명을 벗을 수 있도록 그녀를 변호했었다. 하지만 다른 한편으로 그는 파린이 절대로 다가갈 수 없는 귀족이었다. 거만하고 견고한 계급 의식을 드러내며 슈투름바흐트 성에서 파린의 삶을 고달프게 만든 장본인이었다.

"그곳에 가면 사람들을 만날 때 조심해야 할 점이 있어? 왕궁에서는 어떻게 행동하면 좋을까? 그곳엔 귀족들이 넘쳐나겠지?" 만감이 뒤섞인 마음에 파린은 입술을 지그시 깨물었다.

바랄돈이 씨익 웃으며 말했다. "넌 잘 할 수 있을 거야, 내 말을 믿어 봐. 지금껏 위험한 상황마다 잘 대처해 왔잖아."

바랄돈다운 대답이었다. 그는 어떻게 항상 나에게 저토록 절대적인 신뢰를 보일까? 분명한 건 바랄돈이 파린을 과대평가하고 있다는 사실이었다.

왜일까? 징글징글이 끼어들었다.

악령은 이쯤에서 자신이 얼마나 굉장한 악령인지 듣고 싶은 모양이었다. 순순히 원하는 대로 해 줄 수는 없지.

겁먹은 거야? 그렇다고 바지에 오줌을 지리지는 마. 내가 높으신 분들과 어떻게 지내면 되는지 아주 잘 알고 있으니까.

왜 징글징글의 말에 조금도 안심이 되지 않는 걸까?

약 50미터 앞에 숲이 끝나는 지점이 보이기 시작했다. 그리고 저 멀리에 성이 보였다. 벨텐 제국에서 가장 큰 성이었다. 그라쿠스 왕은 공격해 오는 적의 움직임을 놓치지 않으려고 숲의 나무를 베어 냈다. 덕분에 에미코 일행의 눈앞에는 시야가 탁 트인 광활한 벌판이 펼쳐졌다. 그들은 오전 내내 성을 향해 이동했다. 파린은 몇 번이나 놀라서 탄성을 질렀다. 가까워질수록 장대한 나벤슈타인 성의 규모에 그의 눈이 서서히 익숙해지고 있었다.

"모든 게 끝이 없고, 셀 수도 없어." 그가 큰 소리로 중얼거렸다.

끝없이 이어진 성벽과 수많은 성가퀴, 끝없이 높은 깃발들과 그것을 떠받치고 있는 수많은 깃대, 끝도 보이지 않는 망루에는 수많은 군인이 배치되어 있었다. 누구라도 이 웅장한 성의 주인이 얼마나 막강한 권력을 지녔을지 첫눈에 짐작할 수 있었다.

파린의 마음을 읽은 바랄돈이 말했다. "맞아, 우리 큰할아버지는 사람을 놀라게 하는 법을 잘 알고 계셔."

"나벤슈타인은 어디에 있어? 아직 도시는 안 보이는데."

"성 아래 바다 쪽에. 남동쪽 성벽에 오르면 도시 전체를 볼 수 있어. 그곳에 가면 분명히 한 번 더 놀라게 될 거야."

에미코는 이미 부하를 보내 일행의 도착이 임박했음을 알렸다. 서쪽 성문 앞에는 수많은 병사가 손님을 맞이하기 위해 창을 세워 들고 양쪽으로 늘어서 있었다. 끝이 보이지 않는 줄이었다. 여전히 그들은 다가오는 에미코 일행이 적이 아니라 자신들이 기다리던 손님이 맞는지 확인하기 위해 경계를 늦추지 않았다.

파린의 허벅지만큼이나 굵은 쇠막대들이 달린 거대한 격자문이 그들을 가로막고 있었다. 여기에 비하면 지게스문트 성의 성문은 아주 작은 쪽문에 불과했다. 성벽의 두께는 어림잡아 말 두 마리의 길이쯤 돼 보였고 아치형으로 뚫린 성벽 한가운데 틈새로 격자문이 오르내리도록 설계된 구조였다. 성 위쪽에는 감시용 전망대가 양쪽으로 줄지어 있었고 궁수들이 빈틈없이 자리를 지키며 만반의 준비를 하고 있었다. 어떤 얼치기 전략가라도 서쪽에서 성을 공격하는 건 승산이 없다는 사실을 한눈에 알 수 있었다.

팡파르가 울렸다. 마상 창 시합이 열리고, 에미코 대신 돈녀의 등에 올라야 했던 때가 생각났다.

격자문은 여전히 굳게 닫힌 채였다. 에미코 일행은 한곳에 모여 들뜬 얼굴로 성문을 바라보고 있었다.

"폐하께서 왜 우리를 들여보내 주시지 않는 거야?" 파린이 물었다.

바랄돈이 대답했다. "폐하는 늘 정보를 신중하게 수집하실 뿐만 아니라 늘 만약의 사태에 대비하셔. 아마도 그게 이토록 오랫동안 왕좌를 지켜 오신 비결일 거야. 에미코 기사님이 한때 악령의 지배를 받았던 일도, 지게스문트 성 앞에서 일어난 사건도 빠짐없이 폐하께 보고되었겠지. 그러니 기사님을 성안으로 들이시기 전에 현재의 심리 상태는 물론이고 충성심이 변함없는지까지 확인하려고 하시는 게 분명해."

청동 갑옷을 입은 키가 큰 사내가 앞으로 나섰다. 왼손에 금빛 브로드소드를 거머쥔 그는 얼굴마저 구릿빛으로 빛나고 있었다. "환영합니다, 에미코 기사님." 쩌렁쩌렁 울리는 목소리였다.

"원래 환영은 문을 열고 하는 법이지요, 카고란 기사님. 나의 부하가 이미 전했다시피 폐하께 중요한 소식을 가지고 왔습니다."

"카고란? 바로 그 카고란이요?" 파린이 플라우디우스에게 속삭였다. 낯설지 않은 이름이었다. 몇 년 전 그라쿠스 왕이 근위대장으로 임명한 인물이었다.

"맞아, 우리 기사님이 대회에서 두 번이나 카고란을 말에서 떨어뜨렸거든. 그래서 둘은 사이가 별로 좋지 않아."

구릿빛 사내가 수탉처럼 뽐내며 말했다. "암요, 잘 알고 있으니 너무 노여워 마시지요. 우리 에미코 기사님께서는 요즘 근황이 어떠신지요?"

"최고입니다. 그대에게 세 번째 기회가 온다 해도 결과는 마찬가지일 것 같으만, 카고란 기사." 평소에 비하면 눈에 띄게 온화한 말투로 에미코가 대답했다.

이렇게 순식간에 과거의 적대감에 다시 불을 붙일 수 있다는 사실이 놀라울 따름이었다.

카고란의 얼굴색이 순식간에 백금빛으로 변했다. "지게스문트 성에서 어떤… 심각한 문제가 있었다는 소문이 왕궁에까지 퍼졌습니다."

"왕궁엔 귀가 없으니 소문을 들을 수도 없었을 테고. 아마도 뜬소문에 귀가 번쩍 뜨여 허튼소리를 지껄여대는 사람들 말씀이시군요. 쓸데없는 걱정은 접어 두시고 우리가 여행 동안 쌓인 먼지를 털어내고 폐하를 뵐 수 있도록 인제 그만 문을 여시지요."

프레니아가 옆으로 와서 파린의 귀에 대고 속삭였다. "지금까지는 에미코 기사님이 어떤 분인지에 대한 확신이 없었어. 하지만 이젠 알겠어. 기사님은 선동가야. 신랄하고, 고집 세고, 집요한 분이네. 내 마음에 쏙 들어." 약이 잔뜩 올라 일그러진 병사들의 표정이 통쾌한 듯 키득거리며 그녀가 말했다.

카고란은 성문을 열라고 명령하는 대신 에미코 일행을 향해 외쳤다. "폐하의 명령이다, 팔을 보여라."

발단 그라쿠스는 치밀하고 영악한 사람이야. 감히 부를 수 없는 존재가

몰래 숨어들어 오지 못하게 미리 확인하려는 거지.

에미코가 먼저 침착한 얼굴로 양팔을 걷어 올렸다. 양쪽 모두 깨끗했다. 프레니아와 파린도 에미코를 따라 팔을 걷었다.

무슨 의미인지 알 수 없는 웅얼거림이 뒤따랐다. 카고란이 결정을 내리지 못하고 고민에 잠겨 있었다.

성 위쪽 어디에선가 또 다른 목소리가 들려왔다. 크지 않아도 분명하게 전달되는, 명령에 익숙한 목소리였다. "문을 올려라! 에미코는 옛날 모습 그대로이지 않은가!" 발단 그라쿠스였다.

"물론입니다, 폐하. 즉시 실행하겠습니다. 황공하옵니다." 카고란이 더없이 비굴한 태도로 말했다.

곧바로 거대한 기계 장치가 움직이기 시작했다. 두꺼운 쇠사슬이 육중한 격자문을 천천히 끌어올렸다. 문 양쪽에 각각 네 명의 사내들이 열심히 크랭크를 돌렸다.

에미코 일행은 한 명씩 팔을 걷어 보이며 성안으로 진입했다.

발단 그라쿠스는 사라지고 없었지만 한 무리의 신하들이 손님들을 맞이했다. 그들은 저마다 가슴에 왕실의 문장이 그려진 옷을 입고 있었다. 검은 바탕에 노란색 매.

성 안뜰은 사방이 수백 미터에 달하는 탁 트인 광장이었다. 돌로 포장된 여러 개의 넓은 길이 주변 건물들을 향해 쭉쭉 뻗어 있었다. 태양 빛에 반짝이는 연못도 보였다. 길 양쪽에는 한 번도 본 적이 없는 예술 작품들이 '자라나고' 있었다. 나무와 건물, 조각품들이 한

데 어우러져 살아 숨 쉬고 있었다. 그 사이사이에는 조각품으로 장식한 대리석 분수대들이 서 있었다.

에미코 일행은 말없이 시종을 따라 숙소로 향했다.

왕궁의 벽면이 햇빛에 광채를 뿜어냈다. 창문의 크기에, 금빛 난간에, 여러 개의 탑과 화려한 장식에 놀라지 않을 수 없었다. 어느 쪽으로 시선을 돌려도 황홀함으로 가득했다.

"성을 지키는 병사들은 어디에 있어요?" 파린이 의아해하며 물었다. 성의 규모에 비해 오가는 사람들이 별로 없었다.

"성 안뜰 아래쪽에 병사 삼천 명을 수용하는 병영이 있어." 플라우디우스가 대수롭지 않다는 듯이 말했다. "병사들은 두 개 조로 나뉘어서 번갈아 가며 성벽 위에서 망을 보지."

숙소를 담당하는 신하가 손님들을 4층짜리 건물로 안내했다. 외벽은 족히 수백 년이 걸렸을 법한 화려한 돌조각들로 장식되어 있었다. 창문마다 코볼트, 숲의 정령, 인어 등이 조각되어 있었다. 오른쪽에는 용, 왼쪽에는 히드라가 지키고 있는 입구로 들어섰다. 검은 화강암 조각이었다.

신하는 에미코에게 깊이 허리를 숙여 예를 갖추었다. "발단 그라쿠스 폐하께서 오후 네 번째 종이 울리는 시간에 알현실로 들라고 명하셨습니다. 그 전에 필요한 것이 있으시다면 제게 말씀해 주십시오. 하인 둘이 숙소를 안내할 것입니다." 그가 잔뜩 허리를 굽힌 젊은 하인 둘에게 손짓을 했다. 성안은 막강한 권력이 모든 것을 완벽하게 통제하고 있었다. 또 다른 하인이 나타나 프레니아를 부속 건물로 데리고 갔다.

"짐을 정리하고 목욕으로 여독을 푼 뒤 폐하를 뵙는다. 늦지 않도록 주의하거라." 에미코가 파린에게 말했다.

"예, 기사님." 파린이 대답했다.

그라쿠스 왕과의 약속에 늦는 것은 상상조차 할 수 없는 일이었다. 아니, 애초부터 불가능했다. 미리 신하 둘과 왕의 호위병 둘이 와서 에미코와 파린을 데리고 갔다. 파린은 가죽 갑옷에 새로 기름을 먹였다. 그리고 가슴에 새겨진 금빛 매를 뿌듯한 눈으로 바라보았다. 폐하가 이 옷을 기억할까? 30년이나 지난 일이니 다 잊었겠지.

마침내 왕궁의 중앙에 있는 웅장한 건물로 들어갔다. 내부의 화려함과 웅장함은 파린이 상상했던 모든 것을 가볍게 뛰어넘었다. 어느 쪽으로 시선을 돌리든 그림과 장식용 카펫, 예술품들이 벽을 장식하고 있어 보는 이들에게 경탄과 경외심이 들게 했다.

파린은 머뭇거리다가 에미코에게 작은 목소리로 물었다. "기사님, 폐하 앞에서 어떻게 행동해야 합니까?"

기사는 무표정한 얼굴로 파린을 바라보고 대답했다. "폐하께서는 정중함과 예법을 요구하신다. 특히 신하들이 배석했을 때는. 내가 알기로 오늘 폐하를 뵙는 자리에는 시종장과 출납관과 병기를 담당하는 사령관과 군사령관, 그리고 속내를 알 수 없는 여러 귀족과 성 직자들이 모두 모일 것이다.”

“구체적으로 어떤 예법이요?”

“넌 한 번도 들어본 적이 없겠지, 스콰이어?” 에미코의 떨떠름 한 표정이 많은 것을 말하고 있었다. “그럼 몇 가지 기본적인 규칙 을 말해 주지. 알현실 앞에서 무기를 내려 둔다. 이름을 부르면 알 현실로 들어간다. 들어서면서는 오른쪽 무릎이 바닥에 닿도록 굽히 며 인사한다. 폐하께서 허락하시면 천천히 폐하께 나아간다. 중간 지점에서 한 번 더 멈춰서 무릎을 굽혀 예를 갖춘다. 다시 일어서서 폐하께서 대화를 시작하실 때까지 기다린다. 그러는 동안 겸손하게 자신의 발끝만 바라본다. 이제 가장 중요한 부분이다. 폐하께서 먼 저 말씀하실 때까지 기다린다. 어떤 경우에도 먼저 발언해서는 안 된다. 폐하께서 입을 여시면 여덟 걸음을 앞으로 나아가 다시 한번 무릎을 굽힌다. 내 말이 이해되는가?”

조언보다는 다그침으로 들렸지만 파린은 일단 열성적으로 고개 를 끄덕였다.

슈투름바흐트에서 대회가 열렸을 때 왕과 함께 충성심과 외교적 수사와 바다에 관해 철학적이고 허물없는 이야기를 나눴기에 왕실 의 예법이 이렇게까지 복잡할 거라고는 미처 생각지 못했다. 파린 은 노인이 어떤 인물인 줄도 모른 채 나무 그루터기에 나란히 앉아 격의 없는 대화를 나누었던 그 날 밤을 떠올려 보았다.

마침내 알현실에 도착했다. 문 앞에는 반짝이는 갑옷을 입은 일곱 명의 문지기들이 나란히 기다란 창을 들고 서 있었고, 맞은편에는 근위대장 카고란이 허리를 꼿꼿이 세우고 서 있었다.

"명을 받고 왔소." 에미코가 말했다.

에미코의 무뚝뚝한 말투가 카고란의 마음에 들었을 리 없었다. "폐하께서 그대를 부르신 건 맞지만 알현 시간은 그대가 아니라 폐하가 정하오."

"그렇다면 내가 왔다고 말씀드리시오. 오래 기다리지는 않겠소."

카고란은 에미코가 보인 예상 밖의 태도에 잠시 멈칫했다. 하지만 곧 에미코의 말이 지나치게 예의에 어긋난다고 판단한 모양이었다. "나는 그대의 심부름꾼이 아니오. 기다리든가, 그게 싫으면 즉시 떠나시오."

"정 그렇다면 폐하께 필요할 때 다시 부르시라고 전하시오. 폐하께선 내가 어디에 있는지 알고 계실 테니."

병사들이 눈을 동그랗게 뜨고 놀란 기색을 감추지 못했다. 이런 당당하고 뻣뻣한 태도는 흔치 않은 게 분명했다.

"의전관에게 알리겠소." 카고란이 분한 얼굴로 말했다.

파린이 가까스로 위기를 넘겼다고 생각한 순간, 카고란이 다시 화난 목소리로 입을 열었다. "다녀오는 동안 검을 내려놓으시오. 물론 그대의 스콰이어에게도 똑같이 해당하는 말이오." 그는 파린을 지칭하면서도 정작 파린에게는 눈길 한 번 주지 않았다.

에미코는 조금도 동요하지 않고 칼집에서 검을 뽑았다. 파린이 그를 따라 검을 뽑아 병사에게 건네려고 할 때 에미코의 목소리가 쩌렁쩌렁 울려 퍼졌다. "나는 어떤 경우에도 이 검을 내려놓지 않는다." 그가 마치 왕홀제왕의 상징인 기다란 봉처럼 검 끝을 하늘로 향하게 세워 들었다. "이 검은 그대들의 폐하께서 내리신 선물이다. 이 검으로 폐하께서 나를 기사로 임명하셨고 검의 주인이 된 나는 이 검으로 폐하를 섬기겠다고 경건하게 맹세했다. 이렇게 쉽게 내려놓는다면 내 맹세를 어찌 지키겠는가?"

카고란의 얼굴이 다시 하얗게 질렸다.

에미코는 태연하게 검을 다시 넣었다. 파린은 어쩔 줄을 모르고 어정쩡하게 서 있었다. 이제 어떻게 하지? 그에게는 에미코 같은 지위도, 검을 내려놓으라는 요구를 거부할 뻔뻔함도 없었다. 당황한 가운데 조금 전 대화가 떠올랐다. 그런데 기사님께서 직접 예법에 관해 설명하면서 검을 내려놓으라 하지 않으셨나?

"검을 소지한 채 알현실에 출입할 수 있는 자격은 폐하의 근위병들에게만 주어진다!" 카고란이 단호하게 외쳤다.

"제1기사도 마찬가지지." 에미코가 팔짱을 끼고 맞섰다.

두 거인의 코가 맞닿았다. 얼음장처럼 차가운 시선이 검보다 먼저 대결을 시작했다. 다른 근위병들은 험악한 얼굴로 에미코를 향해 창을 겨누었다. 물론 파린에게도.

발단 그라쿠스와의 재회는 이렇게 파린의 상상과 전혀 다른 방향으로 흘러가고 있었다. 폐하를 다시 만날 수는 있을까?

프라이머스

이가 세 개 남은 노인이 지척대며 앞장서 걸었다. 노인이 다음 단계를 허락한 건 순전히 키의 전설적인 명성 때문이었다. 동행인 짧은 머리 소녀 아로스에게는 눈길 한 번 주지 않았다. 애초에 여기까지 온 건 아로스 때문이라고 말했는데도.

자신을 무시하는 것 같은 노인의 태도가 심기를 거스르긴 했지만 아로스는 딱히 기분이 나쁘지는 않았다.

시간이 얼마나 흘렀을까? 그들은 끝도 없이 도시를 헤매고 다녔다. 아바스토란이 보기보다 더 큰 도시이기 때문일까? 아니면 혹시 같은 지역을 빙빙 맴돌고 있는 걸까? 어쨌든 지금까지 같은 장소를 두 번 지난 기억은 없었다.

배가 고팠다. 언제나 그녀를 따라다니는 배고픔. 뱃속에서 꾸르륵 소리가 날 때마다 기분이 점점 나빠졌다. 자정을 넘은 지 두세 시간쯤 되었을까? 도시의 소란은 조금씩 가라앉고 산 위에 오밀조밀 지어진 집들 위로 적막이 내렸다. 언제 깨어질지 모르는 아슬아슬한 고요.

그들은 어두운 골목길과 담장에 난 구멍, 터널, 그리고 도랑 사이를 지났다. 간혹 등불이 켜진 곳도 있었다. 달이 구름 뒤로 숨었다. 발끝도 보이지 않을 만큼 캄캄한 밤이었다. 누군가가 계속 미행하고 있다는 느낌이 들었다. 그냥 착각일까, 아니면 정말로 미행당하는 걸까? 몇 번이고 뒤를 돌아보았지만 아무도 없었다.

이제 가차 없는 피로가 몰려와 그녀를 무겁게 짓눌렀다.

더는 한 걸음도 못 떼겠다고 버티려던 순간, 노인이 입을 열었다. "존경하는 마이스터 키, 오늘은 손님용 숙소에서 묵으시는 게 좋겠습니다." 여전히 아로스에겐 눈길 한 번 주지 않았다.

아로스는 피로에 찌든 눈으로 주위를 둘러보았다. 일자형으로 긴 건물이 보였다. 창문이 여러 개 달린 것 말고는 별 특색이 없어 보이는 집이었다.

"문에 사자 문양이 있는 방입니다. 필요한 것들을 모두 준비해 두었습니다. 내일 아침에 흰 탑이 두 분을 성소로 안내할 것입니다. 아닐 수도 있고요." 노인은 말을 마치고 도시의 그림자 속으로 사라졌다.

"너무 피곤해. 일단 자고 나서 생각해 보자." 아로스가 하품을 하며 말했다. 너무 지쳐서 배고픔도 잊은 마당에 노인이 남긴 말이 무슨 뜻인지 생각할 여유가 없었다. 무작정 건물 안으로 들어섰다. 세 갈래로 늘어선 복도마다 여러 개의 문이 줄지어 있었다. 키의 시선이 오른편에 용 모양의 손잡이가 달린 문을 향했다.

"계속 가 보자." 키가 나지막이 말했다.

다음 문에 은빛 사자 머리 장식이 보였다. 키가 손바닥으로 손잡이를 건드리자 문이 스르르 열렸다. 그리고 정사각형 모양의 방이 나타났다. 침대 두 개 말고도 작은 찬장이 하나 있었고 그 위에 물이 담긴 대야가 놓여 있었다. 깨끗하고 아늑한 방이었다. 한쪽 벽의 벽감에 접시만 한 양초가 빛을 발하고 있었다.

아로스는 그대로 등에 메고 있던 짐을 바닥에 던지고 침대 위에 누웠다. "일단은 쉬고 싶어, 이상한 할아버지를 따라다닌 것 말고는 별로 한 일도 없는데 너무 힘들다."

"아니지." 키가 대답했다. "화가와 친구 아가씨는 오늘 많은 일을 했어. 아주 큰 진전이 있었어."

아로스는 키가 무슨 말을 하는지 도무지 이해할 수 없었지만 더 생각할 힘조차 남아 있지 않았다. 곧바로 눈이 감겼다.

어디선가 물소리가 났다. 햇살이 좁고 긴 창문으로 들어와 그녀의 침대를 비췄다. 키가 두 손으로 세수를 하는 중이었다. 그는 깨끗하고 촉촉한 얼굴에 미소를 지으며 아로스에게 아침 인사를 건넸다.

아로스는 그를 본받기로 했다. 굳은 결심을 하고 일어서서 이쪽 저쪽으로 한껏 기지개를 켰다. "오늘은 무슨 일이 일어날까? 생텀에 갈 수 있을까?"

"바르바로사가 우리를 이곳으로 데려온 이유가 있을 거야. 하지만 결국 결정은 친구 아가씨 스스로 내리겠지."

"어젯밤 그 노인은 아저씨를 어떻게 알아?"

"화가는 예전에 아바스토란에서 길드 연합을 대표했었어. 그 직책 덕분에 심지어 황제와 식사를 할 기회도 있었지."

"무슨 황제?"

"이 대륙을 다스리는 황제. 안타깝게도 14년 전에 세상을 떠난 친구. 그가 떠난 이후 그의 아들이 왕위를 물려받았지. 새 황제는 권력욕에 사로잡힌 사람이야. 그는 길드를 불신하고 폐지하려고 해. 조합의 영향력을 두려워하기 때문이지."

"그래서 이곳을 떠난 거야?"

키는 평소와 달리 심각한 표정으로 고개를 끄덕였다. "그게 아주 중요한 이유 중 하나였어."

아로스는 자신은 정치 따위에는 관심도 없다고, 그건 자신과 아무런 상관없는 일이라고 말하려고 했다. 제 한 몸을 챙기기도 버겁다고, 그러니 왕이 어쩌고 황제가 어쩌고 하는 건 전혀 관심 밖이라고. 심지어 저와 비슷한 처지인 걸인이나 고아원 아이들에 대해서조차 생각할 마음의 여유도 없다고. 하지만 돌이켜 보니 꼭 그렇지만도 않았다. "여기서 마주친 사람들이 그렇게 비밀스럽게 군 것도 그것 때문이야, 맞지? 황제가 길드를 위협하고 있으니까. 그럼 그들 역시 나벤슈타인에서 내가 그랬던 것처럼 쫓기고 있는 거야?"

"그럴 수도 있지."

"그렇다면 별로 내키지 않아. 길드와 엮여서 좋을 게 뭐가 있겠어? 이곳에서 떠나자. 얼른 내 말 리젤을 다시 만나고 싶어."

"바르바로사는 아흐레 뒤에 출항해. 그전까지는 어차피 이곳 아바스토란을 벗어날 수 없어." 키가 손가락을 들어 보이며 말했다. "그때까지 친구 아가씨는 영적인 이들의 길드에서 놀라운 것들을 직접 경험할 거고 배울 거야. 그러려면 생텀으로 가야 하고."

"그러니까 내가 그 며칠 동안 무언가를, 그것도 많이 배울 수 있다는 거야?" 아로스가 회의적인 얼굴로 물었다. 하지만 이제 키에게 길드가 얼마나 중요한 문제인지 이해할 수 있을 것도 같았다.

"응, 친구 아가씨의 능력은 굉장해. 그걸 다루고 조절할 수 있는 능력을 배우지 않는다면 그 힘이 흙투성이 발 아로스를 망가뜨리고 말 거야."

그렇다면 뭐. 어쩌면 그곳에서 내 환영과 고통의 변환에 대해 더 자세히 알 수 있을지도 모르니까, 그녀가 생각했다.

이른 아침에 키와 아로스는 도시에서 가장 높은 산꼭대기에 올라 아바스토란을 내려다보았다.

"아저씨는 생텀이 어딘지 몰라?" 아로스가 의아해하며 물었다. 그녀에게 지금껏 키는 이 세상에 모르는 게 없는 사람이었으니까.

"성소의 위치는 일급비밀이야. 그리고 매일 바뀌지. 영적인 이들의 길드는 젊은 황제에게 특히나 눈엣가시 같은 존재야. 황제가 몇 년 전부터 그들의 길드를 완전히 해체하려고 해."

"그럼 우리가 그걸 어떻게 찾아낸다는 거야?" 이쯤 되니 속고 있는 게 아닌가 의심이 들기 시작했다.

"언제나 방법은 있기 마련이야. 혹시 친구 아가씨 눈에 높은 탑이 보여?"

"아니, 아저씨는?"

"아니, 안 보여."

둘은 한참 동안 지붕의 물결을 내려다보았다.

"마이스터 키 아저씨, 하지만 난 어쩐지 아저씨가 나한테 모든 걸 반쪽만 말해 주는 것 같은 느낌이 들어."

"반쪽 두 개가 만나면 완전한 하나가 되지. 친구 아가씨도 곧 보게 될 거야." 그가 어깨를 으쓱하며 천진난만하게 말했다. "우선 해가 완전히 뜨기를 기다려야 해."

"흠." 아로스는 다시 끝없이 이어진 벽돌색 지붕들을 내려다보았다. 그중 제일 높은 건물들이라고 해 봐야 이 층 내지 삼 층쯤이었다. 갑자기 그녀가 눈을 끔벅였다. 멀리 동쪽에 가느다란 탑 하나가 구름을 향해 높이 뻗어 있었다. "갑자기 어디서 나타난 거지? 분명… 조금 전까지는 없었어."

"친구 아가씨가 드디어 무언가를 발견한 걸까?"

아로스가 팔을 뻗으며 외쳤다. "저기! 탑이 있어. 햇빛을 받아 흰색으로 빛나고 있어. 말도 안 되게 눈에 띄는 건물이야."

"생텀이야! 정확히 어디지?"

아로스가 미간을 찌푸리며 말했다. "어디냐고? 저게 안 보일 리가 없잖아."

"성소는 마법이 높은 경지에 이른 사람에게만 보이거든. 보통 사람들 눈에는 보이지 않아. 그러니까 화가 눈에는 안 보여. 그곳으로 데려가 줘."

"뭐라고? 도시 한가운데에 흰 탑이 저렇게 서 있는데 나한테만 보이는 거라고?"

키가 고개를 끄덕이며 사과하는 사람처럼 허리를 굽혔다. "영적인 자들의 길드는 주도면밀하지. 길드의 일인자인 프라이머스는 상상할 수 없을 만큼 똑똑한 인물이야. 이런 방법으로 황제의 눈에 띄지 않으면서 동시에 유력한 후보를 검증하려는 거야."

"유력한 후보라고? 지금 나를 두고 하는 말이야?"

"맞아. 친구 아가씨의 눈에 탑이 보이지 않는다면 성소를 찾지 못하겠지? 그러면 시험할 필요도 없어. 자격이 없다는 뜻이니까. 괜한 시간 낭비를 줄일 수 있는 거지."

그럴듯하게 들렸다. 아로스는 탑을 발견하고, 그 사실을 말한 걸 후회했다. "아저씨 말은 그러니까… 내가 그곳에 가면 열심히 뭔가를 배워야 하고, 규칙과 규정을 따라야 하는 것처럼 들려. 고아원이 생각난다고. 유력한 후보는 검증 따위를 받고 싶지 않아. 난 글도 읽을 줄 모르는걸?"

"하지만 흰 탑을 볼 수는 있지." 키가 미소를 지었다. 언제나처럼.

"어차피 우린 오갈 곳 없는 신세니까. 성소에 한번 가 보자." 조금도 확신이 서지 않았지만 아로스는 한번 운명을 따라 보기로 했다.

둘은 정오 전에 흰 탑 앞에 도착했다. 아로스는 고개를 들어 매끈하고 하얗게 반짝이는 건축물을 올려다보았다. 뾰족한 꼭대기는 마치 푸른 하늘 속으로 사라지는 것처럼 보였다. 창문은 한 개도 없었다.

"탑이 안 보인다고? 그럼 아저씨 눈엔 뭐가 보여?" 아로스가 물었다.

"흙벽돌로 지은 집. 여기 있는 다른 집들과 똑같은 평범한 집." 키가 말했다.

"흠, 여기 입구가 있어." 아로스가 좁은 입구를 가리켰다.

"화가의 눈에는 그냥 벽일 뿐이야."

아로스가 다가가 문을 관찰했다. "손잡이도, 문고리도, 빗장도 없어. 안에서만 열리는 문인 것 같아. 두드려 볼까?"

키가 고개를 저었다. 둘은 한동안 휴식을 취하는 사람들처럼 담벼락에 기댄 채 서 있었다.

"친구 아가씨는 이제 한번 시도해 봐야 해." 키가 작은 목소리로 말했다. "손을 가져다 대고 집중해 봐."

그러는 사이 수많은 사람이 분주하게 오갔다. 아로스와 키는 인파에 묻혀 더는 눈에 띄지 않았다. 아로스는 오른손을 문으로 가져갔다. 문은 꼼짝도 하지 않았다.

"친구 아가씨는 뭐가 느껴져?"

아로스는 눈을 감은 채 나무문을 조심스럽게 쓰다듬었다. 나무판 하나하나와 나뭇결, 옹이, 그리고 햇볕의 따스함이 느껴졌다. 손끝을 간지럽히는 이 느낌은 뭐지? 그 순간 문이 스르르 열렸다. 아로스는 몰래 주위를 살펴보았다. 다행히 아무도 그들에게 눈길을 주지 않았다. 그녀는 얼른 키를 끌어당긴 후 문을 닫았다.

그들 앞에 나타난 건 아래로 향하는 두 개의 넓은 계단이었다. 아로스는 제자리에서 한 바퀴를 돌며 주위를 둘러보았다. 이상하다, 탑 안에 위로 오르는 계단이 없다니. 혹시 이 탑이 그저 환영에 불과하기 때문일까? 제길, 이제 이런 헛것까지 보게 되다니, 이게 과연 자랑스러운 일일까?

키는 주저하지 않고 오른쪽 계단을 따라 내려가기 시작했다. 나선형 계단이 그들을 아래로, 아래로 인도했다.

놀라지 말아야지, 아로스가 생각했다.

그녀는 정말로 놀라지 않았다. 어느새 그녀는 어떤 일에도 놀라지 않는 경지에 이르러 있었다. 그들이 도착한 곳은 양쪽으로 횃불이 끝없이 줄지어 있는 커다란 홀이었다. 아로스는 의심의 눈초리로 구석구석을 살펴보았다. 인기척은 없었다. 그들의 발소리가 바닥에, 그리고 벽에 메아리쳤다. 둘은 저도 모르게 더 조심조심 걸음을 옮겼다. 홀 한구석에 양쪽으로 열리는 큰 문이 보였다. 아로스와 키가 다가가자 열 걸음쯤 남았을 때 문은 마법처럼 스르르 열렸다.

당연하지, 이곳은 영적인 이들의 길드니까. 아로스는 저도 모르게 이를 꽉 물었다. 출범하는 날까지 그냥 바르바로사에 머물 걸 그랬나? 야콥 선장에게 부탁했더라면 허락해 주었을 텐데.

이번에는 연단이 있는 방이 나타났다. 남자 둘과 나이가 지긋한 여자 하나가 넓은 탁자 뒤에 앉아 엄숙한 얼굴로 키와 아로스를 바라보았다. 높으신 분들의 전형적인 모습이군, 진지한 척할수록 대단해 보인다고 생각하겠지? 아로스는 주눅 들지 말자고 결심했다.

키는 상냥한 얼굴로 가만히 서서 밀짚모자를 벗고 기다렸다.

좋은 생각이야, 아로스가 생각했다. 가만히 서서 아무것도 안 하는 거라면 그녀도 자신 있었다. 기다리기 시합이라면 절대로 키를 이기지 못하겠지만. 게다가 키처럼 입가에 미소까지 짓는 건 무리였다.

"환영합니다, 존경하는 키 미얀 쿠안 쉬." 노파가 입을 열었다.

그녀의 나이는 적어도 예순쯤 되어 보였다.

이번에는 그녀의 주름진 눈이 아로스를 향했다. "환영해요, 아가씨. 이름이 뭐지?"

아로스는 키의 길고 긴 이름을 생각하느라 하마터면 대답할 순간을 놓칠 뻔했다. 이따위 법석에는 아무 관심도 없었지만 그래도 일단은 얌전히 대답했다. "나벤슈타인에서 온 흙투성이 발 아로스예요."

워낙 이마의 주름이 깊고 많은 탓에 알아보기 힘들었지만 노파는 분명 미간을 찌푸렸다. "나는 이수르야라고 해. 나는 프리마이고,

영적인 이들의 길드를 대표하지. 내 옆에 앉은 두 지도자 덕스 파날리안과 덕스 말베니안을 소개할게."

길드의 일인자가 여자라는 뜻이네. 지금껏 어디서도 여자가 목소리를 내는 걸 본 적이 없었기 때문에 어쩐지 조금 신선하게 다가왔다. 유일한 예외는 고아원 원장이었지. 그녀의 얼굴이 떠오르자 갑자기 기분이 나빠졌다.

키는 언제나처럼 공손하게 몸을 숙여 인사를 했다. 아로스는 무릎이라도 굽혀 정중하게 인사를 해야 할지 망설였다. 하지만 생각해 보니 한 번도 해 본 적이 없는 자세여서 우물쭈물하다가 타이밍을 놓치고 말았다. 이제 그냥 바르바로사의 돛대처럼 우두커니 서 있는 수밖에 없었다.

"비범한 아이에게 어울리는 비범한 이름이군."

나를 완전히 어린애로 취급하네, 아로스가 살짝 뾰로통해졌다.

솔직히 자기 자신에게도 화가 났다. 한편으로 그녀는 거짓말뿐인 어른들의 세계를 혐오했고 어른이 되고 싶지 않았지만, 다른 한편으로는 어린애 취급받는 게 싫었다. 언젠가는 스스로 양단간에 결정을 내려야만 할 일이었다. 하지만 어쨌든 이 순간에 어울리는 생각은 아니었다. 지금은 길드를 대표하는 지도자들과의 만남에 집중해야 하니까.

"탑을 보았고, 이리로 오는 길을 찾았구나, 아로스. 그로써 네가 어느 한 가지 마법을 사용할 수 있는 능력을 타고났음이 입증되었다. 그런 능력을 지닌 사람은 이 세상에 단 몇 명뿐이지." 이수르야가 말했다.

"탑은 실재하지 않아요. 존재하지도 않는 걸 보는 능력이 뭐가 그렇게 대단하고 중요한 거죠?" 아로스가 얼떨결에 물었다. 바로 그거야, 뭐라고 대답할지 모른다면 질문을 해.

"그건 네가 가진 여러 능력에 부수적으로 따르는 현상일 뿐이야. 네가 이곳까지 찾아왔다는 사실이 중요한 거란다. 마법의 세계는 점점 작아지고 있어. 그리고 특히 변환의 마법은 오랫동안 명맥을 이어갈 후계자가 없었어. 네가 돌란인이라고?"

아로스가 어깨를 으쓱하며 말했다. "난 그게 뭔지도 모르는걸요."

이수르야가 인상을 찌푸린 건지, 아니면 아까부터 계속 인상을 찌푸리고 있었던 건지 확실치 않았다.

그녀가 조금 몸을 앞으로 숙이며 말했다. "바르바로사 호에서 일어났던 일에 대해 들었다. 그 말이 사실이라면 너에겐 강력한 힘이 있는 거야. 게다가 넌 위대한 마법사인 니네브의 후손이지. 그래서 우리는 네가 여기 와 준 것을 기쁘게 생각하고, 널 시험해 보고 싶구나."

"하지만 난 시험에 응할 마음이 있는지조차 모르겠거든요." 이번에도 생각하기 전에 대답이 먼저 튀어나왔다. 선택은 그녀만이 내릴 수 있었다. 그녀의 인생이었으니까.

이수르야가 입을 조금 비죽였다. 하지만 화가 난 것처럼 보이지는 않았다. "네가 망설이는 이유를 알고 있어. 너에게 정말로 돌란인의 잠재력이 있다면 그 힘을 지배하는 법을 배워야 한단다. 그렇지 않으면 그 힘이 너를 다치게 할 거고, 넌 앞으로 몇 년을 넘기지 못할 거야."

벌써 지난 몇 달 동안 몇 번의 죽을 고비를 넘긴 탓에 이수르야의 말이 별로 놀랍지 않았다. 아로스는 시큰둥한 표정을 지었다. 어딜 가나 죽음이 그녀를 노리고 있었다.

갑자기 이수르야가 난쟁이들의 지팡이처럼 생긴 나뭇가지를 집어 들었다. 그녀의 빈틈없는 눈길이 부드러운 비단 숄처럼 아로스를 감쌌다. "네 안에 질주하는 에너지와 불안이 느껴지는구나. 그뿐만 아니라 끓어 넘치는 반항심도." 그 말은 비난이라기보다는 경탄처럼 들렸다. "덕스 파날리안이 고통을 변환하는 네 능력을 시험하게 될 거야."

"그게 뭔데요?" 아로스가 갑자기 구석에 몰린 것 같은 압박감을 느끼며 물었다.

이수르야가 다시 몸을 앞으로 숙이며 말했다. "지난 수년간 파날리안은 변환에 관해 연구했어. 파날리안도 그 능력을 어느 정도 타고났지. 그러니 그가 너를 맡아 시험하게 될 거야. 반면 덕스 말베니안은 작용의 능력을, 나는 예언 능력을 담당하지. 따라서 우리 셋이 마법의 세 분야를 모두 시험할 수 있어." 이수르야가 다시 의자 등받이에 몸을 기댔다. 이제 설명은 충분했다고 말하는 것 같았다.

파날리안과 말베니안은 자신들의 전문 분야에 관한 언급에도 침묵만 지키고 있었다. 탐탁지 않은 표정을 짓고도 아무 말도 없는 남자들이라니, 그야말로 신선한 경험이었다.

"바르바로사 호에서 일어난 일에 대해 좀 더 설명해 주겠니?" 이수르야가 물었다.

"그건… 위급한 상황이었어요. 부항해장이 내가 죽을 때까지 매질하려고 했으니까. 어떻게 한 건지는 모르겠지만 난 내 고통을 그에게 전달했어요."

이수르야가 생각에 잠겨 고개를 끄덕였다.

"사실 그보다는 환영을 더 자주 보지만요." 아로스가 무심코 말했다.

"말도 안 되는 소리." 파날리안이 불쑥 끼어들었다. 그의 얼굴이 흉측하게 일그러졌다. "지난 수십 년간 두 가지 능력을 소유한 사람은 나타나지 않았어." 그의 말투에 비난이 노골적으로 묻어났다. "저 아이가 정말로 고통 변환의 마법을 사용할 줄 안다면 그것만으로도 놀라운 일일 텐데요."

이수르야의 이마에 주름이 더 많아졌다. "아로스, 돌란인은 단숨에 많은 사람을 죽일 수 있는 막강한 위력을 가진 마법사란다. 너는 그 사실을 알아야 해." 그녀가 말베니안에게 고개를 돌렸다. "친애하는 말베니안, 그대는 어떻게 생각하시죠?"

말베니안이 머리를 긁적이며 대답했다. "이 아이는 제가 생각했던 것과 달라요. 이 아이의 내면에서 작용 능력이 조금도 느껴지지 않아 혼란스럽습니다." 대답만큼이나 회의적인 시선으로 그가 아로스를 응시했다.

아로스는 그들의 눈에 비친 자신의 모습이 어떨지 잘 알고 있었다. 염색한 어두운 갈색 머리에 뾰족한 코, 그리고 먹이를 찾는 쥐 같은 얼굴의 보잘것없는 여자아이. 그런 생각을 하자 비어 있는 위가 어김없이 배가 고프다는 신호를 보냈다. 마치 말베니안이 알아차리지 못한 무언가를 할 수 있음을 알리는 메시지인 것처럼.

"내 생각에 이 아이에겐 잠재력이 있어요. 이 아이의 내면에서 으르렁거리는 소리가 들리네요." 이수르야가 말했다.

"그건 아무 의미도 없어요. 이 아이는 평범해 보여요. 그것도 아주 평범해 보입니다." 그가 평범하게 코를 찡그리며 자신의 말을 강조했다.

그들은 아로스를 시시하고 멍청한 아이로 보고 있었다. 아로스의 입꼬리가 처졌다. 세 사람이 그녀의 능력을 불신하는 것도 불쾌했지만 더 나아가 자신을 이 자리에 없는 사람처럼 취급하고 있었다. 영적인 이들의 길드와의 첫 만남은 상상했던 것과 매우 달랐다.

키도 같은 생각인 모양이었다. "평범한 겉모습에 실제가 가려지는 경우가 종종 있지요. 화가는 친구 아가씨에게 어떤 능력이 있는지 직접 보았어요. 친구 아가씨는 가르침을 원하고 있는데 불신과 의심이 그녀를 기다리고 있었군요. 그 사이 길드가 비관론자와 회의론자들의 모임으로 변했나요?"

"용서해 주세요! 지난 몇 개월 동안 영적인 이들의 길드에 여러 사기꾼이 숨어들었죠. 그들은 우리를 배신할 의도로 잠입한 황제의 첩자들이었어요." 이수르야가 크게 숨을 들이마셨다. "친애하는 마이스터 키. 오랫동안 이곳을 떠나 계셨지만 그대의 의견은 여전히 우리에게 무겁게 다가옵니다. 더군다나 저 아이가 우리에게 오는 길을 찾을 수 있었기에 오늘 이 만남이 이루어질 수 있었던 것도 명백한 사실이죠. 하지만 영적인 이들의 길드는 그동안 어려운 시간을 보냈습니다. 그리고 앞으로는 더 어려운 시간이 우리를 기다리고 있죠. 따라서 너무 성급하게 판단하지 않으려는 것뿐입니다. 그러니 우리의 입장을 헤아려 주시기를 부탁드려요. 우리는 우리의 능력을 잘 사용해야 하고, 또 어디에 쓸지 심사숙고해야 하니까요."

쓸데없이 긴 지루한 연설이었다. 아로스의 인내심이 한계에 다다랐다. 길드로 인해 문제가 해결되기는커녕 오히려 가중되고 있었다. "가자, 아저씨. 아무도 우리한테 관심이 없다잖아. 쥐 한 마리를 시험해 보는 것보다 더 중요한 할 일이 있나 보지." 아로스가 팔짱을 끼고 말했다. "그리고 쥐도 이제 시험 따위는 당하고 싶지 않거든. 유령들끼리 잘해 보라고 하고, 우린 이제 가자."

파날리안의 얼굴이 벌겋게 달아올랐다. 말베니안의 얼굴은 하얗게 질렸다. 혹시 한 사람의 피가 모조리 다른 사람에게 이동하는 마법이라도 부린 걸까? 이수르야는 미소를 짓고 있었다. 온화하고 지혜로운 미소였다. 웬만한 도발로는 그녀를 화나게 할 수 없을 것 같았다.

어쨌거나 아로스가 상관할 바는 아니었다. "그럼 이만…" 아로스는 망설임 없이 돌아서서 키의 손을 잡아끌었다.

"잠깐만!" 프리마 이수르야가 그녀를 멈춰 세웠다. 낮고 조용한 목소리였지만 희한하게도 방 안 가득 메아리쳤다.

아로스는 본능적으로 걸음을 멈추고 뒤를 돌아보았다. 이수르야에게는 분명 무시할 수 없는 무언가가 있었다.

"우리가 너를 보호해 주마. 네가 예의 바르게 처신한다면 파날리안이 너를 시험하고 능력을 제어하는 법을 가르쳐 줄 거야. 사흘 뒤 닭이 울기 전에 사토 사원의 문을 두드려라. 마이스터 키, 그대는 그곳을 잘 알고 있지요? 그곳에서 다섯 명의 다른 후보와 수련을 시작할 겁니다. 모두 성소를 찾아온 이들이에요." 그녀의 말은 마치 반박할 수 없는 판결문처럼 단호했다.

파날리안과 말베니안은 이를 물고 화를 참는 중이었다. 이수르야의 결정에 동의할 수 없다는 얼굴이었다.

아로스와 키는 그곳을 떠났다. 머릿속에서는 윙 소리가, 뱃속에서는 꾸루룩 소리가 들렸다. 그녀는 이곳에서 별로 환영받지 못한 게 분명했다. 그들이 그녀를 믿지 못한다면 그녀가 길드를 믿어야 할 이유도 없었다.

일단 이 가짜 탑에서 벗어나야겠다는 생각에 걸음을 재촉했다.

키의 얼굴도 이번만큼은 전혀 기뻐 보이지 않았다. 설마 키가 인상을 찌푸린 걸까?

"왜 그래? 혹시 사토 사원이 어디인지 몰라?"

키가 대답했다. "물론 알아. 그것도 너무 잘 알지. 암, 알고말고."

규칙을 알아라

두 기사는 여전히 코를 맞댄 채 으르렁대고 있었다. 주위를 둘러싼 병사들의 창이 에미코를 향하고 있었지만 에미코는 물러설 생각이 없어 보였다.

"검을 내려놓지 않으면 죽이는 수밖에."

"그 전에 그대가 먼저 죽겠지, 카고란."

물러설 곳이 없어 보였다. 원수가 외나무다리에서 만난 격이었다.

바로 그때 알현실 문이 열리고 의전관의 목소리가 들렸다. "슈투름바흐트와 지게스문트 성의 에미코 기사는 나를 따르시오. 폐하께서 그대를 맞이하실 것입니다." 카고란이 반박하기 전에 그가 덧붙였다. "스콰이어도 함께 들라 하셨소. 둘 다 검을 소지하는 것도 허용하오."

"대체 무슨 생각이오? 내가 허락할 수 없소." 카고란이 소리쳤다.

"폐하의 명을 거역하는 것이오?"

카고란은 놀라서 눈을 동그랗게 뜨고 마지못해 에미코와 파린에게 길을 터 주었다.

엇갈린 감정이 복받쳤다. 말을 타고 오는 동안 매장꾼의 아들은 역사상 가장 막강한 권력자인 발단 그라쿠스 왕의 알현실로 들어서는 자신의 모습을 몇 번이고 상상했었다. 그러나 현실은 상상했던 그림과는 딴판이었다.

알현실에서는 또 다른 예상치 못한 상황이 그를 기다리고 있었다. 그는 순진하게도 에미코와 단둘이 그라쿠스 앞으로 걸어가는 상상을 했었다. 완전한 착각이었다. 파린은 밝은 빛이 쏟아져 들어오는 알현실 초입에서 눈을 깜빡였다. 왼쪽에도 오른쪽에도 유리창 앞으로 수십 명의 신하가 최대한 공손한 표정을 지으며 서 있었다. 에미코와 파린이 한 걸음씩 내디딜 때마다 모든 이들의 시선이 집중되었다. 몇몇은 벌써 머리를 맞댄 채 무어라 수군대고 있었다. 머리카락을 탑만큼이나 높이 틀어 올린 한 여인은 검을 보고 깜짝 놀란 눈치였다. 모두의 시선이 검을 찬 두 사람에게 꽂혔다. 이내 알현실 전체가 수군대기 시작했다.

도대체 저들은 뭘 하는 사람들일까? 수군대는 것 말고 다른 임무가 있기는 한 걸까? 갑자기 이 많은 신하들의 존재 이유가 궁금해졌다. 파린은 그제야 화려하게 장식된 벽면 앞에 앉아 있는 그라쿠스를 발견했다. 검은 화강암 계단 위에 호화롭고 커다란 왕좌가 있었다. 금빛으로 장식된 등받이와 팔걸이는 키가 4미터쯤 되는 거인을 위해 만든 것처럼 압도적인 크기였다. 거구가 아닌데도 그라쿠스의 존재는 자연스럽게 그 커다란 왕좌를 가득 채우고 있었다. 그는 턱을 괸 채 생각에 잠긴 모습으로 왕좌 아래에 선 붉은 옷을 입은 사내를 바라보고 있었다. 그러더니 고개를 들고 왕다운 얼굴로 자신의 제1기사에게 눈길을 주었다.

그래, 왕궁에서 제일 중요한 동작이라고 했어! 그제야 무릎을 굽혀 예를 갖춰야 한다는 생각이 떠올랐다. 알현실에 들어서자마자라고 했어.

파린은 즉시 걸음을 멈추고 상체를 숙인 뒤 오른쪽 무릎을 바닥에 닿도록 구부렸다.

결코 생각만큼 쉬운 동작이 아니었다. 진땀이 났다. 조금만 더 굽히면 돼. 어색하기만 한 동작이 결국 몸의 중심을 무너뜨리고 말았다. 그는 조개가 담긴 자루처럼 옆으로 쓰러지고 말았다. 허리에 찬검이 반짝이는 돌바닥에 부딪히며 철커덕 소리를 냈다.

"젠장." 파린이 혼잣말을 내뱉었다. 분명 들릴 듯 말 듯 한 소리였는데 갑자기 '젠장'이 메아리가 되어 울려 퍼지기 시작했다. 무참하게. 잔인하게. 이건 말도 안 돼, 그는 눈을 꼭 감았다.

양쪽에서 킥킥대는 비웃음이 들려왔다. 에미코는 고개를 돌려 바닥에 널브러진 파린의 처량한 꼬락서니를 보고는 눈썹을 한 번 치켜뜬 뒤 그대로 앞으로 나아갔다. 허리를 굽히거나 무릎을 구부리지도 않았다. 그냥 걸어 나아갔다.

차라리 이대로 대리석 아래로 꺼질 수만 있다면! 플라우디우스가 저습지의 바닥으로 빨려 들어갔을 때처럼. 물론 파린에게 그런 행운이 일어날 리 없었다.

이 완벽한 순간에 망상이 빠질 리가 없었다.

지팡이가 부러지며 쓰러지는 노인네 같네. 아주 멋진 무대였어, 광대 양반. 그렇게 멋진 연기라면 로데비크 왕의 궁에서 활약하던 위대한 칼

비노도 한참을 연습해야 될까 말까지. 그렇게 천연덕스럽게 무릎을 부들부들 떠는 연기를 보여 주다니, 굉장해!

수치심에 화를 낼 겨를도 없었다. 그는 벌떡 일어나 에미코의 뒤를 따르기 시작했다.

양쪽에서 들려오던 킥킥거림은 조금씩 잦아들고 있었다. 이제 모두 숨을 죽인 채 멋진 앙코르 무대를 기다리는 모양이었다.

왕좌 앞에 서 있던 붉은 옷에 금실로 수놓은 화려한 옷차림의 사내가 공손하게 그라쿠스에게 고개를 끄덕이고 그의 오른편으로 갔다. 그리고 왼손에 들고 있던 허리띠를 맸다. 파린은 심장이 멎는 줄 알았다. 하차르트가 그곳에 있었다. 파린을 발견한 대주교도 검은 눈으로 파린을 노려보았다.

슈투름바흐트 성에서 그는 징글징글의 도움으로 하차르트의 정신 속에 숨어들어 가 그의 역겨운 본성을 너무나도 생생하게 경험했었다. 대주교는 호시탐탐 왕좌를 노리고 있었다. 그라쿠스가 죽는 날까지 도저히 기다릴 수가 없을 만큼 간절히. 심지어 그는 영생을 얻기 위해 파린의 침실로 숨어들어 와 누워 있던 파린을 살해하려고 시도했었다. 하차르트는 파린의 정신 속에 악령이 있다는 사실도 알고 있었다. 또 다른 괴물인 까마귀가 그에게 파린의 비밀을 알려 주었다. 떠올리고 싶지 않은 존재, 네코르인의 우두머리인 스승의 신임을 받는 무시무시한 검은 옷의 사내.

그라쿠스 왕은 대주교가 교활한 인물임을, 그리고 신뢰할 수 없는 인물임을 잘 알고 있었다. 그렇다면 왜 위협이 될지도 모르는 자리에 그를 앉혀 멋대로 굴도록 내버려 두는 걸까?

생각을 멈추고 너 자신에게 집중해, 파린이 마음을 다잡았다. 망신은 한 번으로 족했다.

계단 아래 양쪽으로 근엄한 얼굴에 푸둥푸둥 살찐 몸뚱이를 묵직한 보석들로 치장한 권력 있는 귀족들이 늘어서 있었다. 그들은 엄중한 얼굴로 주위의 모든 것을 빨아들이고, 조사하고, 자신들이 얻을 수 있는 이익을 챙겼다. 그들이 추구한 이익이란 결국 더 많은 영향력과 더 많은 황금과 더 많은 만족과 더 많은 권력이었다. 그러니 그들은 늘 할 일이 많았다.

파린은 서서히 자신이 벌집 속에 들어온 신세임을 깨달았다. 그라쿠스 이외에도 이 왕궁을 지배하는 무형의 것들이 있었으니 바로 의심과 시기였다. 그리고 그 모든 것들은 법과 규정과 규약에 따라 제자리를 찾았다. 파린은 이 세계를 몰랐다. 서부산맥도 저습지도 이 고귀한 늑대들 사이에서만큼 위험하지는 않았었다.

에미코가 왕좌 앞에 섰다. 그리고 보일 듯 말 듯 하게 오른쪽 무릎을 꿇었다. 하지만 결코 무릎이 땅에 닿을 정도는 아니었다.

귀족들의 수군거림으로 미루어 보아 인사가 충분히 공손하지 않았음을 짐작할 수 있었다. 그들은 상대방의 일거수일투족을 손톱만큼의 오차까지도 주도면밀하게 살피는 사람들이었다.

하지만 왕은 태연했다. 그리고 마치 에미코가 갑자기 땅에서 솟아나기라도 한 듯 반가운 목소리로 그들을 맞이했다. "아, 에미코. 나의 제1기사가 와 주었군. 나의 성에 온 걸 환영하네. 이곳은 그대의 성이기도 하지."

"폐하, 영광이옵니다. 기쁘게 맞이하여 주심에 감사드리옵니다." 하지만 에미코의 말투는 전혀 기쁜 것처럼 들리지 않았다.

"그리고 스콰이어도 함께 데려왔군."

파린의 얼굴이 달아올랐다. 휘황찬란한 빛 한가운데에서 흐릿하게 가물거리며 꺼져 가는 불빛처럼 미미하고 미천한 존재가 된 것 같았다. 몇 걸음만 더 가면 에미코의 옆이었다. 그럴 수만 있다면 차라리 엎드려 기어가고 싶은 심정이었다.

기어가는 거 아주 좋네. 차라리 아까 넘어졌을 때 그대로 엎드려 버리지 그랬어. 한 번 벌레는 영원한 벌레라니까. 징글징글이 머릿속에서 덧붙였다.

망상의 말에 오기가 생겼다. 그리고 약속이 떠올랐다. 대회 기간 어느 특별한 밤에 발단 그라쿠스와 단둘이 했던 약속이었다.

물론 그 당시에는 자신의 옆에 있던 사람이 누구인지 몰랐었다. 하지만 상관없었다. 약속은 약속이니까.

왕의 목소리가 다시 들리는 것 같았다. '황금과 권력에 현혹되지 말게. 그대의 꾸미지 않은 모습과 솔직함을 잃지 말게.'

파린은 심호흡을 한 번 깊게 하고 말했다. "폐하, 이렇게 맞아 주셔서 감사합니다. 폐하께서도 제 마음만큼이나 깊이 굽힌 제 무릎을 보셨겠죠?"

갑자기 찬물을 끼얹은 듯 정적이 흘렀다. 귀족들은 얼마나 오랫동안 호흡을 참을 수 있는 걸까? 스캔들을 한껏 즐기기 위해 왕의 반응을 기다리는 동안만큼? 스콰이어가 왕이 허락하기도 전에, 그것도 왕좌 앞에서 먼저 입을 열었다. 왕좌 앞에서 무릎을 꿇지 않았다. 그가 사용한 무례한 단어는 교육받지 못한 자의 불경과 저급한 의식 수준을 여과 없이 드러냈다. 물론 그 밖에도 하자를 논하자면 끝이 없을 지경이었다.

벨텐 제국의 지배자가 무례하기 짝이 없는 미물에게 시선을 돌렸다. 그의 입 모양이 일그러졌다. 엄벌을 내리기 직전이었다.

속삭임도, 잔기침 소리도 들리지 않았다.

그런데 왕의 입술은 부드럽게 미소를 짓고 있었다. "하우펜 마을의 파린, 나를 찾아와 주어 기쁘네." 주름진 두 눈이 가늘어졌다. "그리고 그대는 내가 오래전에 잊었다고 생각했던 시절의 특별한 갑옷을 입고 있군. 대단히 고맙게 생각하네."

여인들 몇 명의 놀란 목소리가 들렸다. 남자들도 무어라 중얼거리기 시작했다. 그라쿠스의 대답은 큰 파문을 불러왔다. 시건방진 미물의 목을 치기는커녕 공을 세운 기사에게 어울릴 법한 경의를 표하다니!

파린의 코가 저절로 찡그려졌다. 사방에 시기와 질투가 떠다니고 있었다. 부패의 냄새가 그를 마비시켜 숨을 쉬기조차 힘들었다. 그는 에미코와 그라쿠스를 바라보았다. 물론 같은 냄새를 맡고 있었지만 그들은 그런 것들을 인간의 어쩔 수 없는 본성으로 인정하고 받아들이는 것 같았다.

"오늘 저녁 나의 제1기사를 환영하는 연회가 열릴 것이네. 기사를 모시는 스콰이어가 기운이 없어 쓰러지기까지 했으니."

마치 명령이라도 내린 것처럼 사방에서 동시에 웃음소리가 터져 나왔다. 신하들이여 웃으라, 그대들의 왕 그라쿠스가 농담을 했으니. 히히히.

다시 피가 머리를 향해 역행하는 것 같았다.

그라쿠스가 상냥한 얼굴로 파린을 보고 말했다. "스콰이어 파린, 그대가 서부산맥으로 떠났었다는 소식을 들었다. 내일 아침 따로 시간을 내어 나의 왕국 곳곳의 상황에 대해 보고받을 것이다." 다시 명령이 떨어진 듯 고요가 찾아왔다. 팽팽한 긴장감도 함께였다. 그라쿠스가 오른손을 저어 회견이 끝났음을 알렸다.

이게 다란 말인가?

실망감이 찾아왔다. 성에 도착하는 즉시 에미코와 그라쿠스가 머리를 맞대고 네코르인들에 대항하기 위한 대책을 논의할 것이라 기대했기 때문이었다. 하지만 다른 한편으로는 그라쿠스가 다른 귀족들이 모인 자리에서 일부러 그들을 과장해서 환대했다는 걸 알 수 있었다. 이곳에서는 인내심을 길러야 했다. 파린에게도 악령에게도 부족한 덕목이 바로 인내심이었다.

"영광이옵니다, 폐하." 에미코가 고개를 숙여 인사하고 곧바로 돌아서서 문 쪽으로 향했다.

"고맙습니다, 폐하." 파린이 말하고 에미코의 뒤를 따랐다.

사방에서 들리는 수군거림으로 미루어 보아 들어올 때와 마찬가지로 나갈 때도 허락을 받고 입을 열어야 하는 모양이었다.

그라쿠스는 왕답게 관대한 얼굴로 고개를 끄덕이며 둘을 보내 주었다. 파린은 그의 입가에 아주 잠깐 미소가 감도는 것을 보았다.

에미코는 카고란에게 눈길 한 번 주지 않고 자리를 떴다. 그리고 말없이 숙소를 향해 직진했다. 파린은 마치 강아지처럼 헐떡대며 그의 뒤를 따랐다.

"기사님, 저에겐 왕궁의 어색한 규범이 잘 맞지 않는 것 같아요." 파린은 자신이 알현실에서 망신을 당한 일 때문에 꾸지람을 듣지 않기만을 바랐다.

"조용히 얘기할 수 있을 때까지 기다려라. 이곳엔 풀이나 구름마저도 듣는 귀가 있으니."

잠시 후 둘은 남쪽 성벽 위에 있었다. 이곳에서 바라보는 나벤슈타인 시가지와 항구, 그리고 끝없는 바다는 숨이 막힐 정도로 아름다웠다. 이 도시에 비하면 고향 마을 하우펜은 얼마나 작고 보잘것없는지.

물론 한가롭게 경치 따위나 즐길 때는 아니었다. 에미코가 곧바로 입을 열었다. "이럴 줄 알았어. 저 노인네의 꿍꿍이는 알아줘야 한다니까. 이제 성안에서 모르는 사람이 없게 되었군. 어떻게 일이 진행될지 기다려 보는 수밖에."

"무슨 말씀이신지 잘 모르겠습니다. 왜 프레니아와 한자리에 모여 네코르인이나 스승, 그리고 푸른색 금속에 관한 이야기를 나누지 않는 거죠? 그게 우리가 이곳에 온 이유 아니었나요?"

"이곳에서는 그런 식으로 일이 진행되지 않는다. 엄격한 규칙과 전통이 이들 세계의 질서를 정하고 유지하는 끈끈한 아교 역할을 하지. 우리가 도착했다고 해서 폐하께서 곧바로 우리를 따로 조용히 부를 가능성은 애초부터 없었다. 저 멀리에 우리의 모습이 나타나는 즉시 예정된 경로로 소문이 퍼지게 되어 있지. 왕궁에서는 철이 아니라 정보로 검을 만든다. 비밀이 왕실 사람들의 진정한 무기이고, 모략은 그들의 전술이야. 그러니 대수롭지 않게 우리의 방문을 공표하는 게 폐하께서 쓸 수 있는 유일한 방법이었을 거다."

그 순간 파린은 자신이 얼마나 순진하고 어리석었는지 깨달았다. 그는 어느 작은 시골 마을 변두리에서, 그리고 사회의 변두리에서 자랐다. 그리고 애당초 이런 세상에는 관심도 없었다.

하지만 그래도 여전히 궁금증은 남았다. "네, 기사님. 무슨 말씀이신지 알겠어요. 하지만 저에게 알려 주셨던 알현실에서 갖춰야 할 예법을 기사님 스스로 지키시지 않은 이유가 궁금합니다."

에미코의 눈썹이 먹구름처럼 무겁게 아래로 향했다. "첫째, 나는 이런저런 이유로 폐하를 뵙고자 하는 청원인이 아니라 제1기사이기 때문이다. 제아무리 그 직책에 신물이 난다고 해도."

듣고 보니 정말 그랬다. "그럼 둘째는요?"

"둘째, 나의 중요한 좌우명 가운데 하나: 규칙을 어기기 전에 그 규칙을 제대로 알아라."

헤헤, 역시 에미코답군.

"알겠습니다."

"그럴 거라 믿는다. 너는 알현실에서 아슬아슬한 줄타기를 한 거야."

파린은 입을 다물었다. 칭찬일까? 아니면 꾸지람일까? "무슨 말씀이세요?"

"너도 그들의 반응을 보았을 것 아니냐? 별 볼 일 없는 스콰이어가 그렇게 주눅 들지 않고 벨텐 제국의 통치자와 대화한 예는 지금껏 없었다."

"단 한 번도요?"

"설령 있었다 해도 머리가 붙은 채로 알현실에서 제 발로 걸어 나온 예는 없었지."

"아하, 그렇구나."

"잘했다. 가끔은 대차게, 탁자를 내리쳐야 할 때가 있는 법이야."

불꽃 같은 기쁨이 솟아났다. 에미코의 칭찬을 받을 확률은 초록빛 다람쥐를 만날 확률보다 적었으니까. 가끔은 대차게 나간다! 탁

115

자를 내려친다!

"아직 오늘 저녁 연회가 남아 있어. 최대한 눈에 띄지 않게 조심해라."

"예, 기사님."

"너의 무릎 굽히기 실력은 아직 2프로 부족하다." 역시나 찬물을 끼얹으시는구나.

파린은 몰래 곁눈질로 에미코를 살폈다. 설마 그가 웃고 있는 걸까? 아니, 착각일 거야. 많은 부분에서 비범한 에미코였지만 미소 짓기는 그에게 없는 몇 개 안 되는 능력 가운데 하나였으니까.

연회

저녁이 다가왔다. 파린은 연회 따위에는 관심도 없었다. 메추리 알 수란도, 분칠한 여인들의 낄낄거림도 달갑지 않았다. 하지만 피하고 싶다고 피할 수 있는 자리가 아니었다. 그들을 초대한 사람은 다름 아닌 벨텐 제국의 왕 그라쿠스였고, 허락 없이 불참했다가는 대역 죄인이 될 게 분명했다.

파린은 무거운 발걸음만큼이나 무거운 마음을 안고 기괴하리만큼 웅장한 본관 한가운데에 있는 연회장으로 향했다. 사람들은 이 건물을 열주 본관이라고 불렀다. 건물 하나의 크기가 지게스문트 성 전체의 절반에 이를 정도였다. 열주. 줄지어 늘어선 기둥. 열주 본관이라는 별칭은 문과 창문마다 세워진 아름답게 조각된 수백 개의 기둥 때문에 붙여졌다고 했다.

나 대신 손 좀 비벼 볼래? 징글징글은 파린의 머릿속에서 폴짝폴짝 뛰고 있는 것 같았다. 극도의 흥분 상태인 것이 분명했다. **얼마나 재미날까? 혹시 전에 내가 인간을 두 종류로 나눌 수 있다고 말했던 거 기억나?**

"기억이 안 난다고 해도 네가 다 알려 줄 건데 뭐."

물론이야. 재물을 가진 사람들은 침대에 널브러져 잠을 자거나 가만히 앉아서 놀고먹는다고 했었지. 왕궁이 바로 그런 사람들이 득실대는 곳이야. 그리고 연회야말로 가만히 앉아서 먹고 노는 자리지.

"아마도 그렇겠지. 어떻게든 그들 사이에서 버텨 내야 해. 혹시 너 식사할 때 지켜야 할 에티켓에 대해서도 알아?"

당연하지. 내일이 없을 것처럼 퍼먹는다. 중요한 건 토할 것처럼 배가 불러도 계속 욱여넣는 거야. 숟가락질이야 네 전문인 삽질이랑 비슷할 테니까.

파린은 징글징글의 양날검 같은 화법을 잘 알고 있었다. 단어 선택이 노골적일수록 말의 내용은 무뎌지곤 했다. "또 얼렁뚱땅 넘어가려고 그러는 거지? 사람들 앞에서 어떻게 행동해야 하는지 묻는 거잖아."

어떻게 하면 안 되는지는 잘 알고 있지. 그게 그거 맞지?

말하는 도중에 악령이 낄낄거릴 때마다 파린은 긴장해야만 했다. 특히나 악령 특유의 역설적 화법엔 말려들기 일쑤였다. "넌 항상 내가 뭘 하면 안 되는지만 얘기하잖아. 이번에는 내가 어떻게 행동해야 하는지 말해 보라고."

제일 좋은 방법은 구석에 서서 꼼짝도 하지 않는 거지. 눈을 감고 찍소리도 하지 마. 그러면 아마 중간은 갈걸.

"이렇게 열심히 도와주다니 정말 고마워, 징글징글." 파린이 인상을 쓰며 말했다. "방금 기사님이 규칙을 알아야 깰 수 있다고 말씀하셨어. 하지만 나는 아는 게 아무것도 없어. 그런데 지금 보니 너도 왕궁의 예의범절에 대해서는 별로 아는 게 없는 것 같아."

악령이 파린의 뒤통수가 떨리도록 큰소리로 씩씩대며 말했다. **틀**

렸어! 정말로 알고 싶은 거야? 그래 좋아. 기본적으로는 아주 케케묵은 얘기야. 의전관을 따라 네 자리로 가. 높은 사람에게는, 그러니까 거기 모인 거의 모든 사람에게 해당한다는 뜻인데, 네 코가 바닥의 오물에 빠질 때까지 허리를 굽혀 인사를 해. 물론 그들이 먼저 너에게 말을 걸 때만 말이지. 그런 경우에는 절대로 너보다 높은 사람 앞에서 등을 돌려서는 안 돼. 지나치게 오랫동안 눈을 바라봐도 안 되고. 항상 먼저 눈을 내리깔아. 귀족들에게 너의 존재는 잘해 봐야 숫염소와 말 사이 어디쯤을 왔다 갔다 할 테니까. 괜히 궁금한 사람처럼 여기저기를 두리번거리지 마, 몸을 긁적이지 마. 서 있을 때 뒤로 기대지 마. 앉아 있을 때 뒤로 기대지 마. 징글징글이 잠시 호흡을 가다듬고 다시 말을 이었다. 앉아 있을 때 의자를 흔들지 마. 욕하지 마. 아무것도 만지작거리지 마. 방귀 뀌지 마. 동작은 항상 절제되어 있어야 해. 다른 사람을 다치게 할 수 있으니까. 빵은 나이프로 잘라야 해. 절대로 손으로 뜯어서는 안 돼. 다른 손님의 접시를 쳐다보지 마. 음식이 입안에 있을 때는 얘기하지 마. 음료수를 마시는 사람에게는 말을 걸지 마.

"숨은 쉬어도 돼?"

꼭 필요할 때만 쉬어. 그것도 얌전하게 코로만. 푸 하고 숨을 내뿜지 말고, 코로 씩씩대지도 마. 그렁거리지 마. 그거 말고도 수천 개, 수만 개는 될 텐데 어차피 말해 봐야 넌 기억도 못 할 테니까.

"엄청나게 재미있어 보인다."

포도주가 한잔 두잔 들어가다 보면 어떤 규칙들은 서서히 완화되지.

그런 순간이 오면 내가 알려 줄게. 적절히 그런 기회를 노리면 숙녀들이 우리한테 푹 빠져 헤어나지 못할 거야. 어차피 우리가 알현실에 입장하면서 워낙 강렬한 인상을 풍기는 바람에 벌써 화제의 인물이 되었으니까.

파린은 망상이 강조하는 '우리'라는 단어에 대해 뭐라고 대꾸해야 할지 알 수가 없었다.

귀족 가문의 여인들은 변화와 모험을 사랑하지. 그런 것들은 다 어리고 장래가 촉망되는 젊은이들만이 줄 수 있는 매력이야. 그러니까 이 징글징글 님이 재미를 보장할게. 망상은 기대감에 들떠 싱긋 웃었다. 한때 매일매일 다른 여자가 피고의 침실로 찾아왔었는데 말이야. 악령이 '재미'의 뜻을 더 구체적으로 알려 주었다.

"난 그러고 싶지 않아." 파린이 뾰로통하게 말했다.

그건 네가 아무것도 모르니까 하는 소리고. 쾌락 추구는 본능이야.

"난 여자들과 대화를 나누는 것도 싫어. 여자들은 곤란한 질문들만 해 댄다고. 그리고 내가 무슨 말을 해도 낄낄대기나 하고."

긴장 풀어. 정 안되면 너는 입을 다물고 나한테 다 맡겨도 되. 말이 나와서 말인데 너만 괜찮다면 좀 더 자주 그렇게 해 주면 좋겠어.

"아하, 그렇구나. 결국 그 말이 하고 싶은 거였어."

한층 더 무거워진 마음으로 연회장에 도착했다. 연회장 입구는 마차 세 대가 나란히 지나갈 수 있을 만큼 거대했다. 의전관이 억지 미소를 지으며 파린에게 인사하고 사람들로 가득한 기다란 탁자 사이로 안내했다. 벌써 사방에 수백 명의 귀족이 포도주를 들고 떠들며 잔을 부딪치고 있었다. 파린이 연회장에 들어서자 소음이 다소 누그러졌다고 느낀 건 그의 착각이었을까? 셀 수 없이 많은 시선이 그의 온몸을 파고들었다. 에이 그럴 리가, 착각하지 마. 그들의 관심은 오늘의 주인공, 올해 기사들의 대회에서 그 누구도 따를 수 없는 실력으로 제1기사가 된 에미코니까.

오른쪽에서 속삭임을 가장한 커다란 목소리가 들렸다. 일부러 들으라고 말하는 것이 분명했다. "저기 온다! 자기 기사에게 결투를 신청했다는 스콰이어 말이야."

그러자 옆자리에 앉은 사람도 똑같이 큰소리로 속삭였다. "지게스문트 성 바로 앞에서 대결을 벌였다던데?"

"저습지에서는 용을 무찔렀대요."

이번에는 왼쪽에서 말하는 소리가 들렸다. "폐하의 총애를 받는다지요?"

"혹시 어느 귀족의 숨겨 놓은 자식이 아닐까?"

"그럴 리가! 정말이에요?"

뒤쪽에서도 마찬가지였다. "초인적인 힘을 가졌대."

"말도 안 돼요. 그러기엔 정말로… 너무 평범하게 생겼잖아."

"그게 말이에요, 어디선가 매장꾼이라는 얘기도 들었어요."

"이크! 그럴 리가."

"그건 말도 안 되지."

아직 자리에 앉지도 않았는데 벌써부터 그를 향한 수군거림은 끝날 줄을 몰랐다. 바로 그때 아는 얼굴 둘이 보였다. 투르겐손 공작이 다른 탁자에 앉아 알 수 없는 표정으로 그를 바라보고 있었다. 그렇지, 투르겐손은 폐하의 조카니까. 불편한 관계이긴 했지만 그래도 프레니아를 구해 준 사람이었다. 어쨌든 그는 탁월한 변호사임이 분명했다. 그의 옆에서 바랄돈이 반갑게 손을 흔들고 있었다. 파린도 미소로 화답했다. 투르겐손의 표정은 조금도 변하지 않은 채 그대로였다.

파린 왼쪽에는 에미코가 앉아 있었고 음료를 담당하는 신하가 그의 잔에 포도주를 따르고 있었다.

"아, 스콰이어. 오늘도 늦었군." 그가 투덜댔다.

"폐하께서 오늘 저녁 여덟 번째 종이 치는 시간이라고 말씀하셔서요."

"그건 폐하께서 오시는 시간이다. 네가 폐하인가?"

파린의 얼굴이 포도주만큼이나 붉어졌다.

다행히 그 순간 팡파르가 울렸다. 탁자 위의 잔이 흔들렸다. 의전관이 우렁차게 말했다. "들으시오, 친애하는 신사 숙녀 여러분. 기쁜 마음으로 벨텐 제국의 지배자를 모십니다. 우리의 왕이신 발단 그라쿠스 폐하께 경의를 표하여 주십시오."

그라쿠스가 나타났다. 의전관이 언급하지 않은 왕비와 함께였다. 이런 상황에 익숙한 건지 아니면 신경 쓰지 않는 건지, 어쩌면 양쪽 모두인지, 그녀는 아무렇지도 않다는 듯 같은 탁자에 앉은 손님들의 얼굴을 주의 깊게 살필 뿐이었다.

그라쿠스 왕 부부는 탁자 머리 상석 쪽으로 걸어갔다. 그라쿠스가 왕비를 위해 의자를 당겨 주고 자리에 앉을 때까지 기다렸다.

왕은 선 채로 손님들에게 인사를 했다. "귀한 손님을 맞이하는 이 연회에 참석한 모두를 환영하오. 나의 특별한 손님, 제1기사 에미코를 위해 잔을 듭시다. 수년간 그는 큰 공로를 세웠지요. 모두 포도주를 듭시다. 나의 충직한 신하를 이렇게 좋은 자리에서 만나게 되어 아주 기쁘다오. 내일은 다시 우리의 의무인 벨텐 제국의 중대사를 논하게 되겠지만, 오늘은 우선 이 자리를 즐깁시다." 그가 잔을 높이 들었다.

포도주잔이 부딪치는 소리가 마치 음악처럼 다양한 높낮이로 울려 퍼졌고, 기괴한 소리와 함께 포도주가 손님들의 목구멍으로 넘어갔다. 파린은 세 모금을 마시고 혀끝으로 입술을 핥았다. 아주 맛이 좋은 포도주였다.

양쪽 옆 탁자에서 그를 보는 시선에 얼굴이 달아올랐다. 아니면 그냥 착각일까? 아니, 파린의 이름은 그라쿠스의 축사에서 언급되지도 않았는데 분명 옆자리의 에미코보다 더 많은 주목을 받고 있었다. 무엇을 위한 연회일까? 대체 이런 모임에 무슨 의미가 있는지 파린은 도무지 알 수가 없었다. 여인들과 사내들이 삼삼오오 수군대고 있었다. 끼리끼리, 한데 어우러져, 이 말 했다 저 말 했다, 쓸데없는 이야기꽃을 피우고 있었다.

제복을 입은 하인과 하녀들이 길게 팔을 뻗어 쟁반을 받치고 이리저리로 요리를 나르기 시작했다. 쟁반 위에는 사과, 멜론 등의 과일로 아름답게 장식된 차가운 닭고기 요리가 있었다. 접시 하나하나가 마치 완벽한 예술품 같았다. 그 완벽한 예술품들은 곧바로 처참히 찢기고 흩어지며 귀족들의 목구멍으로 넘어갔다. 20초도 안 되는 짧은 시간이었다. 탐욕과 탐욕 사이에 눈으로 즐기거나 체면을 차릴 시간 따위는 없었다. 높으신 분들의 손가락과 입술이 기름으로 번들거렸다. 그 점에서만큼은 귀족들도 천한 백성들과 다르지 않다는 사실이 그나마 작은 위안이었다. 그들은 남녀를 불문하고 능숙한 동작으로, 마치 며칠 동안 굶주린 사람들처럼 음식을 밀어 넣었다. 물론 그들은 굶주림과는 거리가 먼 사람들이었다. 탁자 아래로 감출 수 없을 만큼 뚱뚱한 배가 그 증거였다. 허겁지겁 먹으면서도 그들은 쉴 새 없이 떠들어 댔다. 입안에 음식이 있을 때 말하지 말라는 규칙 따위는 이 자리에 없었다.

착각하지 마, 이런 방만한 분위기 속에서도 엄격한 규칙이 적용되고 있다는 걸 잊지 마. 이렇게 바쁜 와중에도 사람들은 너랑 에미코를 아주 자세히 관찰하고 있다는 걸 알아야 해.

정말로 사람들의 시선은 끊임없이 그들을 향하고 있었다. 심지어 한 번은 그라쿠스의 검지가 파린을 가리키기도 했다. 왕과 왕비가 파린 이야기를 하는 걸까?

놀랍게도 옆자리의 에미코는 마치 평생 왕궁의 연회 말고 다른 곳에는 가 본 적이 없는 사람처럼 태연하게 행동하고 있었다. 무심한 얼굴로 이쪽저쪽에 잔을 부딪치고, 때때로 여인들을 치켜세우기도 했으며, 마치 친한 옛 친구를 만난 것처럼 친근하게 공작과 영주와 백작들에게 인사를 건넸다.

지금이 대충이라도 분위기를 파악할 기회였다. 파린은 최대한 눈에 띄지 않게 주위를 둘러보았다. 맞은편에 앉은 성직자들은 복장만으로도 쉽게 알아볼 수 있었다.

"징글징글, 저 사람들의 원래 임무는 뭐야?" 파린이 제 머릿속을 향해 물었다.

그걸 하필 나한테 묻는 거야? 악령이 푸 하고 크게 한숨을 쉬었다. **좋아, 말해 줄게. 성직자들은 백성들의 영혼을 구제하는 일을 맡아. 네가 더 나은 인간이 되고 죄를 용서받을 수 있도록 도덕적, 윤리적으로 강화시키지.** 이어서 씩씩대는 소리가 들렸다. **그들의 우두머리가 바로 고귀하신 대주교 하차르트고.**

지위에 걸맞게 그들의 우두머리는 탁자 머리에 앉아 인자한 눈길로 자신의 어린양들을 바라보고 있었다. 주교와 신부와 수도원장들은 대부분 끝자락이 보라색으로 장식된 초록색 옷을 입고 겸손하게 주님께서 오늘 은혜로이 베푸신 음식을 먹고 있었다. 주님의 은혜는 끝이 없다더니 각종 애피타이저로 가득 찬 접시도 끝이 없었다.

저 믿음 없는 성직자들. 아무리 좋아하려고 해도 좋아할 수가 없는 인간들이야.

"분명 세상에는 존경할 만한 바른 성직자들도 있을 거야. 아무래도 기본적으로 네가 성직자들하고는 궁합이 맞지 않는 게 문제이긴 하지만."

그라쿠스 근처에 근위대장 카고란의 모습도 보였다. 그의 뒤쪽에 또 다른 기사 두 명이 방패와 검을 들고 서 있었다. 그들은 일부러 최대한 눈에 띄지 않게 벽 앞에 그림자처럼 가만히 서 있었지만 파티를 즐기느라 여념이 없는 손님들을 빈틈없이 관찰하고 있었다. 자신이 믿고 총애하는 신하들이 모인 자리임에도 그라쿠스는 경계를 게을리하지 않았다. 그러고 보니 파린도 무의식중에 손님들의 옷소매 아래로 드러난 팔을 살피고 있었다. 다행히 지금까지는 거꾸로 선 별 모양의 낙인을 발견하지 못했다.

맞은편에는 명문 귀족들이 자리하고 있었다. 그들의 상징색은 어두운 빨강이었다. 그 밖에도 그들에게는 또 다른 특징이 있었는데 바로 여자들도 함께 앉아 있다는 사실이었다. 귀족 여인들은 짙게 화장한 얼굴에 꾸며진 미소를 지으며 누가 더 매력적인지 내기를 하고 있었다. 그리고 화젯거리가 된 주변 인물들에게 뇌쇄적인 추파를 던지곤 했다. 조금 전 징글징글이 했던 이야기로 미루어 보아 파린은 그들의 아주 중요한 화젯거리인 게 분명했다.

파린은 한동안 조용히 먹기만 했다. 부탁하지 않아도 포도주잔이 계속해서 채워지다니 신선한 경험이었다. 음료를 따르는 하인들은 눈에 띄지 않게 조용히 손님들 사이로 와서 잔이 비기가 무섭게 포도주를 따랐다. 그들 덕분에 손님들의 잔은 비었다가 채워지기를 끊임없이 반복했다. 하지만 공허한 대화만큼은 포도주잔과는 달리 채워지는 법이 없었다.

"에미코 기사님, 대체 어디서 이렇게 멋진 스콰이어를 찾으셨어요?" 대각선 방향에 앉은 어느 중년 부인이 물었다. 그녀의 목에 금목걸이가 반짝이며 흔들렸다. 긴 머리를 높이 틀고 입술은 짙은 빨강, 눈은 푸른빛으로 화장을 한 얼굴이었다.

그녀가 입을 열자 다른 여자 셋이 목을 길게 뺐다. 공작 부인의 옆에 앉은 파린 또래의 아가씨도 그중 하나였다. 그녀는 상냥해 보였고 공작 부인과 어딘지 모르게 닮은 얼굴이었다.

에미코가 의자에 등을 기대며 말했다. "운 좋게 인연이 닿았습니다, 크발리나 공작 부인. 폐하의 임무를 수행하기 위해 우리 아름다운 벨텐 제국 곳곳을 정찰하던 중 하우펜이라는 마을에 갔었지요."

"하우펜이요?" 그녀가 조금 인상을 쓰며 되물었다.

"그렇습니다, 부인."

그러자 그녀가 하우펜 출신의 스콰이어를 좀 더 자세히 관찰하기 시작했다. 찡그린 코에 다시 평범한 주름만 남았다. "제게 기사님의 스콰이어를 좀 빌려주실 수 있다면 아주 유용할 것 같은데요." 그녀가 킥킥댔다. "너도 마음에 들 거야, 안 그러니, 헨리에테?"

젊은 아가씨가 대답했다. "네, 어머니. 비록 스콰이어이긴 하지만요."

"스콰이어에게도 휴가가 있나요?" 크발리나가 물었다.

"워낙 성실하고 열성적인 부하이기 때문에 이따금 자유 시간을 주기도 합니다." 마음이 바다같이 넓은 에미코가 말했다.

고맙기도 해라. 그들은 마치 새끼 돼지를 쓸 만한 수퇘지로 만들 방법을 의논하듯 파린 이야기를 하고 있었다.

내 생각에 저 여자는 네가 상대하기엔 너무 늙은 것 같은데, 망상이 소신을 밝혔다. *그치만… 육욕이 사라지게 만드는 법만큼은 누구보다 잘 알고 있다는 데 말발굽을 걸지. 내가 너를 좀 알아서 하는 말인데, 우린 헌리에테 쪽에 집중하는 게 낫겠어.*

"무슨 소리를 하는 거야? 제발 좀 그만해, 징글징글."

아직 시작도 안 했는데?

파린은 급속도로 기분이 나빠지는 것을 느끼며 포도주를 벌컥 들이켰다. 이제 에미코까지 귀족들의 놀이에 동참하고 있었다. 파린도 에미코처럼 아무렇지도 않은 척 행동해야 했지만 어쩐지 이 자리가 불편하기만 했다. 그의 잔이 다시 채워졌다.

어느 젊은 여자가 물었다. "제1기사의 스콰이어가 되기 전에는 무슨 일을 했죠?"

망상이 다급히 외쳤다. *벌레, 잘 들어. 제발 여기서 또 '나는 매장꾼이에요.'라고 자랑하지만 말아 줘!*

"왜 안 되는데?" 파린이 생각했다.

악령이 신음했다. *그건 '내 거시기에 사마귀가 있어요!'라고 외치는*

128

거나 마찬가지로 **끔찍하다고.** 악령은 잠시 생각에 잠겼다가 말을 이었다. **아니 그보다도 훨씬 더 끔찍해.**

'징글징글'이라는 별명으로도 부족한 녀석. 그제야 파린은 질문을 던진 여자가 누구인지 깨달았다. 헨리에테가 저에게 직접 말을 걸어온 것이었다.

"제 스콰이어는 남다른 관찰력으로 살인 사건의 범인을 밝혀냈지요." 에미코가 대수롭지 않다는 듯이 파린을 대신해 대답했다.

여인들은 마치 연습이라도 한 것처럼 동시에 눈을 동그랗게 뜨고 손으로 입을 가리며 합창했다. "어머, 정말이에요?"

"그럼 저 스콰이어가 저습지로 원정을 다녀왔다는 것도 사실인가요?" 크발리나가 물었다.

에미코가 고개를 끄덕였다.

또다시 투명 인간 파린을 옆에 두고 그의 이야기가 시작되는 걸까? 물론 이런 상황이 된 데에는 번번이 대답할 타이밍을 놓치는 그의 잘못도 있었다. 좋아, 어디 마음대로 해 보라지. 나를 가만히 내버려 두기만 한다면 뭐.

악령이 '음료를 마시는 사람에게는 절대로 말 걸지 마.'라고 하지 않았나? 그건 누구에게나 해당하는 규칙이 아닐까? 좋은 생각이 났다. 그는 계속해서 포도주잔을 입으로 가져가기로 했다.

두 번째 요리까지 먹어 치운 높으신 분들은 이제 배가 부른 것 같앉다. 하지만 진짜 메인 요리는 이제부터 시작이었다. 쟁반은 점점 무거워지고, 음식은 점점 기름져졌다. 진득한 소스를 뿌린 두툼하게 썬 소고기와 돼지고기 요리, 그리고 역시 두툼한 사슴고기 요리.

"징글징글, 이거야말로 네 육욕을 자극하는 거 아니야?"

물론이지. 네가 그렇게 말할 줄 알았어. 무슨 말인지나 알고 하는 건지.

"폐하를 위하여 잔을 듭시다!" 탁자 머리 쪽에서 카고란이 불쑥 큰 소리로 말했다. "벨텐 제국의 역사상 가장 위대한 통치자이신 폐하를 위하여!"

그라쿠스는 자신을 향한 찬사에 인자하게 미소를 지으며 포도주 잔을 들어 카고란의 잔과 부딪친 뒤 다른 손님들을 향해 들어 보였다. "고맙네, 카고란. 그대 같은 훌륭한 기사가 우리 모두의 안전을 담당하고 있어서 정말 다행이네."

카고란은 정중하게 손을 가슴에 얹고 말했다. "폐하, 폐하를 위해서라면 언제나 이 한 몸을 바쳐 싸울 준비가 되어 있습니다."

왜 갑자기 끈적끈적한 점액질 속에서 뒹구는 달팽이가 떠오르는 거지?

파린은 징글징글만 들을 수 있게 신음했다. "으으, 속이 안 좋아."

나도 속이 안 좋아. 저 아부하는 꼴 정말 못 봐 주겠네.

"그게 아니야… 포도주 때문인가 봐, 세상이 빙빙 돌아." 파린은 자신의 얼굴이 창백해지는 것을 느꼈다. 위장이 요동을 치기 시작했다. 자리에서 일어나 밖으로 뛰어나가야 할까? 파린이 에미코에게 다급히 말했다. "기사님, 저… 토할 것… 같아요."

기사는 예상치 못한 직설적인 고백에 할 말을 잃은 것 같았다. 주위의 다른 이들이 놀란 눈으로 그를 보았다.

너 지금 토하면 앞으로 10주 동안은 나랑 말도 안 섞을 거야. 한 가지 분명한 건, 그건 예절에 어긋난다는 사실이야. 우리가 아가씨들에게 남긴 좋은 인상이 한순간에 무너지는 거라고. 자 얼른, 나한테 맡겨.

몸이 도무지 말을 듣지 않는 것을 느끼며 파린은 자리에서 일어섰다. 호흡이 가빠지고 어지러웠다. 위장의 자극도 점점 심해지고 있었다. 복도에 있는 화장실까지 참고 달려갈 수 있을까? 깊이 생각할 겨를도 없이 정신이 명해졌다. 포도주가 그의 의식을 몽롱하게 만들었다. 곧이어 목마른 자가 물을 탐하듯 악령이 탐욕스럽게 손을 뻗어 그의 정신을 움켜쥐는 것을 느꼈다.

"몸이 좋지 않은가?" 크발리나 공작 부인이 물었다.

카고란도 무언가 잘못되었음을 느낀 모양이었다. "구토라고? 이 종놈이 뭘 게워내려는 거야?"

이 쓸모없는 버러지만도 못한 녀석이 우리보고 종놈이라고 부르다니. 악령의 힘이 끓어오르는 정화수처럼 파린의 내면에서 솟구쳤다. 메스꺼움이 서서히 사그라지고 있었다.

파린은 당당하게 외치는 자신의 목소리를 들었다. **"볼품없는 창이라도 부러뜨리고 싶으신가 봅니다. 보아하니 얇고 기다란 것이 부러지기 딱 좋네요."**

파린은 생각했다. "무슨 소리를 하는 거야? 징글징글, 그만둬. 입
좀 다물고 가만히 있어." 생각하는데도 혀가 꼬일 수 있을까? 아무
래도 악령은 그의 말을 이해하지 못한 것 같았다.

**"창 하나로는 성에 차지 않습니다, 폐하, 저는 폐하를 위해 방패를,
저 호위병들이 들고 있는 방패를 부숴 보이겠습니다."**

버럭 화를 내려던 카고란의 눈동자에 간교한 계략의 빛이 스치고
지나갔다. 그가 자신의 뒤에 서 있던 병사에게 방패를 넘겨받고 말
했다. "네가 엄청나게 힘이 세다는 소문은 들었다. 이제 폐하와 여
기 모인 귀한 분들 앞에서 그 소문이 사실임을 입증해 보든지." 그
가 오른손 주먹으로 떡갈나무 방패를 두드리며 말했다. "맨주먹으
로 이걸 한번 부러뜨려 봐."

파린이 눈을 가늘게 뜨고 방패를 바라보았다. 못과 아교로 붙여
만든 떡갈나무 방패는 한가운데에 둥근 모양과 십자가 모양으로 쇠
장식이 덧대어 있었다.

"이쯤이야 별거 아니지요." 징글징글이 말했다.

옆 탁자에 앉은 성직자들도 이쪽을 힐끔거리기 시작했다. 정적이
흘렀다. 우물거리는 소리조차 들리지 않았다. 모두 한마음이 되어
파린을 바라보고 있었다.

"술을 너무 많이 마셔서 행동보다 말이 앞서나 보군. 너에 대한
무용담을 전해 들었을 때 나는 이미 네가 허풍쟁이에 불과할 줄 알
았다." 카고란은 모든 사람이 보는 가운데 파린을 웃음거리로 만들

계획을 세우고 있었다.

파린은 그라쿠스 쪽으로 돌아서서 정중하게 물었다. **"폐하, 이 방패를 부수도록 허락해 주시겠습니까? 이는 폐하를 섬기는 병사들의 소유물이기에 폐하의 허락을 구합니다."**

그라쿠스는 조금 언짢은 얼굴이었다. "이런 시시한 말다툼은 내키지 않아. 나의 신하들이라면 적에 대항하는 데 그 힘을 써 주길 바라네."

"작은 묘기를 보여 드린 뒤에도 적에 대항해 싸울 힘은 충분할 것이라고 약속 드립니다. '종놈'이라는 말에 대한 보상이 무엇인지 보여 드릴 기회를 주십시오."

징글징글이 적절한 표현을 사용한 게 분명했다. "이런 소동이 다 무슨 소용인지 모르겠군." 그라쿠스는 입을 비죽이며 말을 이었다. "카고란, 방패를 주게."

카고란이 조롱으로 가득한 미소를 지으며 다가와 파린에게 묵직한 방패를 건넸다. 파린은 벽 쪽에 있는 빈 탁자로 가서 앞면이 위로 가게 내려 두었다. 연회장의 모든 사람의 시선이 그에게 쏠렸다. 대부분은 호기심을 참지 못하고 자리에서 일어나 있었다. 멸시에만 익숙한 그에게 이런 주목은 신선한 경험이었다. 투르겐손 공작도 흥미로운 듯이 목을 쭉 빼고 있었고, 그 옆에는 아들 바랄돈이 특유의 미소를 짓고 있었다.

파린은 다시 한번 현기증을 느꼈다. 이번에는 포도주 때문이 아니라, 정신이 들고 보니 징글징글이 순식간에 그를 곤경에 빠뜨렸다는 사실에 당황해서였다. 굉장하군. 이제 그는 완전히 악령의 힘에 의존하고 있었다. 지금에 와서 망상을 멈추게 하고 아무 일도 없었다는 듯이 다시 자리에 앉을 수는 없었다.

"고귀한 스콰이어께서 뭘 그리 망설이시나? 나무가 다 썩을 때까지 기다리시려나? 시간이 그렇게 많지는 않은데." 카고란은 승리를 확신한 듯 가슴 앞에 팔짱을 꼈다. "심지어 양손 검의 공격도 막아 낸 방패라는 걸 미리 알려 주마."

크발리나 공작 부인이 말했다. "친애하는 에미코 기사님, 기사님의 스콰이어가 경솔한 짓을 하려는군요. 말리지 않으실 건가요?"

"익숙한 일이라서요." 에미코가 속눈썹도, 눈썹도 입꼬리도 움직이지 않고 대답했다. "게다가 폐하께서 이미 허락하신 걸 제가 무슨 수로 금하겠습니까?"

"귀족 여러분! 하우펜 마을 출신의 파린입니다. 다치지 않도록 모두 물러나 주십시오. 폐하를 위해 이 방패를 부수겠습니다." 이제 스콰이어가 된 매장꾼은 오른손을 들고 주먹을 꽉 쥐었다.

왕궁의 신하들은 마치 숲속의 나무들처럼 그의 주위를 둘러싸고 마치 저주의 마법에 걸린 사람들처럼 탁자만 응시하고 있었다.

에미코만이 자리에 앉아 커다란 손으로 얼굴을 한 번 비비고 무어라 중얼거렸다. 사방의 소음에 묻혀 버린 작은 목소리였지만 파린은 징글징글의 청력을 빌려 들을 수 있었다. "눈에 띄지 않게 행동하라고 말했거늘. 눈에 띄지 않게."

징글징글은 콧방귀도 뀌지 않았다. 파린은 느낄 수 있었다. 망상이 주목받는 지금 이 순간을 진정 즐기고 있다는 걸. 그는 왼손 검지를 입술 앞으로 가져갔다. 다시 사방이 조용해졌다. 에미코의 스쾀이어가 불필요하게 자처한 끝없는 수치심을 기대하며 호기심 어린 수백 개의 눈이 그를 향하고 있었다.

벌레, 헤헤… 이거 정말 지옥만큼이나 재미있네.

젠장! 어떻게 하면 이 상황을 모면할 수 있을까, 파린이 생각했다.

모든 것은 둥글다

"얼마나 더 걸려? 여기가 벨텐 제국이었다면 사원까지 리젤을 타고 갈 수 있었을 텐데." 아로스가 한숨을 쉬며 말했다. 얼마나 오래 걸었는지 다리가 아파 왔다. 둘은 아침 일찍부터 비밀의 사토 사원을 향해 걷고 또 걸었다. 길은 험난했다. 아니, 정확히 말하면 길도 아니었다.

"질문을 한다고 친구 아가씨와 화가가 더 빨리 목적지에 갈 수 있는 건 아니야." 키가 부드러운 목소리로 대답했다.

아로스는 아랫입술을 비죽였다. "아저씨가 내 질문에 구체적으로 대답해 준 적이 거의 없다는 거 알아?"

"그건 보는 관점에 따라 다르지."

"응, 아니로만 대답해 줘."

"응이라고 하기엔 아니고, 아니라고 하기엔 응이고." 키가 미소를 지으며 대답했다.

화를 낼 기운도 없었다. 그럴 기운이 있다면 걷는 데 써야 했다. 바위는 점점 험해지고, 울퉁불퉁한 바닥에 발을 헛디디지 않으려면 집중을 해야 했다. 등에 진 짐은 점점 무거워졌다. 다리도 마찬가지였다. 표정 없는 저녁 태양이 따뜻하게 내리쬐고 있었다.

갑자기 누군가의 목소리가 들려 고개를 들어 보니 웬 사내들이 보였다. "길을 잃은 게 분명한데?" 녹슨 사슬 옷을 입은 떠돌이처럼 보이는 사내가 먼저 말을 걸었다.

"안녕하세요." 키가 대답했다.

"그 안에는 뭐가 들어 있지?" 사내가 물었다. 그의 옆에는 또 다른 추레한 사내 셋이 늑대 무리처럼 이를 드러내고 있었다.

"별다른 건 없습니다. 재물이나 행운을 가져올 만한 물건이 아니에요."

키의 대답은 언제나처럼 추상적이었다.

사내들의 대장도 비슷한 생각을 한 모양이었다. "그게 대체 무슨 말이야? 이리 내 봐." 그가 휘어진 모양의 칼을 뽑아 들었다. 녹슬고 날이 빠진, 그의 행색에 딱 어울리는 칼이었다.

산적들의 습격을 받다니, 아로스가 생각했다. 이곳도 벨텐 제국보다 나을 게 없는 모양이었다. 차이점이라면 벨텐 제국에서는 악당들이 값비싼 향수를 뿌려 대고, 손톱을 다듬고, 고급 도자기 잔에 아니스 차를 따라 홀짝거린다는 점이었다.

사내가 칼을 흔들었다. "못 들었어? 돈과 보따리를 이리 내. 당장!"

"모든 일에는 순서가 있는 법." 키가 말했다. "먼저 그대들이 어떤 속세의 재물을 가졌는지 친구 아가씨와 화가에게 보여 주시지요."

떠돌이들은 그 말의 의미를 한참 동안 생각하는 것 같았다. "흐흐… 왜 우리가 그래야 하는데?"

"그래야 공평하니까." 키가 친절하게 설명했다.

"공평? 우리는 넷이고 너희는 반쪽짜리 둘이야. 둘이 합쳐야 겨우 하나가 될까 말까라고." 입고 있는 바지만큼이나 비루하게 사내가 히죽거렸다.

"맞아요, 그건 불공평하지요." 키가 말했다.

"그래, 사는 게 원래 그런 거야. 그러니 헛소리는 그만하라고."

"그대들에게 불공평하다는 뜻이에요. 그대들은 쥐들의 여왕, 흙투성이 발 아로스와 키에 대해서 전혀 모르고 있어요."

사내 중 한 명이 두목을 가로막으며 말했다. "무슨 쓸데없는 말을 그렇게 많이 해? 저것들 목을 따 버리고 나서 보따리 안에 있는 걸 나눠 가지면 되지."

두목이 버럭 화를 냈다. "닥쳐! 누가 너한테 물어봤어?" 하지만 이제 행동할 때가 왔음을 느낀 그가 성난 얼굴을 키에게로 돌렸다. 키의 등 뒤에서 저무는 태양 빛에 사내는 눈이 부셨다.

키는 천천히 손을 앞으로 내밀어 양 손바닥을 마주 대고 가볍게 고개를 숙여 상대에게 충분히 경의를 표했다.

너희를 죽이게 되어 미안하다는 뜻이야, 아로스가 생각했다.

키는 금세 기이한 자세를 취했다. 예전에 숲속에서 네코르인 여섯을 만났을 때 보았던 바로 그 자세였다. 그는 상대방 쪽으로 허리를 보이고 앞쪽 다리를 구부렸다. 뒤쪽 다리는 쭉 펴고 발은 바닥을 단단히 딛고 있었다. 팔 한쪽은 앞으로, 다른 한쪽은 공격을 준비하기 위해 뒤로 뻗었다. 사실 그날은 캄캄한 밤이어서 아로스가 본 건 키의 그림자뿐이었다. 반면 지금은 환한 낮이었다. 아로스는 소스라치게 놀랐다. 이렇게 진지한 키의 표정은 처음이었다. 단호한 얼굴이 내뿜는 내면의 고요함은 그를 실제보다 훨씬 더 커 보이게 만들었다.

산적 두목도 같은 생각인 모양이었다. "혹시… 마이스터? 방금 혹시 키라고 했어?"

"사람들은 저를 그렇게 부르지요."

사내들의 얼굴이 염소젖처럼 하얗게 변했다. 마치 누구의 얼굴이 더 창백해지나 내기를 하듯.

"내가 처음부터 뭔가 이상하다고 말했잖아. 정말 그 사람이 맞는 것 같아." 지금까지 말없이 서 있던 사내가 작은 목소리로 속삭였다.

두목이 어색하게 웃었다. "헤헤! 우린… 우린 그냥 심심해서 장난을 친 것뿐이에요. 실제로는 누구도 해치지 않는다고요."

키는 여전히 조각상처럼 꼼짝하지 않고 공격 태세를 갖추고 있었다. 그의 부드러운 음성은 온데간데없고 강철보다 더 단단한 목소리가 울려 퍼졌다. "그대들은 여왕에게 무례하게 행동했다. 이제 처분은 여왕의 결정에 따른다."

뭐라고? 이건 또 무슨 소리지? 아로스가 당황한 얼굴로 키를 보았다. 팽팽한 긴장이 감도는 와중에도 키의 눈에 장난기가 스쳤다. 아로스는 즉시 눈치를 채고 키의 말을 받았다. "그대가 뼈를 부러뜨릴 때마다 너무나도 끔찍한 소리가 나지요, 마이스터 키." 아로스가 여왕답게 입을 비죽였다. "제대로 사과한다면 오늘만 예외적으로 용서해 주지. 나에게 용서를 구하라."

아로스의 말이 떨어지기가 무섭게 강도 넷이 앞다퉈 말했다. "인자하신 여왕님, 오해이옵니다. 길을 막아 여행에 차질을 빚게 만든 저희의 무례함을 용서하여 주십시오." 두목이 비굴하게 말했다.

"존경하는 여왕님, 존경하는 마이스터 키. 저희의 불찰을 한 번만 눈감아 주십시오." 다음 사내가 애걸했다.

다른 둘은 동료들이 아름답게 사과하는 틈을 타서 뒤로 돌아 줄행랑을 쳤다. 그들은 마치 도망치는 토끼들처럼 울퉁불퉁한 자갈투성이 바닥을 깡충깡충 뛰어 저 멀리 사라졌다. 연신 고개를 꾸벅이던 둘도 곧 그들의 뒤를 따랐다.

그때까지 키는 손가락 하나 까딱하지 않았다. 아로스의 화가 친구는 분명 과거에 전설적 인물로 이름을 날린 게 분명했다.

"이제 다시 친구 아가씨와 화가뿐이야." 키가 말하고는… 웃었다. 그는 어느새 다시 익숙한 예전 모습으로 돌아와 있었다. 작고, 상냥하고 선한 본래의 키 아저씨로. "이만하면 친구 아가씨와 화가는 충분히 쉰 것 같아. 사토 사원은 제 발로 우리에게 걸어오지 않으니까."

충분히 쉬었다고? 이 작고 상냥하고 선한 아저씨가 나를 완전히 노예 취급하는군, 아로스가 속으로 투덜댔다.

험한 길은 계속되었다. 산적들과 마주친 일은 여전히 아로스의 머릿속을 떠나지 않았다. "키 아저씨, 대체 무슨 짓을 했었기에 그렇게 평판이 엉망이야?"

"화가는 마이스터야."

"나도 알아. 대답 대신 둘러대기에 있어선 마이스터 중에 마이스터인 거."

"대답을 구하는 자는 사토 사원에서 원하는 걸 찾게 될 거야." 이 대답을 끝으로 키는 입을 다물었다.

아로스도 말없이 발밑에만 집중하기로 했다.

갑자기 하늘이 어두워졌다. 구름이 무겁게 내려앉고 빗방울이 떨어지기 시작했다. 그럼 그렇지, 이제 비까지 쏟아지는군.

두 시간쯤 걷다가 키가 걸음을 멈췄다. 그의 코에서 빗방울이 떨어졌다. "이 길을 따라 조금만 더 가면 잠을 청할 만한 곳이 친구 아가씨와 화가를 기다리고 있어."

"길이라고? 좀 있으면 배가 필요할 것 같은데?" 아로스가 툴툴댔다. 해가 저물고 있었다. 사방을 둘러보니 물에 잠긴 들판이 끝없이 펼쳐져 있었고 물 위로 괴상한 풀이 무성했다. 낯선 대륙의 기이한 풍경이었다.

질퍽한 발걸음을 조금 더 옮기자 저 멀리 회색빛 지평선 너머에 희미한 불빛이 보였다. 불빛이 점점 가까워졌다. 키의 말대로 그건 여관의 불빛이었다.

저녁을 먹은 뒤 둘은 이 층 작은 방으로 올라가 짚으로 만든 잠자리에 몸을 뉘었다. 젖은 겉옷은 부엌 화로 옆에 널어 말려도 좋다는 주인의 허락을 받았다.

아로스는 기분 좋게 다리를 쭉 뻗었다. "오랫동안 이곳에 온 적이 없는데 여관이 아직 있다는 걸 어떻게 알았어?"

"화가는 알지 못했어. 다만 굳게 믿었을 뿐이야."

키의 대답을 다 듣기도 전에 아로스는 깊은 잠에 빠져들었다.

키와 아로스는 다음 날 아침 일찍 여관을 나섰다. 몇 번인가 길이 꺾이고 물에 잠긴 풀밭을 여러 번 지났을 때 마침내 그들의 목적지가 모습을 드러냈다. 사토 사원은 마치 가파른 두 개의 바위 사이에 끼어 있는 것처럼 보였다. 우선 성벽처럼 견고한 담장과 그 한가운데에 솟은, 반구 형태의 금빛 지붕이 있는 탑이 눈에 들어왔다.

얼마 후 둘은 빗장이 굳게 잠긴 입구에 다다랐다. 문에는 거대한 방패만큼이나 크고 둥근 문고리가 달려 있었다. 하지만 키는 문을 두드릴 생각은 안 하고 한동안 그곳에 가만히 서 있었다.

문 앞에 어정쩡하게 서 있는 그들에게 관심을 보이는 건 동쪽에서 서서히 떠오르는 태양뿐이었다. 문지기도, 승려도 없었다. 어느 방향으로 고개를 돌려도 그들에게 문을 열어 줄 만한 사람의 모습은 보이지 않았다.

"문을 한번 두드려 보면 안 될까?" 아로스가 물었다.

"맞아, 두드리면 안 돼."

"안쪽에서 들리게 불러 보면 안 될까?"

"맞아, 부르면 안 돼." 키가 대답했다.

"정말 굉장히 안 웃기는 농담이야. 우리가 여기에 있다는 사실을 알리지도 않고 어떻게 안으로 들어가겠다는 거야?"

"기다림을 통해서."

기다림은 아로스에게 시간 낭비의 최고봉이었다. 그러니 시간이 갈수록 기분이 나빠지는 건 당연했다. 반면 키에게 이런 기다림의 시간은 자신의 끝없는 인내심을 발휘하고, 하루에게 반가운 인사를 건넬 수 있는 절호의 기회였다.

"어차피 누가 나온다고 해도 우리를 들여보내 준다는 보장은 없지." 아로스가 불평했다. "사실은 나를 받아 주고 싶은 마음이 전혀 없어 보이던걸. 아저씨한테 잘 보이려고 안 그런 척할 뿐."

"친구 아가씨는 곧 보게 될 거야."

그럼, 물론이지! 내 눈으로 보게 될 거야, 아로스가 생각했다. 모든 걸 훤히 꿰뚫어 보는 사람은 내가 아니라 키 아저씨지. 어쩌면 프리마의 비호를 받아야 할 예언가는 아로스가 아니라 키일지도 몰랐다.

아로스가 막 오른발로 바닥을 걷어차려고 할 때 덕스 말베니안이 문 사이로 고개를 내밀었다. "들어오게 하라!" 그가 문지기에게 문을 열도록 지시했다. 밖에서는 문지기의 모습이 보이지 않았다. "아로스는 나를 따라오도록. 친애하는 마이스터 키, 잠시 기다려 주시 겠습니까? 후보자들만 수련실에 들어갈 수 있습니다. 마이스터께 서는 사원 도서관에 머무르시는 게 좋겠습니다."

이 또한 예언가 키의 예언대로였기에 아로스는 별로 놀라지 않았 다. 혼자면 또 어때, 그녀가 생각했다. 키는 공손하게 상체를 조금 숙여 인사를 한 뒤 그녀를 향해 살짝 윙크했다. 워낙 가느다란 눈이 라서 아무도 알아볼 수 없기는 했지만.

아로스는 새 스승을 따라 걸었다. 호기심이 생겼지만 일단은 최 대한 점잖게 사원의 안뜰을 한번 둘러보았다. 사원 한가운데에 있 는 탑은 별로 높지는 않았지만 굉장히 넓어서 마치 금빛 뚜껑이 달 린 거대한 솥처럼 보였다. 주위는 온통 나무를 깎아 만든 조각들로 가득했다. 자세히 보니 그건 뱀, 학, 용, 그리고 얼룩이 있는 커다란 살쾡이와 줄무늬가 있는 살쾡이의 조각들이었다. 이 거대한 솥 안 에서는 이른 아침부터 삶이 끓어오르고 있었다. 갖가지 피부색의 사람들이 둥근 출입구를 통해 끊임없이 드나들고 있었다. 무슨 이 유인지는 도무지 알 수가 없었다. 그들은 모두 똑같은 노란색 예복 차림에 머리 위에 진 짐도 없었고 손에 든 것도 없었다. 어딘가로 생각의 짐이라도 나르고 있는 걸까. 분주한 얼굴들로 보아 분명 자 신들이 하고 있는 일이 무엇인지 정확히 알고 있는 것 같았다.

사원 안의 모든 것들이 놀라웠다. 지붕도, 화단도, 집도, 문과 창 문도, 심지어 사람들의 배와 얼굴도 둥글둥글했다.

말베니안과 아로스는 솥에 난 여러 개의 입구 가운데 하나로 들어갔다. 그리고 아로스가 주위를 둘러볼 새도 없이 나선형 계단을 따라 아래로 향했다. 그들이 도착한 곳은 창문 하나 없는 원통 모양의, 아늑함과는 거리가 먼 공간이었다. 거친 회벽은 횃불의 그을음으로 지저분하게 얼룩져 있었다. 줄지어 놓인 긴 의자 여기저기에는 후보자로 보이는 사람들 몇 명이 벌써 자리를 잡고 앉아 있었다. 모두 제멋대로 생긴 얼굴들이었지만 한 가지 공통점이 있었다. 그들의 시선이었다. 마법사가 눈앞에 나타나기라도 한 듯 모두가 동그란 눈으로 아로스를 뚫어져라 응시하고 있었다.

아 그렇지, 여긴 그런 곳이었지, 아로스가 이곳에 온 목적을 다시 상기했다. 나는 이곳에서 내 마법을 증명해 보여야 하고, 그러면 그들이 그 힘을 제어하는 법을 가르쳐 준다고 했어.

"마음에 드는 자리로 가서 앉아라." 말베니안이 말했다.

아로스는 말없이 청년 한 명이 앉아 있는 맨 뒷줄로 갔다. 둘은 서로 본체만체했다. 그녀는 의식적으로 긴장을 풀기 위해 애썼다. 좋은 인상을 주기 위해 팔짱을 끼지도, 코를 찡그리는 특유의 표정도 짓지 않았다. 키가 아무런 편견도 가지지 말고 수련에 참여해 달라고 부탁했기 때문이었다.

아로스는 키의 부탁대로 해 보리라 다짐했다. 한 번만 기회를 줘보자. 편견 없이 다가올 일들에 맞서 보는 거야.

말베니안이 손을 펼치고 단조로운 톤으로 말했다. "이 좋은 아침에 우리는 특별한 능력에 관해 이야기하기 위해 이 자리에 모였다. 너희는 모두 비밀의 성소를 찾아왔다. 흰 탑을 발견한 것만으로 첫 번째 시험은 합격이야. 그 사실이 너희가 특별한 재능을 타고났다는 것을 입증한다. 너희는 다른 사람들이 보지 못하는 것을 볼 수 있어. 이렇게 남다른 능력을 지닌 사람들을 교육하는 것은 우리 영적인 이들의 길드가 추구해 온 오랜 전통이다. 하지만 저마다의 재능을 발견하고 발전시키는 것은 결코 쉬운 일이 아니다. 인간은 저마다 모습이 다르듯 그 능력도 다양하지. 덧붙여 말하자면 진짜 마법의 재능을 타고난 사람들을 찾기가 점점 힘들어지고 있다."

말베니안에게도 결코 숨길 수 없는 재능이 있었다. 그는 놀랍도록 지루하게 인사말을 늘어놓는 매우 보기 드문 능력의 소유자였다.

그는 계속해서 단조로운 톤으로 말을 이어갔다. "너희들은 저마다 남다른 재능을 가졌다. 따라서 우리는…"

아로스는 리젤의 등에 앉아 있는 상상을 했다. 둘은 함께 초원을 달리고 있었다. 리젤의 등이 부드럽게 위아래로 흔들렸다. 달콤한 꿈을 꾸면서… 하마터면 잠이 들 뻔했다.

말베니안의 연설은 아직도 끝나지 않았다. 아로스는 그의 연설을 이해해 보려고 다시금 정신을 집중했다.

"결정적인 것은 트리니티 서클이다. 거기에서 우리의 힘이 나오지." 그가 일주일 동안 한숨도 못 잔 듯한 목소리로 말했다.

벌써 첫 번째 시험이 시작된 걸까? 말베니안의 이야기를 들으며 잠들지 않기! 험난하고도 가차 없는 시험!

갑자기 같은 줄에 앉은 청년이 그녀를 뚫어져라 바라보았다. 아로스는 그를 향해 혀라도 비죽 내밀어야 할까 잠시 고민했지만 그런 행동을 하기에는 왠지 저 자신이 너무 나이가 들어 버린 것 같았다. 게다가 편견을 버리고 조신하게 행동하리라 결심했으니까. 이 멍청아, 내 결심 덕분에 무사한 줄 알아.

"트리니티 서클이란 우리가 알고 있는 마법의 힘이 세 갈래라는 뜻이다." 말베니안이 김빠진 목소리로 했던 얘기를 무한 반복하고 있었다. "변환, 예언, 그리고 작용이 그것들이야. 우리의 힘은 흙과 물과 공기에서 생겨났다. 그리고 과거와 현재와 미래에서 생겨났지. 또 육체와 정신과 영혼에서 생겨난 것이기도 해. 우리 마법의 연금술은 세 가지 물질을 기반으로 삼고 있다. 그것은 수은과 황과 염이다."

대체 무슨 소리를 하는 거야? 트리니티 서클? 지루하고, 더 지루하고, 최고로 지루한 수업이야.

아로스는 다시 입술을 비죽 내밀었다. 그녀는 어느새 다시 리젤과 함께 초원을 달리고 있었다. 듣는 척하면서 딴생각하기라면 자신 있었다. 고아원에서 원장이 아이들을 불러 놓고 연설을 할 때마다, 또는 끔찍한 거인의 이야기를 백번 넘게 들려줄 때마다 갈고 닦은 기술이었다.

말베니안이 반복했다. "너희는 모두 타고난 특별한 재능을 증명

147

했다. 길드에서 그 재능에 대해 더 깊이 배우고, 더 잘 이해하게 될 것이다. 그리고 그것을 잘 다룰 수 있게 되고 확장하게 될 것이다. 먼저 우리는 너희에게 세 가지 마법 가운데 한 가지씩을 지정해 줄 것이다. 모두 자리에서 일어나라!"

같은 줄에 앉아 있던 청년이 벌떡 일어났다. 가운뎃줄에 앉은 남자 둘도, 첫 줄에 앉은 여자 둘도 마찬가지였다.

아로스는 리젤의 고삐를 가볍게 잡아당겼다. 리젤은 푸우 하고 콧김을 내뿜으며 멈춰 섰다. 아로스가 놀라서 주위를 돌아보았다.

잠깐만, 나도 저들과 같은 후보자 아니었나?

아로스가 아차 싶었을 때 말베니안의 목소리가 울려 퍼졌다. "아로스, 왜 아직 앉아 있는 거지?"

아로스는 마지못해 리젤의 등에서 내려왔다. 그리고 엉거주춤하게 자리에서 일어났다. 한 번 더 모두의 시선이 아로스에게 집중되었다.

"그럼 너부터 시작해 보자, 아로스. 너의 특별한 능력은 어느 갈래에 속하지?"

굉장한 출발이었다. 맨 뒷줄에서 한가하게 지켜보려 했건만 시작부터 주목을 받는 신세라니.

"에… 변환과 예언은 확실하고요. 어쩌면 작용도…. 근데… 그게 뭐죠?"

몇몇의 웃음소리. 말베니안의 얼굴에는 잔뜩 먹구름이 끼었다.

"세 갈래의 마법을 모두 쓸 수 있는 은총을 입고 태어나는 사람은 수십만 명 중에 한 명이 될까 말까다. 심지어 두 가지 마법에 정통한 사람들도 거의 찾아보기 힘들지."

"저 애는 벌써부터 글러 먹었어." 가운뎃줄의 두 남자 중 한 명이 옆에 앉은 남자에게 속삭였다.

"그냥 멍청한 허풍쟁이 꼬마야." 다른 사내가 맞장구쳤다.

"좋아, 허풍쟁이한테 한번 죽도록 맞아 보라지." 아로스는 옆자리의 청년만 들을 수 있는 작은 목소리로 중얼거렸다.

그가 놀란 얼굴로 아로스를 보았다.

말베니안이 헛기침을 하고 말했다. "먼바다에서 일어난 어떤 사건에 따르면 네게는 고통을 변환하는 힘이 있는 것으로 추측된다. 그러니 너를 잠재적인 돌란인으로 분류하겠다."

아로스는 무심한 얼굴로 어깨를 으쓱했다. 어차피 며칠만 있으면 바르바로사 호는 이 이상한 제국을 떠날 거니까. 그러니 뭐가 되었든 무슨 상관이람.

다행히 말베니안의 관심은 이제 다른 다섯 명에게로 옮겨갔다. 가운뎃줄의 멍청이 둘은 작용의 힘을 가진 후보자로 분류되었다. 틴라와 자이다라는 이름의 두 여자에게는 예언의 힘이 있다고 했다.

"알렉산도르, 너는 네 능력이 어느 쪽이라고 생각하지?"

"저는… 그러니까… 다른 사람들을 고통스럽게 할 수 있어요. 생각만으로요."

그건 누구나 할 수 있는 일 아닌가? 아로스가 생각했다.

"좋아, 그러면 덕스 파날리안이 너를 시험할 거야. 오늘은 이론 수업이다. 전문 분야의 실습은 내일부터 시작할 거고."

아로스는 지루함을 견디지 못하고 사방을 두리번거렸다. 여긴 밖을 내다볼 수 있는 창문도 하나 없네.

"아로스, 수업이 끝난 뒤 너와 할 얘기가 있다."

혼자서? 대체 왜? 잘못한 것도 없는데 저 사람은 왜 나를 가만히 두지 않는 거지?

수업은 계속되었다. 말베니안은 다시 특유의 지루하고 또 지루한 웅얼거림의 세계로 빠져들었다. 독보적인 명강의였다. 아이들의 자장가로 더없이 좋은…. 말베니안은 그야말로 축복받은 능력의 소유자였다. 두서없는 내용이 계속되었다. 아로스는 그가 하는 말의 절반도 알아들을 수가 없었다. 물론 아로스의 딴생각도 한몫했지만.

"서론은 여기서 마치기로 한다. 다음 수업은 덕스 파날리안이 이어갈 것이다."

길드의 후보자들은 자리에서 일어나 밖으로 나갔다. 아로스는 마지막 줄에 앉아서 말베니안과 단둘이 남을 때까지 조용히 기다렸다.

말베니안이 아로스에게 말했다. "이쪽으로 와."

아로스는 말베니안 쪽으로 뚜벅뚜벅 걸어갔다.

그는 엄숙한 얼굴로 아로스를 보았다. "너에게 이 모든 일이 놀랍고 당황스러울 수 있다. 하지만 우린 누구에게도 영적인 이들의 길드에 들어오라고 강요하지 않아. 너는 너 자신의 결정에 따라 스스로 이곳에 왔어."

"좋아요, 그럼 스스로 그만두고 가 버릴 수도 있는 거네요."

말베니안이 찡그리며 말했다. "그래, 하지만 그래도 사흘은 여기서 지내야 해. 신중해야 하거든. 황제가 길드를 의심하고 있기 때문이지. 우리가 마법의 능력을 지닌 사람들을 발굴하고 교육하지 못하도록 금지령까지 내린 상황이야. 따라서 우리는 비밀리에 활동할 수밖에 없어. 너도 봤듯이 너를 포함해서 시험을 치를 후보는 단 여섯 명뿐이다. 지금까지의 통계로 보면 대략 절반 정도가 다음 관문으로 가는 시험을 통과하지. 그리고 그다음 과정은 이곳이 아닌 다른 장소에서 진행된다. 엄격하게 비밀에 부쳐져야 할 곳이지."

"그러니까 내가 사흘 동안 여기 갇혀 있어야 한다는 뜻이에요?" 그녀의 목소리는 스스로 생각해도 어린 여자아이의 것이라 하기엔 지나치게 날카로웠다.

말베니안이 무의식중에 인상을 찌푸리며 말했다. "마음대로 생각하렴. 하지만 길드는 너에게 그 어떤 해도 끼치지 않는다는 걸 잊지 마. 아니, 오히려 그 반대지. 파날리안은 네가 사용하는 마법 분야에 정통한 마이스터야. 너는 그에게 많은 걸 배울 수 있을 거다. 물론 네가 재능이 있다는 전제하에 말이지. 그 후에 그 재능을 우리 길드를 위해 사용할지는 전적으로 너의 선택에 맡긴다."

"그게 무슨 말이에요? 길드를 위해 사용한다니요?"

"길드가 이루고자 하는 목표를 위해 함께한다는 뜻이지."

"무슨 목표요?"

"지금은 생존이 가장 큰 목표야. 벌써 말했다시피 황제가 우리의 활동을 금하고 있다. 그는 자신이 제어할 수 없는 모든 것을 금지시켰어."

"권력을 상대로 싸운다는 소리로 들리네요. 풍차에 돌진하는 승산 없는 싸움 말이에요. 난 그런 일엔 관심 없어요." 아로스는 자신의 말이 얼마나 냉정하고 이기적으로 들리는지 알고 있었다. 그리고 그게 바로 그녀가 의도한 바이기도 했다.

말베니안이 깊은 한숨을 쉬었다. "처음부터 다시 시작해 보자. 너는 왜 네가 마법의 재능을 타고났다고 생각하지?"

"그렇게 생각하는 게 아니라 알고 있는 거예요. 그리고 그런 사실이 자랑스럽지도 기쁘지도 않고요. 마법 때문에 안 좋은 일만 생겨요."

"그게 무슨 뜻이지?"

말베니안에게 솔직해도 될까? 그래도 그는 어른치고는 반쯤은 솔직해 보였다. 그래서 그의 눈을 똑바로 보며 말했다. "나는 환영을 봐요. 미래에 무슨 일이 일어나는지를 보죠. 그리고 나에게는 변환의 능력도 있어요. 바르바로사 호에서 두 명을 죽였어요. 그들은 그런 일을 당해도 싼 사람들이었고요. 오늘 배운 내용에 따르면 나는 두 가지 서로 다른 갈래의 마법을 쓸 수 있는 거죠."

말베니안이 큰 소리를 내며 숨을 몰아쉬었다. "네 말이 맞는다면 너는 비네사야. 우리 길드의 프리마인 이수르야처럼. 그런 사람들은 정말로 드물어. 지난 수십 년 동안 이수르야가 유일한 비네사였지." 그가 회의적인 표정으로 아로스를 보았다. "많은 사람이 꿈과 환영을, 그리고 환영과 예언을 혼동하지."

"나는 아니에요!"

"그건 아무래도 상관없다. 어차피 시험을 통해 진실이 드러나게 될 거니까."

시험이라고? 상황이 점점 심각해지는군.

"이제 가거라! 파날리안이 네 고통 변환의 능력이 실제로 어느 정도인지 판단하게 될 거야."

아로스는 방을 나와 계단을 오르기 시작했다. 사흘 동안 여기서 나가지 못한다고? 키는 뭐라고 얘기할까? 그녀는 자신의 마법이나 재능을 평가받는 일 따위에는 아무 관심도 없었다. 게다가 길드를 위해서 눈곱만큼도 기여하고 싶은 생각이 없었다.

"헤이, 아로스." 같은 줄에 앉아 있었던 젊은이가 말을 걸었다. 깊은 생각에 잠겨 있던 아로스는 소스라치게 놀랐다.

"뭔데?"

"너는 변환 마법을 쓴다고 했지? 나도 그래."

퉁명스럽게 쏘아붙이려고 보니 청년의 얼굴에는 나쁜 의도가 조금도 없어 보였다. 아로스와 마찬가지로 그도 이곳에 아는 사람이라고는 없는 처지여서 그녀에게 친근함을 느끼는 모양이었다.

"아하!" 그녀가 최대한 호의적으로 보이려 애쓰며 대답했다.

"나는 알렉산도르라고 해. 우리 같은 편 하는 게 어때?"

"흠!" 아로스가 대답했다. 그녀의 얼굴은 '한번 생각해 보고.'라고 말하는 듯했다. 이 청년은 너무 성급하게 다가오는 감이 있었다. 그녀는 누군가가 너무 빨리, 친근하게 곁에 오는 걸 참지 못했다. 하지만 이번엔 마음 한구석으로 작은 기쁨을 느끼긴 했다.

주황색 승복 차림의 승려가 여섯 명의 후보자들을 데리고 사원의 안뜰을 지나 정원으로 갔다. 역시 동전처럼 둥근 형태의 정원이었고, 바닥엔 드문드문 돌덩이가 박혀 있었다. 다음 수업은 야외에서 이루어질 모양이었다. 반원 형태로 배열된 돌덩이들은 편안함과는 거리가 멀어 보였다. 수련생들이 자리에 앉았다. 알렉산도르는 아로스 근처 돌덩이에 자리를 잡았다.

잠시 후 파날리안이 나타났다. 그는 검은 법복 차림에 머리에는 이상하게 생긴 각진 모자를 쓰고 있었다. 정원 마당스퀘어마저도 둥근 이 사원에서 정말로 눈에 띄는 모자였다.

동그라미 한가운데에 서서 왠지도 모르게 화난 표정으로 양손을 허리에 올리자 파날리안은 한층 더 고압적으로 보였다. "여기 새 후보자들이 무더기로 모여 있군." 그는 두 달쯤 지난 음식 쓰레기를 보는 것 같은 표정만으론 부족한지 코까지 찡그렸다. "너희에게 자격이 있는지는 차차 밝혀질 것이다." 그가 후보자들 한 명 한 명을 주의 깊게 관찰했다. "너희에게 잠재력이 있는지 한번 보겠다." 그리고는 극적인 효과를 위해 잠시 쉬었다가 말을 이었다. "그리고 과연 너희가 길드에 어울리는지도. 만약 그런 사람이 있다면 너희는 나와 함께 살아남는 법을 배우게 될 거야. 아니면 그 재능이 독이 되어 서서히 너희를 잠식하는 걸 지켜만 봐야 할 것이다. 어설픈 재능을 제대로 통제하지 못하면 그것은 너희의 뼈를 서서히 갉아먹을 것이고 너희는 고통스럽게 죽어가게 될 것이야."

"저는… 길드가 요구하는 것이라면 무엇이든 하겠습니다. 덕스께서 원하시는 것이라면요." 예언자 후보 두 여자 중 더 나이가 많은 틴라가 고통스러운 듯이 말했다.

그녀의 고백은 별로 감동을 주지 못한 모양이었다. 파날리안은 인상을 찌푸리며 틴라를 한 번 보고는 다른 후보자들을 하나하나 훑어보았다. 그리고 심호흡을 한 번 했다. "한 가지 더. 너희 중 누구도 나에게 아첨할 필요 없다. 난 벌써 너희 모두를 혐오하니까."

아로스는 하마터면 폭소를 터뜨릴 뻔했다. 그녀의 취향에 딱 맞는 인사말이었다. 순식간에 잠이 달아났다. 후보자들 모두를 똑같이 증오한다니 꽤나 바람직한 태도였다.

게다가 과장이 너무 지나쳤어. 틴라를 봐. 마법 능력이 있어도 저 나이가 되도록 별 탈 없이 살 수 있잖아? 아로스가 생각했다.

"틴라, 너는 몇 살이지?"

"벌써… 알고 계시잖아요."

"나는 알고 있지. 하지만 여기 모인 다른 사람들은 아직 모르니까."

그녀가 고개를 숙이고 중얼거렸다. "스물넷이요."

말도 안 돼. 그럴 리가. 아로스는 너무 놀라 순간 눈을 감아 버렸다. 이 눈을 다시 뜨면 제대로 볼 수 있을까? 아로스는 틴라의 나이를 쉰 이상으로 예상했었다. 쭈글쭈글한 얼굴, 눈가의 주름, 굽은 허리, 얼굴만큼이나 주름진 손.

"그럼 자이다 너는?"

"스물하나입니다." 자이다가 마지못해 대답했다.

그녀도 실제보다 최소한 두 배는 나이가 더 들어 보였다.

"너희는 길드로 오는 길을 아주 늦게 발견했다. 너희를 어떻게 도울 수 있을지 보겠다." 파날리안이 감정 없는 목소리로 말했다.

아로스가 침을 꼴깍 삼켰다. 그녀에게 허영심은 어울리지 않았지만 10년 후에 저런 모습이 되고 싶지는 않았다. 아니면 혹시 우리에게 겁을 주려고 연기를 하는 걸까? 아로스는 무의식중에 자신의 팔을 곁눈질했다. 그녀의 피부는 다행히 제 나이에 어울리게 탄력 있고 매끈했다.

파날리안이 큰 소리로 말했다. "이제 너희가 어떤 위험에 직면해 있는지 이해했기를 바란다. 말베니안이 첫 번째 시간에 이미 일차적으로 분류해 주었을 거라 생각한다만, 너희 중에 혹시 자신이 변환의 마법을 쓴다고 생각하는 사람?"

알렉산도르가 머뭇거리며 손을 들었다.

아로스도 대답했다. "저요!"

"좋아!" 그의 눈이 빛났다. 하지만 전혀 기쁜 얼굴은 아니었다.

"나의 전문 분야는 인간이 느낄 수 있는 극도로 강렬한 감각, 바로 고통이다." 그가 후보자들을 한 번 둘러보고 말했다. "고통을 느낀다는 건 너희가 살아 있다는 증거이다! 예언가과 작용가들도 마찬가지로 잘 들어야 한다. 왜냐하면 너희들의 마법도 마찬가지로 고통에서 발원했기 때문이야. 우리 인간이 모두 고통 속에서 태어났고 고통 속에서 죽어가게 되는 것처럼." 그가 물에 빠져 죽어가는 사람처럼 팔을 휘저었다.

파날리안은 지금껏 변환의 마법을 너무 많이 사용한 게 틀림없었다. 기회가 되면 몇 살이냐고 물어봐야지, 아로스가 생각했다.

"너희가 아는 고통은 어떤 게 있지?" 파날리안이 이를 악물며 말했다.

치통, 두통, 복통, 아로스는 생각했다. 기이한 일이었다. 조금도 마음에 들지 않는 사람인데도 아로스는 어느새 파날리안의 말에 귀를 기울이고, 그의 질문에 대한 답을 고민하고 있었다.

모두 입을 다문 채 눈치만 살피는 중이었다.

"내가 너희 멍청이들의 엉덩이를 세게 발로 차면 뭐지?" 파날리안이 신경질적으로 물었다.

"엉덩이통!" 아로스가 말했다.

"브라보! 첫 번째 똑똑한 의견이 나왔군." 그가 험악하게 인상을 쓰며 벌꿀처럼 달콤한 목소리로 말했다. 나무로 만든 동전만큼이나 어울리지 않는 태도와 목소리였다. "아가야, 그건 어떤 종류의 고통이지?"

"난 아저씨의 아가가 아닌데?" 아로스가 발끈하며 대답했다. "그리고 난 그쪽이 정말 마음에 들지 않거든."

명령이라도 떨어진 것처럼 다섯 개의 목이 동시에 움츠러들었다. 아로스를 제외한 모두가 숨어들 곳을 찾기라도 하듯 머리를 조아렸다. 이제 파날리안이 노발대발의 마법을 보여 줄 차례군, 아로스가 생각했다. 하지만 쫓겨나는 것도 사흘이 지나야 가능하다고 했지, 아마?

활활 타오르는 파날리안의 눈이 그녀를 갈기갈기 찢었다. 그의 입술이 떨렸다. 그의 목구멍이 분노로 응어리졌다. 곧 화염이라도 쏠 것처럼. 그리고 그가… 큰 소리로 웃어젖히기 시작했다. "내가 너를 너무 과소평가했군. 너는 무례한 정도가 아니라 아주 뻔뻔한 종자야. 그 점은 마음에 든다. 좋아, 알겠어." 그가 다른 이들을 날카로운 눈으로 쏘아보며 물었다. "누구 더 없나?"

"육체적인 고통이요." 알렉산도르가 작은 목소리로 말했다. 이 어색한 상황을 무마하려는 시도였다.

파날리안이 곧바로 그의 말을 받았다. "그렇다. 그리고 신체적 고통을 유발하는 원인은 세 가지가 있다." 충혈된 눈으로 그가 한 명 한 명의 눈을 물끄러미 바라보았다. "너! 그게 뭘까?" 그가 작용의 마법사로 분류된 두 남자 중 한 명을 가리키며 물었다.

"그, 그러니까… 제가… 누가… 발로… 차면요?" 그가 더듬거렸다.

파날리안이 인상을 찌푸리며 말했다. "너는 어느 쪽이지?"

"작…용입니다."

"그럴 줄 알았다. 여긴 너와 전혀 어울리는 자리가 아닌 것 같구나." 그가 코를 치켜들며 말했다. "여기 앉아서 밤을 새울 수는 없으니 내가 힌트를 주마. 육체적 고통은 압력이나 물리적 힘에 의해 생길 수 있다. 때리거나 발로 차는 행위가 그 예지. 두 번째는 더위나 추위이고, 세 번째는 질병이다. 상처나 중독처럼 말이야." 그는 오른손 손가락 세 개를 폈다. "이 세 가지 물리적 고통은 가장 쉽게 변환할 수 있다." 맹수처럼 아로스와 알렉산도르 앞을 어슬렁거리며 그가 말을 이었다. "왜 하필 너희 같은 쓸모없는 녀석 둘이 스스로 변환 능력이 있다고 생각하는 거지?"

알렉산도르는 너무 놀라 하마터면 걸터앉은 돌덩이에서 쓰러질 뻔했다. "잘… 모르겠어요."

아로스가 입술을 깨물었다. 압력에 의한 고통… 육체적 고통 가운데 첫 번째 유형이라 했겠다. 그녀가 곰곰이 생각했다. "또 다른 종류의 고통도 있어요." 자기도 모르게 그녀가 외쳤다.

"아, 그래?" 파날리안이 아로스 앞에 멈춰 섰다.

"까칠한 스승 때문에 화가 나면 괴로워요. 그리고 괴로우면 아프고요." 조금 전에 그는 아로스의 버릇없는 행동을 눈감아 주었다.

이번에도 그럴지 한번 볼까? 어쩌면 나를 수업에서 쫓아낼지도 몰라. 그녀를 둘러싼 얼굴들은 벌써 상황을 예감한 듯 보였다.

"아주 좋아." 파날리안이 설명을 계속했다. "육체적 고통 이외에도 정신적 고통이나 영적인 고통이 있다. 그것들은 훨씬 더 복잡하고 다양하고 강력하지. 그리고 한계가 없다. 정신과 영혼은 지옥의 고통을 견뎌 낼 수 있다." 자신의 설명에 만족한 듯 미소를 지었다. "반면 세 가지 육체적 고통에는 자연적인 장벽이 있다."

모두가 그의 다음 이야기를 기다리고 있었다. 말베니안이 놀랍도록 지루했다면 파날리안의 수업은 놀랍도록 흥미진진했다. 모두가 전율을 느끼며 그에게서 눈을 떼지 못했다.

파날리안이 검지를 들었다. "너희 멍청이들은 자연적인 장벽이 뭐냐고 묻겠지? 아주 간단해! 바로 실신과 죽음이다!"

그는 자신의 설명이 효과를 발휘하도록 잠시 기다렸다. 그건 작용의 마법일까, 아니면 변환의 마법일까? 아로스가 잠시 생각해 보았지만 아무래도 상관없었다. 어쨌든 이 기분 나쁜 파날리안이라는 자에게는 사람을 끄는 힘이 있었다. 그것도 불쾌하게! 그에게 정말로 무언가를 배울 수 있을까? 아로스는 처음으로 이 사원에 오기를 잘했다는 생각이 들었다.

상자

파린은 모루 앞에 선 대장장이처럼 주먹을 들고 탁자 위에 놓인 방패를 노려보았다. 단단한 떡갈나무 방패를 맨주먹으로 부수겠다고? 선택의 여지가 없었다. 징글징글이 그를 곤경에 빠뜨렸다. 잠시 그의 정신이 온전치 못한 틈을 타서. 그렇다 해도 악령에게 모든 책임을 전가하고 싶지는 않았다. 분명한 건 이제는 상황을 다시 돌이킬 수 없다는 사실이었다.

저 멍청한 방패를 부숴 버려. 아니면 그냥 웃음거리가 되든가. 그의 머릿속이 복잡했다.

물론 그는 망상의 힘이 어느 정도인지 알고 있었다. 하지만 이번에는 지나쳤다. 망상뿐만 아니라 파린도. 절제하지 못하고 그렇게 포도주를 마셔 대다니. 다시는 그렇게 술을 마시지 말아야지. 포도주를 한 잔씩 더 마실 때마다 그만큼의 정신을 악령에게 넘겨주는 셈이니까.

"그 누구도 맨손으로 방패를 부술 수는 없다. 이 지루하고 민망한 짓거리를 얼마나 더 보고 있어야 하지?" 카고란이 물었다.

그의 자비심 넘치는 교만한 목소리가 거슬렸다. 뒤통수에서는 편안한 한숨 소리가 들렸다. 악령은 파린과 달리 동요하지 않고 폭풍전야의 고요함을 즐기고 있었다.

"징글징글, 뭘 더 기다리는 거야? 슬슬 시작해 보지 않을래?" 파린이 생각했다.

슬슬 부술 수는 없어. 지금은 속도, 힘 그리고 기술이 필요한 때라고.

이런 암담한 상황에서도 망상의 입담을 들으니 그나마 안심이 되었다.

귀족 한 명의 원성이 터져 나왔다. "이런 수치스러운 일이 일어나지 않도록 천한 것들을 연회석에 앉혀선 안 돼요. 에미코, 저 스콰이어를 혼쭐을 내서 쫓아 버리세요."

악령은 그 어떤 대꾸도 하지 않았다.

"젠장! 징글징글! 이제 정말 끝내야 한다고! 빌어먹을…!"

그런 막돼먹은 욕 따위는 때려치우라고. 집중할 수가 없잖아.

갑자기 파린은 몸속의 피가 끓어오르는 것을 느꼈다. 그 순간 탁자 위 방패를 매장꾼 아들의 주먹이 벼락처럼 내리쳤다. 동물적인 힘, 악마의 파괴력이 단단한 나무 방패를 강타했다. 방패는 천근 무게의 바위가 높은 탑 위에서 떨어질 때처럼 요란한 소리를 내며 산산조각이 났다. 하지만 그게 다가 아니었다. 탁자도 방패와 함께 둘로 갈라졌다. 나무판이 우당탕 소리를 내며 대리석 바닥으로 떨어졌다.

"망가졌네요." 망상이 전문가다운 진단을 내린 뒤 이를 드러내며 웃었다. 헨리에타를 향해 윙크하는 것도 잊지 않았다.

놀란 사람들과 보고도 믿지 못하는 사람들의 탄성이 사방에서 들렸다.

"세상에, 어떻게 이럴 수가!" 크발리나 공작 부인이 외쳤다.

카고란의 얼굴은 할 말을 잃고 하얗게 질려 버렸다.

"저런 격파 장면은 처음 봐! 진짜 강철주먹이 나타났어." 어느 공작이 외쳤다.

"정말이에요, 강철주먹 파린. 정말 어울리는 이름 아닌가요?" 다른 누군가가 맞장구를 쳤다.

"틀림없이 나중에 훌륭한 기사가 될 거야." 또 다른 누군가가 추켜세웠다.

파린이 맨 먼저 느낀 건 대주교의 따가운 눈초리였다. 하차르트는 파린에 깃든 악령의 존재를 알고 있었다. 그는 에미코의 성에서 악령의 불멸성을 열렬히 갈망했었다.

그는 시선을 떨군 채 혼자만 아는 비밀을 꼭꼭 숨기고 있었다.

"제 스콰이어의 눈부신 무대를 끝으로 저희는 이만 물러나겠습니다." 에미코의 목소리가 들렸다. 물론 그라쿠스와 왕비를 향한 정중한 인사도 빠질 수 없었다. "성대한 연회로 맞아 주셔서 감사드립니다. 즐거운 시간이었습니다." 그가 우아한 동작으로 왕비의 손에 입맞춤했다.

주름이 많은 얼굴이었지만 환한 미소를 띤 그녀의 얼굴은 실제보다 훨씬 더 젊어 보였다. "예나 지금이나 그대를 그리워했답니다, 에미코. 그대가 있으면 지루할 틈이 없지요."

에미코가 파린을 문 쪽으로 밀었다.

밖으로 나가는 즉시 내 목이 잘릴 거야, 파린이 생각했다. 등 뒤에 느껴지는 에미코의 억센 손길이 마치 죽음의 전조처럼 간담을 서늘하게 했다.

둘은 옆문을 통해 본관을 나와 군인들의 훈련장 쪽으로 걸어갔다. 그곳은 북쪽 성벽까지 이어진 널따란 빈터였다. 궁수들의 연습에 쓰이는 짚으로 만든 과녁과 훈련용 장대를 세워 두는 무기 거치대 사이에 이르렀을 때 에미코가 걸음을 멈췄다.

파린이 곧바로 실토했다. "기사님, 포도주를 너무 많이 마셔서 그랬습니다."

에미코는 아무 말도 하지 않았지만 그의 눈썹은 먹구름처럼 무겁게 내리깔렸다.

"그리고 카고란이 저를 자극했어요. 종놈이라는 말까지 들으니 도저히 참을 수가 없었습니다."

기사는 여전히 아무 말도 없었다.

"죄송합니다. 눈에 띄는 행동을 하지 말았어야 했는데…."

징징대지 좀 마. 에미코도 제 입으로 말했었잖아. 사내라면 가끔은 세게 나갈 때도 있어야 한다고, 가끔은 탁자를 쾅 하고 내리쳐야 한다고 말이야.

"그건 비유적인 표현이었잖아!" 파린이 자기도 모르게 큰소리로 외쳤다. 그리고 다시 목소리를 낮췄다. "에… 죄송합니다, 기사님. 방금은 제 악령에게 한 말이었어요."

164

알 수 없는 에미코의 표정을 보자 마음이 아팠다. 에미코를 실망하게 하다니. 그는 또다시 명령을 거역하고 말았다.

"무슨 얘기를 하는 거냐, 스콰이어." 에미코의 우렁찬 목소리가 울려 퍼졌다. 기사의 입꼬리가 실룩였다.

이제 정말로 실컷 야단을 맞고 쫓겨날 거야, 파린이 생각했다. 아까 어떤 귀족이 말했듯이.

"지난 삼십 년 동안 열렸던 빌어먹을 연회를 통틀어 오늘이 단연 최고였다. 네가 그 멍청한 방패를 산산조각 내는 순간 카고란의 얼빠진 표정 말이야…" 에미코가 큰 소리로 호쾌하게 웃었다. "그리고… 축하한다. 넌 왕궁에 아주 강렬한 인상을 남겼어. 이제 아무도 내 얘기는 하지 않을 거야. 최고였다, 스콰이어."

"엠, 화가 많이 나신 거 아닌가요?"

"그래야 하는데… 그게…" 에미코가 다시 껄껄 웃기 시작했다. 그의 널따란 가슴이 아래위로 흔들렸다. "그게… 그 상황이 너무 우스꽝스러워서 말이다. 게다가 연회장을 빠져나올 그럴듯한 이유까지 생겼잖은가."

"혹시 대주교의 표정을 보셨어요? 하차르트는 제 안에 악령이 있다는 걸 알고 있어요. 까마귀가 얘기해 주었거든요."

"내가 폐하께 그자에 대해 경고할 때 너도 그 자리에 있었지. 폐하께서는 하차르트의 음모는 물론 까마귀와의 관계에 대해서도 잘 알고 계신다."

상쾌한 공기 덕에 정신이 맑아지고 있었다. "그러면 왜 그자를 왕궁에 그냥 두시는 거예요? 그자는 위험한 인물이에요. 심지어 왕좌까지 노리고 있어요."

"폐하는 그걸 정치라고 부르지. 내일 직접 여쭤보려무나. 아홉 번째 종이 치는 시간에 통치실이라 부르는 곳에서 폐하를 만날 거다. 술이 깨고 맑은 정신으로 보자. 내일 아침 회의가 우리가 여기까지 온 본래의 목적을 논하는 자리가 될 테니."

"내일이 정말 기대돼요!" 파린이 대답하며 아픈 손을 문질렀다.

둘은 연습장을 한 바퀴 걷다가 방으로 돌아갔다.

드디어 기다리고 기다리던 회의가 시작되었다. 그라쿠스와 에미코, 프레니아, 그리고 파린이 검은 떡갈나무 탁자가 있는 통치실에 모였다. 기사 둘이 마상 창 시합을 벌여도 될 만큼 거대한 홀이었다. 입이 다물어지지 않았다.

에미코는 지난 몇 달간 일어난 사건들과 새로 알게 된 사실들을 간략하게 보고했다. "중요한 사실은 우리가 스콰이어의 도움으로 감히 부를 수 없는 존재의 낙인을 없앨 방법을 찾았다는 것입니다. 그 방법이 이 전쟁에서 매우 중요한 역할을 할 것입니다. 악령에게 사로잡힌 사람 한 명을 해방할 때마다 적의 숫자가 한 명씩 줄어들 뿐만 아니라 아군의 숫자가 한 명씩 늘어나기 때문입니다."

"맞아!" 그라쿠스가 고무된 목소리로 말했다. "그리고 바로 그 특별한 금속이 중요한 역할을 한다는 거지?"

에미코가 펜던트를 벗어 그라쿠스 앞으로 가져갔다. "저의 스콰이어가 서부산맥에서 가져온 것입니다. 혹시 폐하께서도 아시는 물건인지요?"

그라쿠스가 길고 앙상한 손가락으로 펜던트의 표면을 더듬었다. 그의 눈이 동그래지면서 눈가에 난 주름들이 펴졌다. "이럴 수가! 이건 내가 오래전에 직접 선물했던 거야."

에미코의 턱이 천천히 움직였다. 양 눈썹은 아래로 내려갔다. 아무 말도 하지 않았지만 그의 표정이 좀 더 자세히 설명해 달라고 청하고 있었다.

"30년 전 일이야." 왕의 눈빛이 한층 굳어졌다. "이걸 운명의 장난이라 불러야 할까, 아니면 행운이라 불러야 할까? 당시 이 펜던트를 나의 제1기사였던 토렘에게 주었네. 얼마 후 있었던 결투에서 그대의 아비를 죽였던 바로 그 토렘 말일세."

언제나처럼 그라쿠스는 빙 돌려 말하지 않았다. 그건 그라쿠스와 에미코의 공통점이었다.

파린은 고개를 돌리지 않았지만 자신을 노려보는 에미코의 시선을 느낄 수 있었다. 결국 이렇게 펜던트의 출처가 밝혀졌다. 하지만 파린은 구더기족의 왕과 한 약속을 지킬 수 있었다.

"이제 그대들은 내가 이 신기한 펜던트를 어디에서 구했는지 묻고 싶겠지."

에미코가 말없이 고개만 끄덕였다.

그라쿠스가 말을 이었다. "어느 날 아름답고 신비한 여인이 왕궁에 나타나 내게 선물을 주었네. 니네브라는 이름의 여인이었어. 알현실에서 그녀를 만났는데, 하인 한 명이 푸른빛 금속 덩어리들이 들어 있는 무거운 상자를 가져왔지. 그녀는 '이 금속으로 펜던트를 만드세요. 그것이 사악한 밤의 악령으로부터 폐하를 지켜 줄 것입니다.'라고 말했어. 나는 이미 오래전부터 결정을 내릴 때 내 직감을 따랐지. 그래서 세공사를 불러 그녀가 말한 대로 펜던트를 만들게 했어. 그리고 나중에 그것을 토렘에게 선물했고."

"제 아버지를 죽음에 이르게 한 책임을 묻기 위해서 오랫동안 그를 찾아다녔습니다. 그런데 하필 저의 스콰이어가 예기치 않게 그를 만나고, 이런 소중한 선물을 받다니…."

파린을 바라보는 그라쿠스의 눈이 반짝였다. "토렘이 살아 있다고? 그가 이 펜던트를 직접 자네에게 주었단 말인가?"

파린이 약간 머뭇거리며 고개를 끄덕였다.

그라쿠스는 곧바로 눈치를 채고 말했다. "스콰이어가 그대에게 여태 펜던트의 정확한 출처를 말하지 않은 모양이군."

"그렇습니다. 저의 스콰이어는 자신이 모시는 기사에 대한 충성을 맹세하고도 토렘과의 약속을 더 중요하게 생각하더군요." 에미코가 투덜댔다.

"나라면 항명의 대가로 직접 목을 베겠네." 그라쿠스가 조언했다.

"하지만… 서부산맥으로 간 건 오로지 기사님이 내리신 임무를 수행하기 위해서, 그리고 기사님을 감히 부를 수 없는 존재의 낙인으로부터 구출하기 위해서였어요. 그곳에서 만난 토렘에게 비밀을 지키겠다고 약속했고요."

"한꺼번에 너무 많은 약속을 하다 보면 스텝이 꼬이는 법이지." 에미코의 눈이 번쩍였다.

"그래도 약속을 깨는 것보다는 방패를 깨는 게 낫지 않은가?" 그라쿠스가 파린의 편을 들었다. "나는 이 청년이 마음에 들어. 나와 한 약속도 지켰거든." 그의 입술이 미소를 머금었다. "알현실에서 수많은 귀족이 지켜보는 가운데 벨텐 제국의 지배자와 마주했는데도 기죽지 않고 스스럼없이 행동했어." 그가 고개를 들고 말을 이었다. "이보게 에미코. 나라면 파린에 대한 무성한 소문의 단 10분의 1만이라도 진실이라면 그를 용서하겠네. 최소한 목을 베는 결정만큼은 좀 더 연기하겠어. 물론 결정은 제1기사인 자네 몫이지만."

"바로 그 고집과 진실에 대한 열망이 제가 파린을 신뢰하는 이유입니다. 지금과 같은 시기에는 특히나 그런 장점이 빛을 발하지요." 에미코가 지금 막 갈아 놓은 칼날 같은 눈빛으로 파린을 보았다. "그렇다고 내 인내심을 너무 여러 번 시험하지는 마라, 스콰이어." 파린이 무어라 대답도 하기 전에 에미코가 그라쿠스에게 물었다. "폐하, 그럼 그 푸른 금속을 더 구할 수 있습니까?"

"남은 광석 덩어리들이 담긴 상자를 보물 창고에 보관하고 있네.

40년간의 전쟁에서 얻은 전리품들이 보관된 곳이지. 하긴, 그 기나긴 세월 중 평화가 유지되던 몇 주 동안 전리품이 아닌 선물로 받은 것들도 몇 개 있긴 하지만."

"그 금속이 네코르인을 조종하는 스승과 싸우는 데 매우 유용할 것 같습니다."

"그러면 그 영약은 효과가 어땠지?" 그라쿠스의 시선이 프레니아를 향했다. 그녀는 왕에게 정중한 인사를 건넨 후 지금껏 묵묵히 듣고만 있던 중이었다. "그대가 그 약을 만들었다고 들었는데."

프레니아가 차분하게 설명했다. "아주 오래된 책에 기술된 제조법을 따랐습니다. '정화의 영약'이라는 명칭의 그 약은 뿌리인간과 까마귀풀, 햇빛과 청어껍질로 조제한다고 기록되어 있었습니다."

왕의 표정은 조금도 변하지 않아 도무지 심기를 가늠할 수 없었다. "그리고 그대는 완전히 치료된 것인가, 에미코?"

"예, 그렇습니다. 하지만 금속 덕분인지, 약 덕분인지, 아니면 두 가지 조합 덕분인지는 알 수 없습니다."

프레니아가 헛기침으로 목을 가다듬으며 말했다. "그 푸른 금속이 니네브의 선물이라면 분명 그것이 큰 역할을 했을 것입니다. 니네브는 7년 7개월 동안 저의 스승이었습니다. 그래서 저는 그분의 말이 어떤 무게를 가지는지 잘 알고 있습니다. 니네브는 수차례 '뼈를 보는 사람을 제시간에 예언가와 만나게 하여라. 악령과 환영의 동맹만이 벨텐 제국을 지옥 불로부터 지켜낼 수 있다.'라는 예언을 강조하였습니다. 우리는 그 예언에 주목해야 합니다. 지금까지 우리가 알아낸 사실들을 종합해 보면 파린이 뼈를 보는 사람이고 고아원 출신의 아로스라는 아이가 예언가입니다."

"뼈를 보는 사람이라고 했나? 기이한 표현이군." 오래전의 일을 떠올리느라 그라쿠스의 눈빛이 흐려졌다. 그리고 그의 눈동자가 다시 반짝이며 파린을 보았다. "혹시 내년에 열릴 기사들의 대회에서 우승할 계획인가?"

뭐라고? 그라쿠스 왕이 지금 대체 무슨 말을 하는 거지? "제가요? 아닙니다, 폐하. 저는 아직 배울 게 많은 스콰이어일 뿐입니다. 기사가 될 자격도 없고요. 제가 어찌 감히 대회에 나서겠습니까?"

"파린은 이제 막 검술을 배우기 시작했습니다. 아직 검을 제대로 쥐지도 못합니다." 친절하게도, 그리고 자랑을 듬뿍 담아 에미코가 파린을 두둔하고 나섰다.

"그렇군. 그럼 예언가 얘기로 가 보세." 파린이 당황한 사이 그라쿠스가 화제를 전환했다. "당연히 나도 아로스라는 아이를 기억하고 있네. 필요하다면 그 아이를 데려와야겠지. 하지만 나는 지금껏 수많은 예언을 들었어. 대부분은 아무 쓸모없는 헛소리에 불과했지."

"하지만 역사상 가장 위대한 마법사 니네브의 예언입니다." 프레니아가 강조했다.

"좋아, 그럼 그 아이는 어디에 있지?" 그라쿠스가 물었다.

"아무도 모릅니다. 아로스는 대주교에게 붙잡힐까 봐 두려워했어요." 매장꾼의 아들이 말했다.

"나벤슈타인의 병사들에게 그 아이를 쫓지 말라고 명령했으니 이제 걱정할 필요가 없어."

"대주교에게는 비밀스러운 계획이 있습니다. 그는 그러니까… 에… 폐하께서… 더 이상 왕좌에 계시지 않게 될 날만 손꼽아 기다리고 있습니다." 파린이 얼버무리며 털어놓았다.

그라쿠스가 무심하게 대답했다. "나는 하차르트를 잘 알아. 그리고 항상 그를 주시하고 있다네. 그는 신뢰할 수 없는 인물이야. 동시에 매우 활동적이지. 그래서 한편으로는 아주 유용하기도 해. 다른 한편으로 명백하게 악한 인물이기 때문에 그에게는 실망할 일이 없다네. 그게 내가 그를 이 왕궁에 두는 이유야."

그럴듯한 설명이군, 파린이 생각했다. 물론 그로서는 상상도 못 할 일이었다. 파린은 정치에 대해서라면 전혀 아는 바가 없었으니까.

"반면 마가레타 폰 지게스문트 공작 부인은 나벤슈타인 대광장에서 교수형에 처했네. 그녀는 네코르인들과 내통하였고 공개적으로 나에게 맞섰으니까."

"악마 숭배자들이 퍼뜨린 독극물 같은 사상의 희생양이지요." 에미코가 넓은 어깨를 으쓱했다. 그도 예상한 처벌이었다.

그라쿠스가 탁자 위에 놓인 작은 종을 울렸다. 곧바로 문이 열리고 하인이 들어왔다.

"재무대신 밤롬을 들여라!"

하인은 들어올 때보다 더 빨리 사라졌고, 잠시 후 웬 키가 작은 사내와 함께 다시 나타났다. 표지가 가죽으로 된 두꺼운 장부를 옆구리에 낀 그 사내는 당당한 걸음으로 왕의 앞까지 걸어와 물었다. "저의 주인이신 폐하, 부르셨습니까?"

"오래전 푸른 금속 덩어리들이 담긴 상자를 보물 창고에 보관해 두었다. 그 상자를 즉시 대령하여라."

재무대신은 아무 말도 없이 허리를 숙여 공손하게 인사를 한 뒤 다시 사라졌다.

"나벤슈타인으로 오는 길에 적의 움직임이 전혀 없더군요. 혹시 첩자를 통해 들어온 소식이 있습니까?" 에미코가 물었다.

"아니. 나도 그 점이 수상해. 네코르인들이 어딘가에 모여서 더 큰 반란을 준비하고 있다는 뜻이니까."

"왕궁을 습격하는 일은 없을 겁니다." 에미코가 말했다. "저들에게는 왕궁의 튼튼한 성벽을 정복하는 데 필요한 병사와 무기들이 없으니까요. 성을 포위한다면 수년이 걸릴 거고요."

그라쿠스도 고개를 끄덕였다. "스승이란 자는 공공연한 충돌을 원하지 않아. 어떤 식으로든 몰래 숨어들 계획을 세우겠지. 그중에서도 가장 좋은 방법은 숙주에 낙인을 찍고 그를 통해서 은밀하게 잠입하는 거야. 전술을 아는 위치에 있는 배신자 한 명은 용병 부대

열 개보다, 그리고 투석기 백 대보다 가치가 있는 법이지. 그래서 나는 지금껏 그 어떤 때보다 나의 신하들을 주시하고 있네. 그대들도 성에 들어올 때 직접 겪었겠지만."

재무대신이 다시 나타났다. 그의 태도는 나갈 때와 사뭇 달랐다. 얼굴색도 마찬가지였다. "폐하, 이 일을 어찌하면 좋습니까. 푸른 금속을 찾지 못하였습니다. 상자가 통째로 사라져 버렸습니다. 제게 상자의 행방을 찾을 시간을 주십시오. 최선을 다하여 모든 가능성을 검토하겠습니다."

"사라졌다? 시간을 달라? 지금 당장 그대의 목을 베라 이르겠다." 그라쿠스가 버럭 화를 냈다. "그 누구도 벨텐 제국의 지배자가 소유한 보물을 훔쳐 낼 수 없다."

"물론입니다, 폐하. 바, 반드시 모든 방법을 동원하여 범인을 찾아낼 것입니다. 제게 모든 것을 되돌려 놓을 기회를 주십시오. 이렇게 간곡하게 청하옵니다. 폐하의 충직한 신하로서 안전하게 보물을 지켜온 지난 20년간의 세월을 헤아려 주시옵소서. 지금껏 단 한 번도 폐하의 보물 창고에 문제가 생긴 적이 없었습니다." 그가 무릎을 꿇고 빌었다.

그라쿠스가 한숨을 쉬며 말했다. "재무대신, 내게 그 상자를 가져오라. 내가 왕위에 오른 것은 결코 우연이 아니다. 그리고 에미코 그대는 어쩌다 운이 좋아 나의 제1기사가 된 것이 아니야." 그가 주먹으로 탁자를 치며 말했다. "마찬가지로 철통같은 보안이 유지되고 있는 보물 창고에서 그 상자가 사라진 것도 우연일 리가 없지. 내 시선이 닿는 곳마다 배신과 배반이라니." 분노는 그라쿠스를 더 막강하고 더 변덕스러운 권력자로 보이게 만들었다.

"푸른 금속에 대해 아는 사람이 몹시 제한적인 현 상황에서 이 사건이 다시 한번 그 금속의 중요성을 입증한 셈이군요. 우리를 제외하고 또 누가 금속의 용도를 알고 있습니까?" 에미코가 물었다.

모두가 침묵을 지켰다. 재무대신은 여전히 무릎을 꿇고 최대한 눈에 띄지 않으려고 노력하는 중이었다.

"금속이 담긴 상자가 도난당한 장소를 직접 한번 보고 싶습니다." 파린이 말했다.

"왕의 보물 창고에 들어가겠다? 왜지?" 그라쿠스가 물었다. 하지만 그건 질문이라기보다는 협박처럼 들렸다.

에미코도 미간을 찌푸렸다.

"어쩌면… 도둑에 대한 정보를 발견할 수 있을지도 모르기 때문입니다." 파린이 대답했다.

그라쿠스가 굳은 얼굴로 파린을 보며 말했다. "내 호의를 이용하는 게냐? 나는 나의 비밀에 대해 알고 있는 사람의 수를 극소수로 제한하고 있다. 보물 창고에 보관된 보물들도 그 비밀에 속하지. 그 원칙을 유지하게 만드는 힘은 바로 참수이다."

궁궐의 중요한 규칙 하나: 어떤 일이 있어도 왕의 재물이나 보물 창고에 대해 질문하지 않는다.

아하, 그렇구나. 파린이 마른침을 삼키며 생각했다. "용서하십시오, 폐하. 폐하의 현명한 조치로 인해 보물 창고의 출입이 가능한 신하들이 거의 없으니 용의선상에 올릴 수 있는 사람의 숫자는 극히 제한적이겠군요."

"물론 그렇다." 그라쿠스의 얼굴은 평생 단 한 번도 웃어 보지 않았고, 앞으로도 웃지 않을 사람처럼 보였다. 그가 음험한 목소리로 질문을 이어 갔다. "어떻게 내 보물 창고에서 사라진 상자의 행방을 밝힐 수 있다고 생각한 거지?"

"저의 제안은 다만 폐하를 도와 이 문제를 해결하려는 마음에서 나온 것뿐입니다." 파린은 그라쿠스의 눈을 정면으로 응시하며 담담하게 말했다. 심장은 빠르게 뛰고 있었지만 그의 진심이 용기를 불어넣었다.

"누군가를 맹목적으로 믿었다면 오늘 나는 이 자리에 있지 않았겠지." 그라쿠스가 조용하고 부드러운 목소리로 말했다. 그런데도, 아니 그래서 그의 말은 한층 더 치명적이고 위협적으로 들렸다.

"폐하 말씀이 옳습니다. 언짢으셨다면 용서하십시오, 폐하."

궁정 대신들이 있는 자리에서 그따위 발언을 했다면 이틀 동안 고문감이야.

에미코와 프레니아도 같은 생각인 것 같았다. 프레니아는 마법이라도 부렸는지 마치 투명 인간처럼 조용히 자리를 지켰고, 심지어는 에미코조차 잠시 어디론가 사라진 사람처럼 조용했다.

그라쿠스가 곧 말을 이었다. "그가 다시 내 옆에 앉아 있군. 기사들의 대회가 열리던 어느 무더운 여름밤 나무둥치 내 옆자리에 앉아 있던 그 젊은이 말일세. 내일 자네를 그곳으로 안내할 것이다. 단, 자네 혼자만."

에미코의 눈썹이 보일 듯 말 듯 아주 살짝 올라갔다. 전혀 예상치 못했다는 표정이었다.

왕들은 누군가가 자신의 재물에 손을 대면 굉장히 언짢아해. 너에게 그곳에 들어갈 수 있도록 허락한 건 엄청난 특권을 준 거야. 그런데 아무리 생각해도 네가 대체 거기서 뭘 하려는 건지 모르겠단 말이야.

"푸른 금속이 어디로 갔는지 찾아보자. 뭔가를 좀 더 알아낸 뒤 다음 계획을 세우면 돼."

그라쿠스가 손짓으로 회의가 끝났음을 알렸다. 안 그래도 고령인데다가 도난 사건까지 일어나 그는 오늘 유달리 지쳐 보였다.

에미코와 프레니아와 파린은 허리를 굽혀 공손히 인사한 뒤 물러났다.

진실

저녁 무렵 바랄돈과 파린은 본관 뒤편 정원을 산책하고 있었다. 어둠이 내려앉고 하인들이 길가의 등불을 하나둘씩 밝히기 시작했다. 정원의 한가운데에는 금붕어들이 유유히 헤엄치는 연못이 있었다. 아니, 그곳은 연못보다는 금붕어들의 바다라는 말이 더 어울렸다. 한 바퀴를 도는 데 몇 시간은 족히 걸릴 것 같은 거대한 연못이었다. 그라쿠스 왕의 성에서는 모든 것이 다 웅장했고, 웅장하지 않으면 거대했다. 몹시 더운 여름이었다. 저녁에도 뜨거운 공기는 식을 줄을 몰랐다.

"너희 아버지는 무슨 일로 왕궁에 오신 거야?" 파린이 물었다.

"사실은 나도 깜짝 놀랐어. 갑자기 아버지가 나타나셔서. 어떤 공작의 변호인으로 선임되셨대. 얼마 전에 슈투름바흐트 성에서 불가능해 보이던 재판을 승리로 이끌었다는 소문이 여기까지 난 것 같아."

"그 공작이라는 분은 왜 기소가 된 걸까?"

바랄돈은 어깨를 으쓱했다. "그건 나도 잘 몰라. 일주일 뒤에 재판이 열린다고만 들었어. 아버지는 일 얘기 하는 걸 별로 좋아하지 않으시거든. 하지만 한 가지는 분명해. 너에 대한 아버지의 생각이 달라졌다는 거. 이제 더는 너를… 그러니까… 에…"

"정말 다행이야." 파린이 얼른 바랄돈의 말을 가로막았다. "지금은 스콰이어가 되었고 왕궁에 드나들지만, 내면의 나는 언제나 매장꾼이고 평범한 사람들에게 끌려. 그때 해변에서 만난 어부의 딸도 그렇고. 혹시 노르다우라는 마을에 대해 알아?"

바랄돈은 어깨만 으쓱였다. "그런 이름은 한 번도 못 들어 봤는데?"

연못 저편에서 여자들 무리가 걸어오는 게 보였다. 재잘대며 웃는 낭랑한 목소리들이 들렸다.

"우리를 조용히 두지 않는군. 우연일 리가 없잖아?" 바랄돈이 투덜댔다.

"응? 무슨 말이야?" 무리 가운데 크발리나 공작 부인과 그녀의 딸 헨리에테도 보였다. 나머지 네 명은 모르는 얼굴 같았지만 어차피 모두 화려한 부채로 얼굴을 가리고 있어 확실히는 알아볼 수 없었다. 그들 중 두 명은 수수한 옷차림에 귀족 부인들에게 부채질을 하는 것으로 보아 시녀들이었다.

"네 인기가 굉장해, 파린. 꼭 불빛이 나방을 끌어들이듯이 저들을 끌어들이고 있어." 바랄돈이 말했다.

"말도 안 돼! 저 사람들은 너를 힐끔거리고 있는 거잖아. 장래가 촉망되는, 그리고 곧 굉장한 기사가 될 스콰이어. 귀족 출신에 심지어 폐하와 친척인 인물."

"그럴 수도 있지. 하지만 아가씨들은 너의 매력에 푹 빠져 있어. 너에 대한 굉장한 소문들이 상상력을 자극하거든. 게다가 네가 눈

앞에서 직접 방패를 부수기까지 했으니."

"하아!"

"네 정력이 상상을 초월한다는 소문이 파다해."

그게 왜 소문이야?

파린은 입을 꾹 다물고 더는 아무 질문도 하지 않았다. 소문내기 좋아하는 사람들이 떠들어 대는 내용이라면 차라리 듣지 않는 편이 나았다.

하지만 바랄돈은 거기서 멈추지 않았다. "그게 다가 아니야. 폐하께서 너에게 보물 창고에 출입을 허락하셨다는 소문도 있어."

"내일 딱 한 번만 재무대신이 잠시 나를 그곳으로 데려가는 거야." 파린이 죄지은 사람처럼 기어들어 가는 목소리로 웅얼거렸다.

"어머나 이게 무슨 운명적인 만남이야!" 공작 부인이 멀리서 숙녀에게 어울리지 않는 큰 목소리로 외쳤다. 이제 그들을 못 본 척 도망칠 기회도 사라졌다. "전도유망한 젊은이 둘을 동시에 만나다니." 숙녀들이 그들을 에워쌌다. 크발리나는 일부러 과장되게 주위를 둘러보고 말했다. "게다가 여기엔 우리밖에 없잖아?"

"외로운 저희를 상대해 주신다면 큰 영광일 것이옵니다." 파린 곁에서 정중한 목소리가 속삭였다.

파린은 깜짝 놀라 옆에 서 있는 스콰이어를 보았다. 정중한 속삭임만큼이나 얼굴도 낯설었다. 석양처럼 빛나는 환한 미소가 눈이 부실 지경이었다. 지금까지 발견하지 못했던 바랄돈 투르겐손의 또 다른 모습.

숙녀들은 황홀한 표정을 지으며 탄성을 질렀다.

"그대의 강철주먹 친구는 어떻게 생각하실까요?" 헨리에테가 교태 어린 숨결을 섞어 속삭였다. 파린에게 던진 그녀의 추파를 똑바로 바라보기가 힘들었다. 하녀의 부채질 때문에 눈을 뜨기 어려워서일까. 그녀는 길게 땋아 틀어 올린 머리에 가슴이 연못보다 더 깊이 파진 드레스를 입고 있었다.

저녁 공기가 갑자기 더 후덥지근해지는 걸까? 은은한 꽃향기가 공기 중에 떠다녔다. 값비싼 향수와 비누의 향기가 그의 주위를 감싸 조금 몽롱한 기분이 들었다.

바랄돈이 우아하게 허리를 굽히고 말했다. "아름다운 숙녀께서 직접 여쭈시면 어떨까요?"

헨리에테가 다른 숙녀들에게 눈짓했다. 숙녀들은 흥분을 감추기 위해 부채로 얼굴을 가렸다. 이 예기치 못한 상황을 제대로 파악할 틈이 없었다. 숙녀들의 무리가 호기심 가득한 얼굴로 그를 보고 있었다.

고마워, 바랄돈, 정말 대단한 활약이었어.

그는 시치미를 떼고 있는 바랄돈에게 원망의 눈길을 보냈다.

"그렇다면 강철주먹께서 대답하실 차례네요." 헨리에테가 재촉했다. "따뜻한 저녁이에요. 잠시 저와 함께 시간을 보내 주실 거죠?"

따뜻한 게 아니고 뜨거운 열기에 델 것 같아, 파린이 생각했다.

당황한 그의 몸이 점점 뜨겁게 달아올랐다. "음, 엄…" 파린이 말했다. 어떤 문장이든 '음, 엄…'으로 시작하면 시간을 벌 수 있었다. 문제는 그래도 다음 말이 떠오르지 않는 것이었다. 설령 또다시 시간을 끌기 위해 '에…' 같은 음절을 내뱉는다고 해도 이러나저러나 멍청해 보이기는 마찬가지였다.

내가 할까?

대체 징글징글은 어떻게 이 짧은 두 마디로 순식간에 파린의 속을 뒤집어놓을 수 있는 걸까?

속눈썹이 긴 커다란 눈들이 여전히 그를 향해 기대로 가득 찬 시선을 보내고 있었다. 게다가 그 눈빛들은 솔직히 말해 신비롭기까지 했다. 여자들에 대해 아는 게 뭐가 있더라? 어쩌면 '저는 그냥 보잘것없는 매장꾼일 뿐입니다.'라고 말하는 편이 나을지도 몰랐다. 자신은 머리도, 심성도, 그리고 차고 있는 지갑도 보잘것없는 매장꾼일 뿐이라고.

아니, 그럴 수는 없었다. 악령 앞에서만큼은, 악령과 바랄돈 앞에서는. 바랄돈이 나였다면 이 순간 무슨 말을 했을까?

파린이 깊은 심호흡을 하고 입을 열었다. "잠시나마 함께 걸어 주신다면 제게도 영광입니다. 그대들과의 시간을 외롭게 느낄 바보가 어디 있겠습니까?"

여인들의 부채질에 가속도가 붙었다. 바랄돈의 시선이 느껴졌다. 아주 짧은 순간의 시선이었지만 흥미롭기도 하고 조금은 놀랍다는 의미를 담고 있었다.

"파린, 그대는 정말로 묘한 매력이 있어요." 공작 부인이 말했다. "다듬지 않은 커다란 다이아몬드 원석처럼요. 제가 그 원석을 아름답게 깎아 드릴 수 있다면." 그녀의 눈빛은 진짜 다이아몬드 원석도 녹여 버릴 것 같았다. "그럴 수만 있다면 큰 영광일 텐데요."

"어머니, 너무 노골적으로 말씀하시면 당황하시잖아요." 헨리에테는 공작 부인을 나무랐지만 표정은 정반대였다. 그리고 아무렇지도 않다는 듯 파린의 옆으로 다가와 팔짱을 끼고 연못가로 가는 좁은 길로 걸음을 옮겼다.

먹이를 주는 줄 알고 금붕어 떼가 몰려왔다.

"정말 아름답지 않나요?" 헨리에테가 황홀한 얼굴로 물었다.

그 순간 파린은 자신들의 뒤에 아무도 없다는 사실을 깨달았다. 바랄돈도, 다른 여인들도. 사냥감을 모는 맹수들의 세련된 기술일까.

어서, 칼싸움이랑 마찬가지야. 되치르기를 할 차례라고. 아가씨가 모범 답안을 기다리고 있어. '그대만큼 아름다울 수는 없지요, 헨리에테.'라고 말해. 그게 그렇게 어려워?

파린은 여전히 뻣뻣한 나무토막처럼 어쩔 줄을 모르고 멀뚱멀뚱 서 있었다. 헨리에테는 여전히 팔짱을 끼고 그의 곁을 떠나지 않았다. 착각일까? 아니면 혹시 그녀가 살짝 몸을 기댄 걸까?

"너무 진도가 빠르잖아. 이제 어떻게 해?" 그가 내면을 향해 물

183

었다.

아하, 드디어 하루라도 더 산 징글징글 선생이 한 수 가르쳐 줄 차례 군. 낄낄거림이 머릿속에 울려 퍼졌다. 사랑한다고 고백해. 그러면 아 마 화로 속의 벌집처럼 녹아내릴걸? 벌레, 축하해. 넌 굉장한 짝을 찾은 거야.

"뭐라고?"

헨리에테는 벌텐 제국에서 가장 막강한 가문의 딸이야. 하우펜 마 을의 매장꾼에게는 상상조차 할 수 없는 어마어마한 신분 상승의 기회 라고.

"넌 미쳤어. 난 헨리에테에 대해 아무것도 아는 게 없다고."

뭐가 문제인데? 원래 귀족 가문의 딸들은 태어나는 순간 이미 혼처가 정해져 있는걸. 그리고 초경을 하면 바로 혼인을 하지. 헨리에테가 아직 면사포를 쓰지 않은 게 오히려 신기한 일이야.

"헨리에테의 손을 잡을 일은 절대 없어."

알겠어.

"뭐? 웬일로 갑자기 내 말에 맞장구를 치는 거야?"

겨우 손 가지고 뭘 하게? 저 아가씨 손 말고 다른 데가 훨씬 매력적 이니까 그렇지. 징글징글이 엉큼하게 웃었다.

파린이 눈을 부릅뜨며 망상을 나무랐다. 지금 이 상황에서 악령과 토론을 한들 무슨 소용이 있겠는가?

헨리에테가 한층 더 몸을 밀착시키며 말했다. "사랑을 모른다면 인생을 포기하는 것과 마찬가지죠." 아예 적극적인 공세로 전략을 수정한 모양이었다. 그녀가 부드럽게 그의 팔을 잡으며 말했다. "그대가 연모하는 사람의 이름을 제 귀에 속삭여 주세요. 그대의 숨결이 제 귀에 닿는다면…. 그대는 강하고 저는 이토록 연약한 존재랍니다. 오늘 밤 그대와 잠자리를 나누고 싶어요."

파린은 당황하여 내면을 향해 다급하게 물었다. "뭐라고? 나랑… 같이 잠자리를?"

침대가 너무 커서 톱으로 반을 나누려는데 네 도움이 필요한가 봐. 악령의 장난기 어린 웃음소리가 갑자기 갈망 어린 미소로 바뀌었다. 뭐해? 얼른 덮쳐 버리자. 우리가 헨리에테의 캐노피 침대를 지옥으로 만들어 주는 거야. 그녀를 정복하고 그녀에게 불을 지피는 거지. 불타는 밤을 보여 줘. 욕망을 활활 태워. 그러고 나면 그녀는 다른 아무것도 생각할 수 없게 될 거야. 그건 너도 마찬가지지.

징글징글은 흥분을 가라앉힐 수 없는 모양이었다.

"내가 그럴 거라고 생각해?"

그런 벌레만도 못한 질문을 하는 사내대장부가 세상에 어디 있어? 그런 질문을 꼭 해야 한다면 나중에 일이 다 끝난 뒤에나 하라고.

"사내대장부 속의 악령이라면 어떨지 모르겠지만, 모든 걸 다 떠나서 네가 다 보고 있다는 생각만 해도 진짜 끔찍해."

뭐? 구경? 무슨 소리야? 나도 동참하는 거라고! 아니 더 정확히 말하자면 나한테 그냥 다 맡겨 줘. 그러면 헨리에테쯤이야 죽을 때까지 네

걸로 만들어 줄게.

악령의 간절한 바람이 파린의 머릿속을 울렸다. "꿈도 꾸지 마." 파린이 내면을 향해 외쳤다. "당장 그만둬!"

헨리에테가 부드러운 몸매와는 정반대로 강렬한 시선을 보냈다. "물론 기회가 있다고 언제나 사랑이 이루어지는 건 아니겠지만, 사람들은 늘 마음의 소리를 들으라고 말하지요."

"내 마음이 가는 곳이 어디인지 말해야 한다면…" 마침내 파린이 입을 열었다.

뾰로통한 입과 어울리지 않는 목소리로 그녀가 물었다. "다른 사람인가요? 아슬아슬한 게임을 즐기시는군요. 어느 행복한 여인이 그대의 마음을 얻는 행운을 잡았나요?"

아하, 벌레가 이룰 수 없는 목표에 구멍이라도 내겠다 이거지? 징글징글이 저주를 퍼부었다. 처음엔 대장장이 딸, 그다음에는 어부의 딸이었으면 이번엔 공작 부인의 딸로 변화를 좀 줘 보는 게 어때? 헨리에테가 지금 막 네 환심을 사려고 애쓰고 있잖아. 잘 생각해 봐. 네가 아무래 애를 써도 오를 수가 없는 나무라고. 그런데 지금 그냥 곧바로 손만 뻗으면 되는 거야. 그러니 두 손으로 움켜쥐어. 아니에타나 헨리에테나 다 거기서 거기란 말이야.

징글징글은 그의 정신 속에, 그러니까 머릿속에 있었다. 그러니 그의 마음을 이해할 리가 없었다.

파린은 자신의 옆에 있는 우아한 여인의 눈을 똑바로 응시하며

186

말했다. "그녀의 이름은 사벨리아예요. 어부의 딸이지요. 바닷가 노르다우라는 마을에 살아요. 혹시 들어본 적이 있나요?"

초르그호로차 보르그헤차! 징글징글이 처절한 한숨을 내쉬었다. **이건 말도 안 돼! 이런 멍청이는 처음 봐! 넌 귀족 가문의 미녀를 걷어찼을 뿐만 아니라 평범한 여자와 비교하기까지 했어. 맙소사, 공작 부인의 딸에게 이보다 더 큰 모욕은 없어. 없다고!**

예외적으로 이번에는 악령의 말이 과장이 아니었다. 헨리에테의 광대뼈가 굳어졌다. 동그랗고 부드러운 얼굴이 순식간에 앙칼진 모습으로 변했다. 그녀의 아름다움은 온데간데없었다. 그리고 아무 말도 없이 그에게서 한 발짝 물러나더니 곧바로 뒤를 돌아 사라져 버렸다.

넌 이제 지옥보다 더 뜨거운 불에 떨어진 거야. 구더기 종족들의 용암보다 더 뜨거운 맛을 보게 될 거라고 내가 장담하지.

"하지만… 내가 뭐라고 말해야 했는데?"

그 말만 빼고 다.

"그게 진실이잖아."

진실? 징글징글은 구토라도 할 태세였다. **넌 진실을 아니까 거짓말도 할 수 있어. 그건 어마어마한 장점이라고.**

"상처를 줄 생각은 없었어. 하지만 잠자리를 나눌 수는 없다고."

헨리에테가 먹구름을 드리우고 떠났다.

젠장. 파린은 굳게 입을 다물었다. 아무래도 징글징글의 말이 맞는 것 같았다. 곤경에서 벗어나야 한다는 생각에 어리석은 짓을 하고 말았다.

사형 선고라도 내릴 듯한 얼굴로 숙녀들이 본관 건물을 향해 씩씩대며 행진했다. 다행히 바랄돈이 그에게 다가왔다.

"뭐라고 했길래 저렇게 화가 났어?" 그가 물었다.

"헨리에테에게 사벨리아 이야기를 했어."

"일단 여기 좀 앉자." 그가 아름답게 조각된 연못가 벤치에 앉았다.

바랄돈의 심각한 얼굴도 징글징글의 말이 결코 과장이 아니라고 말하고 있었다.

시험

저녁노을이 그 어느 때보다 아름답게 불타올랐다. 사원 정원에서 수업을 마치고 나오니 키가 기다리고 있었다. 아로스는 키를 보자마자 기다렸다는 듯이 불평을 쏟아냈다. "여기서 사흘이나 있어야 한다는 거 아저씨도 알고 있었어? 우리가 영적인 이들의 길드를 황제에게 일러바칠까 봐 두렵다는 이유로?"

"그래서 사흘 동안 머물 수 있는 엄청나게 편한 잠자리를 구했잖아." 키가 환한 얼굴로 대답했다.

키는 불평에 동조할 생각이 없어 보였다. 내가 그럴 줄 알았어. 아로스는 눈을 부릅떴다. 키는 어디에서나 장점을 찾아낼 수 있는 사람이었다. 아마 똥으로 가득 찬 변소를 보고도 '인간의 향기가 물씬 풍기는 곳이잖아.'라는 식으로 말하겠지. 솔직히 말하자면 키가 늘 그녀의 비용까지 모두 부담했기 때문에 머물 공간에 대해 이러쿵저러쿵 트집을 잡을 처지도 아니었다. 사실 세상에는 이 사원보다 더 끔찍한 감옥도 많았으니까.

"친구 아가씨는 첫날에 뭘 배웠어?" 키가 물었다.

"내일 시험을 봐야 한다는 사실에 대해서." 아로스가 그 소식에 대한 자기 생각을 실감 나게 보여 주기 위해 최대한 인상을 찌푸리며 말했다.

"어차피 우리의 인생 전체가 시험인걸."

"그럼 차라리 아저씨가 보든가."

키는 검지를 턱에 대고 잠시 생각에 잠겼다. "아니, 화가에게는 영적인 이들의 길드에 들어가기 위해 꼭 필요한 능력이 없어. 뭘 좀 먹으러 가자. 먹으면서 오늘 있었던 일에 대해 얘기해 줘." 그가 한 쪽 끝에 있는 식당을 가리키며 말했다. 음식이 아주 괜찮아 보였다. 그도 그럴 것이 배가 고팠으니까.

"좋아." 아로스가 말했다. 그래도 모든 걸 터놓고 얘기할 수 있는 누군가가 있어서 정말 다행이었다.

아로스는 먼저 고기 조각이 든 콜리플라워 수프 한 접시를 단숨에 먹어 치운 뒤 오늘 배운 내용에 관해 털어놓았다. 그리고 두 번째 접시까지 깨끗하게 비운 뒤에야 마침내 만족스럽게 배를 두드리며 키에게 물었다. "그런데 여기 있는 건 왜 다 둥근 모양일까?"

"인간에게 모난 데가 있어?" 키가 물었다.

"아니, 모난 데는 없지만 이상한 데는 많지. 아저씨도 이상한 거 많잖아." 아로스가 말하고 크게 숨을 내쉬었다. 키가 웃었다. 아로스가 좋아하는, 키의 이상한 점 중의 하나였다.

고마워 나의 하루야. 오늘 하루를 기분 좋게 마무리하게 해 줘서.

둘은 수도원의 북쪽에 있는 손님용 숙소에 머물렀다. 다음날은 아침 여섯 시에 수업이 시작되었다. 첫닭이 울 무렵 키가 아로스를 깨웠다. 아로스는 눈을 비비며 일어났다. 더 자고 싶은 마음이 간절했다. 하지만 키는 벌써 맑은 정신과 유쾌한 미소로 아침을 맞이하고 있었다.

대체 어떻게 저럴 수가 있지? 아로스가 생각했다. 화폭 앞에서도 인생 앞에서도 그는 예술가였다. 아로스는 벌떡 일어나 대야에 받은 물로 세수를 했다.

'변소에 다녀올게, 배도 고프고.'라고 말하려고 보니 키는 언제나처럼 바닥에 앉아 속눈썹 하나 까딱하지 않은 채 허공을 응시하고 있었다.

명상이 끝나려면 오래 기다려야 한다는 뜻이었다. 아로스는 얼른 변소부터 다녀온 뒤 키가 수련을 끝낼 때까지 조용히 기다렸다.

"가만히 앉아 있으면 뭐가 생겨?" 아로스가 물었다.

"나 자신." 키가 상냥하게 대답했다. 마치 아로스가 알아들을 수 있도록 모든 걸 자세하게 설명해서 스스로 만족한다는 듯한 평화로운 얼굴이었다.

"가자, 뭘 좀 먹어야지."

키는 두 손을 가슴 앞에 대고 동의한다는 듯이 몸을 숙였다.

식당은 이미 사람들로 북적였다. 꼭두새벽부터 이곳은 질서 정연하게 움직이고 있었다. 긴 탁자에 앉아 식사하는 사람들 대부분은 주황색과 푸른색 수도복을 입은 승려들이었다. 그들 대부분은 삭발한 머리에 식사 전에 기도하고 식사 후에도 기도했다. 키와 아로스는 한쪽 구석에 자리를 잡았다. 승려들은 낯선 이들에게 관심을 보이지 않았다. 아로스는 목을 쭉 빼고 이리저리 둘러보았지만 전날 수업에서 만난 후보자들의 모습은 보이지 않았다.

빵은 신선하고 먹음직했다. 작은 베이컨 조각을 입에 넣으니 비로소 아침 식사가 완성된 것 같았다. 흙을 빚어 만든 컵에 담긴 물과 차가 기분 좋게 목구멍으로 넘어갔다. 모두가 말없이 식사에만 집중하고 있었다. 음식을 씹고, 마시는 행위 하나하나가 중요한 의식 같아 보였다. 아로스마저도 이런 분위기에서는 식사 중에 입을 열 수 없었다.

유일하게 한 명만이 수도복 위에 분홍색 어깨띠를 두르고 있었다. 그는 비 오는 숲속의 밤 같은 눈빛으로 둘을 곁눈질했다.

아로스가 침묵을 깨고 속삭였다. "저 심술궂게 생긴 사람은 누구야?"

키가 아로스를 향해 몸을 낮추고 속삭였다. "그랜드 마이스터. 이곳에서 가장 높은 사람이야. 승려들의 모범이고, 그들을 이끄는 리더야. 이들의 종교에서 신 다음으로 높은 분."

그랜드 마이스터는 아로스와 키가 자신의 이야기를 하는 걸 들었는지 입을 꼭 다문 채 둘이 앉은 구석을 향해 걸어왔다.

"맞아." 그가 대화에 끼어들었다. 키를 향한 그의 눈빛에선 존중이라고는 찾아볼 수 없었다. "수도원에 그랜드 마이스터는 오직 한 사람뿐이지. 길드의 시험이 끝나는 대로 이 아이와 함께 떠나라. 내가 너희를 받아 준 건 길드와의 계약을 지키기 위해서야. 이틀만 눈 감아 준다. 교단이 위험에 내몰리는 걸 보고만 있을 수는 없어." 반짝이는 머리 아래로 성난 두 눈이 번뜩였다.

나의 하루야. 네가 나를 어디로 보내든 거기엔 꼭 어깃장을 놓는 누군가가 나를 기다리고 있구나.

"화가와 친구 아가씨는 수도원에 무리한 호의를 요구하지 않을 것입니다." 키가 대답했다.

그랜드 마이스터는 턱을 치켜들고 뒤를 돌아 사라졌다. 일주일 동안 할 말을 다 한 것 같았다.

아로스는 그의 뒷모습을 바라보며 생각에 잠겼다. "저 사람은 우리가 빨리 떠나기를 바라는 거네."

키는 아무 일도 없었다는 듯이 빵을 한 입 더 베어 물고 천천히 씹었다. 그 모습을 보자 아로스도 마음이 놓이는 것 같았다. 키의 흔들림 없는 초연함에 아로스도 조금씩 물이 들고 있었다.

뭐 아무려면 어때. 시험이 뭐 대수라고, 아로스는 생각했다.

수업 시작까지는 시간이 좀 남아 있어서 아로스는 수도원을 둘러보기로 했다. 돌로 포장된 광장에 대략 서른 명의 수도승들이 얇은 방석을 깔고 앉아 있었다. 양반다리에 허리를 꼿꼿하게 세우고, 양손 손가락을 무릎에 얹은 채 눈을 반쯤 감고 앉아 있는 그들의 모습은 키의 아침 명상 자세와 똑같았다. 하긴, 키도 이 지역 어딘가에서 왔다고 했으니까.

바르바로사에 종지기가 있듯이 수도원에는 창만큼이나 기다란 북채를 들고 거대한 징을 치는 승려가 있었다.

"잘 잤어?" 알렉산도르가 작은 목소리로 인사했다. 그도 아로스와 마찬가지로 소박한 방문자 숙소에 머무르고 있었다.

"안녕." 아로스가 대답했다. 시선은 앉아 있는 승려들에게 고정된 채였다. "저 사람들을 보면 내 친구 키 아저씨가 생각나."

"정신을 집중하고 마음을 정화하려는 거지. 자연과 육신과 정신을 하나로 모으기 위한 수련이야."

"수도복 색깔은 뭘 뜻해?"

"푸른 승복은 문하생들이고 다른 색 옷을 입은 승려들을 법사라고 불러."

"뭐가 다른데?"

"벌써 일주일 전부터 관찰했는데, 푸른 옷을 입은 승려들은 앉아서 기도할 때가 아니면 온종일 일을 해. 음식을 만들고 열심히 빨래와 청소를 하고. 그리고 중간중간 주황색 수도복을 입은 법사들에게 철학과 자연과 의학에 대해 배우기도 하지. 그 밖에 무술을 배우는 시간도 있어. 저들의 움직임은 엄청나게 빨라. 손과 발로 보이지 않는 적을 공격해."

"그걸 왜 배우는데?"

"전쟁이 일어나면 황제를 지원한대. 그 대가로 황제는 승려들에게 이 사원과 주위의 땅을 선물했고."

어딘가 앞뒤가 맞지 않았다. 황제는 마법을 퇴치하기 위해 영적인 이들의 길드를 쫓고 있는데, 황제의 편인 승려들이 그들을 숨겨주고 있다니. 어른들은 어떤 일의 동기나 배경을 이해하지 못하면 그걸 정치라고 불렀다. 그랬다. 정치는 둥글지 않았다. 뾰족한 꼭짓점과 날카로운 모서리, 그것이 바로 정치였다.

"수업 시간이 다 됐어." 알렉산도르가 말했다.

"그래, 가자." 아로스가 대답했다.

파날리안의 오늘 수업은 거대한 솥 모양의 탑 아래에서 진행되었다. 둘은 수없이 많은 계단을 걸어 내려갔다. 훈제실 같은 냄새가 났다. 살아 있는 동물과 죽은 동물의 냄새, 시큼한 냄새가 불편하게 코를 찔렀다. 갈색 벽이 양초의 빛을 흡수해 버리는 어두침침한 지하 공간에 길드의 후보자들이 앉아 있었다. 이곳이 원래 무슨 용도로 쓰이는지 따위는 전혀 궁금하지 않았다.

"자, 오늘 과제는 다음과 같다." 파날리안이 손을 비비며 입을 열었다. "앞으로 몇 시간 동안 나는 특별히 알렉산도르와 아로스의 능력을 주시할 것이다. 물론 그렇다고 나머지는 빈둥거려도 좋다는 뜻은 아니다. 너희들이 지금까지 배운 것들은 아직 아무것도 아니야. 시험을 통과하지 못한 후보자가 한둘이 아니었거든. 대부분이 고통 변환의 신비를 이해하는 과제에서 한 발짝도 나아가지 못했고, 패배자가 되어 빈손으로 돌아갈 수밖에 없었지." 그는 날카로운 눈으로 제자들을 둘러보았다. "어쩌면 너희 중 한 명에게 고통을 변환하는 재능이 있을지도 모른다." 그가 이리저리 걸음을 옮기며 말했다. 후보자 중 아무도 자기를 지칭하는 것으로 여기는 사람은 없는 것 같았다.

"신체의 고통을 변환하는 것은 영혼의 고통을 변환하는 것보다 훨씬 간단하다. 그러니 쉬운 과제부터 시작한다." 파날리안은 뚜껑이 덮인 나무로 만든 물통을 쇠사슬에 걸었다. 쇠사슬은 천장 한가운데에 매달려 허리 높이에서 흔들리고 있었다. 물통이 움직일 때마다 무언가가 철렁대는 소리가 들렸다. 기이한 소리였다. 파날리안이 마침내 뚜껑을 열자 검붉은 액체가 나타났다.

"우리의 초월성을 매개하는 물질은 피다. 분노와 고통은 피를 끓게 하지. 지독한 열병처럼 작열하며 우리를 채워 주는 것. 그 열기는 힘을 뜻한다. 우리를 파멸로 이끌기 전에 외부로 분출해야 하는 파괴적인 힘 말이야." 그가 나무통을 가리키며 말을 이었다. "첫 번째 시험은 우리가 가진 마법의 힘으로 돼지의 피를 끓게 하는 것이다."

제자들은 모두 당황한 얼굴로 물통을 들여다보았다. 그중에서도 특히 당사자인 아로스와 알렉산도르의 당혹감이 가장 컸다.

"알렉산도르, 너부터 시작한다! 지금 이 순간 고통이 느껴지는가?"

"에… 아니오." 마치 지은 죄를 고백하는 듯한 말투였다.

"그렇다면 육체의 고통을 상상해 봐! 눈물이 흐를 정도로, 소리를 지르지 않으면 안 될 정도로 생생하게!"

알렉산도르는 눈을 감았다. 잠시 후 그가 인상을 찌푸리기 시작했다. 혀라도 깨문 것 같은 얼굴이었다. "아야!" 그가 작게 신음했다.

"어떻게 된 거지? 아직 멀었어. 더 큰 압박과 더 큰 괴로움과 더 큰 통증을 느껴! 네가 아는 모든 고통과 악과 비열함을 생각해."

알렉산도르가 집중력을 잃고 당황한 표정을 지었다. "어떻게… 해야 할지 모르겠어요."

"어떻게 해야 할지 모르겠다?" 파날리안이 알렉산도르의 말을 되뇌었다. "지금껏 수도 없이 들어온 말이지. 엄지손가락을 비틀고 손가락을 부러뜨리면 그때는 알게 되겠는가? 다시 해 봐!"

알렉산도르가 괴로운 한숨을 내뱉더니 옷자락을 뒤지기 시작했다. 그리고 무언가 작은 물체를 꺼내 손에 꼭 쥐었다. 이번에는 그의 얼굴에 좀 더 강한 고통의 흔적이 스쳤다. 한편으로 그는 신체의 고통을 느끼려고 애썼고, 다른 한편으로는 파날리안에게 정신적 압박을 받았다. 어떻게든 진전을 보여야 했다. 그 광경을 지켜보던 아로스는 서서히, 그리고 점점 더 분노가 끓어올랐다. 뜨거운 화로 위에 방금 올린 물 주전자처럼.

"정말로 형편없구나. 더 세차게 해 봐!" 파날리안이 호통을 쳤다.

알렉산도르가 갑자기 자신의 얼굴을 때렸다. 그리고 벌겋게 달아오른 얼굴로 나무통을 멍하니 바라보았다. 그래도 분노는 턱없이 부족했다. 알렉산도르는 타고난 성품이 온화한 청년이었다. 아로스가 그의 옆에 바짝 붙어 최대한 비웃는 말투로 속삭였다. "한심한 패배자 같으니. 넌 정말 최악이야, 제대로 좀 해 봐."

알렉산드로스가 씩씩대기 시작했다. 그의 얼굴이 일그러지더니 성난 얼굴로 파날리안을 노려보았다. 갈비뼈가 위아래로 들썩였다.

"이 멍청아, 나무통을 보란 말이다!" 파날리안이 소리쳤다. "네 분노를 그 안으로 향하게 만들어." 그리고 알렉산도르의 뒤로 성큼성큼 걸어가더니 그의 머리를 피가 담긴 물통 쪽으로 거칠게 돌렸다.

파날리안의 행동이 알렉산도르를 더욱 분노하게 만들었다. 그가 악에 받친 시선으로 물통을 노려보았다. 돼지 피가 담긴 물통이 조금씩 흔들리기 시작했다. 잠시 후 통 안에 든 붉은 피가 움직이기 시작했다. 거품 하나가 표면 위로 느릿느릿 솟아오르더니 이내 터졌다. 그리고 또 하나가.

"아주 좋아!" 파넬리안은 진심으로 만족한 것 같았다. "정말로 해냈군!"

다른 후보자들이 손뼉을 쳤다.

갑자기 긴장이 풀린 알렉산도르의 얼굴에는 지친 기색이 역력했다. 이마에는 땀방울이 흘러내렸다. 그가 아로스를 향해 묘한 시선을 보냈다. 아로스는 미소로 답하려고 했지만 어색하기만 했다. 아무래도 키에게 미소 짓는 법을 배워야겠어.

"이제 네 차례다, 아로스." 파날리안이 무뚝뚝한 목소리로 말했다.

"저는 못 해요." 아로스가 말했다.

"그게 무슨 소리지?"

"하고 싶지 않으니까."

"아하! 그건 예상치 못한 답변인데? 너의 내면에는 엄청난 공격성이 숨어 있는데 말이지."

"지금은 숨어 있는 게 아무것도 없어요."

"한번 해 봐! 그러려고 여기에 온 거잖아."

"난 여기에 있고 싶지 않다고요!"

"그러니까 수업을 거부하는 건가?"

"뭐라고 말하든 상관없어요."

"사실은 자신이 없는 거겠지. 실패할까 봐, 그리고 그 뒤에 찾아올 수치심이 두려운 거야."

"아니, 내가 해낼까 봐 두려운 거야!"

"넌 버릇없고 제멋대로인 애송이에 불과해!"

"마음대로 말해. 뭐라 하든… **안 해**!"

파날리안이 뒤를 돌아 다른 학생들을 향해 팔을 벌리고 말했다. "알렉산도르를 지켜봤으니 너희도 이 과제가 얼마나 어려운 것인지 알겠지? 아무래도 아로스는 능력이 한참 모자란 것 같구나. 시간을 끌어 봐야 내 시간을 축내고, 너희의 시간을 축낼 뿐이야."

더 듣고 있을 이유가 없었다. 아로스는 뒤도 한 번 돌아보지 않고 어두운 방을 가로질러 방문을 열었다.

"내가 처음부터 말했잖아. 저 아이는 아니라고." 등 뒤에서 남자의 목소리가 들렸다.

"누가 또 도전해 보겠나?" 파날리안이 묻는 소리도 들렸다. 언제는 못할 거라면서 실컷 핀잔을 줘 놓고는.

아로스가 문을 닫았다. 분노가 타올랐다. 드디어 지독한 냄새에서 해방되었군. 어이없게도 인제 와서 피가 끓어올랐다. 그녀는 터벅터벅 계단을 따라 올라갔다. 저들이 뭐라고 생각하든 무슨 상관이람. 그런데 인제 어쩌지? 지루해 빠진 승려들이나 쳐다보고 있기는 싫었다. 오른편 복도에 녹이 슨 철문이 보였다. 여기 있는 동안만큼은 구경이라도 좀 해야지, 아로스가 생각했다. 육중한 빗장을 밀어내고 문을 열었다. 안쪽은 칠흑 같은 어둠뿐이었다. 복도에 있는 횃불을 하나 집어 들고 열린 문틈으로 들어섰다. 흔들리는 불빛이 거대한 탁자를 비췄다. 수갑이 네 개 달린, 육중한 결박용 철제 탁자였다. 머리 쪽에는 수갑에 쇠사슬을 걸어 잡아당길 수 있도록 고안된 지렛대처럼 생긴 장치가 보였다. 저 지렛대를 이용하면 두 팔을 끝도 없이 잡아당길 수 있겠는걸? 오싹한 소름과 함께 갑자기 정신이 번쩍 들었다. 한 번도 본 적은 없었지만, 이곳은 고문실이 분명했다. 눈 앞의 저 도구로 고문당하는 사람의 사지를 뽑아 버릴 수도 있겠구나 생각하니 저절로 코가 찡그려졌다. 하여튼 인간의 발명가적 상상력이란 요런 쪽으로만…!

누군가가 저쪽에서 횃불을 들고 그녀에게 다가오고 있었다. 아로스의 몸이 본능적으로 싸울 태세를 갖췄다. 그제야 상대방의 얼굴이 보였다. 코가 뾰족한 소녀였다. 그녀는 놀란 눈으로 아로스를 보고 있었다. 대체 누가 끔찍한 고문실에 이렇게 값비싼 거울을 걸어 놓은 걸까? 그녀는 거울 속에 비친 소녀를 더 자세히 바라보았다. 검은 머리카락의 뿌리 부분이 붉게 빛나고 있었다.

주위를 좀 더 자세히 둘러보았다. 벽에는 두꺼운 쇠사슬을 통과시키는 용도의 고리가 걸려 있었고, 벽의 돌출 부분에는 작은 꼬챙이 두 개와 집게와 칼이 각각 하나씩 놓여 있었다. 오직 다른 인간에게 고통을 주려는 목적으로 인간이 만든 도구들. 그래, 고문대만으로는 부족하겠지. 심장이 두근거렸다. 갑자기 이곳에서 팔과 다리가 찢기고, 손가락과 발가락이 잘리고, 이가 뽑히고 눈이 도려내지는 광경이 눈앞에 떠올랐다. 그러니까 거울은 고문의 희생양이 자신의 몸이 잘려 나가는 광경을 직접 볼 수 있게 하려고 걸어 둔 것이었다. 이 얼마나 굉장한 아이디어인가! 고문실은 땅속 깊은 곳 두꺼운 벽 안에 있어서 고통의 비명이 밖으로 새어 나갈 위험이 없었다. 끔찍했다. 참을 수가 없었다. 혐오감에 몸서리가 쳐졌다.

지하에서는 이런 잔혹 행위가 벌어지는데 땅 위의 수도승들은 아무 일도 없다는 듯이 평화롭게 행동하고 있었다고? 아로스는 떨리는 마음을 간신히 진정시켰다. 그나마 이 공포의 장소는 오랫동안 아무도 사용하지 않은 것처럼 보였다.

아로스는 다시 고문실 밖으로 나와 문을 닫고 계단을 올랐다. 정오쯤에는 이수르야의 수업이 예정되어 있었다. 이렇게 된 마당에 다른 수업에 참석하는 게 무슨 의미가 있을까? 그렇다고 안 될 건 또 뭐람? 어차피 내일 저녁까지는 이곳에서 지내야 하는데.

곧 바르바로사를 타고 다시 벨텐 제국으로 돌아갈 수 있어 다행이었다. 이 대륙은 어딘지 모르게 섬뜩했다. 악취가 풍기는 나벤슈타인으로 다시 돌아가고 싶다는 생각을 하게 될 줄이야. 무엇보다도 리젤이 그리웠다.

분노와 비열함

키의 모습이 보이지 않았다. 아로스는 혼자 식당으로 향했다. 한 덩어리로 뭉쳐진 이상한 흰색 낱알을 나무 그릇에 수북이 담는 승려들을 물끄러미 쳐다보며 아로스가 생각했다. 어제 먹은 수프는 그래도 좀 나았는데.

"헤, 아로스!" 알렉산도르가 그녀에게 다가와 쭈볏거렸다. 맞은편에 앉아도 되는지 망설이는 것 같았다. "오늘 오전에는 네가 좀 너무했어."

"응, 난 원래 그런 애야." 그녀가 알렉산도르에게 시선도 주지 않고 말했다.

그는 계속 그 자리에 서서 무슨 말인가를 하는 듯 우물거렸다. "하지만… 넌 날 도우려고 했던 거잖아. 내 분노의 감정을 더 크게 만들려고. 고마워."

"그렇게 이해했다니, 그럼 앉아."

그는 안도하는 표정을 지으며 자리에 앉았다.

"이건 대체 뭐야?" 아로스가 나무 그릇을 가리키며 물었다.

"밥." 알렉산도르가 대답했다. "이곳 사람들은 거의 매일 쌀로 밥을 지어 먹어. 쌀은 물에 잠긴 밭에서 자라는 벼라는 식물에서 수확하고. 아주 맛있어."

"아, 땅이 물에 잠겨 있는 걸 보고 왜 그런가 했어." 그녀는 다시 회의적인 눈빛으로 그릇 안의 음식을 보았다. 고아원에서의 기억이 떠올랐다. 허구한 날 하루도 빠짐없이 멀건 귀리 풀을 곁들인 멀건 귀리죽만 먹던 시절.

"파날리안이 오늘 아침에 너 때문에 엄청나게 화가 났었어."

"그게 나랑 무슨 상관이야." 아로스가 대답하고 그릇 속 하얀 낱알을 좀 더 자세히 관찰했다. 양옆에 앉은 승려들은 하얀 낱알 뭉치를 손가락으로 집어 입에 넣고 있었다. 아로스도 그들을 따라 해 보았다. 알렉산도르의 말이 맞았다. 밥은 보기보다 맛이 좋았다.

"오늘 아침에 왜 파날리안이 시키는 대로 하지 않았어?" 알렉산도르가 물었다. "나도 처음에는 할 수 없다고 생각했어. 그런데 조금 후 믿기지 않을 만큼 기이한 느낌이 들더니… 피가 끓어오르기 시작했어.

"잘됐네."

알렉산도르는 몸을 뒤로 기대고 일부러 아로스를 향해 회의적인 표정을 지어 보였다. "너 같은 아이는 처음 봐. 내 생각에 넌 쌀쌀맞은 것처럼 행동하지만 실제로는 그렇지 않은 것 같아."

"아, 그래?" 그녀는 처음으로 알렉산도르의 얼굴을 자세히 보았다. 부스스한 갈색 머리가 귀여웠고 코는 약간 휘어 있었다. 적어도 한 번은 부러진 적이 있다는 뜻이었다. 아로스의 예상대로 그의 과거도 꽤나 험난했던 모양이었다. 그 점은 분명 둘 사이의 공통점이었다.

"나를 친구로 대해 줘서 고마워. 키를 제외하고 여기서 나한테 친구라고는 너뿐이야."

정말로 아로스의 입에서 나온 말이었을까? 가끔 그녀는 자신의 행동에 놀랄 때가 있었다.

역시나 멍청이는 얼굴이 벌겋게 달아올라 작은 밥그릇에 커다란 머리를 처박은 채 허겁지겁 입안으로 밥을 밀어 넣기 시작했다. 그러면 아무 말도 하지 않을 수 있었으니까, 아니 아무 말 할 필요가 없으니까.

"이수르야의 수업에 가야 할지, 말아야 할지 모르겠어." 그녀가 중얼거렸다.

알렉산도르가 다시 고개를 들었다. "당연히 같이 가야지. 너는 그 사람들 말대로 네 마법 재능 때문에 무서운 일이 일어날까 봐 두렵지 않아?"

알렉산도르는 아로스의 잠재 능력을 의심하지 않는 모양이었다. "내 생각엔, 그런 일은 벌써 일어났어."

"무슨 소리야? 뭘 어떻게 했는데? 사람들한테 해를 입히기라도 했어?" 그의 놀란 눈이 아로스를 응시하고 있었다.

에… 더 자세히 털어놓을 수는 없었다.

무슨 말을 해야 할지 모른다면 질문을 해.

"너는 네 마법 재능에 대해 어떻게 생각해, 알렉산도르?"

알렉산도르가 몸을 낮추고 들릴 듯 말 듯 한 목소리로 속삭였다.

"지금부터 조심해야지. 사실은 자이다나 틴라처럼 갑자기 내 모습이 늙어 버릴까 봐 무서워."

아로스가 한숨을 쉬었다. "나도 마찬가지야. 마법의 힘을 적절히 발산하지 않으면 그것 때문에 우리는 파멸하고 말 거야. 거기까지가 내가 이해한 내용이야." 그녀가 갑자기 알렉산도르의 눈을 똑바로 응시하며 물었다. "그런데 내가 몇 살로 보여?"

"네가 인상을 쓰지 않을 때는 우리 할머니랑 비슷해 보여."

아로스의 숨이 가빠졌다. 화가 나서가 아니었다. 그의 짓궂은 장난에 웃음을 참을 수가 없었다. 마지막으로 소리 내어 웃은 게 언제였더라?

이제야 어색함을 떨쳐 낸 듯 알렉산도르의 눈에 장난기가 흘렀다. 그가 미소를 지으며 빈 그릇을 옆으로 치우고 말했다. "자, 이제 가서 다른 마이스터들이 무슨 얘기를 하는지 들어나 보자고."

"그리고 보니 너는 설득의 마법도 쓸 줄 아네. 고통이나 분노와 아무 상관 없이 말이야. 좋아, 가자."

다음 수업은 오후 늦은 시간에 시작되었다. 이수르야는 소매가 펄럭이는 붉은 상의를 입고, 머리에는 흰 천을 둘렀다. 그녀의 얼굴에 가득한 주름은 빛의 각도와 세기에 따라 달라 보이는 모양이었다. 대체 이수르야는 몇 살쯤 되었을까? 혹시 그녀도 마법을 제어하지 못하고 너무 자주 사용해서 일찌감치 젊음을 잃고 저런 모습이 된 건 아닐까?

그들은 어제 아침처럼 탑 하층부 음울한 방에 앉아 있었다. 아로스는 다시 자연스럽게 맨 뒷줄 알렉산도르 옆자리에 앉았다.

이수르야가 서성이며 말했다. "오늘은 마법의 전반적인 개요와 미래를 보는 능력에 대해 이야기할 것이다. 대부분 사람은 미래를 보는 마법이 불가능하다고 생각하지. 반면 그것을 믿는 사람들은 엄청난 두려움에 사로잡혀 있다. 그리고 그걸 예언의 저주라고 부르지."

아로스는 이수르야가 권력과 지혜를 발산하고 있음을 인정할 수밖에 없었다. 다른 후보들도 마찬가지로 느끼는 것 같았다. 모두가 꼼짝도 하지 않고 이수르야의 입만 바라보는 중이었다.

"우리 안에 숨어 있는 마법은 지속해서 바깥세상을 향해 팽창한다. 그리고 그 힘은 시간이 갈수록 점점 더 강해져. 달걀을 깨고 나오려는 병아리처럼 말이지. 마법은 그것을 내재한 인간이 죽고 나서야 완전히 해방될 수 있는 원초적 굴레 같은 것이다. 마법을 쓰는 인간의 육체가 빨리 늙어 가는 이유가 바로 거기에 있다. 너희는 마법이 너희의 동맹이 아닌 적이라는 사실을 먼저 이해해야 해. 마법은 너희의 목숨을 탐하고 있어."

이수르야는 놀란 지원자들의 중얼거림이 잦아들 때까지 인내심을 가지고 기다렸다. "하지만 우린 마법을 능숙하게 다룸으로써, 의식적으로 배출시킴으로써 우리의 친구로 만들 수 있다. 거기에 필요한 게 바로 아티팩트야."

아티팩트? 왠지 신비로운 어감의 단어였다. 완벽한 고요가 찾아왔다. 모두가 동시에 숨을 멈추기라도 한 모양이었다.

"아티팩트는 마법의 강물을 흐르게 하는 역할을 한다. 어떤 종류의 마법이든 마찬가지야. 그로써 마법은 인간의 몸에서 적절한 통제하에 분출되고, 마법의 강도에 따라 육체를 단련시키지." 그녀의 눈동자에 섬광이 스쳤다. "예언의 마법을 구사하는 이들의 감각은 특히 시간이라는 요소에 초점을 맞추고 있다. 파날리안의 경우 자신에게 중요한 요소는 고통이라고 대답할 거야. 변환의 마법도 마찬가지로 신성한 특정 매개체를 통해 통제되고 더 강해지는 거야." 그녀가 울퉁불퉁한 나뭇가지를 앞으로 뻗었다. 아로스가 전에 보았던 바로 그 난쟁이들의 지팡이였다. "이 나뭇가지가 나의 아티팩트야. 동쪽 제국의 수천 년 된 은혜로운 나무에서 얻은 거지. 이 신성한 매개물이 나를 보호해. 아티팩트는 어떤 면에서 마법의 재능 그 자체보다 더 중요해. 진짜 신성한 매개체는 정말로 희귀한 법이거든. 마법을 사용하는 이들 가운데서도 극소수만이 아티팩트를 손에 넣는 행운을 누린다. 더 자세한 건 아무도 모른다. 하지만 아티팩트가 인간이 만들어 낼 수 없는 사물인 것만큼은 분명하지. 그러니 뼈나 보석, 뿌리처럼 자연에서 탄생한 것들만이 아티팩트가 될 수 있어."

"그렇다면 제 달팽이 집은 어떤가요?" 알렉산도르가 둥근 물체를 높이 들며 말했다.

"오!" 이수르야가 맨 뒷줄로 와서 작은 달팽이 집을 보더니 황홀한 눈으로 손을 뻗었다. "좀 더 자세히 보고 싶구나."

알렉산도르가 식용 달팽이 껍데기처럼 보이는 아티팩트를 그녀에게 건넸다.

이수르야는 그것을 들고 여기저기를 자세히 관찰하다가 잠시 눈을 감았다.

"고맙다." 그녀가 알렉산도르에게 아티팩트를 돌려주며 말했다.

아로스는 아수르야의 눈에 잠시 욕망의 불꽃이 어른거리는 것을 보았다.

"좋아, 알렉산도르. 굉장한 아티팩트구나. 오늘 아침 변환 수업에서 네가 과제를 훌륭히 수행했다더니 그럴 만해."

알렉산도르는 맑은 한낮의 햇빛처럼 밝게 웃으며 아로스를 보았다.

"혹시 또 다른 특별한 사물을 가진 사람이 있나?" 이수르야가 대수롭지 않게 물었다.

물론 아로스는 곧바로 니네브의 어금니를 떠올렸다. 꽤 오랫동안 그것을 꺼내 본 적이 없었다. 갑자기 불안감이 몰려왔다. 당장 주머니를 뒤져 어금니가 잘 있는지 확인하고 싶었다. 손가락이 근질거렸다. 하지만 꾹 참고 가만히 앉아 있기로 했다.

"어쩌면 너희는 아티팩트를 가지고 있지만 그 사실을 모를 수도

209

있어. 인간의 손으로 만들어 내지 않은 것이면서 너희가 소중히 여기는 개인적인 물건이 있는지 잘 생각해 보거라."

다시 적막이 흘렀다.

이수르야는 여전히 맨 뒷줄, 아로스 앞에 서 있었다. "너는 어떠니, 아로스?"

어금니! 주머니 속의 어금니가 그녀의 배를 누르는 것 같았다. 어금니가 분명 작은 심장처럼 뛰고 있었다. 그건 니네브의 유품이었다. 그리고 니네브는 위대한 마법사라고 했다. 마녀의 어금니, 시간의 이빨.

이수르야에게 말해, 너를 도와줄 거라고 했잖아. 마음 한구석에서 뭔가가 그녀를 재촉했다.

하지만 남의 말에 호락호락 복종할 아로스가 아니었다. 내면의 목소리라고 다를 것도 없었다. 어디선가 말하고 싶지 않다는 욕구가 솟아올랐다. 어릴 적부터 몸에 익은 불신이었을까? 아니면 특정한 순간에 위험을 경고하는 본능적 직감이었을까? 그것도 아니라면 그저 쓸데없는 고집이었을까? 어쨌든 그녀는 대답했다. "아니요, 저한테는 그런 물건이 없어요." 그리고 입을 조금 비죽이고는 덧붙였다. "아쉽게도요."

이수르야가 고개를 갸우뚱했다. 다른 대답을 기대한 모양이었다. "확실하니?" 그녀의 목소리가 미묘하게 떨렸다.

그래, 당신의 반응을 보니 말하지 않기를 잘한 것 같아. 비로소 니네브가 남긴 어금니의 존재를 비밀에 부치기로 한 결정이 옳았다는 확신이 들었다. 그래서 아로스는 고개를 끄덕이고 이수르야의 두 눈을 똑바로 응시했다. 거짓의 마법이라면 완벽하게 사용할 줄 알았으니까.

이수르야는 아무렇지도 않은 척 뒤를 돌아 다른 후보자들을 보며 말했다. "좋아, 그럼 이제 첫 번째 과제로 넘어가 볼까?" 이수르야가 다시 상냥하고 단호한 목소리로 말했다.

언제나 나를 따라다니는 불신도 마법과 마찬가지로 나를 망가뜨리는 것 같아, 아로스가 생각했다.

여전히 손가락이 근질댔다, 어금니가 그녀를 부르는 것 같았다. 몰래 주머니 속에 손을 넣어 보았다. 익숙한 느낌. 딱딱한 이빨이 느껴졌다. 그러자 금방 마음이 편해졌다.

이수르야가 다시 앞쪽으로 걸어갔다. "이제 우리는 너희의 진짜 능력을 자세히 살펴볼 거야. 모두 흙으로 빚은 그릇을 들고 앞으로 나오도록."

이어서 식량 배급을 연상케 하는 장면이 연출되었다. 수련생들이 모두 모이자 이수르야는 항아리에서 물을 퍼서 그릇마다 사분의 삼 정도씩 채웠다. 모두 조심스럽게 그릇을 들고 제자리로 돌아갔다. 이수르야는 아무 말도 하지 않았고, 수련생들은 저마다 긴장한 얼굴로 물이 담긴 그릇만 응시하고 있었다. 아로스도 횃불의 불빛이 춤추는 어두운 물의 표면을 물끄러미 바라보았다.

"자이다와 틴라, 너희들은 미래를 볼 수 있다고 했지? 염려 말고 물에 집중해라. 지금 같은 경우에는 그릇에 담긴 물이 아티팩트를 대신하여 노화를 막아 줄 테니까."

수면은 점점 잔잔해지고, 백 개의 등불이 비추는 거울처럼 밝아졌다. 그 빛에 눈이 부셔 아로스는 눈을 감아야 했다. 이 어둠침침한 방 어디에서 이런 밝은 빛이 나온 걸까? 아로스는 조심스럽게 눈을 떴다. 희미하게 보이던 장면이 자욱한 안개가 걷히며 점점 선명하게 나타났다. 비쩍 마른 얼굴에 주름이 가득한 남자가 이상하게 생긴 기다란 파이프를 흔들더니 핏빛 바다 속으로 사라졌다. 검붉은 제복을 입은 병사들이 기다란 검을 마구 휘둘렀다. 사지가 절단되어 공중에 휘날렸다. 괴상하고 처절한 비명 소리가 웅웅거렸다. 밀랍으로 귀를 틀어막기라도 한 듯.

소름이 돋았다. 잔인한 생사의 투쟁이었다. 대체 저들은 누구인가? 왜? 언제? 어디서? 아로스는 마법에 걸린 사람처럼 안개 속을 응시하며 눈앞에 벌어지는 장면의 실체를 파악하려고 애썼다. 삶과 죽음을 가르는 비명들 가운데 누군가가 외치는 소리가 들렸다. "폐하께서 저 아이를 생포하라고 했어!"

방이 흔들렸다. 천장이 바닥이 되었다. 흑갈색으로 염색한 짧은 머리 소녀가 큰 거울 속에 있었다. 뿌리 쪽에 붉은 머리가 자라나기 시작하는 것도 보였다. 소녀 뒤에는 아침에 끔찍한 방에서 본 고문대가 있었다. 아로스가 그녀 자신을 빤히 응시하고 있었다. 눈을 크게 뜬 채. 거울 속의 아로스는 자신과 똑같이 행동할 생각이 없는지 그녀를 향해 손짓하고 있었다. 목에는 벌에 쏘인 것처럼 작고 빨간 점이 보였다. 본능적으로 손이 목으로 갔지만 아무런 흔적도 느껴지지 않았다. 거울 속의 그녀가 입을 크게 벌렸다. 무슨 뜻일까? 무슨 말을 하고 싶은 걸까? 그건 아닌 것 같았다. 아무 소리도 나오지 않았으니까. 대신 그녀는 이 사이에 낀 음식을 빼내려는 사람처럼 손가락 두 개를 입안에 넣어 휘젓고 있었다. 대체 뭘 하려는 거지? 무언가 알려 주려거든 제발 좀 더 자세히 설명해 봐! 이제 거울 속의 아로스는 마치 그녀 자신을 껴안으려는 듯 팔을 뻗었다. 그래, 스스로를 조금 아끼고 사랑하는 건 좋아. 그녀의 오른손 손바닥에 무언가 작은 물체가 보였다.

마침내 사방이 점점 어두워지며 안개가 걷혔다. 고문실도 안개와 함께 사라졌다. 그녀는 다시 검은 수면을 바라보고 있었다. 현실로 돌아온 걸까? 알렉산도르 쪽으로 고개를 돌렸지만 옆자리는 비어 있었다. 방 안에는 그녀 혼자뿐이었다. 어두운 물의 표면이 진동하며 작은 물결을 만들었다. 노란색 뱀 모양의 눈 두 개가 그녀를 응시했다. 얼어붙은 호수의 표면을 뚫고 들어가기라도 한 듯 오싹한 한기가 그녀의 몸을 관통했다. 욕망과 파렴치함, 잔인함과 비열함이 넘쳐흐르는 불타는 눈동자, 인간다움이라고는 조금도 느껴지지 않는 눈동자. 악령! 그건 분명 악령의 눈이었다. 그가 그녀를 쫓고 있었다. 이미 바르바로사 호에서 힘겨운 싸움을 벌여야 했던 감히 부를 수 없는 존재! 아로스는 마지막 순간 악령의 하수인이었던 졸칸 대공을 죽이고 간신히 목숨을 구할 수 있었다. 그 이후로 악령은 그녀를 처치하고 싶어 안달이 나 있었다. 악령은 혹시 아직도 예언을 두려워하는 걸까? 이미 오래전에 그녀는 뼈를 보는 사람과 한편이 되어 악령과 싸우기를 포기했는데도? 아로스는 수업을 저주했다. 불안감이 몰려왔다. 이 저주받은 물그릇 때문에 감히 부를 수 없는 존재에게 자신의 위치를 들킨 셈이었다.

눈 아래에 주둥이가 보였다. 부풀어 오른 입술 뒤로는 단도처럼 날카로운 송곳니가 번뜩였다. 악령의 입술은 아로스가 이해하지 못하는 단어를 만들어 냈다. 이해하고 싶지도 않았다. 악마가 내뿜는 독이 자신의 귀로 흘러 들어가게 할 필요는 없었으니까.

입술은 사라지지 않고 계속해서 그녀를 향해 무어라 말하고 있었다. 한 단어, 딱 한 단어. 파린? 악령이 방금 파린이라고 말한 걸까? 그럴지도 모르지. 감히 부를 수 없는 존재에게는 아로스만큼이나 파린도 증오의 대상이었으니까.

그녀는 주먹으로 물 표면을 내리쳤다. 정확히 악령의 두 눈 사이를. 흙으로 빚은 그릇이 수백 개의 조각으로 부서지고, 사방이 빙그르 돌았다. 아로스가 눈을 떴다.

모두가 놀란 눈으로 그녀를 보고 있었다.

"왜 그래?" 알렉산도르가 걱정스럽게 물었다.

곧바로 정신이 돌아왔다. "이제 괜찮아요. 그릇을 깬 건 미안해

요." 아로스는 자리에서 일어나 바닥에 흩어진 그릇 조각들을 주
웠다.

이수르야는 깊은 생각에 잠긴 얼굴로 긴 의자 사이를 기어 다니
는 아로스를 내려다보았다. 그러다가 문득 허리춤의 주머니가 열려
있는 걸 발견하고 물었다. "그 안에는 뭐가 있지?" 그녀의 목소리가
유난히 날카로웠다.

"동전 몇 개뿐이에요." 아로스가 대답했다. 그녀는 깨진 조각들을
모두 모아 옆에 있는 탁자 위에 두었다.

이수르야는 마지못해 아로스의 주머니에서 시선을 뗐다. 여전히
미심쩍은 얼굴이었다. "아로스, 너는 이걸로 실습을 마친다. 나머지
는 계속해라. 그릇의 물에 집중하도록."

그 뒤로 수업이 끝날 때까지 어떻게 시간이 흘렀는지 아로스는
기억조차 나지 않았다. 오만 가지 생각으로 머리가 너무 복잡하고
바쁘게 돌아갔기 때문이었다. 백일몽, 환영, 탐욕스럽게 그녀를 응
시하는 사악한 노란 눈. 바르바로사 호에서 악령과 싸우던 그 날,
졸칸의 눈에서 이글거리던 바로 그 노란 빛. 벨텐 제국을 떠나 바다
건너 다른 대륙에 와 있었지만 감히 부를 수 없는 존재와의 싸움은
계속되고 있었다. 나중에 키 아저씨와 오늘 있었던 사건에 대해 얘
기해 봐야겠다. 다른 사람에게는 절대로 털어놓지 않을 거야.

이수르야의 수업이 막 끝났을 때 말베니안이 들어왔다. 둘은 조

215

용히 무어라 속삭였고, 이수르야는 혼자 밖으로 나가 버렸다.

말베니안은 맨 뒷줄에 앉은 아로스를 보자마자 나무라기 시작했다. "벌써 다 들었다. 시험을 거부했다고? 하긴, 선택은 네 몫이니까. 어차피 내일이면 다 끝이지." 그가 코를 찡그리며 불쾌함을 드러냈다. "이제부터는 의지가 있는 후보들에게 초점을 맞춘다. 내 영역은 작용이야. 마법의 세 갈래 중 가장 다양한 영역이지. 그리고 변환이나 예언보다 더 드물게 나타나는 영역이기도 하고."

마음대로 떠들어 보라지, 아로스는 생각했다.

워낙 흥분한 탓에 심리적 안정을 되찾게 해 주는 그의 졸린 목소리가 고맙기까지 했다. 전날과 마찬가지로 그녀의 생각은 곧바로 방황하기 시작했다. 그녀가 아는 세계로, 그녀가 좋아하는 곳으로. 그녀는 키를 본받아 악마나 다른 나쁜 사건에 대해 생각하지 않으려고 했다. 세상에는 키와 에미코와 파린처럼 의로운 사람들도 있었으니까. 어쩌면 알렉산도르도 꽤 괜찮은 사람일지도 몰라. 그녀는 흘끗 왼쪽을 곁눈질했다.

"더 강한 의지로 더 열심히 해 봐!" 말베니안이 다그쳤다. 평소 그의 말투에 비하면 이건 포효에 가까웠다.

앞자리에 앉은 사내 중 나이가 많은 쪽이 앞쪽에 놓인 강의용 책상을 응시하고 있었다. 팔 길이 정도 떨어진 책상 위에는 양초가 하나 놓여 있었고, 마치 방금 불어서 촛불을 꺼뜨리기라도 한 것처럼 심지에서 작은 연기 기둥이 위로, 위로 올라가고 있었다.

"연기가 나기 시작했어. 포기하지 마. 좀 더 강한 의지가 필요해."

사내의 이마가 반짝이더니 땀방울이 콧등을 따라 흘러내려 코끝에 맺혔다가 바닥으로 떨어졌다.

"흐으으으!" 그가 힘겨운 나머지 신음을 냈다.

다른 후보자들이 심각한 얼굴로 그와 양초 심지를 번갈아 가면서 보고 있었다.

아로스는 복잡한 감정을 느끼며 그 광경을 지켜보았다. 이곳에는 벌써 횃불 네 개와 양초 여덟 개가 켜져 있었다. 촛불 하나를 더 켠들 뭐가 달라진다고 이 난리를 치는 거지? 아, 그렇지. 생각의 힘만으로 불을 붙이는 능력을 시험하는 중이었어.

말베니안만 제외하고 모두가 뚫어져라 양초만 바라보고 있었다.

이 멍청한 양초야, 얼른 불이 붙어. 얼른 수업이 끝나게 말이야, 아로스가 생각했다.

저러다 사내의 눈알이 빠져 버리는 게 아닐까? 여하튼 달라진 건 없었다. 멍청하게 쳐다만 보는데 어떻게 불이 난다는 거야?

아로스는 시무룩한 표정으로 양초를 물끄러미 바라보았다. 작용의 마법은 작용의 마법사 말베니안만큼이나 지루하기 짝이 없었다.

"아주 잘했어! 굉장해!" 말베니안이 사내의 어깨를 세차게 두드리며 감탄했다.

금빛 불빛이 양초 위에서 춤을 추고 있었다. 촛불이 사내의 동공에 반사되어 이글거렸다. 성공했음에도 불구하고 사내는 전혀 기뻐 보이지 않았다. 그는 여전히 무언가에 집중하고 있는 사람처럼 입술을 물어뜯었다. 눈가가 반짝이며 부옇게 흐려졌다.

"너무… 갑자기 일어난 일이라…." 그가 흥분한 얼굴로 주위를 둘러보았다.

"처음 시도인데도 아주 굉장했어. 시간이 늦었으니 오늘은 여기까지 하자."

아로스가 하품을 하고 눈을 비볐다. 누군가가 자신의 속눈썹을 가볍게 잡아당기는 것처럼 눈꺼풀이 무겁고 근질거렸다. 어서 수업이 끝났으면…. 키랑 같이 어제 그 식당에 가는 것도 좋겠어. 그제야 허리춤의 주머니를 열어 두었다는 생각이 났다. 아로스는 얼른 손을 넣어 아직 어금니가 제자리에 있다는 사실을 확인한 뒤 다시 주머니를 닫았다. 이수르야의 설명이 아니어도 그 어금니가 얼마나 소중한 물건인지 잘 알고 있었다. 그녀는 불타 버린 장작더미 속에서 그걸 찾아내기 위해 자신의 목숨까지 걸었으니까. 어금니는 그녀의 작은할머니 니네브가 남긴 유품이었다. 어떻게든 그것을 제 눈알만큼이나 소중하게 보호하고 지켜내야 했다. 니네브의 어금니가 정말로 그렇게 막강한 아티팩트라면 당연히 엄청난 탐욕을 불러일으키겠지. 그리고 그런 귀한 물건을 얻을 수만 있다면 누구라도 아로스의 목숨쯤은 하찮게 여길 것이 분명했다.

밀려드는 생각을 멈출 수가 없었다. 아무리 생각하지 않으려고 애써도 물그릇을 통해 보았던 환영이 자꾸만 머릿속에 떠올랐다.

처음에는 물그릇 속의 아로스가 무언가 구체적인 미래를 알려 주려고 했다. 그건 분명 머지않은 미래에 일어날 일이었다. 흑갈색으로 염색한 짧은 머리의 뿌리 쪽에 붉은 머리카락이 막 자라기 시작한 게 그 증거였다. 바로 그때 갑자기 환영의 의미가 이해되기 시작했다. 아로스의 등골이 오싹해졌다. 그랬다. 그건 그녀 스스로가 미래에서 보내온 메시지였다. 이수르야에게 어긋니의 존재를 실토하지 않은 것은 참으로 잘한 일이었다. 그리고 그것으로 일단 첫 번째 메시지는 따른 셈이었다. 온몸이 뜨겁게 달아올랐다. 이제 메시지의 두 번째 부분도 서서히 이해가 되기 시작했다. 아직 완벽하게 알았다고 할 수는 없었지만 최소한 그 맥락만큼은. 침을 삼켰다. 목구멍에서 쓴맛이 났다. 그녀의 환영은 언제나 다가올 재앙을 예고했었다. 지금까지 경험한 재앙이 다가 아니란 말인가? 앞으로 얼마나 더 큰 대가를 치러야만 하는 걸까?

보물 창고

"어떻게 이런 일이 일어날 수가 있지? 지금까지 도난 사건은 단 한 번도 없었어." 재무대신은 걱정스러운 마음에 풀이 죽어 무거운 발걸음을 옮겼다. 어찌나 고개를 축 늘어뜨렸는지 뒤에서 바라보면 벌써 목이 날아간 사람처럼 보일 지경이었다. 둘은 여러 개의 문을 지나 경비병들이 지키고 있는 출입구를 통과하고 계단을 내려가 복도에 이르렀다. 한기가 느껴졌다. 그곳에는 무장한 병사들이 줄을 지어 서 있었다. 재무대신 밤롬의 얼굴을 확인하고 나서야 그들의 얼굴에서 적의가 사라졌다. 보물 창고의 경비는 삼엄했다.

열쇠 일곱 개가 달린 접시만 한 열쇠고리가 재무대신의 손에서 흔들리며 찰랑거리는 소리를 냈다. 그는 일곱 개의 빗장에 달린 일곱 개의 자물쇠를 순서대로 열었다. 그러자 드디어 육중한 주물 철문이 열렸다. 기름칠이 잘 되어 문은 스르르 안쪽으로 움직였다. 밤롬은 횃불 하나를 이용하여 다른 세 개의 횃대에 불을 붙였다. 밝은 불빛이 창고 앞쪽을 훤하게 밝혔다. 금화가 거대한 산처럼 쌓여 있고 보석이 달린 귀중품들이 사방에 널려 있는 햇빛이 잘 드는 방, 파린은 막연히 그런 보물 창고를 상상했었다. 하지만 그를 기다리고 있는 것은 어둠 속에 끝없이 늘어선 선반, 그리고 그 위에 질서정연하게 놓인 상자들과 궤짝, 그리고 자루들이었다.

"보물들은 모두 종류별로 분류되어 빠짐없이 기록되어 있다네."

밤롬이 자신의 장부를 두드리며 설명했다. "이 앞쪽에 있는 것들은 장인들이 제작한 값진 공예품들이야. 특히 금으로 만든 게 많지. 오른쪽에는 상아, 왼쪽에는 호박으로 만든 작품들이고. 다음 선반에는 그림과 조각품들을 보관해. 모두가 세상에 하나뿐인, 말도 못 하게 귀한 작품들이야. 희귀한 금속 종류는 C 선반의 가장 아래 14번 칸에 있어."

재무대신은 횃불을 머리 위로 높이 들었다. 창고의 크기는 입이 떡 벌어질 정도로 거대했다.

"C 선반은 여기네요!" 그가 검지로 비어 있는 칸을 가리켰다.

너도밤나무 선반 위에 오려 낸 듯 반듯한 사각형 자국이 눈에 띄었다. 주변에 뽀얗게 쌓인 먼지가 그 네모난 자리에 오랫동안 상자가 놓여 있었음을 증명했다. 밤롬은 걱정스러운 얼굴로 깊은 한숨을 쉬었다. 비어 있는 선반을 바라볼 때마다 고통이 엄습하는 모양이었다. 그는 왕의 소유물이 사라졌다는 사실을 여전히 믿을 수 없다는 듯 초조한 얼굴로 뾰족한 턱수염을 만지작댔다.

상자가 사라진 게 분명하군. 하지만 그건 벌써 알고 있던 사실이잖아. 징글징글이 지루해 죽겠다는 듯 끼어들었다.

"불평 좀 하지 마. 난 보물 창고가 어떤 곳인지 살펴보려는 것뿐이야." 파린이 생각했다.

바로 그거야. 오늘 밤에 우리 방에도 보물이 필요해. 네가, 아니 엄밀히 말하자면 내가 굉장한 무대를 선보인 이후로 넌 드디어 마음에 드는 여자

221

를 고를 기회를 잡은 거라고. 자 어서 여기서 나가자! 인생에서 더 중요한 일들에 집중해야지.

"누가 이곳에 출입할 수 있죠?" 파린이 물었다.

"폐하와 나뿐이네."

"그럼 또 누가 열쇠 꾸러미를 가지고 있나요?"

"열쇠? 당연히 폐하와 나뿐이지." 그가 열쇠 꾸러미를 악기처럼 흔들었다. "꾸러미 한 개를 더 제작했지만 열쇠 일곱 개를 폐하가 간택한 일곱 명이 한 개씩 보관하고 있지. 절대로 한자리에 모일 리가 없는 사람들만을 폐하께서 엄선하셨고."

그라쿠스는 빈틈이 없는 인물이었다. "폐하께서 푸른 금속이 들어 있는 상자를 직접 가져가셨을 가능성은 없다고 봐야 해요. 그리고 말씀하신 일곱 명이 공모했을 확률도요. 그렇다면 의심해 볼 만한 사람은 그리 많지 않아요. 대신님의 목숨이 굉장히 위태롭습니다."

"그건… 나도 알아. 하지만 나는…. 정말로 이해가 안 돼. 벌써 오랜 세월 동안 이곳을 지켰네. 그런 내가 폐하의 재물을 훔친다니, 그건 맹세컨대 정말 상상도 할 수 없는 일이야."

"누가 대신님의 목록을 볼 수 있죠?" 파린은 밤룸이 마치 신생아를 다루듯 조심스럽게 안고 있는 장부를 가리키며 물었다.

"폐하와 나지."

"그 밖에는 아무도 없다고요?"

"그 점에 대해서는 좀 더 자세한 설명이 필요하겠군. 목록은 두

222

부분으로 나뉘어 있는데 첫 부분에는 입고되는 물품이 기록되어 있어. 황실에 가장 많은 재물을 공납하는 사람은 대주교인데, 그는 자신이 왕국으로 보내는 물품 목록을 별도 장부에 기록하지. 그래서 나는 장부의 첫 번째 부분인 입고 목록을 대주교에게 공개해서 그의 목록과 대조 확인할 수 있도록 하고 있네. 말하자면 견제 장치인 셈이지. 또 다른 부분은 밖으로 나가는 재물과 보관하고 있는 재물에 대한 기록이야. 그 기록은 전적으로 폐하만이 열람하실 수 있어."

"하차르트요? 그가 왕실의 수입과 무슨 관계가 있죠?"

재무대신의 눈이 동그래졌다. "나는 자네도 당연히 알고 있을 줄 알았는데? 성직자들이 하차르트 대주교에게 절대적으로 복종하고 있다는 건 알고 있지? 그렇게 된 건 대주교가 폐하를 설득해 고위 성직자들에게 면책 특권과 함께 세금 징수권을 주게 만든 이후부터라네. 또한 그때부터 수도원장들이 이 나라의 최고 권력자 그룹에 속하게 되었지."

그제야 하우펜 마을의 아멘 신부가 관할 수도원장에게 그토록 굽실댄 이유를 알 것 같았다. "폐하께서는 왜 성직자들에게 더 많은 권력을 주셨죠?"

"간단한 이유 때문이지. 그렇게 하면 세금이 두 배로 걷히니까. 백성들은 교회에 대해서는 이러쿵저러쿵 불만을 제기하지 않거든. 천국의 문이 열리리라는 희망 속에 얌전히 가진 것의 일부를 헌금

하는 쪽을 택하지."

자신이 저지른 죄를 뉘우치기는커녕 돈을 주고 연옥에서 풀려나려고 하는 인간들.

"우습게 들리는 줄은 알지만 그건 그래도 양심의 가책을 느끼기 때문이야." 파린이 생각했다. 그렇다고 인류를 대변하는 대단한 변호사 역할을 자처하고 싶지는 않았다.

아니지. 그게 바로 악의 본질이야. 죄를 짓고도 떳떳해하는 것.

하지만 지금은 윤리관에 관해 토론할 만큼 여유로운 상황이 아니었다. 밤롬은 절망한 표정으로 주먹을 쥐고 소리쳤다. "이해할 수가 없어. 아무도 이곳에 몰래 숨어들어 올 수 없는데 어떻게 이런 일이 일어날 수 있지? 그리고 그 저주받을 괴물은 왜 하필 아무짝에도 쓸모없는 금속 상자를 훔쳐 간 걸까? 이곳에는 금화와 보석과 에메랄드, 그리고 다른 귀한 보물들이 널렸는데…."

"비밀 통로 같은 건 없나요?" 슈투름바흐트 성의 지하 방을 떠올리며 파린이 물었다.

"폐하께서는 탈출용 터널 하나를 제외하고는 일부러 어떤 비밀 통로도 만들지 않으셨다네. 비밀 통로는 쓸모도 없거니와 유용하기보다는 위험하다고 말씀하셨지. 이 공간은 바위를 깎아 만들었고 들어오는 길은 단 하나뿐이야. 일곱 개의 열쇠로 저 문을 여는 것 말고는 방법이 없어."

"대신님의 목록을 한번 봐도 될까요?"

"미안하네만 그것까지는 안 되겠네."

"그렇다면 지난 4주 동안의 입고 목록을 알려 주실 수 있나요?"

밤롬은 장부를 뒤적였다. "딱 세 번뿐이었군. 처음 두 번은 대주교 하차르트로부터 온 거였어. 왕실이 부과한 세금 명목으로 금과 은이 북동쪽 지역에서 왔고 그 후에 귀한 카펫 두 개가 반입되었군. 마지막으로는 손님으로 초대받은 마르텐손 공작의 선물이 들어왔어. 루비가 박힌 장식용 잔이었네. 언제나처럼 문은 내가 직접 열었고 물건이 들어오는 것도 직접 감독했지."

파린은 굳게 입을 다물었다. 또다시 대주교와 연관이 있었다. "이 창고의 끝은 어디지요?" 방은 너무 어두워 벽이 어디에 있는지 알아볼 수 없었다.

재무대신은 잠시 생각에 잠겼다가 결심한 듯 대답했다. "원래는 그러면 안 되지만, 그대가 나를 도우려는 걸 잘 알고 있으니. 이쪽으로 따라오게, 내가 직접 안내하겠네."

밤롬은 횃불을 높이 들고 앞장을 섰다. "이쪽에는 부피가 큰 물건들을 보관하고 있다네. 특별한 기계들과 발명품들, 그리고 성 복도나 홀에 전시하기엔 너무 값진 갑옷들도 이곳에 두지."

그의 말 대로 이곳에는 커다란 선반들이 놓여 있고 널찍한 칸마다 리넨으로 꼼꼼하게 감싼 물건들이 보관되어 있었다. 그라쿠스는 마치 전설에 나오는 용처럼 이곳에 보물들을 쌓고 또 쌓아 왔다. 다만 전설에서보다 더 체계적으로. 인간은 얼마만큼 부유해질 수 있을까? 파린은 고개를 저었다. 왕의 재산에 대해 이러쿵저러쿵 따져볼 목적으로 이곳에 온 건 아니니까.

보물 창고 뒤쪽에는 선반 위에 커다란 두루마리들이 쌓여 있었고, 그 앞쪽 바닥에는 카펫 두 개가 펼쳐져 있었다.

파린이 놀라서 물었다. "저 안에 누가 숨어들어 올 가능성은 없나요?"

"아니, 불가능해. 카펫이 들어올 때마다 내가 지켜보는 가운데 펼쳐서 확인하거든. 여긴 바퀴벌레 한 마리도 숨을 곳이 없어." 그가 다시 수염을 뜯으며 말했다. "그리고 설령 누군가가 속임수를 써서 들어온다 해도 어떻게 다시 빠져나갈 수가 있겠는가? 아니, 아니야. 그건 불가능해. 보물 창고는 종루 아래의 감옥보다도 안전한 곳이야."

파린은 허리를 굽혀 한 손으로 왼쪽 카펫의 표면을 쓰다듬었다. 부드러운 감촉이 손끝에 전해졌다. 직조된 곰과 여우, 사슴 등이 그를 노려보는 듯했다. 원, 삼각형 등 기하학적 문양으로 장식된 오른쪽 카펫도 마찬가지로 부드러웠다.

"둘 다 고급 비단으로 세밀하게 짠 작품이야. 불가능에 가까운 솜씨지. 완성하는 데 수십 년은 족히 걸렸을 거야." 밤룸이 설명했다. "본디 카펫은 말아서 보관해야 하는데 멍청한 내 조수가 깜빡 잊었나 보군. 나를 좀 도와주겠나?"

둘은 무늬가 새겨진 면을 안쪽으로 하여 카펫을 둘둘 만 뒤 두 개의 고정끈을 이용해서 묶어 선반에 올렸다.

"인제 그만 돌아가는 게 좋겠습니다, 더 둘러볼 필요가 없어 보여요." 파린이 말했다.

빗장 일곱 개가 빠짐없이 채워지고 자물쇠 일곱 개를 잠근 뒤 병사들이 그들의 몸을 꼼꼼히 수색했다. 왕은 정말로 자신의 보물 창고에서 동전 하나도 새어 나가지 못하게 철저히 지키고 있었다. 이곳에서 누군가 무거운 금속이 담긴 상자를 들고 빠져나가는 건 아예 불가능해 보였다.

둘은 다시 본관으로 돌아왔다.

파린은 재무대신이 불가사의한 금속 도난 사건과 무관하다고 확신했다. 그는 너무나도 충직한 신하였고, 진심으로 좌절하고 있었다. 그래서 파린은 왕을 만나면 자신이 느낀 점을 말씀드려야겠다고 생각했다. 결국 보물 창고를 직접 확인하고도 별 소득이 없었다. 하긴 창고 안을 살펴보기만 하면 범인이 누구일지 번쩍 떠오를 거라고 생각하진 않았었다. 하지만 뭔가 찜찜한 느낌이 여전히 남아 있었다. 보물 창고에서 받은 꺼림칙한 느낌은 무엇 때문이었을까? 분명 놓친 게 있었을 것이다. 본질적인 디테일, 또는 디테일한 본질적 사실을 간과한 게 분명했다. 하지만 그게 정확히 무엇인지 도무지 알 수가 없었다. 어쩌면 그냥 기분 탓일지도 몰랐다. 벽에 걸린 알록달록한 색상의 장식용 카펫들을 바라보았다. 왕궁 곳곳의 벽면에는 아름다운 카펫들이 걸려 있었다. 그래도 보물 창고 안에서 보았던 카펫들이 단연 최고였다.

"파린, 여기 있었구나." 플라우디우스가 파린을 부르며 다가왔다. 물론 드로그단도 함께였다. 둘의 얼굴이 지나치게 심각해 보였다. 심지어 플라우디우스의 얼굴에 늘 웃어서 생긴 주름마저 사라지고 없었다.

"무슨 일이라도 있어요?" 파린이 불길한 예감을 애써 외면하며 물었다.

"투르겐손 공작이 죽었어." 드로그단이 말했다.

심장이 빠르게 뛰기 시작했다. "대체… 어떻게 된 거예요?"

"바랄돈이 오늘 낮에 방으로 찾아갔는데 이미 숨을 거둔 후였대. 자세한 건 우리도 아직 몰라."

"살해된 건가요?"

드로그단이 고개를 저었다. "그럴 리가. 만약 그렇다면 왕궁 전체가 위험에 처해 있다는 건데. 지금 모두 놀랐지만 최대한 침착하려고 노력하는 분위기야."

얼마 전 아버지의 죽음을 경험한 파린은 바랄돈이 어떤 심정일지 누구보다 잘 알고 있었다. 보물 창고에 대한 고민은 일단 나중으로 미루자. 그보다는 어떻게든 친구를 돕는 게 먼저라는 생각이 들었다.

공작의 침실 앞은 병사 둘이 지키고 있었다. 파린에게 인사하는 그들은 입고 있는 갑옷만큼이나 무표정한 얼굴이었다.

"아무도 들이지 말라는 스콰이어 바랄돈의 지시가 있었습니다." 병사 중 한 명이 말했다.

"힘든 시기에 당연한 일입니다. 바랄돈에게 직접 대답을 듣는다면 돌아가겠습니다." 자신도 놀랄 만큼 집요하고 단호한 목소리였다.

"죄송합니다. 저희는 '누구도 이 방에 들이지 말라.'는 명령을 따라야 할 뿐입니다." 병사들은 다리를 벌리고 문을 막아서며 위협적인 표정을 지었다.

그때 문이 열리고 바랄돈이 병사들을 향해 말했다. "괜찮아요, 파린을 들여보내셔도 됩니다." 바랄돈은 침착해 보였다. "이렇게 와줘서 고마워, 파린. 들어와."

방안에 들어서자마자 죽음의 냄새가 후각을 덮쳤다. 그는 재빨리 방안을 둘러보았다. 침대 위에 누운 투르겐손 공작의 시신 위에는 덮개가 덮여 있었다.

바랄돈이 한숨을 쉬었다. "아침 식사를 하신 뒤에 어지럽고 배가 아프다고 하셨어. 장딴지에 경련 증상도 있었고. 잠시 쉬고 오겠다고 방으로 가셨는데 점심때까지 나타나지 않으시기에 찾으러 왔더니 이미 돌아가신 뒤였어."

"나도 정말 마음이 아프다." 파린이 말했다. 신분이 낮은 사람들에 대한 멸시를 너무나 노골적으로 드러냈기에 투르겐손을 좋아하지는 않았지만 그 말만큼은 진심이었다. "내가 좀 더 자세히 살펴봐도 되겠어?"

"응, 너를 들어오라고 한 데에는 그 이유도 있었어. 한번 보고 네 생각을 말해 줄래?"

파린은 재빠르게 공작의 시신을 살폈다. 눈꺼풀과 턱의 상태를 보니 아직 본격적인 사후 강직이 시작되기 전이었다. 사망 시점이 두 시간 이내임을 뜻했다. 그런데도 눈이 부어 있는 점이 이상했다.

"네가 눈을 감겨 드렸니?" 파린이 바랄돈에게 물었다.

"응, 아버지의 퀭한 눈을 차마 볼 수가 없었어."

"혹시 핏자국이나 긁힌 자국 같은 건?" 파린은 덮개를 무릎 바로 위까지 젖혔다.

"아니, 눈에 띄는 상처는 없었어. 의원이 벌써 옷을 벗기고 자세히 관찰했는데 의심스러운 점은 발견하지 못했대. 그래서 그냥 사망 선고만 내리고 돌아갔어."

파린은 입을 굳게 다물었다. 분명한 사인, 심정지. 그가 바랄돈의 눈을 응시하며 말했다. "너희 아버지께서 우리에게 들려줄 얘기가 있다면 몇 시간 내로 그게 뭔지 알아내야 해. 장례식이 열리기 전에."

바랄돈이 슬픈 얼굴로 고개를 끄덕였다.

파린은 다시 시신에 집중했다. 피부는 말끔했다. 양쪽 엄지를 시신의 입속에 넣고 아래턱을 아래쪽으로 당겨보았다. 다음으로 머리를 빛이 비치는 쪽으로 돌려보았다. 여전히 잘 보이지 않았다.

"징글징글, 내 시각과 후각이 예민해질 수 있게 좀 도와줘." 파린이 내면을 향해 말했다. 그리고는 대답을 기다리지도 않고 정신의 일부를 악령에게 넘겼다.

이 정도 냄새로도 부족한 거야?

"고향에 온 것 같은 기분이야. 나는 이 냄새 속에서 컸으니까."

고작 시체 앞에서 킁킁거리는 네 일에 이 특별한 능력을 쓰면서 내가 성취감을 느껴야 해? 넌 만날 네가 하고 싶은 일만 하는 거야?

예상했던 반응이었다. "그럼 내 감각이 조금 더 섬세해질 수 있을 정도까지만 도와줘."

흥! 그럼 어디 한번 해 보든가.

그래도 아까보단 훨씬 나아졌다. 파린은 몸을 숙여 목구멍 안을 조사했다. 옅은 마늘 냄새가 났고, 혀에 보일 듯 말 듯 한 초록빛이 감돌았다.

파린은 저도 모르게 동작을 멈추고 내면의 소리에 귀를 기울였다. "징글징글. 팔백 년간의 경험에서 나오는 네 생각을 듣고 싶어."

아하, 넌 내 도움이 필요할 때면 꼭 그렇게 말투가 돌변하더라. 나머지는 혼자 알아서 한다면서. 난 빼 줘.

아까는 보물 창고, 이젠 투르겐손의 시체 안치실이라니. 징글징글은 지루해서 미칠 지경이었고, 잔뜩 토라져서 사사건건 시비를 걸고 있었다.

그래서 파린은 바랄돈에게 집중하기로 했다. "왜 시신이 아직 여기에 있는 거야?"

"장례 절차에 대해 지시가 내려지기를 기다리는 중이야. 아버지는 그냥 한 명의 귀족이 아니고 폐하의 조카니까."

그건 투르게손이 틈만 나면 강조했던 말이잖아.

"네가 결정하는 게 아니야?"

"왕실 묘지에 아버지를 모시기로 벌써 폐하와 얘기를 끝냈어. 다만 조사를 더 해야 할지 결정을 기다리는 중이야."

"폐하께서 벌써 이곳에 들르셨어?"

"의원과 대주교와 함께 오셨어. 나를 위로해 주시고 잠깐 계시다가 돌아가셨어. 하차르트가 나머지를 책임질 거야. 내일이면 성 예배당에 안치되시겠지. 시신을 닦으러 올 때가 됐어."

"그때까지 좀 더 살펴볼게."

바랄돈은 생각에 잠긴 얼굴로 파린을 보다가 입을 열었다. "파린, 꽤 오랫동안 널 보아 와서 네가 고민이 있을 때 어떤 얼굴인지 알아."

문이 닫혀 있는 걸 확인하고 파린이 속삭였다. "슬픔에 잠겨 있는 너를 불안하게 만들고 싶지는 않아. 하지만 너희 아버지가 병환으로 갑자기 돌아가신 것 같지는 않아. 하지만 나는 매장꾼일 뿐이고 지금은 심증뿐이니 그걸 확인하기 위해서는 더 자세한 조사가 필요해. 그러려면 일단 시간을 벌어야 하고 방해받지 않을 조용한 장소가 있어야 하는데. 그리고 프레니아도 함께 있으면 좋겠어. 너희 아버지를 시원하고 안전한 곳으로 모시자."

바랄돈이 파린의 어깨에 손을 얹고 말했다. "네가 매장꾼이라는 거 알아. 그리고 네가 그냥 매장꾼이 아니라는 것도. 폐하께 말씀드려서 최대한 네 조사를 돕도록 할게. 아버지가 프레니아의 목숨을 구했어. 어쩌면 이번에는 프레니아가 아버지를 도울 수 있을지도 모르겠다."

파린은 바랄돈의 말에서 자신을 향한 무한한 신뢰를 느낄 수 있었다. 그는 조용히 마른침을 삼켰다. 한편으로는 그런 믿음이 고맙게 느껴졌지만 다른 한편으로는 어깨가 무거웠다. 친구를 실망시킬까 봐, 그리고 어떻게든 도와야 한다는 부담감 때문에. 내가 틀린 거면 어쩌지?

"아무한테도 내 느낌이 그렇다는 걸 말하지 말아 줘. 내 생각이 맞는다면 누군가가 살인을 숨기기 위해 완벽한 계략을 짰다는 뜻이야. 그 누군가가 눈치를 채서는 안 되니까."

"나도 방금 그 생각을 했어."

둘은 마주 보고 서서 서로의 어깨에 손을 얹었다. "어떤 결과가 나올지는 모르지만 최선을 다해 널 도울게." 파린이 말했다.

이번에는 바랄돈이 마른침을 삼켰다. "정말… 고마워. 네가 있어서 얼마나 큰 위안이 되는지 몰라."

"시간이 지나면 다시 좋은 날도 오기 마련이야. 그것만큼은 확실히 말해 줄 수 있어."

노크 소리가 났다. 문이 열리고 병사 하나가 말했다. "방해해서 죄송합니다만. 장례 준비를 하라는 지시가 내려졌습니다."

나이가 지긋한 사내가 문 앞에 서서 인사를 했다. 여자 한 명과 함께였다. "부르심을 받고 왔습니다. 아버님을 잃으신 것에 진심으로 위로의 말씀을 전합니다. 이제 아버님의 마지막 길을 준비하도록 하겠습니다. 가장 좋은 옷을 준비해 주시겠습니까?"

바랄돈이 단호하고 침착하게 말했다. "감사합니다만 오늘은 그냥 물러가 주세요. 내일 아침에 다시 와 주십시오."

사내가 눈을 동그랗게 떴다. "하지만…"

"방금 알아듣게 말씀드린 것 같은데요."

"분부대로 하겠습니다." 둘은 뒤를 돌았고 문이 닫혔다.

검시

파린은 최대한 빨리 저녁 식사를 끝냈다. 할 일이 있다고 생각하니 마음이 급해졌다. 그는 왕의 손님이었기에 하인들의 식당이 아니라 본관에서 따로 식사했다. 야생 동물 고기로 만든 귀한 요리도 먹는 둥 마는 둥 하고 그는 서둘러 식당을 나섰다. 게다가 그의 식탁 근처에서 하녀 셋이 수군대는 소리도 불편했다. 물론 그녀들은 연거푸 파린 쪽을 힐끔거리는 것도 잊지 않았다.

"아멜리나가 그러는데 헨리에테 님이 딱지를 맞았대." 셋이 킥킥대며 웃었다.

아멜리나가 하녀 중 한 명일까?

소문 한번 빠르네. 십 년이 지나면 용감한 기사 파린이 헨리에테라는 용과 싸웠다는 소문이 퍼질지도 몰라.

파린은 눈을 흘겼지만 별 도움이 되지 않았다. 하녀들은 아랑곳하지 않고 수다를 이어갔다.

"지게스문트 성에서 밤마다 애인이 바뀌었대." 다음번 소문이 그의 귀에 들어왔다. 하녀들이 일부러 큰 소리로 얘기하는 걸까, 아니면 그의 귀가 징글징글 덕에 밝아진 걸까?

하하, 내 저럴 줄 알았어. 악령이 투덜댔다. **그런데 이젠 정말로 슬슬 시작해 볼 때가 왔어. 저길 좀 봐. 다들 얼마나 귀엽고 사랑스러워? 그래서 말인데 아예 셋 다는 어때?**

징글징글다워, 어쨌든 이제 악령이 뾰로통해 있지 않은 것만으로도 다행이었다.

"너는 너무 외모만 따져."

그게 아니면 뭘? 어차피 내면은 안 보이잖아.

"여자들 얘기나 하고 있을 때가 아니야. 지금은 투르겐손 공작의 죽음과 보물 창고 도난 사건이 훨씬 더 급한 문제라고."

머릿속에서 긴 하품 소리가 들렸다.

악령이 불평한다고 계획을 포기할 파린이 아니었다. 바랄돈의 지시에 따라 공작의 시신이 종루 아래 감옥으로 옮겨졌다. 그곳은 서늘해서 내일 장례를 치를 때까지 침실에 시신을 두는 것보다 훨씬 나았다. 그뿐만 아니라 그곳에서라면 방해받지 않고 시신의 상태를 파악할 수 있었다.

암, 암, 당연히 그러시겠지. 화끈한 아가씨들을 버리고 차가운 시체나 주물럭대겠다 이거군. 징글징글이 계속해서 투덜대며 빛을 어둠으로 바꾸려는 파린의 어처구니없는 노력에 대해 자신이 어떻게 생각하는지를 다시 한번 분명히 하고자 했다. 헨리에테와의 밀회를 망친 사건은 후유증이 만만치 않았다.

"욕하고 싶으면 마음대로 해. 프레니아는 분명 나를 도와줄 거야. 같이 가 달라고 부탁할 거거든."

그 할망구가 투르겐손을 위해 뭘 해 줄 수 있다고.

악령에게 경건함이란 후광만큼이나 어울리지 않는 단어였다. "징글징글, 내 말 잘 들어. 내 생각에 투르겐손 공작은 살해당한 것 같아. 우리가 그걸 조사해야 해."

그게 뭐. 인간들은 원래 걸핏하면 쓰러져 죽잖아. 그래서 덧없는 존재인 거잖아, 몰라?

"아하 그렇구나." 파린은 이쯤에서 그만두기로 했다. 이런 분위기에서 망상과 더 토론하는 건 시간과 에너지의 낭비일 뿐이었다.

프레니아와 파린은 지하 감옥에 안치된 시신을 내려다보고 있었다. 감옥은 어둡고 공기는 차가웠다. 벽은 습기를 머금어 축축했고 바닥에 깔린 짚은 끈적끈적했다. 그들이 가져온 기름 램프 두 개가 빛을 발하고 있었다. 벽에는 온갖 글자와 그림들이 보였다. 처형당한 범죄자들의 유산이었다. 지금까지 이곳에서 얼마나 많은 이들이 죽음을 기다렸을까, 그런 생각이 들자 소름이 돋았다.

지금은 과거가 아닌 현재에, 투르겐손 공작의 시신에 집중할 때였다. 파린은 조심스럽게 공작의 머리를 돌렸다. "혀를 한번 보세요, 프레니아."

프레니아가 램프를 비추었다. "착색 얘기를 하는 거지? 의심이 가기는 하는데 정확히는 모르겠어."

파린이 열린 입속에 손을 넣어 엄지와 검지로 혀를 문질렀다. "말라붙은 느낌이 들어요. 몇 시간 전이 아니라 며칠 전에 사망한 사람처럼."

"흠."

"좀 더 자세히 살펴보죠." 파린은 가슴과 배를 검사하기 위해 시신을 덮어둔 리넨 천을 옆으로 젖혔다. 특이 사항은 없었다. "이제 시신을 돌려 봐야겠어요. 좀 도와주실래요?"

둘이 힘을 합쳐 시신을 엎드린 자세로 뉘었다. 내출혈이나 찔린 부위 등 공격이나 반항의 흔적은 전혀 없었다. 발에만 어둡게 변색한 부분이 있을 뿐이었다. 프레니아도 별다른 특이점을 발견하지 못했다. 둘은 시신을 다시 돌아 눕혔다.

파린이 작은 목소리로 말했다. "2년 전에 저희 집으로 비슷한 시신이 실려 온 적이 있었어요. 사망하기 전에 심한 메스꺼움과 복통, 그리고 혈변 증상이 있었다고 했어요. 그때도 뭔가 미심쩍다고 생각했는데 아버지께서 더 깊이 고민하지 말라고 하셨죠. 그런데 바랄돈 말로는 투르겐손 공작도 사망 전에 비슷한 증상을 보였대요."

"맞아. 분명 의심이 들 수밖에 없는 갑작스러운 죽음이야." 프레니아가 시신을 바라보며 결심한 듯 말했다. "투르겐손 공작은 화형식만 기다리고 있던 나를 죽음에서 구해 줬어. 그러니까 나는 일종의 빚을 진 셈이지. 누군가가 그를 살해했다면 우리가 밝혀내야 해."

"반드시 그렇게 할 거예요. 반응 약을 쓰실 수 있죠?"

"독살되었을 가능성이 있다고 보는구나. 그리고 무슨 독이 쓰였는지 알고 싶은 거고." 프레니아가 생각에 잠겼다. "아무래도 시신을 절개해서 위 속의 내용물을 살펴봐야겠다."

"저도 그렇게 생각해요."

악령이 무뚝뚝하게 말을 걸어왔다. **나한테 맡겨 봐. 내가 도움이 될 것 같아.**

파린이 악령에게 정신의 일부를 맡겼다. 그러자 곧바로 후각이 예민해졌다. 물론 처음엔 감옥 안의 냄새가 방해가 되었다. 하지만 시간이 흐를수록 시신이 풍기는 역한 냄새를 세세히 구별할 수 있게 되었다.

사용된 독은 비소야. 마늘과 암모니아 향이 나지.

파린이 깜짝 놀라 멈칫했다. 프레니아가 무슨 일이냐는 듯이 파린을 보고 있었다.

"오!" 하마터면 그는 '확실한 거야?'라고 물을 뻔했다. 하지만 의외로 망상이 건설적인 태도로 도움을 주고 있는 지금 화를 돋우는 건 좋은 생각이 아니었다. 대회가 열렸을 때 악령은 물에 섞인 극소량의 독을 냄새로 찾아내고 그 독이 푸른 투구꽃 뿌리에서 추출한 것임을 밝혀냈었다. 그 사건으로 파린은 악령이 독에 관해 얼마나 해박한 지식을 가졌는지 알게 되었다.

너한테는 무리겠지만 독의 이름을 잘 기억해 둬. 비소라고. 아주 확실해. 난 오랫동안 게룬다를 참고 살아야 했다고. 그때 그 할망구네 집 선반에 그게 있었어. 게다가 나는 약 400년 전쯤에 실험을 사랑하는 어떤 의원의 몸에서 1년쯤 살았는데, 그는 결국 스스로 독을 먹고 죽었지.

239

자 이제 가서 죽은 사람들 말고 산 사람들과 좀 어울려 보는 건 어때? 특히 살아 있는 여인들 말이야.

"결정적인 도움을 줘서 고마워, 징글징글." 파린이 프레니아를 가볍게 찌르며 물었다. "비소에 대해서 들어본 적 있어요?"

"당연하지. 아주 적은 양이면 매독과 궤양을 치료하는 좋은 약이지만 정량을 조금만 넘어도 목숨을 잃게 돼." 그녀가 다시 한번 확신하듯 고개를 끄덕이며 말했다. "틀림없어. 확실히 하려면 복부를 절개하는 방법이 있고."

"제 생각엔 그럴 필요까지는 없을 것 같아요."

"모든 정황이 살해라고 말하고 있어. 하지만 우리에겐 반박할 수 없는 확고한 증거가 필요해. 누가 점쟁이와 스콰이어 따위의 말을 믿어 주겠어?" 프레니아가 물었다.

"살인범만큼은 우리의 말을 믿겠죠. 중요한 건 바로 그거예요. 여기서 우리가 할 일은 끝났어요. 에미코 기사님께 알려야 해요. 물론 바랄돈에게도요."

밤늦은 시각, 에미코가 탁자 한쪽에, 바랄돈과 프레니아와 파린이 반대쪽에 앉아 있었다. "무슨 중요한 일이라도 있는가?" 에미코가 물었다. "혹시 사라진 푸른 금속에 대해서 알아낸 게 있나?"

"엠…." 파린이 짧게 대답했다. 그제야 도난 사건에 대한 조사에 전혀 진전이 없다는 사실이 떠올랐다.

"잘 들어라, 스콰이어. 네가 보물 창고에 가 보고 싶다는 제안을 하는 바람에 폐하께서는 큰 기대를 하고 계셔. 그러니 그 기대에 부응하든가, 그렇지 않다면 미리 심사숙고하고 말했어야지."

"오늘 이곳에 온 이유는 다른 일 때문입니다. 마찬가지로 중요한 일이에요." 바랄돈이 끼어들었다.

에미코가 바랄돈을 보며 말했다. "오늘 같은 날에 내가 어찌 네 부탁을 거절하겠느냐?"

"파린이 기사님께 설명해 드릴 것입니다." 바랄돈이 말했다.

"역시 걱정했던 대로군." 그가 투덜댔다.

하지만 그는 투르겐손 공작의 죽음에 관한 파린의 보고가 시작되자 눈썹을 치켜세우고 주의 깊게 들었다.

파린이 말을 마치기가 무섭게 에미코가 말했다. "왕궁은 아무것도 달라지지 않았어. 언제나 그렇듯 권력을 둘러싼 암투와 음모의 연속이지. 내가 멀리 북쪽의 슈투름바흐트 성으로 물러난 데에는 그럴 만한 이유가 있었다."

"이제 어떻게 하지요, 기사님?"

에미코의 눈썹이 다시 원래대로 돌아갔다. "먼저 폐하와 이 문제를 논의하겠다. 폐하가 계시는 왕궁에서 공작을 독살하려는 위험천만한 시도는 아무나 할 수 있는 게 아니야. 바랄돈, 이곳에 아버지와 원한 관계인 사람이 있는가?"

"특별한 원한 관계 같은 건 없습니다." 바랄돈이 대답했다.

"어느 귀족의 변호사로 선임되셨다고 들었는데 그 사건과 무슨 관계가 있는 게 아닐까요?" 프레니아가 물었다.

에미코가 턱을 문지르며 말했다. "누구인지 몰라도 그런 노골적인 시도를 했을 것 같지는 않지만 한번 조사해 보지."

그때 파린의 머릿속에는 다른 질문이 맴돌고 있었다. "비소를 구하기가 힘든가요?"

프레니아가 대답했다. "동을 캐는 광산에서 얻을 수 있어."

에미코가 턱을 긁적였다. "이 부근에 동광은 단 두 곳뿐이야. 거기서 캐낸 동을 교회에서 대량으로 사들이고 있지. 지붕과 종, 출입문과 성수반성수를 담는 큰 주발 그리고 묘비명 등을 제작하기 위해서지. 대성당이 무너진 자리에 새 성당을 지어야 하니까."

그 모든 것을 소유한 자, 대주교 하차르트의 이름이 곧바로 떠올랐다. 하지만 파린은 아무 말도 입 밖으로 내지 않았다.

"시간이 늦었다. 오늘은 일단 쉬도록 하라. 내일 아침 일찍 폐하께 이 사실을 알리겠다."

파린은 숙소 침대에 누웠지만 온갖 상념에 잠을 이루지 못했다.

"징글징글, 이번에도 모든 정황이 하차르트를 가리키고 있어. 우리가 그의 정신에 들어갔다 나온 이후로 그가 얼마나 타락한 인간인지 너도 잘 알고 있잖아. 그의 방을 뒤져 봐야겠어. 만약에 거기서 비소를 발견한다면 확실한 증거를 확보하게 되는 거야."

242

대체 무슨 근거로 그가 직접 독을 섞었을 거라고 믿는 거야?

"기억 안 나? 하차르트의 생각을 읽었을 때 말이야. 분명히 중요한 일은 직접 한다고 했어. 다른 사람을 믿지 못하니까."

흠, 그건 그렇네. 평소에는 기린다라는 쉬운 이름도 외우지 못하면서 그걸 기억하고 있다니 놀라운데?

"기린다가 아니고 계룬다잖아."

어, 정말이네. 너도 내 똑똑한 머리를 닮아가는 것 같아 다행이야.

"고맙기도 해라."

물론 내 지능의 아주 일부일 뿐이지만 뭐. 내일은 무료한 일상에 변화를 주기 위해 정말로 중요한 일을 해 보는 게 어때?

"맞아. 내일은 재무대신 밑에서 일하는 사람들을 만나 봐야 해. 어쩌면 누군가 도난 사건의 단서를 제공할지도 모르니까."

징글징글의 한숨에 파린의 머리가 흔들렸다. 내가 중요한 일이라고 했잖아!

"중요한 일이라면?"

너와 다른 성을 가진 아찔한 존재들 말이지!

"무슨 말인지 전혀 못 알아듣겠어."

이해력이 달리는 건 네 문제야.

파린이 한숨을 쉬었다. "나도 애타게 그리워하는 여자가 있어. 내가 사랑하고, 또… 내 사랑에 응답한." 파린은 입을 굳게 다물고 하우펜 마을의 아니에타를 생각했다. 하지만 곧바로 뒤이어 해변에서 만난 어부의 딸이 떠올랐다. 사벨리아.

왜 어떤 여자들에게는 네 이성이 작동을 안 하는 걸까?

"사벨리아가 얼마나 특별한 여자인지 이해하는 데는 내 이성이 필요 없으니까. 그녀의 눈길, 그녀의 미소, 그녀의 말이 그대로 내 심장에 날아와 꽂혔어." 악령도 그의 말을 이해할 수 있을까? 고약한 대답이 돌아올 거라 예상했지만 이상하게도 망상은 아무 말도 하지 않았다. 벌써 잠이 든 것일지도 몰랐다.

다음날 오후 파린은 작은 서재에서 일하는 재무대신을 찾아갔다. "안녕하세요, 대신님."

밤롬은 쓰고 있던 깃털 펜을 펜대에 꽂은 뒤 반갑게 파린을 맞이했다.

파린은 곧바로 본론으로 들어갔다. "대신님을 돕는 조수가 있다고 하셨죠? 그는 이 사건에 대해 뭐라고 하던가요? 그 일꾼을 한번 만나 볼 수 있을까요?"

재무대신의 얼굴이 붉어졌다. "사라져 버렸어. 어디로 갔는지 알 수가 없어. 보초병들 말로는 어제 나귀를 타고 성문 밖으로 나갔다더군."

"의심이 가지 않으세요?"

"물론이야. 하지만 그는 벌써 1년 이상 내 밑에서 일했고 단 한 번도 부정을 저지른 적이 없어. 이건 정말 이해할 수 없는 일이야."

"폐하께서도 알고 계신가요?"

"물론이지. 벌써 사람을 보내 찾고 계시지. 하지만 솔직히 그가 무슨 도움이 될지 모르겠어. 보물 창고에서 나올 때마다 병사들이 항상 철저하게 몸수색을 했으니까. 그 푸른 금속이라면 작은 조각 하나도 훔쳐 나오지 못했을 거야."

"저도 대신님의 부하가 사라진 이유를 이해할 수 없어요. 하지만 그게 우연이라고 볼 수는 없습니다."

"폐하께서 최후통첩을 하셨어. 그 상자가 어디에 있는지 일주일 안에 알아내야 해." 그의 얼굴에 절망감이 드러났다.

파린이 고개를 끄덕였다. 여전히 무언가 중요한 단서를 놓친 것 같은 느낌을 떨쳐 버릴 수가 없었다.

"파린, 너 여기 있었구나! 안녕하세요, 대신님." 바랄돈이 서재에 들어오며 인사했다.

"삼가 조의를 표합니다, 바랄돈. 아버님 소식을 들었어요."

"감사합니다, 재무대신님." 바랄돈의 눈빛이 파린에게 단둘이 얘기하고 싶다는 신호를 보냈다.

둘은 밤롬에게 인사를 하고 밖으로 나왔다. 아무도 듣는 사람이 없는 곳에 이르자 바랄돈이 말했다. "기사님이 폐하께 우리가 독살을 의심한다고 말씀드렸어. 폐하께서 성안을 샅샅이 수색하라고 명하셨고. 병사들이 개들까지 동원해서 조사하는 중이야."

"좋은 생각이네."

"그리고 한 가지가 더 있어. 폐하께서 대주교가 범인이라는 명백한 증거가 나타날 때까지는 절대로 그의 이름을 이 사건과 연관 짓지 말라고 기사님께 지시하셨어."

파린이 인상을 찌푸렸다. 왕궁의 관례는 언제나 수수께끼였다.

교훈

파린은 드로그단과 함께 남쪽 끝 성벽 위에 서 있었다. 저 아래에 길게 뻗은 나벤슈타인 항구가 보였다. 상인과 어부와 선원들이 분주하게 움직이는 모습이 보기 좋았다. 욕심 많은 갈매기가 먹이를 찾아 울어 대는 소리, 보트에 부딪히는 파도 소리도 좋았다. 바람이 그들을 향해 불어오고 있었다. 생선 냄새와 소금기를 머금은 바닷물 냄새가 파린의 후각을 자극했다. 숨을 크게 들이마셨다. 온종일 서서 바라만 보아도 좋을 경치였다.

사람들의 웃음소리가 성벽 위까지 전해졌다. 파린이 말했다. "저렇게 많은 사람이 저 좁은 공간에서 평화롭게 살아가는 모습을 보면 마음이 편해져요."

"도시를 지키는 정찰병들의 역할이 커. 사람들이 법과 규칙을 지키도록 하는 게 그들의 의무지. 저기를 봐! 병사들이 순찰을 돌고 있어."

열 명도 넘는 병사들이 부두를 따라 걸어가고 있었다. 그들의 모습은 전혀 위협적으로 보이지 않았다. 병사들을 향해 손을 흔드는 사람들도 있었다.

드로그단이 말했다. "폐하께서 오래전 벨텐 제국의 통치권을 넘겨받은 뒤부터 전쟁이나 적의 습격은 거의 없다시피 했지. 그건 모두가 인정하는 명백한 사실이야. 그래서 더더욱 네코르인들은 성가신 존재일 수밖에. 그들은 정체를 파악하기도, 붙잡기도 쉽지 않은 상대야. 적군의 장수는 위협적이긴 해도 한눈에 알아볼 수 있지만 네코르인들은 눈에 띄지 않거든. 그들은 유령처럼 방방곡곡을 옮겨 다니면서 백성들의 도덕성을 망가뜨리고 있지."

"우린 아직도 사탄을 숭배하는 집단의 우두머리가 누구인지 밝혀 내지 못했어요. 스승이라고 불리는 그자의 뒤에는 누가 있을까요?"

드로그단이 어깨를 으쓱했다. "언젠가는 결판을 짓기 위해 모습을 드러내겠지. 그때가 되면 알게 될 거고. 나는 왠지 그날이 멀지 않은 것 같은 기분이 들어."

"저는 기사님을 전적으로 믿어요. 에미코 기사님이 옳은 일을 해줄 거라는 확신이 있어요."

"악령이 기사님을 지배하지 않을 때라면 물론 그렇지." 드로그단이 대답했다. 그래도 이제는 풀죽은 모습이 아니어서 다행이었다. "기사님 얘기가 나와서 말인데, 기사님이 나한테 주신 임무가 있어. 넌 계속 여기 있을 거니?"

파린이 고개를 끄덕였다. "조금만 더 있다가 갈게요. 이 위에서 보면 세상은 평화롭게만 보여요. 그리고 바다는 아무리 보고 또 봐도 질리지 않고요."

드로그단이 사라지고 난 뒤 파린은 다시 사람들이 분주하게 움직이는 항구를 내려다보았다. 언젠가는 꼭 커다란 배를 타 보고 싶었다. 나무 조각에 몸을 의지한 채 거대한 바다 위를 떠가는 기분은 어떨까?

위에서 바라보면 사람들은 징글징글의 도움이 없이는 알아볼 수 없을 만큼 작은 점에 불과했다. 그는 문득 자신이 그 많은 점 사이에서 아로스를 찾고 있다는 사실을 깨달았다. 인제 그만 말들을 돌보러 갈 시간이었다. 멋진 경치를 뒤로하고 그곳을 떠야 했다.

어디선가 치고받는 소리와 고함이 들렸다. 본관 뒤쪽 공터에서 훈련 중인 병사들이 보였다. 잘 다져진 모래 위에서 긴 장대를 손에 든 수많은 병사가 두 줄로 길게 늘어서 서로 마주 보고 훈련을 하는 중이었다. 부상의 위험을 줄이기 위해 장대의 양쪽 끝은 천으로 감겨 있었고 병사들은 모두 푹신한 투구와 조끼를 입고 있었다.

파린은 가던 길을 멈추고 병사들을 지켜보았다. 규칙은 단순했다. 상대방이 나가떨어질 때까지 사정없이 장대로 공격하기.

개중에 몇몇은 얼마나 세게 장대를 휘둘러 대는지 보는 사람마저 고통스러울 지경이었다.

훈련관은 큰 소리로 공격의 시작과 중단을 반복적으로 알렸다. 그리고 무서운 얼굴로 장대를 휘두르는 병사들 사이를 걸으며 고함을 쳤다. "더 빨리! 더 세게! 너희의 목숨이 걸려 있다고 생각하라!"

헛손질하거나 어느 선 이상으로 밀려나면 지는 시합이었다. 진 쪽은 왼쪽으로, 이긴 쪽은 오른쪽으로 모였다. 그렇게 해서 병사들은 계속해서 대결할 때마다 두 팀으로 나뉘었다.

그렇게 같은 시합은 반복되었다. 패한 병사들은 남은 병사들을 목청껏 응원했다. 마지막 네 팀이 남았을 때 훈련관이 말했다. "오늘의 우승자에게는 카고란 기사님과 대결할 수 있는 영예가 주어진다. 최선을 다하라!"

그제야 근위대장 카고란이 눈에 들어왔다. 그는 가슴 앞으로 팔짱을 끼고, 작은 정자 기둥에 여유롭게 기대어 서 있었다. 자만심에 취한 표정으로.

젊은 군인들은 거만한 그와 대결할 기회를 영광이라고 생각하는지 더 빠르고 힘찬 동작으로 시합을 벌였다. 장대가 빙그르 돌았다. 땀방울이 튀었다. 잠시 후 마지막 남은 두 명의 병사가 마주 보고 서 있었다. 잠시 후 승부가 가려졌다. 승자는 피부가 검고 키는 파린보다 조금 작았지만 가슴이 황소처럼 떡 벌어져 있었다. 그의 동작은 놀랍도록 민첩해서 파린은 아까부터 그를 눈여겨보고 있었다.

"잘했다, 베르소크." 훈련관이 칭찬했다. "오늘도 네가 최후의 승자군. 너를 더 가르칠 수 있는 분은 이제 카고란 기사님뿐이다."

훈련관이 카고란에게 정중하게 투구를 건넸다.

카고란이 고개를 흔들었다. "필요 없다. 어차피 상대도 안 될 테니."

카고란의 말은 병사를 흥분하게 만들었다. 그의 아래턱이 좌우로 움직였다. 이를 갈며 전의를 불태우는 걸까. 하지만 동시에 그는 동요하는 기색이 역력했다. 그의 눈빛이 그렇게 말하고 있었다.

이윽고 둘은 서로를 마주 보고 서 있었다. 카고란은 한쪽 다리를 뻗은 채 장대를 세워 들고 침착하게 기다렸다. 베르소크는 오래 기다리지 않았다. 재빨리 장대를 휘둘러 카고란의 가슴 높이를 공격했다. 십중팔구 그렇게 공격해 올 것을 뻔히 예상했다는 듯 카고란은 왼쪽으로 몸을 기울이며 가볍게 날아오는 장대를 막았고 곧바로 상대의 다리 사이를 힘껏 가격했다. 베르소크는 비명도 지르지 못했다. 지켜보던 병사들도 고통스럽게 인상을 찌푸렸다. 아마도 속으로는 미리 탈락한 게 차라리 다행이라고 생각했을지도. 베르소크는 몸을 구부린 채 바닥에 쓰러졌고 엎어진 채로 신음했다.

"정말 굉장해요!" 어디선가 카랑카랑한 목소리가 울려 퍼졌다. "그대는 정말 영웅이에요, 카고란 기사님." 목소리의 주인공은 다름 아닌 헨리에테였다. 공작 부인의 딸인 그녀는 화려하게 수놓은 초록색 드레스를 입고, 머리에는 꽃으로 만든 화관을 쓰고 있었다. 하녀와 함께였다.

"그렇게 봐 주시다니 저 또한 기쁠 따름입니다, 헨리에테." 카고란이 깊이 몸을 숙여 인사했다. 그러고는 뒤를 돌아 군인들을 향해 외쳤다. "또 누가 도전해 보겠는가?" 자진하는 이가 없는 것을 확인한 그의 날카로운 시선이 파린을 향했다. "저기 신동 스콰이어가 우리의 훈련을 구경하고 있었군. 사내로서 싸워 보겠는가, 아니면 숙녀처럼 구경만 할 텐가? 그렇다고 해도 별로 놀랍지 않지만 말이야."

이 무슨 유치한 도발인지, 파린이 생각했다. 그런 덫에 걸릴 그가 아니었다. 그는 돌아서서 가던 길을 가기 시작했다.

"그냥 도망칠 줄 알았어." 그가 모든 걸 알고 있는 사람처럼 거만하게 말했다. "얼른 네 기사에게 달려가서 엉엉 울어. 에미코가 널 위로하고 보호해 주겠지."

카고란이 또 한 번 어설픈 도발로 파린의 속을 뒤집어 놓으려 했다. 어리석은 녀석. 그런다고 발끈할 파린이 아니었다. 파린은 어서 마구간으로 가 말들을 돌봐야겠다는 생각뿐이었다.

헨리에테가 킥킥거리며 카고란에게 경탄의 시선을 보냈다. 아마도 파린에 대한 미련을 떨쳐 버리려는 거겠지.

"여기가 마음에 들지 않는다면 공동묘지에 가서 삽을 들고 겨뤄 보는 것도 괜찮고." 짐승의 주둥이에서 흐르는 게거품처럼 카고란의 입에서 조롱이 흘러나왔다.

"가자, 징글징글. 낯짝을 한 방 날려 주는 거야." 파린은 카고란의 거만한 비웃음을 참을 수가 없었다. 악령이 그의 정신을 넘겨받지도 않았는데 전에 없던 공격성이 그를 사로잡았다.

악령은 곧바로 반응했다. 파린은 허리를 굽혀 장대를 잡고 풍차처럼 돌렸다. "좋습니다. 원하신다니 제가 상대해 드리지요."

그 누구도 그런 당돌한 반응을 예상치 못한 게 틀림없었다. 카고란의 당황한 얼굴을 보자 조금이나마 복수를 한 것 같은 기분이 들었다. 하지만 왕의 근위대장인 그는 결코 쉽게 흔들 수 있는 상대가 아니었다. 카고란은 보란 듯이 결투 자세를 취하고 서서 날카로운 눈으로 상대의 움직임을 관찰했다.

한참 동안 양쪽 중 누구도 먼저 공격을 시도하지 않았다. 카고란은 파린이 조금 전 병사처럼 먼저 공격해 오기를 기다리고 있는 게 분명했다. 그가 원하는 대로 해 줄 수는 없었다.

"왜? 자신이 없는 건가?" 카고란이 파린을 비웃었다.

거의 백 명쯤 되는 훈련병들이 그들을 둘러싸고 있었지만 연습장은 쥐 죽은 듯 고요했다. 병사들은 모두 숨을 죽였다. 에미코의 스콰이어에 대한 소문 가운데 어느 하나라도 사실이라면 이건 분명 한 번도 본 적 없는 굉장한 대결이 될 테니까.

"그대는 저의 영웅이에요, 카고란." 헨리에테가 침묵을 깨고 손으로 입맞춤을 보냈다. "어쩌다 얻은 유명세만 가지고 우쭐대는 천하고 상스러운 저 스콰이어에게 그대의 무서움을 보여 주세요." 그녀는 몇 시간 동안 지치지 않고 파린을 향해 욕을 퍼부을 수 있을 것처럼 잔뜩 독이 올라 있었다.

저 여자가 나와 같이 잠자리를 나누고 싶다고 했었던 그 여자가 맞나? 파린이 생각했다.

상대는 조금도 흔들림 없이 집중력을 유지했다. "네가 공격하지 않는다면 하는 수 없…" 카고란은 말을 끝내기도 전에 기습공격을 시도했다. 파린의 머리 왼쪽 위로부터 장대가 날아들었다. 가공할 만한 속도였다. 힘과 확신과 결단력을 실은 일격이었다. 검은 피부의 병사를 상대할 때와 마찬가지로 그는 단 한 번의 공격으로 승리할 생각이었다. 파린도 즉시 움직였다. 기민하고 정교한 방어 동작이었다. 파린은 징글징글의 도움으로 상대의 공격을 능숙하게 막아 냈다. 한 손에 든 장대로 공격을 척척 막아 내며 파린은 다소 지루하다는 표정을 지었다. 나무와 나무가 건조한 충돌음을 내며 부딪쳤다. 병사들이 감탄했다. 놀란 이들의 외침이 여기저기에서 터져 나왔다. 관객들은 다시 살아나고 있었다.

카고란의 얼굴이 흉측하게 일그러졌다. 마치 자신의 이빨을 갈아먹기라도 하듯 그의 턱이 떨렸다. 파린은 알 수 있었다. 이 하찮은 무예 연습을 카고란은 삶과 죽음을 건 대결로 여기고 있었다. 노련한 기사이자 왕의 근위대장인 그가 근본도 모르는 미천한 스콰이어를 상대하면서. 그로서는 절대로 패하면 안 되는 대결이었다. 절대로! 지켜보는 이들의 기대가 그의 어깨를 무겁게 짓눌렀다. 모두가 그의 중압감을 느낄 수 있을 정도였다. 병사들은 둘에게서 눈을 떼지 못한 채 놀라움과 감탄을 쏟아 내고 있었다.

이번에는 카고란이 연속 공격을 시도했다. 먼저 위에서, 그리고 곧바로 다시 무릎 높이에서. 딱! 딱! 하지만 파린의 장대는 언제나 정확한 위치에서 기다리고 있다가 전력을 다한 기사의 공격을 가볍게 막아 냈다. 세 번 더 거친 공격이 이어졌고 세 번 다 실패였다. 파린은 다시 한번 악령의 능력에 감탄했다. 구경꾼들의 탄성도 점점 커지고 있었다. 조금도 힘들어 보이지 않는 파린의 여유가 그의 굉장한 기술보다 더 놀라웠다. 카고란의 장대가 어디에서 어떻게 날아들어도 파린은 그 공격을 가뿐히 막아 내거나 간발의 차이로 피했다. 그뿐만 아니라 단 한 번도 뒷걸음질 치는 법이 없었다. 방어만 하는데도 누구나 그의 우세를 점칠 수 있을 정도였다. 관객들과 마찬가지로 카고란도 느끼고 있었다. 그리고 그 사실이 그를 더욱 화나게 했다. 그의 이마에는 땀방울이 흘렀다. 다음 공격은 마치 창을 쓰듯 멀리에서 날아들었다. 파린은 상체를 옆으로 사뿐히 돌렸고 장대는 허공을 향해 날아갔다. 파린은 그의 빈틈을 향해 역공하지 않고 카고란이 다시 자세를 가다듬을 때까지 기다렸다. 시종일관 거만한 태도였다.

카고란이 앓는 소리로 저주를 퍼부었다. 귀족 여인이 있는 자리에서 기사다운 행실은 아니었다. 다음 공격은 위쪽에서 들어왔다. 파린이 건조하게 웃으며 그의 수고를 받아 주었다. 그때였다. 상대의 무기가 파린의 장대에 튕기며 가슴팍을 가격했다. 여전히 강한 힘이 실려 있었다. 매장꾼의 아들은 균형을 잃고 뒤로 넘어졌다. 그의 머리가 모래 위에 그려진 선 바깥에 있었다. 시합은 끝이 났고 파린은 졌다.

"이겼다! 이겼어!" 카고란이 기쁜 나머지 고래고래 소리를 질렀다. 심지어 두 발로 폴짝폴짝 뛰기까지 했다. 그러다 갑자기 자신이 지금 왕위에 오르는 영광을 차지한 게 아님을, 별 볼 일 없는 스콰이어와의 연습 경기에서 이긴 것일 뿐임을 깨달은 모양이었다. 그는 억지로 흥분을 가라앉혔다. "잘 싸웠다." 그가 파린을 향해 마음에도 없는 칭찬을 했다. "하지만 나를 이기려면 아직 몇 년은 더 경험을 쌓아야겠군." 카고란은 장대를 바닥에 던지고 주위에 눈길 한 번 주지 않은 채 뚜벅뚜벅 걸어갔다.

자신의 영웅이 이겼건만 헨리에테는 전혀 기뻐 보이지 않았다. 벌침처럼 매섭게 파린을 쏘아보더니 벌겋게 달아오른 얼굴로 씩씩 대며 뒤를 돌아 사라져 버렸다. 하녀가 종종걸음으로 그녀를 뒤따랐다.

한을 품은 여자 이상 가는 건 없지. 저 여자를 붙잡아야 한다니까 그래. 징글징글의 정염은 식을 줄 몰랐다.

"누구에게 이런 기술을 배우신 겁니까?" 훈련관이 물었다.

"이렇게 지는 기술 말씀이시죠?" 파린은 믿을 수가 없었다. 겉으로는 태연하게, 천천히 자리에서 일어났다. 하지만 마음속에서는 부글부글 화가 끓어오르고 있었다. 어떻게 이런 일이 일어났지? 징글징글의 실력은 분명 거만한 카고란보다 수백 배, 아니 수천 배 더 탁월한데. 파린은 훈련병들에게 고개를 끄덕여 인사를 하고 마구간으로 향했다.

"면상을 날려 주려고 한 것 아니었어?" 화가 난 파린이 내면을 향해 물었다. 마음 같아서는 큰 소리로 실망이라고 소리치고 싶었다.

악령이 천진난만한 목소리로 물었다. **뭐라고? 난 그냥 비유적 표현인 줄 알았지.**

파린이 그 자리에 멈춰 섰다. "말도 안 돼! 일부러 진 거야, 이 배신자. 이제 너를 못 믿겠어. 그따위 대단한 가르침이나 주려고 카고란이 나를 가지고 놀게 한 거야?"

그래, 당연히 일부러 그랬지. 악령이 대답했다.

"뭐라고? 이젠 변명도 하지 않는 거야? 이… 치사한 배신자 같으니라고."

변명을 왜 해? 난 줄기차게 나를 믿으면 안 된다고 말해 왔는데?

"말도 안 돼! 소동이 일어나는 곳마다 철없는 어린애처럼 무조건 덤벼드는 게 네 특기잖아."

그건, 네가 철없는 어린애가 아닐 때 얘기지.

파린은 화가 머리끝까지 나서 발이라도 동동 구르고 싶은 마음을 간신히 가라앉혔다. "이제 모두 나를 비웃을 거야."

그렇지 않아. 가끔은 방금 너처럼 명예롭게 패하는 쪽이 나아. 그렇지 않았다면 너는 카고란을 철천지원수로 만들었을 거라고. 그는 이번에 몹시 어려운 싸움을 했어. 이제 적어도 자신의 못난 모습을 조금이라도 깨달았겠지.

악령은 대체 무슨 얘기를 하는 걸까? 이런 개똥 같은 소리가 어디 있담? "하! 명예롭게 패한다고? 하필 그 말이 네 입에서 나오다니. 학살자, 전생에 사탄이었던 네 입에서 말이야! 날 놀리려는 거지?" 파린이 끓어 넘치는 물처럼 노발대발했다. "피고가 토렘과 싸웠을 때도 이렇게 했던 거야?"

징글징글이 놀랍도록 냉철하게 대답했다. 넌 아직도 너와 그를 비교할 수 있는 상태잖아. 그러니까 그건 비교가 안 돼.

"도대체 뭐라는 거야?"

피고와는 달리 넌 아직 살아 있잖아.

너무 화가 난 나머지 파린은 하마터면 악령의 음성 속에 담긴 우울함을 간과할 뻔했다. 분명 악령에게 좀처럼 어울리지 않는 말투였다. 파린이 멈칫했다. 점차 분노가 사그라졌다. 심호흡을 했다. 대체 징글징글은 지금 무슨 생각을 하는 걸까?

심호흡을 몇 번 더 하고 나서 파린이 머뭇거리며 말을 걸었다. "미안해 징글징글. 네가 무슨 말을 하는지 알 것 같아. 어쩌면 네 말이 맞는지도 몰라."

뭐라고? 안 들렸어.

"다 들어 놓고."

응, 맞아. '어쩌면'과 '몰라'를 빼줘. 그러면 우린 오늘 이긴 거나 다름없어.

빨강과 파랑

어둠이 내려앉고 아로스는 키와 함께 방으로 돌아왔다. 사람들이 북적이는 식당에서는 도무지 조용히 얘기를 나눌 수가 없었다.

아로스가 침대에 누워 말했다. "키, 난 여기가 정말로 마음에 들지 않아. 내일 당장 떠나자. 바르바로사가 다시 나벤슈타인으로 떠날 때까지 아바스토란에서 지내면 되잖아."

아로스는 키가 자신을 안심시키고 며칠만 더 기다려 보자고 설득할 줄 알았다. 하지만 그는 평소와 달리 심각한 얼굴로 고개를 끄덕이며 대답했다. "친구 아가씨 말이 맞아. 영적인 이들의 길드는 변했어. 더 나은 방향이 아니라 나쁜 쪽으로."

"무슨 뜻이야?"

"화가는 이 사원에서 2년 동안 제자들을 가르쳤어." 그의 눈이 과거로 여행을 떠나고 있었다. "그랜드 마이스터 키는 이 수도원을 이끌면서 제자들을 키웠지. 당시에도 이 사원은 영적인 이들의 길드와 아주 좋은 관계를 유지했어. 오늘 옛 심복을 만났는데, 사원이 처한 상황에 대해 몹시 걱정하고 있더라고. 현재 이곳의 그랜드 마이스터는 불신과 경멸로 사원을 지배하고 있어. 그리고 프리마 이수르야 역시 아주 이상야릇한 방향으로 가고 있고."

아로스가 생각에 잠겼다. 지하에서 발견한 고문실과 물그릇 안에 나타났던 환영에 관해 얘기하는 게 좋을지 확신이 서지 않았다.

아무래도 지금은 말하지 않는 편이 나을 것 같았다. 한편으로는 평소와 달리 침울해 보이는 키에게 더 큰 부담을 안기고 싶지 않았고, 다른 한편으로는 키가 자신의 계획을 포기하라고 말할까 봐 두려웠다. 그의 대답은 뻔했다. '완전히 터무니없는 생각이야.'라는 키의 목소리가 들리는 것 같았다. 하지만 좋은 소식도 있었다. "오늘 아티팩트에 대해서 알게 됐어. 이제 내 마법이 끔찍한 결과를 가져올까 봐 두려워하지 않아도 돼."

키의 얼굴이 다시 조금 밝아졌다. "친구 아가씨는 뭘 배웠는데?"

아로스는 이수르야의 수업과 새롭게 알게 된 사실에 대해서 들려주었다.

키가 두 손을 위로 올리고 말했다. "화가가 왜 진작 그 생각을 못 했을까? 니네브의 어금니! 니네브는 죽으면서도 유산을 남겨 친구 아가씨를 보호하려고 했어. 흙투성이 발 아로스는 막강한 아티팩트를 손에 쥐고 있어." 키의 얼굴에 다시 미소가 돌아왔다. 비록 그녀가 아는 환한 미소는 아니었지만 그래도 키는 분명 확신에 차 있었다. "내일 친구 아가씨와 화가는 이 사원을 떠날 거야." 그가 기름 램프의 심지를 내려 불을 껐다.

지친 아로스는 눈을 감았다. 자야 할 시간이었다.

잠깐만 눈을 붙이자, 그것이 그날 아로스의 머릿속에 마지막으로 떠오른 생각이었다.

자신에게 이런 굳은 의지가 있다는 사실이 새삼 놀라웠다. 닭이 울기도 전에 잠에서 깨어나다니. 최대한 조심스럽게 자리에서 일어나 몰래 밖으로 나갈 생각이었다.

"친구 아가씨에게 비밀이 있구나. 화가는 친구 아가씨가 털어놓든 그렇지 않든 인내심을 가지고 기다릴 거야."

들키지 않고 빠져나갈 수 있을 거라 기대했지만 역시 어림도 없었다. "솔직히 다 말해 줄게, 하지만 지금은 아니야. 오래 걸리지는 않을 거야."

이 말만을 남기고 아로스는 문을 열고 밖으로 나왔다. 그리고 여러 개의 출입구 중 하나를 통과해 솥 모양의 탑으로 들어갔다. 이렇게 이른 시간에도 깨어 있는 승려들이 있었다. 그들 가운데 대부분은 바닥에 앉아 기도하는 중이었다. 차라리 다행이었다. 이 시간에 혼자 돌아다니는 것보다는 덜 눈에 띌 테니. 어쨌거나 수도승들 대부분은 무표정한 눈으로 그녀를 뚫어져라 응시했다. 아로스는 수업을 들었던 방 쪽으로 내려갔다. 하지만 그녀의 진짜 목적지는 끔찍한 고문실이었다.

잠이 덜 깬 조금 몽롱한 상태로 그녀가 생각했다. 이 꼭두새벽에 이렇게 어두운 고통의 공간에 찾아갈 계획을 세우다니. 게다가 자발적으로! 왜? 대답은 단 하나였다. 미쳤으니까! 고아원에서 여기저기 매질을 너무 많이 당한 나머지 미쳐 버린 게 분명해. 그녀의 기억 속에는 비열한 매질과 복수의 매질과 운명의 매질이 아직도 생생했다.

소녀는 잠시 그냥 돌아갈까 망설였지만 곧 고개를 절레절레 흔들고 가던 길을 재촉했다. 언제부턴가 그녀는 자신의 영감을 믿는 데 익숙해져 있었다.

나의 하루야, 넌 아직 잠도 덜 깼겠지. 하지만 잘 봐. 흙투성이 발 아로스는 할 일은 반드시 한다는 걸.

굳은 의지 때문인지 생각했던 것보다는 일이 순조롭게 풀렸다. 왠지 모를 불안감을 뒤로하고 고문실의 문을 닫은 후 다시 계단을 올라갔다. 갑자기 떠들썩한 소리가 들렸다. 명상이 일상인 승려들에게 전혀 어울리지 않는 큰 소음이었다.

솥 모양 탑 바깥으로 나와 보니 붉은 제복을 입은 군인들이 바삐 움직이고 있었다. 그들은 휘어진 모양의 검을 위협적으로 휘두르며 승려들을 몰아붙였다. 하지만 승려들은 대부분 꼼짝하지 않고 양반다리를 한 채 바닥에 앉아 있어서 어쩐지 그들의 위협이 우스꽝스러워 보이기까지 했다. 군인들이 자신들의 사원을 휘젓고 다니는데도 승려들은 개의치 않는 것 같아 보였다. 아니면 소극적으로 행동하는 게 더 안전하다고 판단한 걸까? 그들은 그저 가르침만을 따르고 있는 것 같았다. 누구의 가르침일까? 생각할 틈도 없이 그랜드 마이스터의 외침이 들렸다. "저기다! 저기 그 애가 있어!"

투박한 군화를 신은 군인들이 칼을 빼 들고 아로스를 향해 몰려오기 시작했다. 누군가가 외쳤다. "황제의 이름으로 너를 체포한다!"

그녀가 제아무리 날쌔다 한들 이런 상황에서 도망치는 건 불가능했다. 적의 숫자가 너무 많았고, 출구마다 병사들이 세 명씩 지키고 서 있었다. 아로스는 온몸이 굳어 버린 사람처럼 계단 앞에 우두커니 서 있었다. 다시 아래로 내려갈 수도 없었다. 그곳엔 고문실과 냄새나는 방뿐이었다. 그러는 사이 군인 하나가 그녀의 팔을 거칠게 잡아끌었다. 그때 갑자기 어디선가 쭉 뻗은 다리가 날아와 병사의 가슴을 가격했다. 그는 몇 미터를 뒷걸음질 치다가 벽에 부딪혔다. 괴한은 반동을 이용해 공중제비를 돌더니 고양이처럼 사뿐히 두 다리로 바닥에 착지했다. 그리고 다시 눈 깜짝할 사이에 다른 적을 향해 돌진했다. 열 명의 건장한 병사들에 맞선 아담한 체구의 괴한. 그는 바로 키였다. 병사 둘이 칼을 들고 달려들었다. 하지만 키는 힘들이지 않고 공격을 피한 뒤 팔꿈치로 동시에 두 명의 머리를 가격했다. 군인들은 가죽 투구를 쓰고 있었지만 강한 충격을 이기지 못하고 정신을 잃고 바닥에 쓰러졌다. 순식간에 일어난 일이었다. 아로스는 무슨 영문인지조차 몰랐다. 갑자기 키와 사원의 그랜드 마이스터가 마주 보고 서서 공격 자세를 취하고 있었다. 예전에 보았던 바로 그 자세였다.

뚱뚱한 체구에 얼굴이 벌건 사내가 군인들을 향해 외쳤다. **"멈춰라! 저 얼빠진 승려들이 서로 싸우게 내버려 둬!"**

무모한 싸움이었다. 키가 그랜드 마이스터를 이긴다 해도 다시 수많은 군인이 그와 아로스를 향해 달려들 게 뻔했다. 아로스는 자신을 향한 적들의 매서운 시선을 느꼈다. 뭘 어떻게 해야 하지? 바르바로사 호에서처럼 변환의 마법을 써야 하나? 키의 가망 없는 싸움에 아로스는 화가 치밀어 올랐다. 돌아 버릴 것만 같았다. 하지만 그녀는 지금 이 순간 변환의 마법이 별 힘을 발휘하지 못할 것임을 직감했다. 바르바로사 호의 돛대에 힘없이 묶여 있던 순간과 론둘프의 채찍을 떠올렸다. 죽음의 공포와 고통이 그녀를 극단으로 내몰았던 그때를. 지금은 그 두 가지가 없었다. 아직은. 하지만 공포가 점점 커지면서 아로스의 양 볼을 서서히 달구고 있었다.

그랜드 마이스터가 오른손 측면으로 공격하는 척하다가 체중을 옮겨 왼쪽 다리를 뻗었다. 키는 그의 의도를 파악하고 왼쪽 다리 뒤쪽으로 공격을 막은 뒤 빙그르르 돌아 번개만큼 빠르게 주먹으로 상대의 오른쪽 어깨 아래를 가격했다. 적의 얼굴이 잠시 일그러졌다. 오른팔을 제대로 움직일 수 없는데도 그는 다시 고함을 치며 키에게 달려들었다. 그리고 갑자기 몸을 돌리며 반동을 이용하여 키의 무릎을 향해 다리를 뻗었다. 키가 아슬아슬하게 옆으로 피했다. 지금껏 한 번도 본 적 없는 속도로 공격이 오고 갔다. 군인들도 놀란 눈으로 그랜드 마이스터들의 대결을 지켜보고만 있었다. 심지어는 앉아 있던 승려들마저도 자리에서 일어나 그들의 싸움을 주시했다.

아로스는 어떻게든 상황을 파악해 보려고 안간힘을 썼다. 눈에는 눈물이 흘렀다. 희망이 없었다. 여기서 도망칠 방법이 없었다. 저쪽에서 기이한 파이프를 손에 든, 얼굴에 주름이 많은 사내가 결투를 지켜보고 있었다. 환영 속에서 본 남자였다.

키가 우위를 점하고 있었다. 재빠른 발차기가 그랜드 마이스터의 턱 아래에 명중했다. 그의 머리가 뒤로 젖혀졌다. 다음 발차기가 가슴을 가격하자 그는 마침내 바닥에 쓰러지고 말았다. 키는 그를 내버려 두고 아로스에게 달려와 그녀 앞을 막아섰다.

"항복해야 해. 이렇게 많은 적을 상대로는 승산이 없어." 아로스가 중얼거렸다.

붉은 얼굴이 명령을 내렸다. 병사들은 살기등등하게 그들 앞에 섰다.

붉은 얼굴 대장이 주름이 많은 남자에게 신호를 보냈다. 그러자 그는 파이프를 입에 대더니 힘차게 불었다. 알록달록한 얼룩이 허공을 가르며 날아왔다. 키가 옆으로 몸을 피했지만 한발 늦고 말았다. 무언가가 그의 등에 박혔다. 키는 잠시 인상을 찌푸리더니 몸을 돌렸다. "친구 아가씨는 여기서 도망쳐야 해." 그가 다급하게 외쳤다. "바람총이야, 무슨 색이지?" 그가 아로스에게 물었다.

아로스는 처음에 키가 무슨 말을 하는지 이해하지 못했다. 하지만 곧 작은 바늘 모양의 화살이 그의 등에 박혀 있는 것을 발견했다. 화살 끝에는 천으로 만든 작은 골무가 달려 있었다.

"빨강이야." 아로스가 대답했다. 지금처럼 다급한 상황에서 그런 질문을 하는 이유가 뭘까? 그러고 보니 이상했다. 어느새 군인들이 공격을 멈춘 채 도주로를 차단하고 침착하게 기다리고 있었다.

키는 여전히 아로스의 앞을 막고 서 있었다. 뒤에서 그를 끌어안아 더 이상의 싸움을 막아야 하는 건 아닐까? 그리고 그를 좋아하는 자신의 마음을 알리기 위해서라도. 그녀가 키를 안았다. 그리고 침을 삼켰다. 입안에서 피비린내가 났다.

뚱뚱한 대장이 주름진 노인을 향해 고개를 끄덕였다.

키가 고개를 돌려 아로스를 보았다. 찡그리지는 않았지만 안색이 점점 창백해지고 있었다. "화가는 흙투성이 발 아로스와 함께 여행을 떠날 수 있어서 영광이었어."

그의 말은 작별 인사처럼 들렸다. 그런 말은 듣고 싶지 않았다.

"무슨 소리야? 항복하자. 저들이 우리를 잡아서 황제에게 데려갈 거야. 그럼 거기서 얘기해 보면 되잖아. 절대로… 포기하면 안 돼."

키의 몸이 비틀거렸다.

정적이 흘렀다. 너무나도 고요해서 대장 옆에 선 주름진 얼굴의 사내가 숨을 멈추었다가 파이프를 세게 부는 소리까지 들을 수 있을 정도였다. 아로스는 목에 따끔함을 느꼈다. 그리고 반사적으로 작은 화살을 뽑아냈다. 이번에도 화살 끝에 작은 골무가 달려 있었다.

키가 가느다란 눈으로 화살을 보며 말했다. "파랑이야!" 그리고 미소를 지었다. "이제 친구 아가씨는 잠이 들 거야."

"빨강, 파랑? 그게 뭔데? 대체 지금 무슨 일이 일어나는 거야?"

아로스의 목소리가 떨려 왔다. 이곳에서 혼자만 아무것도 모르는 멍청이가 된 기분이었다.

"오늘부터 친구 아가씨는 혼자 해내야 해. 그리고 또 해낼 수 있고, 그녀는 아주 특별하니까."

"그럼… 아저씨는?" 아로스가 고개를 들고 뚱뚱한 사내를 향해 외쳤다. "항복할게."

"화가는 너무 늦었어. 화가는 충만한 삶을 살았고 이제 창조주에게 돌아가. 빨강은 푸른 해파리 독이란 뜻이야."

"그럴 수는 없어. 절대로. 언제나 방법은 있다고 아저씨가 말했잖아." 지금껏 한 번도 느껴 보지 못한 고통이 엄습했다.

"길은 있어. 다만 나는 이제… 다른 길을 가야 할 뿐이야."

키의 다리가 꺾였다. 그의 무릎이 바닥에 부딪혔다. "흙투성이 발 아로스는 뼈를 보는 사람을 도울 거야…. 그렇게 될 거야." 그의 상체가 옆으로 꺾였다. 아로스는 간신히 그의 머리를 잡아 바닥에 부딪치는 걸 막았다. 그리고 두 손으로 키의 얼굴을 붙들었다. 손끝으로 느낄 수 있었다. 그가 숨을 쉬지 않는다는 것을. 키가 죽었다. 그녀는 키의 두 뺨을 쓰다듬었다. 고통이 그녀의 작은 심장을 산산조각 냈다. 육체의 고통과 영혼의 고통. 그중에서도 특히 그녀의 영혼이 끝없는 고통을 느끼고 있었다. 하지만 아로스는 비명을 지르지 않았다. 쥐들의 여왕, 흙투성이 발 아로스는 소리를 지르는 법이 없었다.

대신 그녀가 조용히 속삭였다. "너희를 모두 죽여 버릴 거야. 모두 다!" 맨 먼저 그 역겨운 바람총을 쏜 야비한 땅딸보 녀석부터 박살 내 버릴 것이다. 그녀가 천천히 고개를 들었다. 그리고 키를 죽인 주름진 얼굴의 사내를 노려보았다. 그는 무심한 얼굴로 다음 명령을 기다리고 있었다. 잠시 둘의 시선이 마주쳤다.

"죽어." 아로스가 생각했다.

사내의 몸이 순식간에 뜯겨 나가 살점과 피의 웅덩이로 변해 버렸다. 군인들이 놀라서 칼을 들고 보이지 않는 적을 향해 달려들 준비를 했다.

다음은 뚱뚱한 대장 차례였다. 누더기로 변한 붉은 제복이 피범벅으로 변해 사방으로 튀는 몸뚱이의 잔해와 잘 어울렸다.

탑이 빙그르 돌며 휘파람 소리를 내기 시작했다. 바늘 화살의 독이 몸에 퍼지고 있었다.

"**무슨 일이지?**" 갑자기 입구 쪽에서 나타난 이수르야가 외쳤다.

키를 구하지는 못했어도 황제의 병사들과의 싸움에 도움을 줄 수는 있겠지. 아로스가 잠시 고통을 참으며 이수르야가 가까이 오기를 기다렸다.

"**조심해!** 마법을 쓸지도 몰라!" 이수르야가 외치며 아로스의 얼굴에 천을 덮어씌웠다. "이제 너를 길들여 주지." 뱀처럼 쉭쉭거리는 목소리가 들렸다.

아로스는 키 옆에 무릎을 꿇었다. 반항할 힘이 없었다. 고아원의 귀리죽처럼 끈적끈적한 피가 그녀의 핏줄을 타고 흘렀다. 어두운 천 말고는 아무것도 보이지 않았다.

"파날리안에게 네가 시험을 통과했다고 전해 줄게, 아가야." 이수르야가 말했다. 그녀의 목소리에는 맹렬한 적개심과 증오가 섞여 있었다.

세상이 빙그르르 돌았다. 아로스의 감각은 무너지고 모든 것이 혼돈 상태로 소용돌이쳤다. 그리고 그녀의 몸이 바닥에 부딪혔다. 탐욕스러운 손이 그녀의 허리춤에 찬 주머니로 들어왔다.

이수르야의 목소리가 들렸다. 비열하고 환희에 찬 목소리였다. "네가 감히 나를 속여? 여기 뭐가 있는지 한번 보렴." 머리를 덮은 천이 벗겨졌다. 손아귀가 그녀의 머리채를 잡아채더니 거칠게 바닥 쪽을 향해 비틀었다. 이수르야의 주름진 손에 어금니가 놓여 있었다. 더러운 배신자. 아로스는 반항할 수 없었다. 온몸이 마비된 듯 힘이 빠지고 잠이 쏟아졌다.

"너는 이제 아무것도 아니야. 오늘부터 너의 아티팩트는 내 손에 있다." 이수르야가 큰 소리로 웃으며 어금니를 꼭 쥐었다.

아로스가 마지막으로 본 것은 그녀의 팔에 새겨진 펜타그램이었다.

항명

저녁 무렵 드로그단이 심각한 얼굴로 찾아와 파린을 조용한 곳으로 불렀다. "방금 기사님을 뵙고 오는 길이야. 너도 알아야 할 소식이 있어. 오늘 오후에 돌아온 밀정이 보고한 정보야. 네코르인들이 또 마을을 습격했다더군."

물론 끔찍한 소식이기는 했지만 그렇게 심각한 표정을 지을 정도로 놀라운 소식은 아니었다. "그런데요?" 파린이 물었다.

"노르다우도 그중 하나래. 마을을 불태우고 마을 사람들을 죽였다고."

드로그단의 말이 파린의 가슴 한가운데를 쿡 찔렀다. 어떻게 이런 일이 일어날 수 있을까? 하필이면 이름 없는 가난한 어촌을. "혹시 사벨리아에 대한 소식은요?"

"사벨리아에 대한 소식은 아직이야. 기사님이 보내신 밀정은 사벨리아가 누구인지 전혀 모르니까."

"살아남은 사람들도 있다는 뜻이죠?" 파린이 입술을 굳게 다물었다.

"어부 몇몇은 무사히 도망쳤대. 어디로 갔는지는 모르고."

"마을 사람들은 분명 도움이 필요할 거예요. 우리가 뭘 할 수 있을까요?"

"우리 도움이 필요한 마을은 그곳 말고도 많아. 물론 노르다우가 너한테 특별하다는 건 알지만."

"맞아요. 그리고 그중에서도 특히 사벨리아 때문이에요. 사벨리 아를 보셨다면… 그녀는 정말로…." 파린은 그제야 이 참혹한 사건 의 심각성을 뼈저리게 느꼈다. 무엇보다 자기 자신도 이 참사에 일 조했다는 느낌을 지울 수가 없었다.

드로그단이 걱정스러운 눈빛으로 그를 바라보았다. "파린, 안색 이 안 좋구나. 과거의 기억 때문에 너무 괴로워하지는 마."

"사벨리아가 벌써 죽은 것처럼 말하지 마세요." 곧바로 결심이 섰 다 "노르다우로 가야겠어요. 어쩌면 제가 어부들에게 도움을 줄 수 있을지도 몰라요."

"그건 말도 안 돼. 기사님도 폐하도 그런 일로 군대를 보내도록 허락하지 않으실 거다."

"군대요? 아니, 저 혼자 갈 거예요."

"미쳤구나. 그건 내가 허락할 수 없어." 드로그단이 고개를 저 었다.

"아무도 저를 막을 수 없어요." 파린이 비석에 새겨진 글자만큼이 나 단호한 어조로 또렷하게 말했다.

드로그단도 파린의 굳은 결심을 알고 물러섰다. "그럼… 내가 같 이 가 줄게."

파린이 드로그단의 눈을 똑바로 응시하며 대답했다. "드로그단. 처음부터 제 진정한 친구가 되어 주셨고, 언제나 저의 가장 좋은 친구지만 이번에는 제 옆이 아니라 이곳에 남아 주세요. 에미코 기사님께 제가 이런 결정을 내릴 수밖에 없었던 이유를 전해 주세요. 기사님이 많이 화내시리라는 것도 알아요."

"게다가 네가 말없이 사라지는 게 이번이 처음이 아니라 더 문제야." 드로그단이 귓불을 만지며 말했다. "그러니까 내가 말씀드린다고 해결되지는 않을 거야. 아무리 생각해 봐도 허락 없이 움직이는 건 좋은 생각이 아니다. 직접 말씀드리고 떠나는 게 좋겠어. 이번에도 규율을 어긴다면 정말로 너를 용서하지 않으실 거야."

"흠, 저 대신 누군가 기사님을 설득할 수 있는 사람이 있다면 그건 드로그단뿐이에요."

"아니. 난 너를 쇠사슬에 꽁꽁 묶어 놓으라고 말할 거야, 이 반항적인 스콰이어 같으니." 드로그단이 말했다. "나는 너를 이대로 가게 할 수도 없고, 가게 하고 싶지도 않고, 가게 해서도 안 돼. 너무 위험한 계획이야. 아무도 너를 도와줄 수가 없다고."

"드로그단, 제 말 잘 들어봐요. 제가 반드시 가야 하는 이유가 두 가지 있어요."

"그게 뭔지 들어나 보자." 드로그단이 두 손을 목 뒤로 가져가 깍지를 끼고 벽에 몸을 기댔다.

"우선은 노르다우 마을이 그렇게 된 데 일정 부분 저의 책임이 있기 때문이에요. 제가 경솔하게 노르다우에 사는 사벨리아라는 이름의 아가씨를 마음에 품고 있다고 말하고 다녔어요. 하필 이름조차 알려지지 않은 마을 노르다우가 습격을 받다니 우연일 리가 없어요."

"그것만으로는 설득이 안 돼. 우연일 가능성도 다분히 있는 거니까. 게다가 네 말이 맞는다면 너 혼자 그곳으로 떠나는 건 더더욱 큰 위험을 자초하는 거지. 또 다른 이유는 뭐지?"

"저는 혼자가 아니에요. 제 안에는 악령이 있어서 저를 지켜 줘요."

"아하, 그 말을 듣고 보니 모든 게 분명해지는군." 드로그단이 입술을 비죽이며 말했다. "네가 여기 있어야 할 이유 말이야. 누군가 우선 네 머리부터 살펴봐야겠구나. 네가 좀 안정을 취할 수 있게 프레니아에게 가서 약이라도 받아오자."

"프레니아도 알고 있으니 제 말이 맞는다고 할 거예요. 악령과 제가 벌써 프레니아의 머릿속에도 들어갔었으니까."

드로그단이 천천히 몸을 낮춰 바닥에 앉았다.

파린도 그 옆에 앉았다. "솔직하게 다 말할게요." 파린은 크게 심호흡을 하고 악령이 처음 자신의 머릿속에 들어온 순간과 그 덕분에 마상 창 시합에서 이길 수 있었다는 사실을 털어놓았다. 그리고 저습지에서, 지게스문트 성에서 있었던 에미코와의 결투에서 악령이 펼친 활약상에 대해서도 모두 말했다.

드로그단은 잠자코 듣고만 있었다. 파린이 말을 마친 뒤에야 그가 작은 목소리로 입을 열었다. "이제야 모든 게 다 이해가 되는구나. 왜 진작 얘기하지 않은 거지?"

"얘기할 수가 없었어요."

"아하, 프레니아도 알고 기사님도 아시는데?" 드로그단이 굳은 얼굴로 물었다. "혹시 플라우디우스와 바랄돈, 그리고 성 사람들 모두 알고 있는데 나만 멍청하게 모르고 있었던 거니?"

"아니요, 현명한 드로그단이 세 번째예요. 방금 항명 얘기를 하셨죠. 기사님께서 비밀을 지키라고 명령하셨어요. 지금 이렇게 제 비밀을 털어놓았으니 결과적으로 한 번 더 기사님을 실망시킨 셈이 되었네요."

드로그단의 얼굴이 다시 밝아졌다. 이런 경우라면 항명도 용서받을 수 있다는 듯이. "알겠다!" 그가 마침내 동의했다. "하지만 지금 들은 얘기에 대해서는 생각을 좀 더 해 봐야겠어."

파린도 그를 이해할 수 있었다. 도무지 믿기 힘든 이야기였으니까.

파린은 드로그단이 입을 열 때까지 참을성 있게 기다렸다.

"그동안 머리를 쥐어짜며 고민했었는데 다 설명이 되는구나. 이제야 나에게 털어놓다니 좀 너무했어. 하지만 지금이라도 얘기해 줘서 고맙다." 그가 한숨을 쉬었다. "그럼 잘 알겠으니 얼른 출발하거라! 난 여기 남아서 기사님께 네 못된 짓거리를 이해시켜 드리도록 어떻게든 최선을 다하마. 물론 내가 네 비밀을 알게 되었다는 사실은 비밀로 할게. 기사님이 너그러이 이해해 주실지 한번 보자꾸나. 하지만 너무 큰 기대는 하지 마라."

"고마워요, 드로그단. 저를 도와주실 줄 알았어요."

"널 보내 준 걸 후회하지 않게 되기만 바랄 뿐이야." 드로그단의 눈빛이 빛났다. 파린이 알던 예전의 그 눈빛 그대로였다. "마지막으로 한 가지만 더 묻자. 네 정신 속의 악령을 믿어도 되는 거니?"

파린이 망설이지 않고 대답했다. "네, 저는 그래도 된다고 확신해요."

순진한 벌레 같으니. 뒤통수에서 낄낄거리는 소리가 들렸다.

드로그단과 이야기를 나눈 뒤 아주 잠깐이라도 망설여지지 않았다면 그건 거짓말이었다. 하지만 소식을 알게 된 이상 노르다우로 떠나야 한다는 결심은 확고했다. 그는 사벨리아를 잘 몰랐다. 하지만 그녀에게 빚을 졌다. 그 엄연한 사실 때문에 파린은 사건 현장으로 반드시 달려가야만 했다. 그게 이성적이지 못한 행동일까? 하지만 사람들은 언제나 '마음의 소리에 귀를 기울이라.'고 하지 않던가? 사벨리아와 다른 어부들이 아직 살아 있다면 분명 도움이 필요할 거야.

아무에게도 허락을 구하지 않을 생각이었다. 에미코에게도, 폐하께도. 이 또한 굳은 결심이었다. 그렇지 않으면 성 밖으로 나갈 수 없게 될 공산이 너무 컸다. 그때는 정말로 방법이 없었다. '금지' 명령이 떨어진 후에는 명을 어길 수 없었다. 그건 곧 반역이나 다름없었으니까. 그리고 그 대가는 보나 마나 죽음이었다. 그러니 먼저 행동하고 나중에 책임을 지는 편이 나았다. 섣부른 행동과 항명 사이의 불분명한 회색 지대를 택하는 거야. 회색 중에서도 아주 어두운 회색이라는 게 문제였지만. 드로그단이 잘 설명해 주기만을, 그래서 다시 만났을 때 그들이 곧바로 내 목을 치지 않기만을.

새벽 세 시쯤 파린은 조용히 방을 빠져나왔다. 마구간으로 가려면 거대한 공원을 가로질러야 했다. 말이 있는 곳까지 가기 위해 말을 타야 하는 곳, 그런 곳이 바로 왕궁이었다. 도중에 정찰병 몇 명을 만났다. 그들은 파린을 보고 반갑게 인사했다. 카고란과의 한판 대결 때문에 그는 이미 성안에서 유명 인사가 되어 있었다.

마침내 마구간에 도착한 파린은 조용히 뤼베 등에 안장을 채웠다. 성문 앞 보초병들도 아무런 질문을 하지 않았다. 성 밖으로 나오는 건 쉬웠지만 돌아올 때는 어떨까? 에미코는 분명 노발대발하겠지. 하늘에는 아직 별들이 반짝이고 있었다. 혹시 밤하늘 별들을 바라보면 앞날을 내다볼 수 있을까? 아마도 아닐 거야. 그는 지금 스스로 역사를 써 나갈 생각이니까. 거창한 이야기는 아닐지라도 최소한 자신의 이야기만큼은, 그리고 최대한 쓸 수 있는 만큼은. 그의 손가락이 검의 손잡이를 스쳤다. 그리고 어쩔 수 없는 경우가 생긴다면 펜 대신 이 검을 사용해야겠지.

서두를 필요는 없었다. 속도보다 신중함이 요구되는 때였다. 그래서 파린은 뤼베를 천천히 걷게 했다. 그는 오늘도 토렘이 준 오래된 가죽 갑옷을 입고 있었다. 언제 입어도 마음에 드는 갑옷이었다.

부드럽고, 움직이기 편하면서도 동시에 보호 기능 역시 탁월해서 가격을 당하거나 화살을 맞아도 문제없었다. 장갑과 투구는 일부러 쓰지 않았다.

"먼저 숲을 통과하고 그다음에 해변을 따라갈 거야. 가다 보면 내가 사벨리아를 만난 장소를 찾을 수 있겠지." 그가 자신을 다독였다.

너 지금 나랑 얘기하는 거야? 아니면 저 비리비리한 말이랑 얘기하는 거야? 징글징글이 물었다.

악령도 이 무모한 출정을 진작부터 말렸지만 소용이 없었다. 악령은 제 취향에 맞지 않는 일을 하는 걸 끔찍이도 싫어했다. 그리고 그런 일은 다 쓸데없는 짓이라고 생각했다.

'마음의 소리를 들어라.' 말은 쉽게 들렸지만 실제로는 그렇지 않았다. 그의 이성은 계속해서 항명의 결과를 경고하고 있었다. 삶 전체를 결정하는 건 결국 결과의 힘이었다.

역시나 악령도 같은 취지로 이렇게 말했다. **우리가 지금껏 쌓아 온 빛나는 명성을 네가 이런 말도 안 되는 똥고집으로 한순간에 무너뜨리다니.**

"그런데 징글징글 한 가지만 묻자. 넌 왜 뭐든지 성공한 일은 '우리'가 한 거고, 일이 꼬이면 내 책임이라고 하는 거야?"

그러게. 정말 그러네? 왜 그렇지? 왜 그런지 나도 모르겠는데?

"넌 정말 악랄한 좀생이야."

악랄한 좀생이? 난 위대한 악령인데.

"네가 걱정을 하는 이유를 잘 모르겠어. 원래 너는 항상 튀는 행동을 좋아하잖아. 새로운 시도를 하고, 위험을 감수하는 거 말이야."

바로 그거야. 왕궁의 아가씨들이 바로 그 새로운 시도를 해 볼 만한 상대란 말이지.

파린은 적당한 대답을 찾지 못했다.

나무 꼭대기 위로 창백한 붉은빛이 나타났다. 아침이 밝아 오고 있었다. 숲길을 더 잘 알아볼 수 있게 되자 파린은 전속력으로 말을 몰았다. 지금까지는 운명 공동체인 징글징글을 제외하고 아무도 만나지 못했다. 필요한 물건들은 모두 챙겨 왔다. 식량이 담긴 배낭과 물주머니, 침낭, 그리고 해변 지역의 지형을 알아볼 수 있는 지도까지. 사벨리아에 대한 걱정과 불안함 때문에 길을 떠난 것인데도 파린은 말로는 설명하기 힘든 편안함과 만족감을 느끼고 있었다. 나중 일은 나중에 생각하자. 현재에, 옳은 일을 한다는 마음의 소리에 집중하는 거야. 이런 걸 자유라고 부르는 걸까? 파린은 왕궁의 화려함과 웅장함, 그리고 그곳에서 누리는 안락한 삶이 자신에게는 별로 중요하지 않다는 사실을 다시 한번 느꼈다. 심지어는 그런 삶에 익숙해지고 싶은 마음도 없었다. 그는 훨씬 더 단순한 삶을 추구했다. 파도 소리를 듣고 짜디짠 바닷물의 맛을 보니 기분이 좋았다. 하지만 무엇보다 사벨리아를 도울 수 있다는 사실이 그의 가슴을 뛰게 했다. 물론 그녀가 네코르인들의 습격을 피해 살아남았다는 걸 전제로.

나무들 사이의 간격이 넓어지기 시작했다. 숲은 아름다웠지만 탁 트인 평지가 나타나니 한결 마음이 놓였다. 평지에서는 아무도 덤불 뒤나 나무 위에 몰래 숨을 수가 없으니까.

말을 달리는 기분이 좋았다. 이제는 망상의 도움 없이도 꽤 능숙하게 말을 탈 수 있었다. 게다가 뤼베는 리젤보다 상대적으로 호흡을 맞추기가 쉬웠다. 그런 생각을 하다 보니 아로스가 떠올랐다. 그 아이는 지금쯤 무얼 하고 있을까? 어떻게 지내고 있을까? 그리고 대체 지금 어디에 있는 걸까?

귀향

바로 저기였다. 그녀의 고향, 나벤슈타인. 한 번도 그렇게 멀리 떠나 본 적이 없었던 도시. 모든 것이 그대로였다. 똑같은 냄새와 똑같은 풍경. 그런데도 전혀 다른 기분이 드는 건 왜일까? 무엇이 그녀를 다시 돌아오게 한 걸까? 리젤 때문에? 아니면 고향이 그리워서? 그럴 리가 없었다. 아로스에게 나벤슈타인은 잘못 끼워진 첫 단추였으니까. 사악하고 가학적인 원장이 있던 고아원, 선반공과 수확꾼들, 졸칸과 하차르트, 그리고 정찰병들. 나벤슈타인에서는 나쁜 기억들이 훨씬 더 많았다.

부두에 내리기 위해 거룻배로 옮겨 탔다. 작은 선착장이 보였다. 그녀가 오랫동안 가장 좋아했던 장소. 그리고 기이한 엉덩이 의자 위에 앉아 나무를 그리던 키 아저씨를 처음 만난 곳. 키의 이름을 떠올리자 심장을 후벼 파는 통증이 느껴졌다. 친구 키의 죽음은 시간이 흘러도 뼛속까지 그녀를 흔드는 아픈 기억으로 남아 있었다.

다시 눈을 깜빡이며 선착장을 보았다. 바로 그곳에서 쇠사슬을 두른 개를 바다에 빠뜨렸었다. 그날 이후로 그녀는 다시 그곳에 가지 않았다. 이제는 물고기들이 그 역겨운 인간을 다 먹어 치웠을까? 그녀는 게들이 집게를 움직이며 쇠사슬을 두른 개의 유골 사이를 기어 다니는 모습을 상상했다.

거룻배 위의 선원들이 아로스를 뭍에 내려 주었다. 딱 한 번 작은 폭풍을 만나긴 했지만 바르바로사 호의 귀항 길은 비교적 순조로웠다. 야콥 선장은 제때에 돛을 내려 삼각돛부터 차례로 밧줄로 묶어 갑판에 고정하도록 지시했다. 선원들은 선체에 고정되지 않은 물건들을 빠짐없이 동여맸다. 나무통과 궤짝, 그리고 구조용 보트 두 대는 만약에 대비하여 이중으로 고정했다. 바르바로사 호는 위아래로, 그리고 이쪽저쪽으로 요동쳤지만 마침내 무사히 평화로운 바다로 나올 수 있었다.

아로스가 씩 웃었다. 그녀는 어느덧 진짜 선원이 되어 있었다. 사내아이였다면 선원으로 평생을 사는 것도 나쁘지 않을 것 같았다. 배 위에서는 말을 탈 수 없다는 게 문제였지만. 하지만 자신의 성별을 숨기는 일에 이골이 나서 선원의 꿈은 접기로 했다. 대신 야콥 선장과 크노헨, 심지어는 빌어먹을 조리장까지도 바르바로사 호가 항구에 들어올 때마다 만나기로 약속했다.

이제는 해야 할 일에 집중할 때였다. 그녀는 키의 죽음에 대한 복수를 결심했다. 복수라고? 물론 그렇게 부를 수는 없었다. 키라면 분명 복수를 원하지 않았을 테니까. 그러니 더 고상하고 아름다운 표현을 찾아야 했다. '완벽한 행복으로의 복구' 정도면 어떨까? 아니지. 키라면 이것 역시 흡족해하지 않았을 테니까. 이 세상이 품어주기엔 너무도 선량했던 키. 그런 생각을 하는 동안 아로스는 끔찍이도 키가 그리웠다.

이제 다시 단단한 땅이었다. 더는 발아래가 흔들리지 않았다. 아로스는 거룻배 위 선원들에게 손을 흔들어 작별 인사를 했다. 선원들은 아무도 그녀에게 손을 흔들지 않았다. 이상한 일이었다.

항구를 둘러보았다. 나벤슈타인에 리젤 말고 또 그녀가 알거나 좋아하는 이가 있었던가? 제 질문에 대한 답을 찾기 위해 한참을 생각해야 한다는 사실만으로도 슬픔이 밀려왔고, 그렇게 생각해도 아무도 떠오르지 않는다는 걸 깨닫자 더 슬퍼졌다. 그래도 북서쪽으로 이틀만 말을 달리면 지게스문트 성이 나오고 그곳엔 파린과 에미코가 있었다. 그곳으로 가야겠다. 거기서 감히 부를 수 없는 악령과 싸워야 한다. 왜 그래야 하는지는 중요치 않았다.

아로스가 이마를 만지작거리며 생각했다. 마치 그런 행동이 기억을 회복하는 데 도움이 되기라도 하는 듯. 키가 죽고 난 뒤 기억이 사라져 버렸다. 어떻게 도망쳤는지, 그리고 어떻게 바르바로사 호로 되돌아왔는지. 도무지 알 수가 없었다. 야콥 선장에게 물어볼 걸 그랬나? 아니면 벌써 물어봤었나? 대체 머릿속이 어떻게 된 건지 알 수가 없었다.

정신을 차리고 보니 바르바로사 호였다. 갓난아기였던 15년 전 고아원 앞에 누워 있었던 것처럼.

영적인 이들의 길드, 갑자기 그들이 떠올랐다. 거기에 그 여자가 있었다. 유서 깊은 사원… 길드의 일인자. 거기서 뭘 하려고 했었지?

기억 일부가 완전히 지워져 버렸다.

뒤통수에서 요란한 소리가 들리는 것 같았다. 어쩌면 주머니 속에 들어 있는 물건들이 기억을 살리는 데 도움을 줄지도 몰라. 그녀는 허리에 찬 주머니의 끈을 풀고 손을 넣어 보았다. 주머니 속은 텅 비어 있었다. 동전 한 닢도 들어 있지 않았다. 이제 그녀에게 소유물이라 부를 만한 건 없었다.

이제 목표는 단 하나. 그리운 그녀의 말, 리젤을 다시 만나는 것뿐이었다. 도시의 북쪽 외곽에 리젤을 두고 왔었다. 그곳에서 일하는 양치기들은 동전 몇 닢을 쥐여 주면 말들도 함께 돌보아 주었다.

왕궁으로 향하는 긴 계단이 북쪽 초원으로 가는 가장 빠른 길이었다. 바구니를 든 뚱뚱한 여자가 그녀를 향해 걸어오고 있었다. 여자의 얼굴을 자세히 보았다. 낯익은 얼굴이었다. 맞아! 오래전 아로스가 훔치려고 했었던 갈색 원피스를 오히려 선물로 주었던 바로 그 아주머니였다.

"안녕하세요. 예전에 저한테 친절을 베풀어 주셨던 분이시죠?" 아로스가 상냥하게 인사했다.

뚱뚱한 여자의 작은 눈이 어리둥절한 표정을 짓고 있었다.

"저 기억 안 나세요?" 아로스가 물었다. "고아원 아이요! 저에게 작은 주머니가 달린 원피스를 선물하셨잖아요."

여자는 드디어 기억이 난다는 표정이었다. 그리고 갑자기 무섭게 인상을 찌푸렸다. "물론이야! 네가 그때 나를 창문 밖으로 밀어 버리려고 했었지." 그녀는 몹시 화가 난 것 같았다. "날 죽이려고 했어. **경비병! 경비병! 여기 살인자가 있어요!**"

아로스는 당황한 얼굴로 여자를 잠시 노려보다가 도망치기 시작했다. 언덕을 계속 올랐다. 그런 다음 왼쪽 좁은 골목으로, 그리고 계속해서 달리고 또 달렸다. 저 뚱뚱한 여자에게서 최대한 멀리 도망쳐야 해. 하지만 양심의 가책이 그녀의 발보다 더 빨리 도망치고 있었다. 그때 아로스가 그런 충동을 느꼈다는 걸 어떻게 알았을까? 당시에는 경비병과 대주교에게 넘겨질지도 모른다는 공포가 너무 컸기 때문이었는데. 도대체 내 마음속 충동을 어떻게 안 거지? 뭔가 잘못된 게 분명해.

헐떡이는 숨이 턱까지 차오르자 아로스는 달리기를 멈췄다. 오랫동안 도망칠 일이 없었던 데다가 가파른 언덕이기도 했다. 그런데 맙소사! 어찌 이런 일이…. 뚱뚱한 여자가 바로 등 뒤에 나타났다. 게다가 바구니까지 든 채로.

어떻게 이렇게까지 굼벵이가 된 거니, 아로스가 자신을 책망했다. 다시 아슬아슬한 도주가 시작되었다. 점점 다리가 무거워졌다. 네 번인가 다섯 번 골목을 돌아 마침내 여자를 따돌릴 수 있었다. 심장이 터질 것 같았고 다리가 후들거렸다. 차라리 뚱뚱한 여자에게 붙잡히는 편이 나았을지도 몰라.

이해할 수 없는 일이 너무 많았다. 아로스는 덤불 아래로 기어들어 가 일단 숨을 돌렸다. 서서히 호흡이 안정되자 어서 리젤을 만나 지친 마음을 달래고 싶어졌다.

양치기들이 있는 곳에 도착했을 때는 이미 해가 저물어 가고 있었다. 넓은 초원이 지평선까지 펼쳐져 있었다. 예전에 누군가가 왕의 명령에 따라 이곳의 나무를 모두 베어 버렸다고 말해 준 적이 있었다. 목동들은 그곳에서 수많은 양과 염소들에게 풀을 먹였다. 소들도 몇 마리 섞여 있었다. 목동들이 저 많은 동물을 다 돌볼 수 있을까? 말들이 있는 울타리는 더 북쪽에 있었다. 가로대 두 개가 쳐진 허술한 울타리였다. 아로스의 심장이 뛰기 시작했다. 리젤이 나를 알아볼까? 반가워할까? 아로스의 시선이 먼발치에서부터 리젤을 찾기 위해 바삐 움직였다.

"리젤! 내가 돌아왔어." 그녀가 외쳤다. 하지만 스무 마리도 넘는 말들 가운데 리젤의 모습은 보이지 않았다.

말들을 풀어놓은 울타리가 여기 말고 또 있나?

근처 나무 그루터기에 앉아 있는 양치기가 보였다. 그의 앞에는 개 한 마리가 두 다리 사이에 얼굴을 묻고 있었다.

"안녕하세요, 말을 맡겨 두었는데 이름은 리젤이에요. 이제 다시 데려가고 싶어요." 아로스가 말을 건넸다.

양치기는 아로스를 한참 노려보더니 쉰 목소리로 말했다. "아, 기억이 나는군. 파울리우스에게 가 보자. 말이 어디에 있는지 나보다 더 잘 알고 있을 거야."

사내를 따라가니 양치기들이 모여 있었다. 한가운데에 피운 모닥불 위에 석쇠가 걸려 있었다. 사내 몇 명은 바위에, 또 다른 몇 명은 바닥에 앉아 포도주를 마시는 중이었다. 마침 양털을 어깨에 두른 비쩍 마른 사내가 음식을 나누어 주고 있었다.

"에, 파울리우스. 이 꼬마가 맡긴 말이 어디 있는지 알아? 이름은 리젤이래."

사내는 대답 대신 아로스를 위에서 아래로 천천히 훑어보았다. "배가 고파 보이는구나." 그가 아로스와 사내에게 구운 고기를 조금 떼어 건넸다. 맛있는 냄새가 코를 찔렀다. 얼마나 배가 고팠던지. 마지막 식사가 언제였는지 기억조차 나지 않았다. 그녀는 고맙다고 말하고 꼬치에 끼운 고기를 받아들었다. 하지만 한 입을 베어 물려던 찰나, 그녀가 멈칫하며 물었다. "아니요, 먼저 제 말을 보게 해 주세요. 리젤은 어디 있죠?"

비쩍 마른 사내가 흠칫 놀란 표정을 지었다. "네 코앞에! 네가 지금 한 덩이 손에 쥐고 있잖니. 얼른 맛 좀 봐라."

아로스는 너무 놀라 손에 쥐고 있던 꼬치를 떨어뜨렸다. 양치기들이 웃었다. 점점 크게, 점점 야비하게. 그녀의 주위를 추악한 웃음소리가 가득 채웠다. 무릎에 힘이 풀렸다. 바닥이 흔들리고, 텅 빈 위장이 뒤틀렸다. 그녀는 울음을 터트리며 구토를 했다.

구역질하고, 토하고. 토하고 구역질하고. 아로스는 숨을 쉴 수가 없었다. 사방이 토사물이었다.

"아로스! 몸을 돌려 봐. 엎드려. 그리고 토해." 억센 손이 그녀가 돌아눕는 걸 도왔다.

귀에 익은 목소리였다. 하지만 그 목소리가 왜 여기서 들리는 거지? 간신히 눈을 떴다. 사방이 부옇고, 눈이 따끔거렸다. 서서히 덥수룩한 머리와 구부러진 코가 서서히 눈에 들어왔다.

"알렉…산도르?" 아로스가 간신히 입을 열었다. 목은 꽉 잠겨 있었다.

"네가 영원히 못 깨어나는 줄 알았어."

영문을 알 수 없었다. 아로스는 힘겹게 소맷자락으로 입가를 닦았다. 그녀의 옷에서도 시큼하고 역한 냄새가 났다.

알렉산도르가 걱정스러운 눈빛으로 아로스를 보고 있었다.

서서히 정신이 드는 것 같았다. "리젤!" 그녀가 중얼거렸다.

"리젤이 누구야? 정신 차려 봐. 이틀이나 정신을 잃고 누워 있었어."

그녀는 축축한 짚 위를 기어 벽이 있는 곳까지 가서 몸을 기대었다. 이틀 동안 의식이 없었다고?

심장이 빠르게 뛰었다. "뭐라고? 여기는 어디야?" 아로스가 중얼거렸다. 이마에 찌르는 듯한 통증이 느껴졌다. 앓는 소리가 저절로 났다.

"아바스토란. 황제의 감옥이야. 너는 수레에 실려 왔고. 나는 여기까지 걸어왔어."

그래서 그녀가 부럽기라도 한 걸까? "나랑 바꾸고 싶어?" 아로스가 숨을 헐떡이며 물었다.

"아니, 그런 뜻은 아니고…. 네 몰골이 정말 말이 아니야."

아로스는 조심스럽게 관자놀이를 문질렀다. 그러니까 그녀는 지금 나벤슈타인이 아닌 다른 대륙에 있다는 뜻이었다. 그렇다면 방금 일어난 일은 꿈이었다. 나벤슈타인으로의 귀향길, 뚱뚱한 아주머니, 그리고 불쌍한 리젤…. 그 모든 게 멍청하고 끔찍한 악몽이었다. 갑자기 최근의 사건들이 머릿속에 떠올랐다. 키의 죽음, 이수르야의 배신과 그녀의 팔에서 보았던 거꾸로 선 별의 낙인, 어금니를 빼앗긴…. 그건 현실이었다.

고마워, 나의 하루야. 너는 급기야 너 자신을 뛰어넘었어. 이보다 더 끔찍한 하루는 없을 거야.

"내일 우리를 사형시킨대." 알렉산도르가 흐느끼기 시작했다.

나의 하루야, 다시는 너를 칭찬하지 않을 거야. 아침에도, 점심에도, 저녁에도. 약속할게. 이제부턴 너와 얘기도 하지 않을 거야.

아로스는 벽에 기댄 채 아무 말도 없었다.

알렉산도르가 눈물을 닦으며 말했다. "미안해, 별 도움이 되지 못해서. 병사들이 나를 때리고, 역겨운 이수르야가 내 달팽이 집을 빼앗아 갔어."

"그 여자는 악령에게 지배당하고 있어. 그래서 그런 음흉한 짓을 꾸민 거야."

"왕은 마법을 증오해. 그런데 어떻게 이수르야를 그냥 놔둘 수가 있지?" 알렉산도르가 물었다.

"분명히 서로 어떤 협정을 맺었을 거야. 이수르야는 길드의 일인자가 될 가능성이 있는 사람들을 찾아내 황제에게 바치고, 그 대가로 아티팩트를 손에 넣는 거지."

알렉산도르가 우울한 얼굴로 말했다. "고통과 절망의 감정은 충분히 느낄 수 있었어. 그래서 병사들에게 변환을 시도했는데 달팽이 집 없이는 아무 소용이 없었어. 이제는 마법을 쓸 수가 없어."

"아티팩트는 내가 생각했던 것보다 훨씬 더 중요한 물건이었어."

알렉산도르는 고개만 끄덕였다.

"키는 어떻게 됐어?" 아로스가 더듬거렸다. 질문과 동시에 마음이 저려 왔다. "그러니까, 키의 시신 말이야."

"승려들이 경건하게 그랜드 마이스터의 장례를 치렀어. 네 친구 키는 사원에서 존경받던 분이었으니까."

아로스가 슬픈 얼굴로 고개를 끄덕였다. 그리고 천천히 일어나 서성이며 감옥을 살펴보았다. 천장 바로 아래 창살이 있는 창문을 통해 햇빛이 들어오고 있었다. 좌우의 벽은 모두 벽돌 모양의 거대한 돌을 쌓아 만들었고, 반대편에 작은 쪽문이 달린 문이 보였다.

알렉산도르가 그녀의 시선을 따라가다가 입을 열었다. "문은 아주 튼튼해. 바깥쪽에 쇠로 만든 빗장이 적어도 네 개는 될 거야. 저 작은 쪽문은 고양이 한 마리도 지나가지 못할 만큼 작고. 하루에 한 번씩 물이랑 곰팡이 슨 빵을 넣어 줘." 그가 고개를 떨구었다. "도망칠 방법이 없어."

불가능한 일을 찾아내는 일이라면 알렉산도르는 마이스터의 경지에 이른 것 같았다. "저 창문은?"

"모르겠어. 너무 높아서 올라갈 수가 없으니까."

아로스가 곰곰이 생각해 보았다. 몸이 빠른 속도로 회복되고 있었다. "벽에 등을 대고 서 봐. 밖을 좀 볼 수 있게 도와줘."

불평 말고 다른 할 일이 생겨서 기뻤는지 알렉산도르는 아로스가 자신의 어깨를 밟고 올라갈 수 있도록 해 주었다.

창밖으로 작은 안뜰이 보였다. 오가는 사람은 없었다. 성벽 아래에 나무 단상이 있었고 단상 위에는 튼튼한 들보로 연결된 기둥 두 개가 서 있었다. 들보에 묶인 올가미 두 개가 흔들렸다. 올가미 바로 아래 바닥은 지렛대를 움직이면 아래로 덜컹 내려앉도록 설계되어 있었다. 여기에도 타인의 목숨을 빼앗는 또 다른 발명품이 있구나. 밧줄을 살펴보았다. 내일이면 그들 차례가 올 것이었다. 그녀와 알렉산도르의 목이 저 밧줄에 걸릴 차례가. 자신에게 일어난 일에 대한 분노와 슬픔, 그리고 머릿속을 때리는 고통에 아로스는 전율했다. 알렉산도르도 그녀의 분노를 느꼈다.

"뭐가 보여?" 그가 물었다.

"별거 없어." 아로스가 대답했다. "그냥 작은 안뜰이야."

붉은 벽돌 너머로 바다가 붉게 빛났다. 저녁이 오고 있었다. 해변! 그리고 바다! 순간 그녀는 너무 놀라 하마터면 중심을 잃고 떨어질 뻔했다. 바르바로사가 언제 벨텐 제국으로 돌아간다고 했지? 내일? 늦어도 모레였는데?

고개를 흔들었다. 탈출 가능성이 전혀 없는 감옥 안에 있었고 머지않아 처형될 운명이었는데 고향으로 돌아갈 생각을 하고 있다니, 아로스, 너란 아이는 정말 제정신이 아니구나.

문 반대쪽에서 목소리가 들렸다. 아로스가 얼른 알렉산도르의 어깨에서 뛰어내렸다. 빗장을 푸는 날카로운 소리가 울려 퍼졌다. 하나, 둘, 셋, 넷. 마치 빗장의 개수를 알려 주려는 듯이. 끼익 소리와 함께 문이 열리고, 붉은 제복을 입은 병사 둘이 나타났다. 그중 하나는 투구에 깃털이 달려 있었다. 그들 뒤에 이수르야의 주름투성이 얼굴이 나타났고, 또 다른 보초병 셋이 그녀를 뒤따르고 있었다. 곧 문이 잠겼다. 이수르야와 다섯 명의 무장한 보초병을 따돌리고 도망하는 건 불가능했다.

이수르야가 아로스를 향해 말했다. "깨어났구나. 나의 친구가 이번에도 딱 맞는 양의 독을 썼어. 그런데 그게 마지막이 되어 버려서 어쩌나? 네가 그를 죽였으니."

"그 비열한 개자식이 키를 죽였어. 당신은 우리를, 그리고 당신의 길드마저 배신했어. 나는 방어한 것뿐이야." 아로스가 담담하게 대답했다.

"너 같은 계집이 이해할 수 있는 차원이 아니지."

"당신은 꼭두각시에 불과해. 지금도 당신 안에 망할 악령이 제멋대로 날뛰고 있을지도 모르지." 아로스가 물었다. 동시에 그녀는 이수르야의 눈동자에서 노란 불꽃을 보았다.

"아니, 그분은 내 몸을 떠나 있어도 전적으로 나를 신뢰한다. 나는 늘 그분의 의도에 따라 행동하니까. 그분 덕분에 나는 진정한 권력의 의미를 알게 되었어. 우리는 둘 다 아티팩트를 모으지." 갑자기 그녀가 미치광이처럼 웃었다. 눈동자는 탐욕스럽게 빛났지만 감히 부를 수 없는 존재의 흔적은 보이지 않았다.

"그럼 당신의 수업은 오로지 아티팩트를 빼앗기 위한 목적이었군? 다른 덕스들도 한 패거리고."

"그 순진한 녀석들은 아무것도 몰라. 파날리안이 최근에 조금 눈치를 챈 것 같지만, 아무래도 상관없지. 너희 둘 덕분에 나의 수집품이 더욱 방대해졌어. 감히 부를 수 없는 존재께서도 기뻐하실 거야."

"넌 내 어금니를 훔쳤어. 어서 돌려줘." 아로스가 분개했다.

"이렇게 순진해서야. 꼬맹이 너는 고통을 변환하는 마법을 생생하게 보여 줬어. 모두가 보는 앞에서 병사 둘을 죽였지. 그중 한 명은 황제의 총애를 받는 대장이었고. 그런데도 네가 아티팩트를, 네 어금니를 언젠가 다시 돌려받을 수 있다고 생각하는 건 아니겠지?" 그녀가 다시 웃었다. "여기서 '언젠가'란 물론 내일까지를 말하는 거야. 황제께서 사형 선고를 내렸거든." 이수르야의 얼굴에 아로스의 실패에 대한 기쁨과 만족감이 가득 차올랐다.

아로스가 그녀에게 돌진하며 소리쳤다. "당장 내 어금니를 돌려줘, 이 역겨운 마녀 같으니!"

하지만 무의미한 시도였다. 곧바로 병사 둘이 아로스를 옆으로 밀쳐냈다. 그중 한 명은 아로스의 얼굴에 주먹을 날리기까지 했다.

투구에 깃털을 단 사내가 병사에게 소리쳤다. "그만!"

"예, 대장님."

사내들은 아로스를 벽에 붙여 세우고서야 놓아주었다.

"거기 가만히 서 있기만 한다면 아무 일도 일어나지 않을 거야." 깃털 투구를 쓴 사내가 말했다.

이수르야가 웃었다. "길드에서 좀 더 열심히 배울 걸 그랬지? 예를 들어 빠져나갈 수 없는 상황에서는 네 힘을 아껴 두어야 한다는 사실 말이야." 그녀가 혀를 쯧쯧거리더니 대장을 향해 말했다. "대장, 이 아이를 샅샅이 뒤졌나요?"

"물론이오. 빠짐없이 살펴보았소. 몸뚱이와 입은 옷 빼고는 아무것도 없었소. 저 녀석도 마찬가지고."

이수르야가 아로스를 노려보며 말했다. "네 아티팩트가 아직 비밀을 드러내지 않았어. 네가 나에게 그 비밀을 알려 주지 않겠니?"

아하, 이제야 여기까지 찾아온 이유를 말하는군. 아로스의 눈이 빛났다. "그걸 나에게 주면 가르쳐 주지."

이수르야가 발끈하며 말했다. "나를 멍청이로 보는 거야? 당연히 그 어금니는 가지고 오지 않았어. 그 어금니가 네 근처에 있는 것만

293

으로도 얼마나 위험한 물건이 될 수 있는지 네가 사원에서 이미 보여 주었으니까. 네 손에 들어가는 순간 어금니는 무서운 무기로 돌변하지. 그렇게 강력한 변환의 마법은 한 번도 본 적이 없었어." 이수르야의 목소리에 질투가 묻어났다.

"우리를 풀어 주면 어떻게 쓰는 건지 알려 줄게." 아로스가 제안했다.

"사형 선고는 이미 내려졌어. 황제는 지금껏 단 한 번도 선고를 번복한 적이 없었지. 내가 할 수 있는 일이라고는 기껏해야 마지막 남은 시간을 조금이나마 즐겁게 보낼 수 있도록 배려하는 것뿐. 내일까지 먹고 싶은 음식과 포도주를 원하는 만큼 줄게. 너는 나에게 결정적인 힌트만 주면 돼. 어떻게 하면 어금니의 힘을 증폭시킬 수 있지?"

지금 저걸 말이라고 한 거야? 어처구니가 없군. 아로스가 그따위 제안에는 관심 없다는 말투로 대답했다. "아니, 너한테는 아무것도 말해 줄 수 없어. 차라리 내일까지 목마르고 배고픈 게 낫겠어. 내일까지만 참으면 어차피 모든 게 끝나고 난 비밀과 함께 사라질 테니까."

"그때까지 널 고문할 수도 있어." 이수르야가 발끈했다.

깃털 투구를 쓴 대장이 미간을 찌푸렸다.

그냥 하는 말이겠지, 아로스가 생각했다. 황제는 알렉산도르와 그녀의 목을 매달 계획이었다. 그것만큼은 분명했다. 하지만 사형 직전에 뚜렷한 이유도 없이 고문까지 할 거라는 이수르야의 말은 터무니없었다.

아로스는 흙투성이 발을 땅바닥에 굳게 딛고 달려들 태세를 취했다. "꺼져! 마지막 남은 시간을 너같이 추악한 배신자이자 도둑년과 함께 보낼 생각은 없으니까." 아로스가 위풍당당하게 말했다. 여왕처럼 근엄하게. 쥐들의 여왕이 명령을 내렸다.

병사들이 흠칫 놀랐다. 그들에게도 여왕의 말이 심상치 않게 들린 모양이었다. 반면 이수르야는 끓어오르는 분노를 숨기지 못했다. "네가 교수대에 매달려 버둥대면 내가 웃어 주마. 네 얼굴이 파랗게 되고 네 혀가 길게 늘어지면 말이다."

"황제를 만나게 해 줘." 아로스가 말했다.

대장이 낮은 목소리로 대답했다. "불가능해. 교수형에 해당하는 네 죄목은 두 가지야. 너는 검은 마법에 관여했어. 그리고 병사 둘을 죽였지. 그중 한 명은 장교였어. 내일이면 너는 영락없이 죽은 목숨이야."

"그러면 알렉산도르만이라도 풀어 줘. 이 아이는 아무 잘못도 없잖아."

"저자는 너와 공모했고 금지된 마법을 쓸 줄 알아." 그가 어깨를 으쓱해 보이며 말했다.

"그래서? 그건 저 마녀도 마찬가지야." 아로스가 이수르야를 가리키며 말했다.

"저 여자는 황제와 협정을 맺었어." 대장이 인상을 쓰며 말했다. 그는 이수르야에 대한 반감을 굳이 숨기지 않았다. 그가 허리를 굽혀 딱딱하고 곰팡이 슨 빵을 집어 들었다. "신선한 빵을 가져와."

"예, 대장님."

"협상은 끝났소. 갑시다!" 대장이 선언과 동시에 이수르야를 감옥 밖으로 밀어냈다.

"황제께 오늘 일을 말씀드리겠어요." 이수르야가 협박조로 말했다.

"그러시든가." 장교가 말했다.

이수르야가 화난 얼굴로 다시 한번 뒤를 돌아보며 말했다. "내가 웃어 주마."

알렉산도르에겐 큰 상처를 주는 가혹한 한 마디였다. 그의 눈에 눈물이 맺혔다.

말을 타고 나선 길

파린은 마침내 에미코 일행이 나벤슈타인으로 향하던 길에 마지막으로 밤을 보냈던 지점에 이르렀다. 그날 파린은 여기에서부터 혼자 말을 타고 바다 쪽으로 갔었다. 그리고 오늘도 같은 길을 갈 생각이었다. 다시 한번 혼자의 힘으로 무언가를 해냈다는 생각에 기분이 좋아졌다.

지금 이 주변은 위험해 보여. 조심해. 우린 정확히 무슨 일이 일어났었는지, 누가 무슨 계획을 꾸미고 있는지 모르니까. 망상이 경고했다.

"우리?"

그럼 누구? 나한테 네 정신을 좀 넘겨 봐.

"흠, 좋아. 하지만 돌발 행동은 자제해 줘."

겁내긴. 나랑 있으면 놀랄 일도 없고, 예상치 못한 일을 당할 염려도 없어. 한마디로 천하무적이니까. 징글징글이 다시 한번 몸에 밴 겸손의 미덕을 실천했다. 그래도 이젠 악령이 파린의 계획에 어느 정도 동의한 것 같아서, 그리고 도울 마음도 있는 것 같아서 다행이었다.

"천하무적이란 말이 딱 와 닿는군. 그러니까 카고란과 대결에서처럼 말이지?"

벌레, 내가 알아듣게 설명 좀 해 봐. 너처럼 기억력이 온전치 못한 녀석이 어떻게 그렇게 뒤끝 하나는 타의 추종을 불허하는지 말이야.

"이제 그 얘기는 그만할게." 파린은 쓸데없는 토론으로 지금 이

기분을 망치고 싶지 않았다. 징글징글의 청력 덕분에 벌써 파도 소리가 들려왔다. 바다 냄새를 맡을 수 있었고, 바람에 실려 온 소금기가 혀끝에 느껴졌다. 거대한 모래 언덕이 모습을 드러냈다.

파린은 마지막 언덕의 꼭대기에 올라 감격한 얼굴로 길게 뻗은 해변을 내려다보았다. 이곳엔 모래와 바다뿐이었다. 저 멀리에 호기심 많은 바위들이 바다를 향해 뻗어 가고 있었다. 숨이 멎을 만큼 장관이었다.

파린은 뤼베를 끌고 바다 쪽으로 내려가기 시작했다. 이번에는 신발을 신은 채 걸었다. 오늘 이곳에 온 건 바다를 보고 느끼기 위해서가 아니었으니까.

해변은 처음 보았을 때보다 훨씬 더 거대하게 느껴졌다. 썰물 때여서 물기를 머금은 모래사장이 넓게 펼쳐져 있었다. 파린은 단숨에 뤼베의 등에 올라 사벨리아가 수영을 하던 지점을 향해 달렸다. 재빨리 주위를 살펴보았다. 말을 탄 채로 가파른 바위를 오르기가 쉽지 않아 다른 길을 찾아야 했다. 마침 물이 빠질 시간이라 언덕 아래 경계선을 따라가기로 했다. 바닷물이 튀긴 했지만 뤼베의 무릎까지밖에 오지 않았다. 그는 곧 바다를 향해 돌출한 바위 언덕 뒤편에 이르렀다. 이곳도 인적이 없기는 마찬가지였다. 분명 이 근처에 노르다우가 있을 텐데. 그는 계속해서 북쪽을 향해 달려갔다. 뤼베의 발아래에서 튀어 오른 물방울이 이따금 금빛 매가 그려진 가죽 갑옷을 적셨다. 파린은 왠지 모를 불안감을 느꼈다. 왜지? 뤼베가 긴장해서일까? 망상의 경고일까? 아니면 자신이 너무 예민해진 걸까? 그의 시선이 세심하게 해변을 따라가며 주위를 살폈다. 어부들이 일부러 눈에 띄는 곳에 집을 지었을 리는 없었다. 그러니 이곳에서 집들이 보이지 않는 건 당연했다. 하지만 어촌이라면 배가 있어야 할 텐데 어디에도 배의 모습을 찾을 수 없었다.

네코르인들이 마을을 완전히 파괴하고 흔적도 없이 지워 버린 걸까? 그건 말이 되지 않았다.

파린은 첫 번째로 나타난 모래 언덕 위로 올랐다. 정상에서 다시 한번 주위를 정찰할 생각이었다. 정상에 오르자 정말로 마을이 눈에 들어왔다. 아니, 엄밀히 말하면 그건 마을이 남긴 잔해였다. 원래 오두막 대여섯 채가 모여 있던 자리에 남은 집이라고는 단 한 채뿐이었다. 파린은 걱정을 삼키며 마을 쪽으로 향했다. 남아 있는 오두막을 살펴보니 판자들이 모두 제각각이었다. 바다에서 구한 재료들을 대충 못질해서 만든 게 분명했다. 숯이 된 널빤지들을 보니 마을 사람들에게 가해진 만행이 어땠는지 짐작이 갔다. 습격당하고 불태워진 마을은 처참했다.

파린은 입을 굳게 다물었다. 이곳에 비하면 매장꾼의 집은 차라리 성이고, 하우펜 마을은 왕국에 가까웠다.

파린이 말에서 내렸다. 문은 없었다. 사각형에 가까운 어두운 구멍이 역겨운 냄새를 뿜어냈다. 엎드린 시신이 문턱에 걸쳐져 있다. 죽은 지 며칠이 지난 것 같았지만 파린의 가슴이 점점 더 두근거렸다. 목덜미의 털이 일어서는 게 느껴졌다. 소스라친 건 파린뿐만이 아니었다. 뤼베가 콧김을 내뿜으며 동요했다. 오두막 안에 누군가가 숨어 있는 걸까?

오른편 모래 언덕 풀숲에 누군가 숨어 있어.

파린은 풀숲에서 무언가가 움직이는 걸 알아차렸다. 그 순간 창창한 화살대가 활을 스치는 소리, 활시위의 진동 소리가 귓가에 울렸다. 곧이어 화살이 바람을 가르는 소리가 들렸다. 상황은 명백했다. 누군가가 그를 향해 활을 쏘았다.

악령에게 정신을 온전히 맡기지 못한 탓이었을까? 몸을 숙일 타이밍을 놓치고 말았다. 대신 최대한 상체를 움직여 피했다. 덕분에 화살은 가슴에 명중하지 못하고 왼쪽 위팔에 꽂혔다. 비명과 함께 그가 바닥에 쓰러졌다. 이제 두 번째 화살이 날아오겠지. 통증이 심했지만 다행히 상처는 깊지 않았다. 반드시 붙잡고 말겠어. 그는 악령에게 정신의 더 많은 부분을 맡겼다. 그리고 동시에 숯으로 변해버린 들보 뒤로 몸을 굴려 피했다. 날카로운 비명이 그의 양쪽 관자를 관통했다. 한참 뒤에야 파린은 그 소리가 자신의 목소리임을 깨달았다. 그렇게 고통스럽게 울부짖어 보기는 처음이었다.

"징글징글, 대체 무슨 일이야?" 파린이 신음하며 물었다. 그의 허파가 힘겹게 헐떡이고 있었다. 마치 열병에 걸린 듯 몸이 무거웠다. 왜 하필 지금이지? 차가운 통증이 화살이 꽂힌 팔에서부터 가슴으로, 그리고 온몸의 근육을 타고 전해졌다. 서늘함이 온몸을 얼어붙게 했다. 이제는 몸을 움직일 수조차 없었다. 그저 피부에 난 상처일 뿐인데 이상하게도 뾰족한 쇠붙이가 심장 깊은 곳을 관통한 것 같은 느낌이 들었다. 대체 무슨 일이지?

악령이 헐떡이며 소리를 냈다. **그… 그… 음소오.**

대체 무슨 일이지? 함께 있으면 놀랄 일도 없고, 예상치 못한 일을 당할 염려도 없는, 한마디로 천하무적인 징글징글에게 무슨 일이 일어난 걸까?

파린의 차가운 시선이 상처를 노려보았다. 가죽 갑옷 덕분에 화살은 깊이 박히지 않아 화살촉 끄트머리가 보였다. 순간 깨달았다. 젠장, 젠장, 젠장! 악령이 말하려던 단어는 바로 '금속'이었다. 푸른 금속! 악령을 무력화할 수 있는 그 금속은 바로 악령과 한 몸인 파린을 공격하기에 이상적인 무기였다.

머… 머처… 아… 벌….

'멍청한 벌레.'라고 악령은 말하려는 것 같았다.

지금 같은 상황에서 징글징글의 칭찬은 큰 도움이 되지 않았다. 화살을 뽑아야 했다. 그것도 최대한 빨리. 콧등에 땀방울이 맺혔다. 수천 마리의 거미가 만든 거미줄에 갇힌 느낌이었다. 화살을 잡으려면 먼저 그 거미줄을 뚫어야 했다. 그의 오른손이 상처를 향해 갔다. 손가락이 거의 화살을 잡기 직전이었다. 왜 이렇게 몸이 무거운 걸까? 악령은 그의 정신 한구석에 꼼짝도 못 하고 웅크리고만 있었다. 아무 말도 할 수 없고, 아무것도 할 수 없었다. 낯선 차원의 고통이 그를 뒤흔들었다. 끔찍한 질병이 그의 온몸을 타고 퍼져 나가고 있었다. 반쯤 정신을 잃은 채 마지막 남은 힘을 다해 화살을 움켜쥐었다. 이제 그걸 뽑아! 날카로운 비명. 그러나 깃털과 화살촉 사이 어딘가가 부러지고 말았다. 금속은 여전히 그의 팔에 박혀 있었다. 떨리는 손가락이 다시 화살을 붙잡았다. 화살촉의 미늘이 제대로 기능하고 있었다. 아직도 남은 힘이 있을까?

적이 그가 기운을 차릴 때까지 기다려 줄 리 없었다. 언제 날아올지 모르는 두 번째 화살은 최후의 일격이 될 게 뻔했다. 고개를 돌릴 시간이 없었다. 지금 이 순간에는 팔에 박힌 화살을 뽑는 일만이 중요했다. 금속이 그의 몸에 독을 퍼뜨리고 있었고 그의 머릿속 악령의 정신은 점점 더 혼미해지고 있었다.

두 번째 화살 대신 누군가의 발소리가 들렸다. 갈색 가죽 바지를 입은 군인이 시야에 들어왔다. 그리고 또 다른 한 명의 다리가 보였다.

"시키는 대로 했더니 정말로 잡았네."

"멍청한 매장꾼답게 제 발로 덫에 걸려들었군. 좀 봐! 이 자식이 뭐가 그렇게 위험하다는 건지 아무리 봐도 모르겠어."

이 목소리! 어쩐지 귀에 익었다. 그리고 가죽 바지도. 기억 속의 그는 작업대 밑에 웅크리고 있었다. 낯선 사내 셋이 말에서 내렸고 파린을 찾았다. 과거의 고통은 왜 항상 반복되는 걸까? 그랬다. 두 사내와 그들의 우두머리인 까마귀가 오래전부터 그를 쫓고 있었다.

그들과 재회한 충격에 초인적인 힘이 솟았다. 손가락이 떨렸다. 그리고 마지막 힘을 다해 화살촉을 뽑아낸 뒤 몸을 굴렸다. 고통의 눈물이 흘렀다. 화살촉의 미늘 때문에 상처는 아까보다 훨씬 더 커져 있었다. 화살촉이 빠짐과 동시에 망상이 낑낑대는 소리가 들렸다. 징글징글도 그와 마찬가지로 차츰 기운을 찾아가는 것 같았다.

조금만 기다려, 가만두지 않을 거야, 파린이 마음을 다잡았다.

"이 겁쟁이를 잡느라고 얼마나 고생했는지. 어디 맛 좀 봐라." 사내 중 하나가 위협적으로 말했다.

가죽 바지가 거의 파린의 앞까지 걸어왔다. 그래도 이제 네 발로 딛고 버틸 정도의 기력은 돌아온 상태였다. 사내들은 결코 만만한 상대가 아니었다. 그들은 이런 일에 경험이 풍부한 전문가들이었다. 징글징글이 다시 파린의 정신을 넘겨받았다.

좀 더 가까이 와 봐. 세 걸음만. 좀 다치긴 했지만 내가 손가락만 까딱해도 너희 같은 멍청이들은 갈가리 찢어 줄 수 있으니까. 내가 그 머리통을 단숨에 뽑아 주지.

악령의 분노가 서부산맥의 뜨거운 용암처럼 넘쳐흘렀다. 이제 두 걸음. 파린은 도약할 준비를 했다. 지금이야! 가죽 바지의 한쪽 다리가 파린을 짓밟기 위해 위로 올라간 순간, 파린이 오른손을 쭉 뻗어 그의 다리를 잡아당겼다. 사내는 파린 옆으로 고꾸라졌다. 그의 겁에 질린 얼굴을 보니 조금이나마 기분이 나아지는 것 같았다. 최대한 빠르게 쓰러진 사내를 무력화시킨 뒤 다른 사내를 처치해야 했다. 징글징글의 살기가 느껴졌다. 마치 살쾡이처럼 재빨리 넘어진 사내의 목을 향해 달려들 찰나였다.

바로 그때, 무언가가 파린의 머리에 씌워졌다. 모자인가? 투구인가? 다른 사내가 파린의 머리에 투구를 씌운 것이었다. 파린의 팔과 다리가 꺾이며 머리가 바위에 세게 부딪혔다. 투구 덕에 그나마 머리는 다치지 않았다. 파린이 이리저리 구르기 시작했다. 고통을 견디지 못해 그의 손가락이 모랫바닥을 움켜쥐었다. 두더지, 에미코가 그렇게 불렀었지. 머릿속 악령이 날뛰고 있었다. 파린은 다시 자신의 정신을 넘겨받으려고 했지만 몸을 가눌 수가 없었다.

무슨 일이 일어나고 있는 걸까? 끔찍한 고통에 눈이 돌아갔다. 그때 머리에 쓴 투구의 끄트머리가 눈에 들어왔다. 눈썹 위 푸른 무언가가 그를 고통스럽게 하고 있었다. 그랬다. 이 투구 역시 망할 푸른 금속으로 만든 것이었다. 마치 대장장이가 망치로 머리를 내려치는 듯한 고통이 이어졌다. 온 힘을 다해 모루 위를 내려치듯이. 아니에타의 대장장이 아빠가 파린의 고통에 환호하며 억센 팔로 그의 머리를 힘껏 내려치는 중이었다. 쿵! 쿵! 그리고 쿵! 입을 다물고 있는데도 파린의 머릿속에서는 끔찍한 비명이 울려 퍼졌다. 두더지처럼 머리를 모래 속에 파묻어 봐도 달라지는 건 없었다. 그의 의식이 사라져 갔다. 그리고 고요가 찾아왔다.

눈을 떴을 때 그는 몸을 웅크린 채 모래 언덕 어딘가에 누워 있었다. 두 손은 등 뒤에 쇠사슬로 묶인 채였고 가슴에는 밧줄이 감겨 있었다. 잠시 자신에게 일어난 일을 떠올려 보았다. 투구가 다시 머리를 짓누르자 번뜩 기억이 났다. 망상은 여전히 기이한 금속 때문에 고통스러워하며 날뛰고 있었다. 그는 온 힘을 다해 원래 자신의 것이었던 정신의 끄트머리를 붙잡으려고 애썼다. 망상과 함께 저마저도 미쳐 날뛰어서는 절대 안 되니까.

"좀 어때, 징글징글?" 파린이 내면을 향해 물었다. 대답 대신 머리를 찌르는 고통이 돌아왔다. 손을 묶은 쇠사슬의 상태를 점검했다. 튼튼하게 묶여 있었다. 역시나 놈들은 노련했다. 지난 몇 달간 벌써 몇 번이나 위기가 있었다. 지금까지 살아남은 건 대부분 징글징글의 도움 덕분이었다. 하지만 이번에는 가망이 없었다. 아끼는 가죽 갑옷도, 가죽 부츠도 벗겨진 채였다. 검과 단도는 저 멀리 모래 속에 파묻혀 있었다.

"깨어났어!" 둘 중 한 사내가 곧바로 자리에서 일어나 파린에게 다가왔다. 길게 땋은 머리에 흉터가 많은 얼굴이었다. 그가 금빛 매가 그려진 파린의 갑옷을 입고 있었다. 물론 신발도 파린의 것이었다. 사내는 자랑스럽게 파린의 코앞에 발을 들이대며 말했다. "좀 크긴 해도 아주 편하군. 이걸로 한번 맞아 볼래?"

그가 다리를 들었다가 있는 힘을 다해 파린의 옆구리를 걷어찼다. 숨을 쉴 수가 없었다.

"아주 괜찮네. 헤헤. 자기 신발에 걷어차이다니 기분이 아주 더럽지?" 그 사실을 한 번 더 확인시켜 주려는 듯 이번엔 그의 발이 관자놀이를 걸어찼다.

그의 발길질보다도 방어할 수 없다는 사실이 더 괴로웠다. 파린은 아무 말 없이 어지럼과 고통을 삼켰다.

"그냥 둬, 훕." 다른 사내가 말했다. "그러다 그가 오기도 전에 저 자식이 그냥 죽어 버리면 어쩌려고 그래?"

"그냥 발로 좀 차는 것뿐이야." 흉터투성이 얼굴이 말했다. "잔소리 좀 그만하라고, 보네."

"지난번에도 발로 차기만 했는데 여자 머리가 깨져서 죽었잖아."

"그땐 내가 쇠로 만든 신발을 신고 있다는 걸 깜빡 잊었으니까 그렇지. 재수가 없으려니 그렇게 된 거야. 누구나 할 수 있는 실수였다고."

"아니지. 그건 너만 할 수 있는 일이지."

"누구를 기다린다는 거지?" 파린이 힘겹게 물었다. 그가 지금 할 수 있는 일이라고는 아파하는 것과 정보를 얻는 것 두 가지뿐이었다.

"그게 너랑 무슨 상관이야?" 키가 크고 마른 사내가 곧바로 쏴붙였다.

"어차피 좀 있으면 알게 될 거잖아."

"그러니까 그런 멍청한 질문은 하지 말라고." 훕이라는 이름의 사내가 파린을 향해 침을 뱉으며 말했다. "뭣 때문에 번거롭게 직접 목숨이 끊어지는 걸 확인하겠다는 거야? 그냥 목을 잘라서 자루에 담아가면 되는데." 그가 손으로 목을 자르는 시늉을 하며 말했다. "그럼 여기서 마냥 기다릴 필요도 없을 텐데 말이지."

"그렇게 서두르지 좀 말아. 늦어도 내일 저녁이면 도착할 건데 뭐." 홀쭉한 사내가 말했다.

"뭐, 그렇긴 하지." 홉이 손을 비비며 말했다. "까마귀가 오면 이 매장꾼의 내장을 전에 그 신부처럼 헤집어 내 버리자. 그때 진짜 재미있었는데."

"피가 낭자하고 말이지." 다른 쪽이 맞장구를 쳤다. "그나저나 네가 방금 말해 버렸어."

홉은 잠시 놀란 표정을 짓더니 말했다. "그거야 무서워서 오줌이나 질질 싸라고 그런 거지."

까마귀! 사실은 파린도 그의 등장을 예상하고 있었다. 방금 사내들은 그의 예상이 맞다고 확인해 준 것뿐이었다. 오줌을 질질 싸진 않았지만 섬뜩했다. 검은 사내가 파린의 악령을 손에 넣기 위해 기쁨을 만끽하며 그의 몸을 조각조각 내는 모습을 상상하니 오금이 저렸다. 어서 방법을 찾아야 해! 어떻게든 여기서 도망쳐야 해! 다시 손목을 묶은 쇠사슬의 단단함이 느껴졌다. 둘은 숙련된 전문가였으니까. 천하무적 징글징글의 힘이 필요했다. 하지만 악령도 지금의 상태로는 파린을 도울 수가 없었다. 최소한 파린이 저주받은 투구를 쓰고 있는 한은. 바로 그때 좋은 생각이 떠올랐다. 다소 고통이 따르긴 하겠지만. 흉터 많은 얼굴을 자극해서 한 번 더 머리를 발로 차게 만드는 방법이었다. 혹시라도 그러다 투구가 벗겨진다면 악령을 해방시킬 수 있을 테니.

파린이 소리쳤다. "이 벌레만도 못한 것들. 까마귀의 꼭두각시 주제에."

"뭐라고?" 훕이 자신의 귀를 의심했다.

보네가 침착하게 말했다. "네가 머리를 발로 차 주기를 바라는 거야. 저 녀석이 얼마나 교활한 놈인지 얘기했잖아. 그냥 모른 척해."

"듣고 보니 그렇군." 훕이 다시 파린의 옆구리를 걷어찼다. 그리고 몸을 숙여 투구가 제대로 씌워졌는지 확인했다. "잘 씌워졌어. 허튼짓 못 하게."

곧바로 다른 작전을 세우기엔 통증이 너무 심했다.

시간이 얼마나 흘렀을까, 훕의 목소리가 침묵을 깼다. "팔에 붕대를 감지 않아도 내일 까마귀가 도착할 때까지 괜찮을까?"

"놈은 어부들보다 훨씬 억세. 내일 저녁까지는 문제없을 거야." 보네가 대답했다.

"저것도 너희 짓이야?" 파린이 턱을 들어 검은 숯으로 변해 버린 들보를 가리키며 물었다.

"물론이지." 훕이 자랑스럽게 말했다. "왕궁에 꼭꼭 숨어 있는 네 녀석을 어떻게든 꾀어내야 했으니까."

간신히 분노를 삼켰다. 눈앞의 사내들에 대한 분노를, 그리고 제 발로 걸어 들어와 덫에 걸린 자기 자신에 대한 분노를. "어부의 딸은 어떻게 됐지?" 그가 물어보며 눈을 질끈 감았다. 내면의 걱정과 두려움을 저들에게 들키고 싶지 않았다.

"아, 그 여자? 네가 홀딱 반한 여자가 그 애구나? 그런 얘기는 전혀 안 하던데? 오히려 우리의 매력에 푹 빠졌지 뭐야." 훕이 눈치 빠르게 대답했다.

분노만으로는 팔에 묶인 쇠사슬을 끊을 수 없었다. 신중함만이 살길이었다. 어찌 되었든 훕의 말대로라면 사벨리아는 아직 살아 있을 가능성이 있었다. 네코르인들이 그녀를 끌고 간 건 아닐까?

"자꾸 이것저것 알려 주지 마." 보네가 투덜댔다.

"이미 죽은 목숨인데 뭐." 훕이 다시 한번 발길질을 한 뒤 보네 옆으로 가서 앉았다.

이렇게 끝나 버릴 수는 없어, 파린이 마음을 다잡았다. '절대로 포기하지 않는다고 약속해라.' 임종 전 어머니와의 마지막 약속이었다. 그러니 끝까지 싸워야 했다. 끝까지 생각해야 했다. 끝까지 할 수 있는 모든 것을 하는 거야. 아직 몇 시간이 남아 있어. 어떻게든 방법을 생각해 봐.

바로 그때 규칙적이고 둔탁한, 모래 위를 두드리는 소리가 들렸다. 바닥에 얼굴을 대고 누워 있는 파린이 제일 먼저 그 소리를 들었다. 하지만 곧 보네와 훕이 머리를 치켜들었다. 훕이 재빨리 활을 집어 들었다.

"무기를 치워라, 내가 왔다." 파린이 절대 잊을 리가 없는 바로 그 목소리가 들렸다.

어두운 형상이 말에서 내렸다. 검은 망토, 검은 가죽, 검은 인간. 까마귀처럼 검은 사내였다. 파린이 신음했다. 생각했던 것보다 훨씬 일찍 끔찍한 순간이 닥치고 말았다. 아무런 시도도 해 보지 못한 채로. 최후의 순간이 이런 모습일 줄이야. 세상을 떠나야 한다는 사실이 무엇 때문에 이토록 충격적인 걸까? 좋은 기억이 그리 많지도 않은 삶이었는데. 아니, 긍정적으로 생각해. 그는 끝까지 절망에 굴복하지 않기로 했다. 그리고는 쇠사슬을 풀 방법을 생각하기 시작했다. 하지만 곧 그의 허리와 팔과 손목이 그의 오판을 일깨워 주었다. 아무리 발버둥 쳐도 헛수고였다. 악령과 얘기를 해 볼 수만 있다면! 별 도움이 되지 않는다고 해도 파린은 간절히 악령의 목소리를 듣고 싶었다. 힘겹게 내면의 소리에 귀를 기울였다. 대답 대신 들릴 듯 말 듯 한 아주 작은 소리가 났다. 끔찍한 고통에 맞서는 최후의 저항이라고 해야 할까? 한 줄기 희망의 빛이 비쳤다. 하지만 다음 순간 머릿속의 떨림과 함께 좌절의 순간이 왔다. 징글징글은 머리를 둘러싼 푸른 금속의 기운을 이겨내지 못하고 다시 내면의 가장 깊은 곳으로 숨어 버렸다. 망상은 까마귀 일당에 맞서야 하는 파린과 마찬가지로 무력했다.

그들이 파린의 시도를 눈치챈 모양이었다. 까마귀가 비웃음 가득한 얼굴로 그를 향해 몸을 굽혔다. 불에 탄 흙냄새. 게룬다의 장례식이 떠올랐다. 머리와 달리 코만큼은 특별한 기억력이 있었다. 그곳에서 놈을 처음 만났었지.

까마귀가 조심스럽게 파린의 손에 묶인 쇠사슬과 머리에 씌운 투구를 점검했다. "아주 잘 어울리는군. 저 녀석들은 솜씨가 일품이거든. 어째 마음에 드나?" 그가 흡과 보네를 향해 고개를 돌렸다. "잘했어. 스승님의 보상이 있을 거다."

보네가 고개를 들었다. "들었지, 흡? 날 좀 꼬집어 봐. 방금 칭찬들은 거 같아."

"그만, 닥치고…" 검은 사내가 꾸짖었다. "이 팔의 상처는 뭐지?"

"흡이 특수 화살로 맞췄어. 저 녀석은 낙과처럼 땅바닥에 쓰러져 비명을 질렀고."

검은 사내가 손가락을 상처에 밀어 넣었다. 끔찍한 고통에 파린은 하마터면 정신을 잃을 뻔했다.

"상처가 별로 깊지는 않군. 죽을 정도로 심하지는 않아."

"그럼, 뒈지면 안 되고말고. 죽기 전에 그 신부처럼 조각조각 발라 버릴 작정이니까."

"서두를 것 없다. 스승님의 지시를 기다리고 있으니, 이자의 운명은 스승님의 결정에 달려 있다."

숨이 멎는 것 같았다. 결국 죽기 직전에 베일에 싸인 스승의 정체를 알게 되는 것일까? 도대체 그 작자는 누구일까…. 그것이 지금 이 상황에서 유일한 위안거리였다.

까마귀가 물었다. "다른 어부들은? 목을 베어 버렸나?"

"한 명은 저 뒤 어디에 있어. 도망가려는 걸 내가 화살로 쏘았지. 헤헤."

"다른 사람들은? 여자들과 아이들은 어떻게 했나?"

"도망쳤어. 어디로 갔는지는 몰라."

"알겠다. 어찌 되었든 놈을 잡았으니. 그게 중요하지." 그가 생각에 잠긴 듯 자신의 왼쪽 팔뚝을 보았다.

펜타그램이, 감히 부를 수 없는 존재의 낙인이 선명했다. 네코르인의 수괴를 따르는 추종자 중 가장 충직하고, 가장 위험한 작자의 손에 파린의 목숨이 달려 있었다. 이제 그의 목숨은 동전 한 닢만큼의 가치도 없었다.

검은 사내는 마치 낙인에 맹세라도 하듯 쉰 목소리로 비장하게 외쳤다. "스승님 제가 듣고 있습니다. 명령을 따르겠습니다."

파린은 까마귀를 더 자세히 보기 위해 고개를 돌렸다. 뜨거운 열기에도 그는 얼어붙은 사람처럼 꼼짝하지 않고 서 있었다. 그의 두 눈은 완전히 뒤집혀 검은 동자는 사라지고 없었다.

"목표물을 손에 넣었습니다. 보십시오. 저기 하우펜에서 온 파린이 있습니다. 저 자신의 무기로 스스로 채찍질하다 힘을 잃고 쓰러져 있습니다. 그와 함께 스승님의 못난 형제 역시 우리의 비호하에 있습니다."

검은 눈이 작열하며 파린을 내려다보았다. 환희에 찬 사악한 얼굴은 한층 더 추하게 변하고 있었다. 입술 없는 입은 극악무도한 웃음을 뿜어냈다. "찍소리도 못하는군. 저 녀석은 우리 가족들 사이에서 언제나 패배자였지." 까마귀의 몸속에서 감히 부를 수 없는 존재가 승리를 만끽하고 있었다. 그의 양팔이 올라갔다. 펼쳐진 망토 때문에 그 모습은 진짜 까마귀처럼 보였다. "지게스문트 성에서 쇠사슬로 묶었을 때도 용케 빠져나갔지. 나는 같은 실수를 반복하지 않는다. 절대로. 그러니 지금 바로 놈의 목숨을 끊어라."

단호한 선고였다. 파린은 절망하며 다시 내면의 소리에 귀를 기울였다. 하지만 형제의 도발로도, 협박으로도 징글징글은 기력을 회복하지 못했다. 푸른 금속의 힘이 너무나도 강력했다. 이렇게 마지막 희망이 사라졌다. 모래 언덕 한가운데에 그를 구할 영웅이 나타나 악당들을 물리치고 파린을 구해 주기를 바라는 건 검은 사내의 동정심을 바라는 것만큼이나 허황된 꿈이었다.

지시가 내려졌다. 짧고 간결하고 명료한 명령이었다. "목을 베어라."

"곧바로?" 보네가 놀라서 물었다.

"지금 당장!" 까마귀는 단호했다.

"아, 그렇다면 나한테 맡겨." 훕이 벌떡 일어나 날이 굽은 단도를 허리춤에서 뽑아 들었다. 배려심 깊은 그가 파린의 어깨를 두드렸다. "걱정하지 마, 난 아주 경험이 많거든. 움직이지 말고 가만히 있어. 그러면 단칼에 끝낼 수 있어. 아주 깔끔하고 매끄럽게 말이지, 헤헤."

그 말을 들으니 한결 안심이 되는군. 파린은 절망하며 눈을 감았다. 지금 당장 어디선가 폭풍이 몰려오거나 하늘에서 별이 떨어지지 않는다면 이제 그를 기다리는 건 죽음뿐이었다.

흅이 결심한 듯 파린의 뒤에 서서 그의 머리카락을 움켜쥐고 거칠게 목을 뒤로 젖혔다. 파린은 모든 것을 포기한 채 자신의 턱 아래 칼을 쥔 손을 바라보았다. **안 돼**, 그는 소리를 치려고 했다. 칼날이 번쩍였다.

날렵한 금속이 목 깊숙이 파고드는 순간 끔찍한 소리가 났다. 단칼에. 으드득으드득. 콸콸콸. 피가 파린의 가슴에 흩뿌려졌다.

빈자리

아로스가 두 팔을 허리에 얹고 알렉산도르를 내려다보며 말했다. "그만 울어." 단호한 명령이었지만 목소리는 부드러웠다. 그가 눈물을 훔치고 아로스를 올려다보았다.

"여기에서 빠져나갈 방법을 찾아보자."

하루의 마지막 햇살이 알렉산도르의 얼굴을 비추었다. 정신 나간 소리 좀 그만하라는 표정으로 아로스를 보고 있었다. "다 끝났어. 우리는 죽을 거야. 도망칠 방법은 없어."

아로스는 물을 마시고 빵을 입에 넣었다. 방금 보초병들이 쪽문으로 넣어 준 음식이었다. 힘을 내야 했다. 무엇을 위해서인지는 알수 없었지만, 무엇이든 해야 했다.

"우리 어젯밤도 여기서 보낸 거지?"

"응, 난 거의 한숨도 못 잤어. 너는 죽은 사람처럼 누워만 있었고."

"지키는 군인은 몇 명이나 돼?"

"정확히는 몰라. 자정 무렵이 교대 시간이야. 바로 문밖에는 늘세 명이 있어. 어제저녁에는 주사위를 던지며 시간을 보냈어."

"창밖을 보니 이 건물은 별로 크지 않아. 바다도 별로 그렇게 멀지 않고. 이곳에 대해서 좀 더 아는 게 있어?"

"여긴 궁전이 아니라 그 근처 어딘가에 있는 작은 감옥이야. 정사각형 모양이고, 하나뿐인 철문은 무장한 병사들이 지키고 있어. 전에도 이곳에 대한 소문을 들어본 적이 있어." 그가 침을 삼키며 말을 이었다. "아바스토란 사람들은 이곳을 죽음의 주사위라고 불러. 여기 들어온 죄수들은 모두 죽어서 실려 나간대."

"성벽을 보니 탈출이 전혀 불가능해 보이지는 않아."

"문을 부수고 나간다면, 사다리나 밧줄을 찾는다면, 그리고 병사들을 따돌릴 수 있다면 가능하겠지." 알렉산도르가 고개를 저었다. "아로스, 그만 포기해."

"어떤 상황에서도 해결책은 있기 마련이야." 그녀가 아랫입술을 비죽 내밀며 말했다. "자정까지는 좀 쉬자."

"그… 다음에는?"

"도망치는 거지."

"맙소사, 대체 어떻게?"

"흠, 네가 벌써 말했었잖아. 어차피 우린 잃을 게 없다고. 아니면 사는 게 두려운 거야?"

"하… 넌 진짜 미쳤어." 그러고 나서 그는 입을 다물었다. 그리고 어느 순간 지쳐서 잠이 들고 말았다.

병사들이 다가오는 발소리가 들렸다.

"별일은 없었어." 그중 한 명의 목소리가 들렸다.

"주사위 내기에서 정말 더럽게 재수가 없었던 것만 빼면." 다른 한 명이 토를 달았다.

사내들이 잠시 낄낄거렸다.

"교대해 줄게. 너희는 그만 가 봐." 다른 사내의 목소리였다.

알렉산도르를 깨울 필요는 없었다. 감옥 안은 칠흑같이 어두웠지만 바짝 긴장한 그의 숨소리만큼은 또렷이 들을 수 있었다.

아로스는 근무가 끝난 병사들이 사라질 때까지 기다렸다. 그리고 알렉산도르의 귀에 대고 속삭였다. "바닥에 배를 대고 엎드려 봐. 절대로 움직이지 말고. 아무 소리도 내면 안 돼."

"오…." 그것이 알렉산도르의 마지막 말이었다.

아로스가 문 쪽으로 기어가더니 쪽문을 바깥쪽으로 밀었다. 횃불이 발하는 희미한 불빛에 눈이 부셨다. 그녀가 높은 톤으로 소리쳤다. "저기, 있잖아요. 저 아이 좀 꺼내 주면 안 될까요? 고약한 냄새가 나요."

"걔가 너보다 더 고약한 냄새가 날 리 없잖아. 닥치고 조용히 있어." 병사가 무섭게 쏘아붙이고는 군홧발로 쪽문을 걷어차 닫아 버렸다.

아로스가 다시 쪽문을 밀고 말했다. "내가 죽였으니까, 이 멍청한 무뇌아야. 얼른 가서 알려, 지금 당장!"

쪽문으로 들어오는 빛에 알렉산도르의 놀란 눈이 보였다. 그나마 다행인 건 그래도 시킨 대로 입을 다물고 있다는 사실이었다.

"누가 멍청한 무뇌아인지 알려 주지 꼬마야. 잠깐만 기다려."

"뭐하러 저따위 계집이 하는 소리에 발끈하고 그래?" 다른 보초병이 말했다.

"저 계집이 하는 소리 너도 들었잖아. 목을 매달기 전에 실컷 두들겨 맞고 눈물을 쏙 빼게 해 줘야 해. 아니면 사내 맛을 제대로 보여 주든가." 그의 웃음소리는 바닥에 깔린 지푸라기보다도 더러웠다. "그리고 다른 녀석이 죽은 게 사실인지 확인은 해 봐야지."

"좋아, 그럼 한번 들여다보지 뭐."

검을 뽑는 소리가 들렸다. "벽에 붙어!" 명령이 떨어졌다. "안 그러면 곧바로 찌르겠다!" 네 개의 빗장이 하나하나 움직이고 마침내 철문이 열렸다. 맨 처음 들어온 병사는 한 손에 칼을, 다른 한 손에는 횃불을 들고 있었다. 뒤따라온 병사의 손에는 채찍이 들려 있었고, 마지막 세 번째는 휘어진 칼을 들고 있었다.

아로스는 얌전히 반대쪽 벽에 붙어서 있었다. 부항해장 론둘프의 마우지 맛을 경험해 본 아로스에게 채찍은 흑사병보다 더 끔찍한 물건이었다. 횃불을 든 보초병이 알렉산도르가 꼼짝 않고 누워 있는 구석 쪽을 비추었다.

"이이이이이!" 아로스가 날카롭게 비명을 질렀다.

횃불을 든 병사가 깜짝 놀라 그녀의 얼굴에 횃불을 비췄다. 순간 세 명의 시선이 그녀에게 고정됐다. 그건 그들이 택한 재앙이었다.

"죽어." 그녀가 낮은 목소리로 말했다. 부드러운 목소리였다. 다음 순간 사내들이 신음하며 쓰러졌다. 횃불도 바닥에 떨어졌다. 아로스는 지푸라기에 불이 옮아 붙기 전에 재빨리 횃불을 집어 들었다. "알렉산도르! 넌 안 죽었어. 빨리 일어나."

알렉산도르가 고개를 들고 중얼거렸다. "대체 어떻게… 에… 말도 안 돼."

"같이 갈 거야, 아니면 여기 죽치고 앉아 사형대에 목이 매달리길 기다릴 거야?"

물론 결정을 내리는 데 그리 오랜 시간이 필요한 건 아니었다. 둘은 곧바로 피범벅이 된 군인들을 넘어 감옥 밖으로 뛰쳐나갔다. 바로 그 순간 네 번째 병사가 나타났다.

그가 놀란 순간은 눈 깜짝할 새보다 짧았지만 그걸로 충분했다. 칼을 빼 들기도 전에 네 번째 병사도 쓰러져 죽고 말았다.

알렉산도르는 분필처럼 하얗게 질린 채 아로스를 보았다. "너, 넌 대체 누구야? 아티팩트도 없이 어떻게…"

아로스가 왼손을 폈다. 그녀의 손에는 어금니가 불빛을 받아 반짝이고 있었다. "그럼 이게 뭘까? 하지만 한 가지는 네 말이 맞긴 해. 니네브의 어금니가 없었다면 불가능했어."

"하지만… 하지만, 이수르야가 네 어금니를 가져갔잖아."

"그 얘기는 나중에 해 줄게. 지금은 우선 여기서 빠져나가야 해. 검을 가져가자."

알렉산도르는 몸을 굽혀 검을 집어 들었다. 아로스는 횃불을 바닥에 던지고 발로 밟아 불을 껐다. 그곳을 벗어나자 또 다른 감방 두 개가 나타났다. 멀리서 다른 병사들이 얘기하는 소리가 들렸다.

아로스는 왼쪽 통로를 택해 걷다가 갈림길에서 한 번 더 왼쪽으로 돌았다. 그러자 예상했던 대로 사형대가 있는 안뜰이 나왔다.

"아까 네가 찾던 밧줄이 여기 있네." 아로스가 사형대에 걸린 밧줄을 가리키며 속삭였다. "검을 이리 줘 봐."

달이 구름 사이로 모습을 드러냈다. 흐릿한 달빛 때문일까? 알렉산도르의 얼굴이 하얗게 질려 있었다. 그는 아무 말 없이 아로스에게 검을 건넸다. 그녀는 재빨리 검을 휘둘러 밧줄 두 개를 끊어 내어 하나로 묶었다. 매듭 묶기라면 누구보다 자신 있었다. 바르바로사 호에서 크노헨에게 배운 솜씨였다. 담을 넘으려면 교수대에서부터 3미터쯤 더 올라가야 했다. 밧줄을 두 번째 던졌을 때 성벽의 돌출 부위에 줄을 거는 데 성공했다. "됐어! 먼저 올라가. 어서!"

"네가 먼저 가야지."

"나한테는 아티팩트가 있어. 얼른."

고집을 피우려던 알렉산도르는 결국 설득을 포기한 채 두 손으로 밧줄을 잡고 벽을 올랐다.

그가 성벽 위에 다다르기 직전, 칼을 뽑아 든 병사 셋이 나타났다. 그들이 교수대 위로 올라오고 있었다.

"지금껏 쥐새끼 한 마리도 여기서 빠져나간 적이 없어." 그중 하나가 으르렁거렸다.

"놈이 벌써 성벽 위에 있어! 경보를 울려." 다른 병사가 소리쳤다.

다시 구름이 달빛을 가렸다. 아로스가 경악했다. 이제 너무 어두워서 그들과 눈을 마주칠 수 없었다. 고통의 강도는 충분했다. 키의 죽음이나 이수르야를 생각하는 것만으로도 그녀의 몸은 극도의 분노와 좌절감으로 불타올랐다. 파날리안, 그의 말이 맞았다. 영적인 고통에는 한계가 없었다.

병사들은 이제 약 5미터 앞까지 와 있었다. 그때 교수대의 지렛대가 눈에 들어왔다. 지금이었다. 지금 당장 성공시켜야 했다. 손이 아플 만큼 어금니를 거머쥐었다. 유령의 손처럼 지렛대가 움직이기 시작했다. 사내들의 발밑이 열렸다. 그리고 그들은 밧줄에 대롱대롱 매달리는 대신 어두운 구멍 속으로 떨어졌다. 고작 1미터 높이에서 떨어진다고 목숨을 잃지는 않겠지만, 그래도 시간을 벌 수 있었다. 그녀는 어금니를 입에 물고 밧줄을 잡은 뒤, 바람처럼 빠르게 성벽을 타고 올라가 반대쪽으로 뛰어내렸다.

"따라와! 내가 길을 알아." 기다리고 있던 알렉산도르가 앞서서 달리기 시작했다.

뒤쪽에서 나는 고함에 달리는 속도는 점점 더 빨라졌다. 좁은 골목길을 돌고 돌았다. 알렉산도르는 아바스토란에서 자라 이곳 지리를 잘 알고 있었다. 아로스는 그가 제대로 가고 있기만을 바라며 뒤를 따랐다. 점점 기운이 빠졌다. 마법을 쓴 대가였다. 게다가 화살에 묻어 있던 독의 후유증도 아직 남아 있었다. "마…머므…모…" 그녀가 입에 물고 있던 어금니를 꺼내고 힘겹게 말했다. "더는… 못 가겠어."

"거의 다 왔어."

그의 말대로 바로 앞에 다 쓰러져 가는 건물이 나타났다. 오랫동안 비어 있던 폐가가 분명했다.

"얼른 와. 지붕이 무너지기는 했지만 숨기에 딱 좋아." 알렉산도르가 속도를 늦추고 썩어서 삐걱대는 계단을 조심조심 올랐다. 계단 끝에 이르자 그들은 기어서 지붕의 잔재들 사이를 지났다.

겁먹지 말자. 그냥 따라가는 거야, 아로스가 생각했다.

지붕 아래 대들보와 기왓장 사이에 공간이 나타났다. 심지어 아로스가 일어설 수도 있을 만큼 높이가 꽤 되는 공간이었다. 하지만 이젠 정말 움직일 기운이 남아 있지 않았다. 그녀는 그대로 엎드려 눈을 감고 숨을 헐떡였다. 찌르는 듯한 두통도 여전히 심했다. 알렉산도르는 아로스와 같은 자세로 그녀와 나란히 엎드렸지만 힘든 기색이라고는 없었다. 아로스는 자신의 심장 박동을 느끼며 한밤중의 고요에 귀를 기울였다. 저 멀리서 바람이 불어올 때마다 사내들의 고함이 들렸다. 하지만 그들의 은신처인 낡은 집 주위는 쥐 죽은 듯 고요하기만 했다.

아침 햇살과 함께 아로스는 잠에서 깨어났다. 아직도 온몸의 통증은 가시지 않았다. 힘을 모두 써 버린 탓이었다. 다행히 두통은 사라지고 없었다.

그래도 목에 밧줄을 감고 교수대에 서 있는 것보다는 쓰러져 가는 지붕 아래 누워 있는 기분이 훨씬 좋았다. 고아원 헛간 생각이 났다. 그때는 혼자였고 지금은 누군가와 함께야. 그 누군가를 어떻게 정의해야 할까? 동지? 믿을 만한 사람? 아니면 친구?

아로스는 불가능을 이루어 냈고 죽음의 게임에서 빠져나왔다. 둘의 목숨을 구하기 위해 누군가를 죽여야 했다. 이제 아바스토란의 군인들이 총동원되어 그들을 쫓을 것이었다. 하지만 지금 이 순간만큼은 아무 생각도 하고 싶지 않았다.

알렉산도르의 시선이 느껴졌다. "어떻게 고통의 변환 마법을 해낸 거야? 나한테 말해 주면 안 될까? 달팽이 집이 없으면 나는 아무것도 할 수 없는데."

그녀는 아직 왼손에 니네브의 어금니를 쥐고 있었다. 그녀가 알렉산도르 쪽으로 고개를 돌려 입을 벌렸다. "여기 이 빠진 자리 보여?" 그녀가 아티팩트를 이가 빠진 공간에 밀어 넣어 보였다. 어금니는 마치 제자리를 찾은 것처럼 딱 맞았다.

알렉산도르가 고개를 저으며 말했다. "정말 믿을 수가 없어. 잇몸의 상처를 보니 얼마 되지 않은 것 같은데. 언제부터 그렇게 한 거야?"

"환영 속에서 내가 보였어, 그때 생각해 낸 거야. 우리가 수업을 받았던 냄새 나는 방 옆에 거울과 온갖 고문 기구들로 가득한 고문실이 있었어. 거기에 집게가 있었거든. 군인들이 사원에 들이닥친 날 밤에 내 어금니를 뽑아서 주머니에 넣었어. 수업 도중에 니네브의 어금니가 얼마나 중요한지 깨달았거든. 니네브는 내 친척 할머니이자 위대한 마법사야. 이 어금니가 이를 뺀 자리에 너무 딱 맞아서 사실은 나도 깜짝 놀랐어."

"그, 그러니까… 환영을 보고 나서 스스로 이를 뽑았다고?"

"아티팩트를 숨길 곳이 필요했어." 그녀가 자신의 입을 가리키며 말을 이었다. "그러기에 여기보다 더 확실한 곳은 없었으니까."

알렉산도르가 감탄했다. "그럼 이수르야는 평범한 네 이를 훔친 거네." 그가 고개를 좌우로 흔들다가 다시 위아래로 끄덕였다. "넌 지금껏 내가 만나 본 사람 중에 가장 굉장한 아이야. 담장 위에 서 있을 때 네가 어떻게 하는지 다 봤어. 생각만으로 지렛대를 움직이다니. 게다가 환영을 볼 수 있고, 고통을 변환해서 병사들을 죽였어. 그러니까 넌… 비네사가 아니야. 세 가지 마법을 모두 쓸 수 있어. 내 옆에 트레시다가 누워 있다니! 파날리안은 그런 사람이 실존할 리가 없다고 말했는데…."

"네 옆에 누워 있는 아이는 고아원 출신 아로스야. 늙은 곰만큼 냄새가 나고 지쳐 있어. 그리고 방금 교수형을 피해 달아났지. 얼마나 오랫동안 도망칠 수 있을지는 아무도 몰라. 저들이 우리를 찾으려고 도시를 샅샅이 뒤질 거야."

"일단은 조금만 더 쉬자. 설령 군인들이 이 집에 들어온다고 해도 우리가 여기 있는 줄은 모를 거야. 여긴 내가 어렸을 때 자주 숨던 곳이야."

아로스도 서서히 마음이 편안해지는 것을 느꼈다. 잠시 자유를 느끼고, 기력을 보충하고, 그다음에 방법을 찾자.

아로스가 다시 눈을 떴다. 얼마나 오래 잠이 들었던 걸까? 바르바로사! 이 끔찍한 대륙에서 벌써 며칠이 지났더라? 바르바로사는 열흘 뒤에 다시 벨텐 제국으로 돌아갈 거라고 했었다. 너무 오래 의식을 잃은 바람에 시간 감각이 완전히 무뎌져 있었다.

"알렉산도르." 그녀가 속삭였다.

알렉산도르가 고개를 들고 하품을 했다.

"이제 내가 타고 온 배로 돌아가야 해. 그 배를 타야 고향으로 돌아갈 수 있어. 서둘러야 해."

바닥에 누운 채였지만 아로스는 그의 슬픈 눈빛을 포착할 수 있었다. 더 끔찍한 건 아로스도 마음이 아프다는 사실이었다. 지금껏 한 번도 느껴 보지 못한 불편한 감정이었다. 아로스는 알렉산도르가 좋았다. 처음 만난 순간부터 그는 아로스에게 솔직했고, 있는 그대로의 그녀를 받아들였다.

"같이 가자." 아로스가 말했다. "선장님을 잘 알아. 친절한 분이고, 내가 잘 말하면 보조 선원으로 너를 고용해 줄지도 몰라."

알렉산도르의 표정이 밝아졌다. "정말? 흠…. 내가 배를 타고 바다를 건넌다고? 황제의 군인들이 목매달아 죽이려고 내 뒤를 쫓을 거야. 그러니까 아바스토란을 최대한 빨리 떠나야 하는 건 맞아. 하지만 그러기 전에 어머니께는 말씀드리고 싶어. 아무 말도 없이 사라져 버릴 수는 없어."

"그럼 이렇게 하자. 나한테 항구로 가는 길을 알려 줘. 내가 먼저 가서 야콥 선장에게 말해 둘게."

"여기는 언덕 꼭대기야. 조금만 더 가면 항구를 내려다볼 수 있어."

"그 얘기를 왜 이제야 하는 거야?" 둘은 무너져 내린 잔재들 사이를 지나 알렉산도르가 가리킨 방향으로 조심조심 기어갔다. 알렉산도르는 아로스를 작은 바위 위로 안내했다. 그곳은 그의 말대로 사방이 탁 트여 아바스토란 시내와 바다가 굽이치는 만까지도 한눈에 내려다볼 수 있는 최적의 전망대였다.

알렉산도르가 팔을 뻗어 항구를 가리켰다. "저기 배가 있어."

아로스도 바르바로사 호를 발견했다. 이곳에서 보니 거대한 배는 조각배보다도 작아 보였다. 그녀가 너무나도 기쁜 나머지 폴짝폴짝 뛰며 알렉산도르를 와락 끌어안았다. "서둘러야 해."

"군인들 눈에 띄지 않게 조심해. 분명히 항구에 숨어서 너를 찾고 있을 거야."

"혹시 예기치 못한 일이 생기거든 야콥 선장을 찾아. 그분이 내가 있는 곳을 알려 줄 거야." 말을 마친 아로스가 잠시 생각에 잠겼다. 왜 그런 말이 제 입에서 나왔는지는 자신도 알 수 없었다.

그녀의 친구가 고개를 끄덕였다. 그녀가 남긴 말의 깊은 뜻은 이해하지 못했지만.

마지막

죽음은 조금도 고통스럽지 않았다. 정신적 충격이 너무 커서인지 등 뒤로 묶인 팔의 통증도 더는 느껴지지 않았다. 핏방울이 물보라처럼 사방으로 흩뿌려졌다. 얼굴이 축축해지고, 피부가 끈적끈적해졌다. 콧속으로 비린내가 몰려들었다. 파린의 머리칼을 움켜쥔 사내의 손에서 힘이 빠졌다. 왜 아무것도 느끼지 못하는 걸까? 왜 목이 베어졌는데 아직도 침을 삼킬 수 있고 생각할 수 있는 거지? 왜 아직도 고개를 돌릴 수 있지?

그의 바로 옆에서 흡이 베어진 나무처럼 쿵 하고 쓰러졌다. 놀라 부릅뜬 눈, 창백한 얼굴 아래에 깊게 베여 벌어진 칼자국이 죽음의 문턱을 넘는 그의 공포를 밑줄처럼 강조하고 있었다. 그의 다리가 걷잡을 수 없이 경련을 일으켰다. 무어라 형언할 수 없는 꾸르륵거림이 그가 이 생애 마지막으로 남긴 소리였다.

검은 사내의 손에 들린 검이 붉게 빛났다.

"무슨 짓이야?" 보네가 깜짝 놀라 외쳤다. 그가 눈을 가늘게 떴다. 그리고 대답을 기다리는 대신 자신의 칼을 잡았다. 하지만 너무 늦었고, 너무 느렸다. 눈 깜짝할 사이에 까마귀의 단도가 그의 심장을 정확히 찔렀다. 보네는 아무 소리도 없이 모래 위에 쓰러졌다. 검은 사내가 쥔 칼이 가슴에서 뽑히는 순간 그의 입에서 마지막으로 작은 웅얼거림이 새어 나왔다. 까마귀는 침착하게 피 묻은 검을 보네의 옷자락에 닦은 뒤 다시 칼집에 넣었다.

파린은 넋이 나간 얼굴로 두 구의 시신을 바라보았다. 까마귀가 자신의 패거리를 무참하게 살해했다. 흅은 뒤에서 몰래, 그리고 보네는 영문도 모르는 상황에서 기습적으로. 별로 힘도 들이지 않고, 양심의 가책도 없이, 인상 한 번 찌푸리지 않고.

파린의 목을 베려던 흅은 이제 시신이 되어 모래밭에 누운 신세였다. 파린의 머릿속에 수백, 아니 수천 가지 생각이 동시에 떠올랐다. 왜 그랬을까? 도저히 이 상황에 대한 적절한 설명을 찾을 수가 없었다. 파린을 죽이라고 명령해 놓고 왜 갑자기 마지막 순간에 그의 목숨을 구한 걸까? 하필이면 그의 철천지원수가. 더 끔찍한 계획이 있는 걸까? 파린은 너무 당황하여 놀라는 것도 잊어버렸다. 그저 검은 사내를 노려볼 뿐이었다.

"둘은 기한이 지났어." 까마귀가 태연하게 말했다. 누구나 이해할 수 있는 자세한 설명이었다는 듯이. 그리고 망토를 옆으로 슬쩍 젖히고 자신의 허벅지를 보았다. 부러진 화살이 검은 가죽 바지를 뚫고 나와 있었다. "이 화살 알지? 네가 맞았던 바로 그 화살이니까. 스승님은 얼마나 지혜로우신지. 네가 발견해 낸 무기를 너에게 쓰시다니. 더 정확히 말하자면 너의 악령에게 말이지."

파린의 시선이 자신도 모르게 화살을 뽑아 던졌던 곳으로 향했다. 정말로 그곳에 있어야 화살이 사라지고 없었다. 그래도 여전히 까마귀의 행동은 이해가 되지 않았다. 그러니까 화살 끝을 자신의 몸에 박아 넣은 걸까?

검은 사내가 화살을 그대로 둔 채 절룩이며 보네에게 다가가 기다랗고 뼈가 불거진 손가락으로 시신의 허리춤을 더듬었다. 그리고 아무 말 없이 파린의 뒤로 가서 쇠사슬의 자물쇠를 풀었다. 얼마나 오랫동안 팔이 꺾여 있었던지 처음에는 팔을 다시 움직일 수조차 없었다. 마음은 한시라도 빨리 머리에 쓴 투구를 벗고 싶었지만, 근육이 말을 듣지 않았다. 그의 육체는 느릿느릿 그리고 힘겹게 통증에서 벗어나고 있었다.

까마귀가 천천히 그의 앞으로 왔다. 굳은 얼굴로 두 손을 파린의 목을 향해 뻗었다. 목을 조르려는 걸까? 위협적인 앙상한 손가락이 서서히 다가왔다. 파린은 까마귀가 곧이어 끔찍한 미소를 지으며 자신의 목을 조일 거라고 믿어 의심치 않았다. 하지만 놀랍게도 그는 파린을 죽이는 대신 머리의 투구를 벗겼다. 파린의 정신이 순식간에 해방감을 맛보았다. 마치 새장 밖으로 나와 날갯짓을 하는 새처럼. 하지만 그의 몸은 여전히 천근만근이었다. 반쯤은 죽은 육신을 걸치고 있는 느낌이었다. 파린은 당황한 얼굴로 까마귀를 바라보고만 있었다. 이어진 그의 행동은 파린을 더욱 놀라게 했다. 검은 사내는 경탄과 혐오가 뒤섞인 눈빛으로 투구를 바라보고 있었다. 파린의 머리 왼쪽에 혹이 만져졌다. 넘어질 때 생긴 혹이었다.

갑자기 까마귀가 투구를 썼다. 푸른 금속 아래에서 창백한 피부, 매부리코, 검은 눈이 더욱 기이하게 느껴졌다.

저 미친놈이 대체 뭘 하려는 거지?

까마귀가 부러진 화살을 허벅지에서 뽑아냈다. 눈 하나 깜박하지 않고. 그가 입을 열었다. "너랑 마찬가지로 내 상처도 깊지 않아. 하지만 감히 부를 수 없는 존재를 내 안에서 쫓아내기엔 충분하지."

서서히 파린의 온몸에 피가 다시 돌기 시작했다. 그는 힘겹게 팔을 앞으로 움직인 뒤 근육을 문질렀다. 그 순간 정신 한구석에서 웅크리고 있던 악령이 꿈틀거리는 게 느껴졌다. 징글징글이 아직 살아 있다는 증거였다. 이제 까마귀에게 달려들어 눈이라도 뽑아야 할까?

"네 도움이 필요해!" 검은 사내가 외쳤다. 그의 얇은 입술은 거의 움직이지 않았다.

"무슨 말인지 모르겠어."

"그래 보여. 날 어떻게 죽여야 할지 고민하고 있지? 하지만 먼저 너한테 할 말이 있어."

파린은 잠시 몸을 회복할 시간을 번 셈이었다. 어차피 징글징글도 아직은 예전 같은 상태가 아니니까. 파린은 일단 고개를 끄덕였다. 다시 몸이 회복되는 대로 검은 사내를 끝장낼 생각이었다.

"나도 에미코와 마찬가지로 감히 부를 수 없는 존재의 희생양이야."

사악한 악당이 자신을 에미코와 비교하다니. "닥쳐! 너는 극악무도한 살인마야. 역겨운 인간, 어떻게 기사님과 너를 비교하지? 네가 지게스문트 성에서 벌인 악행만으로도 넌 죽어 마땅해. 너 자신을 돌아봐."

까마귀는 자신의 검은 망토를 바라보았다. 처음으로 그의 얼굴에 인간적인 표정이 스쳤다. "나라고 좋아서 이런 차림으로 돌아다니는 것 같나? 처음 본 사람들은 나를 괴물이라 부르고, 나를 다시 만난 사람들은 살인마 아니면 밤의 그림자라고 부르지."

"네 검은 옷은 네 섬뜩한 생각과 똑 닮았어. 넌 영락없이 인간의 형상을 한 죽음이야. 네 모습은 네가 선택한 것이야. 네 행동은 더더욱 그렇고."

"아니, 그렇지 않아. 감히 부를 수 없는 존재가 나를 이런 모습으로 만들었어. 나는 스승의 희생양이야. 이 벨텐 제국이라고 불리는 암울한 차원으로 내려온 그가 낙인을 찍은 첫 번째 인간이 바로 나야." 그의 눈빛은 간절했다. "이제 그와 싸울 유일한 기회가 왔어. 내가 그의 손아귀에서 벗어날 수 있게 도와줘."

"조금 전에도 악령이 네 몸에 들어가서 나를 죽이라고 명령했었잖아."

까마귀의 목소리가 떨렸다. "그랬지. 하지만 마지막 남은 내 이성의 불씨로 화살촉을 내 다리에 꽂았어. 악령은 이 푸른 금속을 견디지 못해. 그게 그의 몇 안 되는 약점 중 하나지. 그 금속이 효과가 있다는 건 너도 지게스문트 성 앞에서 기사와 싸울 때 봐서 알잖아. 그날 이후 스승은 사흘 동안 분노를 삭이지 못했어. 그 펜던트가 아니었다면 넌 결코 스승이 조종하는 에미코를 이기지 못했을 테니까. 하필 같은 시간에 고아원 출신의 계집이 바르바로사 호에서 죽지 않으려고 발악을 했어." 그의 목소리가 점점 더 잠겨 갔다. "스승은 거의 다 이겼다고 생각했었지. 결국 분노를 참지 못하고 백 명도 넘는 네코르인들을 처형했어. 자신을 따르는 인간들을! 한 명, 한 명 목을 매달았지. 숲속에 매달린 시신들을 생각하면 소름이 돋아. 그 일로 인해 벌써 수백 명이 도망쳐 버렸지. 스승은 인간을 증오해. 자신의 편과 적을 구별하지 못하는 미치광이지. 이 금속이 우리의 유일한 희망이야. 금속이 있어야 그를 이길 수 있어."

까마귀의 '우리'라는 표현이 거북했다. 이 끔찍한 살인자와 '우리'가 되고 싶지 않았다. 하지만 그의 말이 틀린 건 아니었다. 화살촉과 투구는 악령에게 확실한 효과가 있었다. 아로스는 바르바로사 호에서 뭘 하고 있는 거지? 그 커다란 배는 다른 대륙으로 간다고 하지 않았던가?

징글징글은 여전히 조용했다. 파린이 한 번도 경험해 보지 못한 혼란스러운 상황이었다.

검은 사내의 말이 진실일까? 마음 한구석 어디선가 절대로 그의 말을 한 마디도 믿지 말라는 목소리가 들리는 것 같았다. 흑과 백, 이분법으로 보고 생각하는 게 훨씬 더 쉬운 방법이라고.

검은 사내가 자신의 머리를 두드리며 말했다. "지금은 감히 부를 수 없는 존재가 내 정신을 지배하지 못하도록 이 투구가 나를 보호하고 있어." 그가 소매를 걷어 자신의 팔뚝을 드러내고 증오에 찬 눈빛으로 펜타그램을 응시했다.

"낙인이군." 파린이 속삭였다. 악령이 들을까 봐 조심하기라도 하듯.

까마귀가 있지도 않은 입술을 비죽이며 말했다. "낙인을 없애려면 정화의 약이 필요해. 부탁할게. 이게 그에게서 벗어날 유일한 기회야. 난 모든 걸 포기했었지. 하지만 기적처럼 너의 기사 에미코가 다시 예전의 모습으로 돌아가는 걸 봤어. 그때 나는 한 줄기 희망의 빛을 보았고, 그것 말고는 아무 생각도 할 수가 없었어."

"그럼 이제는 나를 죽일 생각이 없다는 뜻이야?"

"널 죽이려는 건 감히 부를 수 없는 존재야. 나는 방금 네 목숨을 구했잖아."

"넌 스스로 지른 불을 끈 것뿐이야. 그러니 그렇게 쉽게 책임을 면할 수는 없어. 네가 아버지를 고문하고 살해했잖아."

"그건 내가 아니라 흡이었어." 까마귀가 차분하게 말하며 흡의 시체를 가리켰다. "저 둘이 끔찍한 일들을 저질렀어. 골백번 죽어도 싼 놈들이지."

"너도 다를 게 없어. 저들에게 명령을 내린 건 너니까."

"그건 감히 부를 수 없는 존재의 명령이었어."

"마치 아무 잘못도 없다는 듯이 말하는군. 얼마나 많은 사람을 죽였지? 게룬다도 네가 목 졸라 죽였어."

"그건 인정해. 하지만 그때는 악령이 내 안에 있었어." 그가 몸을 굽혔다. "이제 네 말대로 할게. 내 부탁은 단 하나뿐이야. 정화의 약을 줘. 악령의 낙인을 없앨 수 있게. 제발 내가 평범한 삶을 되찾을 수 있게 도와줘."

파린은 잠시 생각에 잠겼다. 낙인이 새겨지기 전 까마귀가 선한 사람이었다는 건 상상조차 하지 못했었기에.

초르그호로차 보르그헤차! 악령이 살아나는 소리가 들렸다. **내가 몇 번 죽었더라?** 부서지고 찌그러진 듯한 목소리였다.

"징글징글, 이제 괜찮아?" 파린이 내면을 향해 물었다.

아니, 조금만 더 기다려 봐. 악령이 그르렁대며 말했다.

"까마귀의 기이한 변화에 대해서 어떻게 생각해?"

으이그 인간아. 뭘 어떻게 생각해? 줏대 없는 멍청이지.

아하 그렇구나. 정말 쓸모 있는 대답이었어.

그렇다면 스스로 판단할 수밖에 없었다. 파린은 검은 사내의 말에 집중했다. 조금 전까지만 해도 까마귀는 그의 둘도 없는 원수였다. 그런데 이렇게 한순간에 모든 상황이 완전히 뒤집히는 게 가능할까? 그가 조금 비틀거리며 자리에서 일어나 투구를 가리켰다. "그 푸른 금속은 폐하의 보물 창고에 있었지?"

"맞아. 이건 정말로 귀한 금속이고 다른 대륙의 어느 비밀스러운 동굴 깊은 곳에서만 캐낼 수 있어. 그러니 왕궁에서 가져올 수밖에 없었지."

그의 말에 약간의 자랑스러움이 묻어났다. 까마귀는 도무지 상식적으로 이해할 수 없는 인물이었다. "병사들이 밤낮으로 지키고 있는데 어떻게 보물 창고의 문을 열었지?"

"문을 열었다고? 천만에! 하차르트의 말대로라면 성을 완전히 함락하지 않고 보물 창고의 문을 여는 건 불가능했지. 그라쿠스의 성은 난공불락이야. 특히 충성스러운 신하들이 버티고 있는 한은. 그래서 대주교가 다른 방법을 찾았어."

이 말에 파린의 눈이 번쩍 띄었다. 끊임없이 잠재의식 속에서 빙빙 맴돌기만 했던 그 무언가가 번뜩 떠오른 것이었다. 왜 그 생각을 못 했을까. 여태껏 난 말 그대로 눈뜬장님이었네.

"이제 대충 알겠어. 이번에도 그 사악한 하차르트의 짓이었단 말이지?" 파린이 속삭였다.

"가장 사악한 악당들이야말로 나의 가장 친한 벗들이지." 까마귀가 쓴웃음을 지어 보였다.

"무슨 뜻이지? 방금 감히 부를 수 없는 존재로부터 벗어나고 싶다고 말하지 않았어?"

"입버릇이 나빠져서 그런 것뿐이니 오해 마. 십 년도 넘게 그의 파괴적인 힘에 휘둘리다 보니…."

"징글징글, 지금 저 녀석 안에 악령이 있는지 알아볼 수 있어?"

망상이 곧바로 대답했다. 아니, 지금 놈의 정신 속에는 내 빌어먹을 형제가 없어. 일단 내가 그의 존재를 전혀 느낄 수 없다는 것만큼은 분명해.

까마귀가 다시 자신의 팔을 보이며 말했다. "이 투구를 쓰고 있는 동안은 악령의 영향력에서 벗어날 수 있어. 하지만 남은 평생을 이걸 뒤집어쓴 채 살고 싶지는 않아. 도와줘. 네가 도와주면 낙인에서 해방될 수 있어."

매장꾼의 아들은 대답을 망설였다.

파린이 의심을 거두지 않자 까마귀는 전략을 바꿨다. "그럼 이렇게 생각해 봐. 나에겐 네가 상상도 못 할 만큼 중요한 정보들이 있어. 나는 스승이 누구인지, 그의 계획이 무엇인지 알고 있지. 그뿐만 아니라 적의 가장 은밀한 비밀이 무엇인지도." 그가 해골같이 웃으며 말했다. "낙인이 사라지고 나면 모두 다 얘기해 줄게."

"널 믿어도 된다는 걸 먼저 증명해 봐. 네가 아는 걸 먼저 말하면 믿어 줄게."

까마귀가 고개를 흔들었다. "내가 그렇게 순진해 보여? 아니, 그렇게 쉽게 내 패를 보여 줄 수는 없지. 네 몸에도 악령이 있잖아. 게다가 그 악령은 다름 아닌 감히 부를 수 없는 존재의 형제야. 내가 어떻게 너를, 아니 네 몸속의 악령을 믿지? 악령은 악령이야. 결국은 네 몸속의 악령도 내 몸속의 악령과 마찬가지로 끔찍하고 변덕스러운 존재일 수밖에."

뭐라고? 말도 안 돼! 당연히 내가 훨씬 더 끔찍하고 더 변덕스럽지!

아주 좋아, 이 상황에서 징글징글이 우쭐하기까지 하다니. 그나마 다행인 건 이제 망상의 목소리가 예전의 상태와 비슷하게 들린다는 사실이었다.

파린이 생각에 잠겼다. "알겠어. 네가 찾는 정화의 약은 나벤슈타인에 있어."

검은 사내의 작은 눈이 빛났다. "좋아. 그럼 성문 앞에서 다시 만나자. 내가 많은 도움이 될 거야. 너와 네 왕을 실망시키지 않을게." 그의 말은 진심처럼 들렸다.

파린은 여전히 방금 일어난 극적인 반전을 믿기 힘들었다. 지금 당장 그를 제압하고 포로로 삼아야 할까? 제 발로 왕궁 앞으로 오겠다고 말하는데 굳이 그래야만 할까?

그냥 놔둬도 돼. 왕궁으로 제 발로 찾아올 거야.

파린은 잠시 생각해 보았다. 징글징글이 눈앞의 싸움을 피한다고? 그건 아직도 그가 예전의 징글징글이 아니라는 신호였다. 까마귀가 정말로 왕궁 앞에 나타나면 에미코와 그라쿠스는 뭐라고 할까? 한편으로 그는 역겨운 살인마였지만 다른 한편으로는 그 누구보다 중요한 정보를 가지고 있었다. 그에게 관용을 베푸는 건 파린의 권한이 아니었다.

파린은 필요 이상으로 검은 사내와 시간을 보내고 싶지 않았다. 자신이 여기까지 온 이유가 다시 떠올랐다. 사벨리아와 그녀의 가족! "다른 마을 사람들이 어디로 갔는지 알고 있나?"

"아니." 그가 삭막한 웃음을 지었다. "이제 보네와 홉에게 물어볼 수도 없게 되었군."

악령이 없을 때도 마찬가지로 역겨운 놈이었다. "난 다시 나벤슈타인으로 돌아가겠어." 파린은 홉의 시신이 신고 있는 자신의 신발을 벗겨 신었다. 홉에게는 그의 신발이 행운을 가져다주지 않았다. 이번에는 피 묻은 가죽 갑옷의 상의를 벗겼다. 토렘의 갑옷은 이곳에 두고 가기에는 너무나도 소중한 물건이었다.

까마귀는 벌써 말에 올라타 앙상한 손을 치켜들었다. "네 악령에게 안부 전해 줘."

"지금은 아무것도 약속할 수 없어. 나에겐 결정권이 없으니까. 하지만 기사님께 말씀은 드려 볼게. 폐하께도 알릴지는 기사님이 결정하실 거야. 그건 네가 가진 정보의 내용이 뭐냐에 따라 달라질 거고. 내일 오후 왕궁 서쪽 성문 앞에 와서 나를 만나러 왔다고 말해."

"좋아. 그라쿠스가 나를 맞이할 준비를 할 수 있도록 하루를 주지. 아마도 나를 보려고 할 거야." 그의 말은 왠지 약속이라기보다는 협박처럼 들렸다. 까마귀는 말을 돌려 내륙 쪽으로 떠났다.

파린은 뤼베를 매어 둔 줄을 풀었다. 그리고 말에 올라 천천히 바닷가 쪽으로 돌아갔다. 검은 사내로부터 멀어질수록 아직 살아 있다는 기쁨이 커져 갔다. 잠시 후 바다에 도착한 파린은 마치 오래된 친구를 만난 것처럼 반갑게 인사를 건넸다. 다시 썰물이 시작되어 모래사장이 점점 넓어지고 있었다. 바위 지대를 돌아서 건너려면 물이 더 빠지기를 기다려야 했다. 파린은 말에서 내려 몸을 숙이고 얼굴을 씻었다. 손에 닿은 바닷물이 붉게 물들었다. 다행히도 그건 흡의 피였다. 이번에는 팔에 난 상처를 씻었다. 소금기가 닿자 고통스러웠지만, 상처를 소독한다고 생각하니 참을 만했다. 피가 뿌려진 갑옷은 바닷물에 적실 수 없어 그대로 입기로 했다. 파린의 지친 몸이 모래 위에 털썩 주저앉았다. 하늘이 어두워지고 있었다. 기나긴 하루가 저물어 가고 있었다. 혹시나 또 다른 적이 있지나 않을까 해변과 모래 언덕 쪽을 살폈다. 다행히 어디에도 인기척은 없었다.

썰물에 모래사장이 더 넓게 드러나자 파린은 올 때와 마찬가지로 얕은 물을 건너 바위 반대편으로 갔다.

도망친 어부들과 그 가족들은 어디로 갔을까? 완전히 폐허가 된 마을을 두 눈으로 확인한 뒤 그의 머릿속에는 오로지 한 가지 생각뿐이었다. 대대로 해적의 습격을 피해 머물렀던 은신처. 바위 동굴. 바위 사이에는 검은 구멍이 여러 개였다. 사람이 살 수 있을 만한 공간은 눈에 띄지 않았다. 하지만 바로 그 점 때문에 그곳이 은신처의 역할을 할 수 있는 건 아닐까? 파린은 다시 모래 위에 앉아 밀물이 시작되기만을 기다렸다. 다시 물이 차면 아무도 그의 발자취를 좇을 수 없을 테니까.

주의 깊게 내면의 소리에 귀를 기울였다. "좀 어때, 내가 가장 좋아하는 악령 씨?" 파린이 부드러운 말투로 내면을 향해 물었다.

집어치워! 악령이 곧바로 투덜댔다. **악령에게 동정은 알량한 적선과 동의어야.**

"공감이라고 생각해 줘."

그 둘 사이에 무슨 차이가 있는데, 벌레?

다행이었다. 징글징글은 다시 예전처럼 뻔뻔하게 굴고 있었다.

"까마귀가 갑작스럽게 변한 거에 대해 너는 어떻게 생각해?"

난 예나 지금이나 그자를 못 믿어. 나의 썩을 형제가 그를 병들게 했어. 감히 부를 수 없는 존재를 과소평가하지 마.

"흠, 혹시 네가 형제간 갈등에 너무 사로잡혀 있는 건 아닐까?"

그럼 물어보질 말든가.

파린은 뤼베를 매어 두고 바위를 타고 오르기 시작했다. 조심스럽게 맨 아래쪽 동굴 입구로 다가갔다. 그리고 악령에게 정신의 일부를 기꺼이 내주었다. 악령은 말없이 그의 모든 감각을 예민하게 만들어 주었다. 또다시 갑작스러운 습격을 받고 싶진 않았다. 위팔에 화살이 박혔던 자리가 여전히 쑤셨다. 조심스럽게 어둠 속으로 기어들어 갔다. 하루가 저물며 아쉬운 듯 마지막으로 던지고 있는 빛은 어슴푸레했지만, 악령에게는 그 정도면 충분했다. 오른쪽 통로에 발자국 여러 개가 보였다. 어부들이 이곳에 숨어 있다면 몰래 숨어드는 것보다는 소리쳐서 부르는 편이 낫지 않을까? 하지만 그다음에는 어쩔 거지? 이미 끔찍한 일을 당했는데 파린이 자신들을 돕기 위해 왔다는 사실을 믿어 줄까? 그는 우선 정말로 동굴 안에 사람들이 있는지부터 살펴보기로 했다.

어느새 사방이 칠흑같이 어두워졌다. 하지만 그는 벽에 비치는 그림자와 바닥의 구멍들과 돌멩이들 하나하나까지 다 볼 수 있었다. 잔뜩 몸을 낮춘 채 계속 걸어 들어갔다. 예상이 빗나간 것 같다는 생각이 들 때쯤 안쪽에서 목소리가 흘러나왔다. 이제 통로는 더욱 좁아져서 옆으로 몸을 돌려야 간신히 지나갈 수 있을 정도였다. 저도 모르게 냉소적인 미소가 번졌다. 에미코가 지어 준 두더지라는 별명이 떠올랐기 때문이었다. 하지만 지금 그의 모습은 두더지보다는 사냥 중인 살쾡이에 가까웠다. 유연하고 날렵한 동작에 감각은 예민했다.

갑자기 넓고 둥근 공간이 나타났다. 서부산맥에서 구더기족을 만났던 순간이 떠올랐다. 다만 이곳의 삶은 안락함과는 거리가 멀었다. 거처라기보다는 임시 대피소에 불과한 공간이었다. 작은 모닥불 주위로 아홉 명의 형체가 보였다. 남자 둘, 아이 셋, 그리고 여자 넷. 파린은 자신의 심장이 뛰는 소리를 들으며 사람들을 좀 더 자세히 관찰했다. 그리고 마침내 그녀를 발견했다. 사벨리아. 어촌 마을 사람들은 조용한 목소리로 이야기를 나누는 중이었다. 파린은 그대로 사람들 앞에 나타나 이제 다 끝났다고, 안심해도 된다고 외치고 싶었다. 하지만 그건 사실이 아니었다. 죽은 사람을 다시 살려 낼 수는 없었으니까. 그들이 느꼈던 극도의 공포를 단숨에 잊을 수는 없을 테니까. 그중에서도 가장 끔찍한 건 파린의 죄책감이었다. 결국 사벨리아의 삼촌이 했던 말이 옳았다. 파린이 노르다우 마을에 불행을 가져왔다. 노르다우의 이름을 입에 올리는 게 아니었는데.

왜 그렇게 경솔하게 행동했을까? 후회가 몰려왔다.

파린은 잠시 가만히 서서 마을 사람들을 바라보았다. 여자 둘이 바위의 움푹 팬 자리에 짚을 깔아 만든 잠자리로 아이들을 데려가 눕혔다. 다른 이들도 하나둘씩 잠을 청했다. 파린은 동굴 안이 완전히 조용해질 때까지 잠자코 기다렸다. 가장 바깥쪽 움푹 팬 바닥이 사벨리아의 자리였다. 그는 숨을 죽이고 조용히 걸어갔다. 탁자 대용으로 쓰이는 뒤집어 놓은 사과 상자 위에 촛불 하나가 희미한 빛을 밝히고 있었다. 그리고 그 옆에 그녀가 누워 있었다. 지난 며칠 동안 겪었을 끔찍한 사건에도 불구하고 사벨리아는 기억 속에 있던 모습보다 훨씬 더 아름다웠다. 한참을 그곳에 서서 그녀를 바라보는 파린의 얼굴에는 기쁨과 평화가 공존했다. 그랬다. 그것은 깊은 내적 평화였다.

자 얼른! 이러다 내 등에 날개가 돋겠네.

징글징글의 로맨틱한 발언이 천둥 번개처럼 고요를 깼다. 파린은 소스라치게 놀랐다. 평화는 거기까지였다. 사벨리아는 여전히 미동도 하지 않았다. 다행히 천둥 번개는 파린의 머릿속에서만 울린 모양이었다.

파린은 대답 대신 허리춤에 찬 주머니를 뒤졌다. 그래, 바로 지금, 여기를 위한 거였어. 파린은 소라 껍데기를 꺼내 상자 위 양초 옆에 올려두었다.

그리고 아무도 모르게 조용히 평화로운 동굴을 떠났다. 동굴 입구로 가는 길은 들어올 때보다 훨씬 더 짧게 느껴졌다.

해변으로 나오자 뤼베가 반갑게 그를 맞았다. 파린은 사방을 둘러보았다. 그의 시야 안에 사람의 움직임은 없었다. 악령은 아무 말도 없었다. 아마도 자신이 '벌레'라고 부르는 존재가 대체 왜 이토록 무의미하고 불필요한 행동을 하는 건지 의아해하고 있겠지.

퍼즐 조각

다음 날 아침 일찍 파린은 왕궁의 서쪽 문에 도착했다. 밤새 쉬지 않고 말을 달린 덕분이었다. 뤼베도 힘든지 숨을 헐떡이고 있었다. 달려오면서 성문을 지키는 병사들을 향해 신호를 보냈지만 성문은 꿈쩍도 하지 않았다.

기진맥진한 파린이 말에서 내려 성문 위쪽을 향해 소리쳤다. "모두들 저를 아시잖아요. 에미코 기사님의 스콰이어 파린입니다."

경비대장이 나타나 아래를 향해 외쳤다. "알고말고요. 이미 병사를 보내 스콰이어가 도착했다는 사실을 기사님께 알렸지요. 기사님의 대답을 그대로 전하겠습니다. '문 앞에 나타난 녀석은 사기꾼이 분명하다. 나의 스콰이어 파린은 성을 떠난 적이 없으니 당연히 성 안에 있다. 성을 떠났다면 당연히 나에게 미리 알리지 않았겠느냐?' 라고 하셨습니다."

헤헤! 유머 코드가 나랑 딱 맞는다니까.

하지만 파린은 웃을 수가 없었다. "문을 열어 주십시오. 중요한 소식을 가지고 돌아왔습니다."

경비대장이 문자 그대로 위에서 파린을 내려다보며 말했다. "저자가 중요한 소식을 가지고 왔단다. 그럼 왜 이 자리에서 말하지 않는 걸까? 얘들아 그게 뭔지 말하거든 들여보내 주어라." 경비대장이 눈 하나 깜짝하지 않고 말했다.

"네. 알겠습니다. 아주 독창적인 핑계네요. 저런 핑계를 대는 사람은 처음이에요." 옆에 있던 병사가 맞장구쳤다.

"장난칠 때가 아닙니다. 정말로 급한 일이에요."

"그렇다면 지금 말하시오, 그러면 내가 전해 드릴 테니."

"폐하 아니면 에미코 기사님께만 말씀드릴 겁니다."

"완전히 새로운 핑계 하나 더 추가요." 장교 옆의 병사가 지루하다는 듯이 턱을 괴었다.

"그렇다면 병기 담당관 드로그단을 불러 주십시오. 부탁입니다!"

경비대장은 잠시 망설이다가 옆에 서 있던 병사를 향해 고개를 끄덕였다. 병사가 사라졌다.

한참 뒤에 드로그단의 머리가 성벽 위에 나타났다. "파린! 무사히 돌아와서 정말 다행이야. 기사님이 무지막지하게 화를 내시며 네가 다시 나타나면 네 거시기를 매달아 버리겠다고 하셨어."

경비대장과 그의 옆에 선 병사도 고개를 끄덕였다.

"내가 그렇게 갈 수밖에 없었던 이유를 말씀드렸어요?"

"당연하지. 내가 설마 가만히 있었겠니? 네가 부탁한 그대로 말씀드렸어. 내 말을 듣고는 처음에는 노발대발하셨고 잠시 진정하시는 것 같더니 다시 노발대발, 그리고 또 노발대발하셨지. 마지막으로 하신 말씀은 '내 옛 스콰이어가 다시는 내 눈앞에 나타나지 못하게 하라.'였어. 그래서 다시 한번 설명해 드렸지만, 더 들으려 하지도 않으셨어. 네가 직접 허락을 받았어야 했다고."

"기사님께 죄송하다고 말씀드려 주세요. 허락을 못 받을까 봐 두려웠어요. 그리고… 그 덕분에 정말 중요한 정보를 알아 왔어요."

"그걸 입증할 기회를 너한테 주실지 모르겠다."

상황이 아주 좋지 않았다. 이번엔 진짜로 도를 넘었던 걸까? 활시위를 너무 세게 당겼었나 보다. 에미코에게 알리지 않은 게 후회스러웠다. 하지만 인제 와서 후회한들 아무 소용도 없었다. "기사님을 만나 뵙고 말씀드려야 해요. 스승이란 자의 측근을 만났어요. 까마귀요."

드로그단의 눈이 휘둥그레졌다. "그런데도 살아 돌아온 거야? 기다려 봐!" 그가 경비대장에게 말했다. "내가 보장할 테니 파린을 들여보내 주시겠습니까?"

경비대장이 잠시 생각하다가 말했다. "좋습니다. 하지만 제가 후회할 일은 없었으면 좋겠네요."

"입성을 불허한다!" 창살 문 사이에 시커먼 먹구름 같은 카고란의 얼굴이 나타났다.

"예, 알겠습니다. 대장님." 병사들이 합창했다.

카고란이 만족스러운 얼굴로 덧붙었다. "지금 같은 위기 상황에서 폐하의 명은 확고하다. 기사의 허락 없이 도주하여 신임을 잃었을 뿐만 아니라 네코르인과 내통하기까지 한 스콰이어를 성안으로 들일 수 없다."

"하지만 그건…" 파린이 말끝을 흐렸다. 말도 안 되는 소리라고 말하고 싶었다. 하지만 가슴에 손을 얹고 생각해 보면 자신의 행동은 도를 넘은 것이 사실이었다. 그리고 그 분명한 사실을 하필 저 잘난 멍청이가 한 번 더 확인시켜 주고 있을 뿐이었다.

카고란한테 결투를 신청해. 이번엔 똥구멍을 찢어 버리자고.

하마터면 징글징글의 말대로 소리칠 뻔했다. 하지만 파린은 마지막으로 한 번 더 부탁해 보기로 했다. 그는 양팔의 소매를 걷어 보이며 말했다. "여기 보십시오. 낙인 같은 건 없습니다. 폐하께 정말 중요한 정보를 얻어 왔을 뿐입니다."

드로그단이 아래를 향해 외쳤다. "파린, 한 번만 더 기사님께 여쭤보고 올게."

"병기 담당관 드로그단은 멈추어라!" 어디에선가 명령이 떨어졌다. 쩌렁쩌렁 울리는 목소리는 아니었지만, 누구도 거역할 수 없는 단호한 목소리였다. "성문을 올려라! 스콰이어 파린이 결정적인 정보를 가져왔다 말하지 않았느냐?"

발단 그라쿠스가 친히 그를 성안으로 들이라 명령했다. 그는 어떻게 늘 딱 맞는 시점에 딱 맞는 장소에 나타나는 걸까?

창살 문이 끼익 소리를 내며 올라갔다.

그 뒤에 근엄한 얼굴의 그라쿠스가 나타났다.

"감사합니다, 폐하." 파린이 가볍게 무릎을 굽혀 인사했다.

그라쿠스가 파린의 갑옷을 가리키며 말했다. "피투성이가 되었군. 다친 건가?"

"아닙니다, 폐하. 다행히 제 피가 아닙니다."

"흠, 우선 한 가지만큼은 분명히 해 두지. 나는 항명하는 자를 두둔하지 않는다. 오히려 반대지." 그가 꾸짖듯 엄하게 말했다. "하지만 너와 에미코에게 몇 가지 궁금한 점이 있다. 삼십 분 뒤 통치실로 오라. 에미코는 스콰이어를 만나고 싶지 않다고 하였으니 병기 담당관이 에미코에게 가서 이르라."

"분부대로 하겠습니다, 폐하." 드로그단이 파린에게 윙크를 했다. "어떻게든 내가 방법을 생각해 볼게." 열정으로 빛나는 얼굴은 이제 그가 다시 예전의 드로그단으로 돌아왔다고 말하고 있었다. 중요한 임무를 맡았다는, 벨텐 제국의 왕으로부터 직접 임무를 부여받았다는 사실이 그를 다시 빛나게 했다.

파린은 지친 몸을 이끌고 뤼베를 마구간으로 데려갔다. 마구간지기를 찾아보았지만 없었다. 아직 모두 잠을 자고 있는 모양이었다. 뤼베에게 물과 마른 풀을 먹이며 약속했다. "이따가 시간이 나면 바로 들를게. 다시 올 때는 네가 좋아하는 귀리를 좀 가져올 거야. 털도 빗겨 줄게." 말에게 약속하고 숙소로 간 그는 가죽 갑옷을 벗고 작은 대야의 물로 최대한 깨끗이 몸을 씻었다. 가지고 있는 옷이 별로 없어 적당히 깨끗해 보이는 튜니카와 리넨 바지를 입었다. 처음 이곳에 도착했을 때는 왕과의 첫 회의가 열릴 때까지 길고 긴 시간을 기다려야 했다. 반면 이번엔 채 삼십 분도 남지 않았다. 침대에 눕고 싶은 욕구가 간절했지만 간신히 억눌렀다. 지금 잠이 들면 내년 봄이 되어야 눈을 뜰 수 있을 것 같았다. 그러니 여유 있게 약속 장소로 가는 편이 나을 것 같았다. 파린이 다가오는 것을 본 문앞의 병사가 말없이 문을 열었다. 그를 기다리고 있었던 게 분명했다. 커다란 검은색 떡갈나무 탁자가 있는 방 안은 비어 있었다. 파린은 크리스털 유리가 반짝이는 창가로 가서 자리를 잡았다. 두 팔을 탁자에 올리고 그 위에 머리를 괴었다.

언제 마지막으로 잠을 잤었는지 기억이 나지 않았다. 지금 잠이 들면 안 돼. 야단맞을 일은 그것 말고도 널렸으니까. 모든 일은 의지에 달렸어. 그깟 졸음을 참는 것쯤이야 누워서 식은 죽 먹기지.

"폐하, 보시지요. 해가 중천에 떴는데 감히 폐하의 방에서 탁자에 엎드려 잠을 자고 있습니다. 저렇게 기본이 안 된 스콰이어를 제가 어떻게 하면 좋겠습니까?"

"누가 그대에게 저 아이를 스콰이어로 삼으라고 강요했던가?"

무슨 꿈이 이리도 생생하지? 마치 진짜 기사와 왕이 그의 앞에서 대화를 나누는 것 같았다. 파린은 천천히 한쪽 눈을, 그리고 다른 쪽 눈을 차례로 떴다. 아뿔싸! 기사와 왕이 정말로 그의 앞에 서 있었다.

젠장. 그가 벌떡 의자에서 일어나려다가 그만 비틀거리며 쓰러지고 말았다.

"저는 이제 쓸 일이 없을 것 같은데, 혹시 폐하께서 궁궐 광대로 쓰시렵니까?" 에미코가 상냥하게 물었다.

"죄송합니다. 밤새 말을 달려서 오는 바람에 그만⋯." 광대 지망생이 더듬거렸다. 코뿐만 아니라 얼굴 전체가 시뻘겋게 달아올랐다.

"자, 그럼 자리에 앉지." 그라쿠스 왕이 제1기사와 매장꾼의 아들에게 말했다.

시종관이 은으로 만든 잔 세 개와 포도주를 가지고 왔다.

왕이 고개를 끄덕이며 말했다. "문을 닫고 아무도 들이지 말라."

하인은 공손하게 허리를 숙인 뒤 사라졌다.

에미코는 파린의 맞은쪽에 앉아 팔짱을 꼈다. 그사이 넓은 턱은 더 넓어진 것 같았고 숱이 많은 눈썹은 더 숱이 많아져 있었으며 밝은 갈색 눈동자는 더 밝은 갈색이 되어 있었다. 그는 금욕주의자 같은 얼굴로 치미는 화를 참고 또 참으며 기다렸다.

왕은 탁자 머리 쪽에 앉아 잔에 포도주를 따랐다. 파린의 잔을 따르며 그가 말했다. "네가 말도 없이 사라졌다는 소식을 듣고 나도 많이 놀랐다. 그러니 너의 기사는 얼마나 황당했겠는가?" 그라쿠스의 목소리는 근엄했다.

재판장 같은 엄숙한 분위기가 흘렀다.

이제 내 머리가 통째로 뽑힐 차례야, 파린이 생각했다. 혹시 운이 좋으면 그냥 깨끗이 잘리겠지. 하지만 말없이 노르다우로 떠난 이야기보다 훨씬 중대한 사안이 있었다. "폐하, 중요한 정보를⋯"

"내가 묻거든 말하라. 먼저 끝내야 할 이야기가 있다." 그라쿠스

350

가 날카롭게 파린의 말을 끊었다.

에미코가 화난 얼굴로 등받이에 몸을 기대자 의자가 요란하게 삐거덕거렸다.

파린은 어떻게 해야 할지 알 수가 없었다. 언제부터 벨텐 제국의 왕이 구제 불능의 반항적인 스콰이어 따위를 이처럼 주목했던가? 무슨 말을 하시려는 걸까? 왜 그의 말을 먼저 들어주시지 않는 걸까?

"원래부터 이렇게 멋대로 행동했는가?" 그라쿠스가 물었다.

화가 머리끝까지 치밀었다. 감히 부를 수 없는 존재와 까마귀, 하차르트의 반란에 대한 중대 보고를 하려는 차에 법정에 끌려 온 도둑처럼 변명이나 늘어놓아야 하다니.

"대답하라!" 왕의 목소리에 사뭇 분노가 실렸다.

솔직한 대답은 '지금까지 세 번을 기사님께 여쭤보지 않고 멋대로 행동했습니다. 항상 옳은 일을 한다는 믿음에서 그렇게 행동했습니다만 아무래도 세 번이나 그런 건 너무 지나쳤습니다.'였다. "그러니까… 엠…"

"아닙니다, 이번이 처음입니다." 에미코가 끼어들었다.

"그렇다면," 그라쿠스가 파린에게서 시선을 떼지 않고 말했다. "에미코가 한 번쯤 관용을 베풀어 줄 수도 있겠군. 물론 그건 그의 권한이긴 하지만."

파린은 에미코의 대답에 놀란 내색을 하지 않으려 애썼다. 조심스럽게 에미코와 그라쿠스를 곁눈질하면서. 혹시 그라쿠스가 웃음을 참고 있는 걸까? 그라쿠스의 반짝이는 눈이 말하고 있었다. 내가 왜 진실을 모르겠냐고.

에미코가 눈썹을 내리깔며 말했다. "폐하, 제 대답을 알고 계시면서 어찌 재차 물으시는 겁니까?"

"물론 나는 진실을 알고 있어. 하지만 자네가 어떻게 대답할지 궁금했네." 그라쿠스가 자신의 코를 만지작대며 말했다. "그대가 스콰이어를 변호하다니 놀랍군."

파린은 둘의 수사적인 대화를 더 듣고 있을 수 없었다. 까마귀와 푸른 금속 도난 사건에 대해 말하고 싶어 입이 근질거렸다. "폐하, 저는…"

"내가 물을 때까지 입을 다물라! 몇 번을 이야기해야 알겠는가?" 왕이 호통을 쳤다. "내 앞에서는 이곳의 규칙을 따르라! 우리는 지금 탁자 위에 카드를 늘어놓는 중이다. 아직 네 차례가 오지 않았어."

그라쿠스의 명령은 단호했다. 파린의 얼굴이 벌겋게 달아올랐다. 말을 하고 싶어 안달이 났지만 한마디도 입에 올릴 수가 없었다. 대체 이런 상황을 어떻게 뚫고 나가야 하는 걸까? 최대한 눈에 띄지 않게 에미코의 얼굴을 훔쳐보았다. 에미코는 자기와 아무 상관도 없는 일이라는 듯한 표정을 짓고 있었다. 하지만 파린은 에미코의 행동 방식을 잘 알고 있었다. 그가 지금 그라쿠스의 몸짓과 미세한 표정 변화와 심지어는 호흡까지도 놓치지 않고 분석 중이라는 사실을.

"본디 나는 이런 경우에 신뢰하는 신하가 먼저 입장을 정리해 주길 원하지만, 오늘은 예외적으로 내가 먼저 말하지." 그라쿠스가 탁자 앞으로 몸을 내밀어 팔을 괴며 말했다. "지난번에 니네브에 대해 말했었지. 아주 오래전 어느 날 저녁 그 여인과 대화를 나눈 적이 있네. 니네브는 나에게 다른 대륙과 그곳에 사는 사람들과 그곳의 황제에 관한 이야기를 들려주었지. 그리고 마법에 대해서도. 그녀 덕분에 불가능하다고 생각했던 현상들에 대해 눈을 뜨게 되었어." 그라쿠스는 포도주를 한 모금 마셨다.

그러고 보니 그라쿠스는 오늘 이 자리에 하인들뿐만 아니라 호위병들도 들이지 않았다.

"니네브는 내게 두 가지를 강조했어. 뼈를 보는 사람이 무술 대회에서 승리할 것이고 그것이 벨텐 제국 흥망의 결정적 순간이 될 것이라고." 그가 다시 포도주잔을 입으로 가져갔다. 이러한 행동이 그의 말에 극적인 효과를 더했다.

파린은 숨을 쉬는 것도 잊었다. 머릿속에는 수만 가지 생각이 날뛰고 있어 그의 머리가 흔들리지 않는 것이 신기할 정도였다. 어찌할 바를 모를 땐 에미코를 따라 해야지. 기사는 오래된 비석만큼이나 태연하게 그라쿠스의 이야기를 경청하고 있었다.

그라쿠스가 다시 말을 이었다. "그 후 대회가 열릴 때마다 나는 새로운 승자가 나타나기를 기다렸네. 뼈를 보는 사람이라는 수식어에 조금이라도 걸맞은 누군가가 나타나기를. 하지만 매번 허사였어. 승자는 언제나 유명한 기사들이었으니까. 시간이 지나고 니네브의 말도 잊혀 갔지. 나는 결국 그녀가 착각했을 거라고 믿게 되었네. 그녀의 믿기 어려운 말들은 언제나 적중했었기에 실망감이 들기도 했지. 그렇지 않았겠는가?" 그가 주름진 이마를 만지며 말을 이었다. "그리고 언젠가부터 계속 머릿속을 맴도는 생각이 있었어."

에미코가 말했다. "그 생각이 무엇인지 말씀해 주시겠습니까?"

"나는 충직한 신하에게 먼저 들었으면 좋겠군."

인제 어쩌지? 그라쿠스는 파린의 머릿속 악령에 대해서는 아무것도 모르는데, 파린이 생각했다. 그가 아직 모르고 있는 것이 많다고 해서 아무것도 모르는 것은 아니었다. 또한 너무도 현명하고 노련한 그를 끝까지 속일 수는 없는 노릇이었다. 그렇다면 파린으로서는 에미코의 결정에 맡길 수밖에 없었다. 지금 진실을 알릴지 결정은 에미코의 몫이었다.

기사는 손바닥을 펴서 탁자에 올렸다. "여기 제 카드가 있습니다, 폐하. 대회에서 이긴 건 파린이었습니다. 고리안 폰 지게스문트가 저의 천막 앞에 놓아둔 물통에 독을 타서 제가 경기에 나오지 못하게 했습니다. 그래서 저의 스카이어가 저 대신 대회에 나갔고요."

그라쿠스가 조금도 놀라지 않은 얼굴로 물었다. "어떻게 경험 없는 매장꾼에게 그런 일을 맡겼지?"

"파린의 자발적인 선택이었고 저도 몰랐습니다. 그때 저는 의식을 잃고 천막 안에 누워 있었으니까요."

"나는 그날의 경기를 생생하게 기억하고 있어. 내 두 눈으로 시합을 지켜보았으니까. 어디서도 본 적 없는 자세와 기술을 보고 몹시 놀랐었지. 그리고 나는 몇 주 전부터 퍼즐 조각을 맞춰 나가기 시작했네." 그의 목소리가 커지면서 위협적으로 변했다. "스스로 알아내는 방법밖에 없었네. 나에게 충성을 맹세한 신하가 솔직히 털어놓지 않았으니까."

"그 일을 본질적인 문제라고 생각하지 않았습니다. 제 착각이었고, 전적으로 제 잘못입니다." 에미코가 단호하게 말했다.

그라쿠스가 앙상한 검지를 들어 올렸다. "그토록 스카이어를 대변하다니 흥미롭군. 조금 전까지만 해도 쫓아내지 못해 안달이더니 말이야."

둘은 잠시 말없이 서로를 노려보았다.

"그대의 카드, 그리고 나의 카드." 그라쿠스가 아무것도 없는 탁자를 가리켰다. "하지만 아직도 대회에 관한 중요한 의문이 남아 있네." 그라쿠스가 미간을 찌푸렸다. 그의 목소리가 위압적으로 변해 갔다. "어떻게 경험 없는 스카이어가 그대의 전투마를 타고 그토록 놀라운 기술로 천하무적에 가까운 기사 고리안을 말에서 떨어뜨릴 수 있었을까?"

그의 질문이 쩌렁쩌렁 방안에 메아리쳤다.

침묵이 흘렀다.

파린은 징글징글이 왜 이참에 '여기요!'라고 외치며 특유의 겸손의 미덕을 발휘하지 않는 건지, 자신의 결정적인 공헌을 뽐내지 않는 건지 의아했다. 힘든 여행에서 돌아온 후라 휴식을 취하고 있는 걸까? 망상은 제가 원할 때면 언제고 쿨쿨 잠을 잘 수 있었으니까.

에미코가 태연한 목소리로 침묵을 깼다. "제 스콰이어의 몸 안에는 악령이 있습니다. 그 악령의 도움으로 스콰이어는 중요한 순간마다 예상을 뛰어넘는 능력을 발휘할 수 있습니다. 그의 악령은 스승이란 자의 몸 안에 깃든 악령인 감히 부를 수 없는 존재와는 다릅니다. 두 악령은 서로를 증오합니다. 다시 말해 스콰이어의 정신 속에 있는 악령은 우리를 위해 싸우고 있습니다."

그렇게 고해 성사가 끝났다. 파린은 죄책감을 드러내지 않으려고 애썼다.

"분명 뭔가가 있다고 생각했어!" 그라쿠스가 외쳤다. 그가 의자에 등을 기대고 말했다. "이제 몇 가지 의문이 풀리는군. 혹시 내가 더 알아야 할 사실이 있는가?" 그가 날카롭게 물었다.

"다만 제가 이… 특별한 상황에서 저의 스콰이어를 전적으로 신뢰한다는 사실뿐입니다. 파린과 그의 악령이 아니었다면 우리는 지금 이 자리에 있지 못할 것입니다."

"그건 어떻게 보느냐에 따라 다르지."

"폐하, 결론을 내리시기 전에 먼저 파린이 적에 대해 알아낸 소식을 들어보심이 어떨지요."

그라쿠스의 예리한 시선이 파린을 향했다. 그리고 거의 알아볼 수 없을 만큼 미미하게 고개를 끄덕였다.

드디어 주제가 바뀌었다는 사실이, 그리고 중요한 소식을 알릴 수 있게 되었다는 사실이 기뻤다. "스승의 하수인인 까마귀를 만났습니다." 파린은 노르다우에 도착해서 겪었던 일에 관해 자세히 설명했다. 사벨리아가 잠든 동굴로 들어갔던 사실만 제외하고.

둘은 잠자코 파린의 이야기를 듣고만 있었다.

이야기가 끝이 나자 에미코가 말했다. "그러니까 정말로 까마귀가 성문 앞에 나타나 항복하고 적에 대한 비밀을 모두 털어놓을 거란 뜻인가?"

"예, 까마귀는 정화의 약을 얻기를 간절히 바라고 있습니다. 어떻게든 낙인으로부터 해방되고 싶다고 말했어요."

"낙인이 있는 한 그는 우리의 적이다. 따라서 쇠사슬로 결박할 것이다." 그라쿠스가 분명히 말했다. "그리고 그를 용서할지는 그가 가져올 정보를 듣고 결정한다. 그러니 그를 위해서라도 쓸 만한 정보여야겠지."

"까마귀는 우리에게 스승이 누구인지, 그리고 네코르인들의 계획이 무엇인지 알려 줄 것입니다." 파린이 말했다. "벌써 저에게 그런 암시를 줬어요. 그가 어떻게 폐하의 보물 창고에서 푸른 금속을 훔쳐 낼 수 있었는지 알고 있습니다. 밤롬 대신은 아무런 죄가 없습니다. 그를 불러 주십시오. 보물 창고에 보관된 카펫도 가지고 와야 합니다."

"그거야말로 정말로 궁금하군." 그라쿠스가 투덜거렸다.

신기록을 깨는 속도로 카펫을 등에 이고 나타난 밤롬은 안절부절
못하며 세 사람의 눈치만 살폈다. 그중에서도 그라쿠스를 바라보는
그의 눈은 두려움으로 가득 차 있었다.

"펼쳐 보세요, 대신님." 파린이 말했다.

그가 카펫을 펼쳤다.

파린은 잠자코 보고만 있었다.

파린의 의중을 알아챈 그라쿠스가 밤롬에게 말했다. "이제 돌아
가도 좋다."

재무대신은 서둘러 물러나며 문을 닫았다.

이제 모두가 카펫만 뚫어져라 바라보고 있었다.

"원, 사각형, 삼각형. 멋지군요!" 에미코가 차갑게 말했다. 그건
'스퀘어, 꾸물거리지 말고 지금 당장 설명하라.'라는 뜻이었다.

그라쿠스의 인내심도 한계를 향해 가고 있었다.

파린이 카펫 위에 섰다. "처음에 좀 더 자세히 살펴봤더라면 알아
챘을 건데 그러지 못했습니다."

그라쿠스와 에미코는 무슨 영문인지 모른 채 카펫을 보았다. 동
시에 고개를 갸우뚱하는 둘의 모습에 파린은 하마터면 웃음을 터뜨
릴 뻔했다. 파린이 발로 무늬를 따라가기 시작했다. 갖가지 기하학
적인 무늬들 사이에 펜타그램이 완벽하게 숨어 있었다.

"스승이란 작자가 카펫을 폐하의 보물 창고에 펼쳐 두게 하였습니다." 그가 설명했다. "그리고 밤롬의 부하들에게 뇌물을 주었지요. 그렇게만 된다면 악령에게 다음 일은 누워서 식은 죽 먹기나 다름없었습니다. 그는 펜타그램을 통해 보물 창고에 들어와서 푸른 금속이 든 상자를 훔친 뒤 다시 펜타그램을 통해 사라진 것입니다."

"이런 악령다운 사악한 잔꾀를 부리다니!" 그라쿠스가 고개를 저었다.

"스승 이외에 대주교 하차르트 또한 이 사건의 배후입니다." 파린이 말했다. "그는 까마귀의 지시에 따라 펜타그램이 그려진 카펫을 폐하의 보물 창고에 들였고 덕분에 금속을 훔칠 수 있었으니까요. 제 생각으로는 투르겐손 공작 독살 사건도 그의 짓입니다." 파린은 잠시 망설였지만 용기를 내어 말했다. "폐하, 무례한 질문을 용서하여 주십시오. 하지만 폐하께서는 왜 그를 계속해서 곁에 두시는 건가요?"

그라쿠스가 한숨을 쉬며 말했다. "다시 자리에 앉아서 이야기하지. 니네브의 두 번째 이야기를 들려줄 테니."

그들은 다시 자리에 앉았다.

그라쿠스가 다시 이야기를 시작했다. "그건 니네브의 예언 때문이었네. '대주교가 폐하의 건승과 폐하의 패권과 폐하의 승리를 돕는 도구가 될 것'이라 하더군. 이에 덧붙여 그의 악행을 참아내고 견뎌야 한다고 했지. 니네브의 예언은 들어맞았어. 그는 파렴치한 인간이지만 벨텐 제국의 부귀영화와 평화는 일정 부분 그의 덕분이 기도 했으니까. 이전 시대의 왕들은 늘 성직자들과 반목했지. 하지만 나는 하차르트와 동맹을 맺은 후로 불필요한 갈등을 겪을 필요가 없었어. 그런데도 그는 늘 위험한 존재였던 건 분명해." 그라쿠스의 눈이 가늘어졌다. "이번 일은 용서하지 않겠네. 수도원의 지원 사격을 잃지 않으면서 그에게 책임을 묻겠어. 푸른 금속을 빼돌린 배신의 대가로 그를 참수할 것이네. 단, 그건 까마귀가 증인이 되어 줄 때만 가능한 일이지."

"제 생각으로는 그가 그렇게 해 줄 것 같습니다." 파린이 말했다.

"그러기를 바라야지. 그러려면 우선 그가 성문 앞에 나타나 주어야 하겠지. 나는 지금껏 너무 많은 일을 겪었어." 긴 한숨이 뒤따랐다. "그리고 회의와 불신이 쌓였지. 어쩌면 그 덕에 사람을 보는 눈도 생겼다네. 그대들이 나에게 중요한 사실을 숨겼지만 나는 그대들의 충성심을 믿네. 하지만 나의 관용을 계속해서 시험에 들게 하지 말아야 할 것이야. 그중에서도 특히 에미코, 자네 말일세." 그가 이를 드러내며 웃었다. "나에게 그대와 같은 기사가 더 있었다면 이런 식으로 늙지는 않았겠지."

"제게 파린 같은 스콰이어가 더 있었다면, 저도 마찬가지였을 것입니다, 폐하." 그가 고개를 들었다. "폐하, 저희는 폐하를 실망시키지 않을 것입니다. 저의 조건 없는 충성심을 믿어 주십시오."

"그대가 빈말이나 틀린 말을 하지 않는다는 건 잘 알고 있네." 그라쿠스가 슬픈 얼굴로 고개를 끄덕였다. 둘 사이의 얽히고설킨 관계는 최근에 벌어진 사건들로 더 나빠질 법도 했건만 오히려 개선되고 있었다.

왕이 종을 울리자 하인 둘이 곧바로 문을 열고 들어왔다.

"카펫을 다시 말아 알현실로 옮겨라."

하인들은 즉시 명령을 따랐다.

셋은 통치실 밖으로 나왔다. 피곤했지만 마음의 짐을 덜어 낸 파린은 날아갈 듯 기뻤다.

그때 하인이 그들에게 다가와 알렸다. "카고란 대장이 전하는 소식이옵니다. 웬 사내가 에미코 기사님의 스콰이어와 약속을 했다며 성문 앞에서 기다린다고 하옵니다. 그가 스콰이어와 단둘이서만 만나기를 요청하였습니다. 그자에겐 네코르인의 낙인이 있었습니다."

그라쿠스가 왕답지 않게 잇새로 휘파람을 불었다. "잠시도 쉴 틈이 없군. 까마귀가 정말로 나타나 발칙하게도 조건을 달다니. 그를 잡아들여 고문해서라도 비밀을 알아내야 할까, 죽여야 할까, 아니면 정화의 약을 주어야 할까. 스콰이어, 그대는 어떻게 생각하는가?"

"마지막 방법이 좋을 것 같습니다, 폐하. 그냥 죽이기에 그는 너무 많은 정보를 가지고 있습니다. 고문은 협조하지 않을 때 하여도 늦지 않습니다."

"그럼 그렇게 하도록 하라. 파린, 자네가 새로운 친구의 일을 처리하게. 에미코, 까마귀를 주시하게."

"예, 물론입니다, 폐하."

"그리고 나에게 상세히 보고하게. 모든 결정은 내가 내리겠네."

에미코가 허리를 숙였다. 파린도 그를 따라 허리를 숙였다.

이로써 왕과의 유별난 접견은 끝이 났다.

항구에서

항구로 가는 길은 찾기 어렵지 않았다. 언덕에서 무조건 아래쪽으로 내려가기만 하면 되었으니까. 그녀의 인생처럼. 누더기를 걸친 지저분한 아이. 사회의 찌꺼기 같은 존재. 그런 그녀가 사람들 사이의 빈틈을 지나 아래로, 아래로 내려갔다. 최대한 눈에 띄지 않고 바르바로사로 돌아가려 했지만 그녀를 본 사람들은 하나같이 코를 찡그리며 위아래로 훑어보기 일쑤였다. 많은 사람 사이에서 황제가 보낸 군인들의 눈에 띄지 않게 조심하기란 결코 쉬운 일이 아니었다. 다행히도 병사들은 모두 붉은 옷을 입고 있어 멀리에서도 눈에 띄었다.

아로스는 사람들의 의심 어린 눈초리 따위는 아랑곳하지 않았다. 그녀를 그냥 내버려 두기만 한다면 아무래도 상관없었다. 갈매기들이 그녀의 머리 위에서 원을 그리며 울어 댔다. 하늘 위의 쥐들, 바다의 전조를 먼저 알려 주는 새들. 바르바로사 갑판 위까지 갈매기처럼 훌쩍 날아갈 수 있다면 좋으련만!

항구까지 가는 길은 생각했던 것보다 멀었다. 한편으로는 조급한 마음과는 달리 진척이 더뎠고, 다른 한편으로는 사람들이 많아 몸을 숨기기 좋았다. 한 번은 불과 몇 미터 앞에 군인들 무리가 나타났지만 인파에 섞여 눈에 띄지 않고 지날 수 있었다.

드디어 언덕 아래에 이르렀다. 상점들이 밀집한 지역을 지나 모통이를 돌아 큰 부두로 가는 길에 접어들자 바르바로사 호가 보였다. 하지만 그건 그녀가 바라던 모습이 아니었다. 바르바로사는 선착장에 있는 것이 아니라 막 내항을 출발하여 바다로 나아가고 있었다. 말도 안 돼!

그녀는 정신을 잃은 사람처럼 부두를 향해 달렸다. 양팔을 저으며 마구 소리쳤다. "**멈춰! 나도 데려가 줘! 멈춰!**"

그녀는 잠시 물속으로 뛰어들어 헤엄을 쳐서라도 따라잡아야겠다고 생각했다. 하지만 그럴 수가 없었다. 배는 벌써 너무 멀리 떠나 있었다. 어떻게 이런 일이! 어떻게 그녀를 두고 출항할 수가 있지? 하지만 문득 깨달았다. 야콥 선장은 틀림없이 그녀를 기다렸을 것이다. 바르바로사처럼 큰 배들은 아침 해가 뜨자마자 출범을 했다. 지금은 정오 무렵이었다.

바르바로사가 항구의 좁은 구간을 지나 넓은 바다로 나아가는 것을 확인한 순간 그녀의 눈에 눈물이 흘러내렸다. 벌써 가로돛이 펼쳐지고 있었다.

그제야 사람들의 시선이 느껴졌다. 어느새 붉은 군복을 입은 정찰병 두 명이 양쪽에서 나타났다. 당연했다. 이보다 더 완벽하게 눈에 띄는 행동을 할 수는 없었으니까. 실망과 당혹감이 모든 희망을 삼켜 버렸다. 그리고 그와 함께 그녀의 의지와 힘도 모두 사라져 버렸다. 바르바로사 호가 묶여 있던 두 개의 거대한 말뚝 사이에서 그녀는 멍하니 떠나는 배만 바라보고 있었다. 간발의 차이로 행운과 불행이, 삶과 죽음이 결정되는 순간은 종종 있었다.

그녀를 발견한 군인들이 달려들었다. 혹독한 공허함과 비참한 체념 중 무엇이 더 끔찍할까? 군인 하나가 그녀의 팔을 붙들었다. 아로스는 반항하지 않았다. 또 다른 군인이 머리 위에 자루를 씌우고 목에 끈을 묶었다. 간신히 숨을 쉴 수 있을 정도로 단단히. 군인들은 고통 변환의 마법을 쓰는 죄인을 체포하는 방법을 숙지하고 있었다. 하지만 자루는 불필요했다. 아로스는 어차피 그들에게 해코지할 생각이 없었으니까. 분노는 연기처럼 사라졌고, 싸워야 한다는 의지는 꺾였으며 고통은 바르바로사 호와 함께 멀리 떠나 버렸다.

아로스는 등 뒤에 두 손이 묶인 채로 무거운 군홧발 사이에서 비틀거리며 걸었다. 어디로 가는지도 알 수 없었다. 군인들은 아무 말도 하지 않았다. 그것도 명령의 일부였을까?

아무도 그녀의 얼굴을 볼 수 없었지만, 아로스는 고개를 숙인 채 한 걸음 한 걸음 앞으로 걸어갔다. 그렇게 그녀는 삶의 마지막 순간을 향해 나아가고 있었다. 키의 모습이 떠오르자 더 큰 패배감을 느꼈다. 이 모든 불행의 시작은 어디였던가? 감히 부를 수 없는 악령을 떠올렸다. 뼈를 보는 사람과 기사를 떠올렸다. 그렇게라도 해야 이제 곧 그녀에게 닥칠 일에 대한 두려움을 몰아낼 수 있지 않을까. 알렉산도르의 얼굴이 떠올랐다. 그녀를 바라보는 그의 눈빛, 조금은 수줍고, 조금은 감탄 어린, 그리고 조금은 부러운 듯한 눈빛이. 생각나는 것이 더 있었다. 그녀가 갑자기 하늘을 향해 고개를 들었다.

넌 아직 죽지 않았어, 흙투성이 발 아로스. 쥐들의 여왕.

아로스는 귀를 기울이기 시작했다. 자신이 어디로 끌려가고 있는지 알아내야 했다. 아직까지도 언덕길이 나타나지 않은 것으로 보아 죽음의 주사위로 가는 길은 분명 아니었다.

덜커덕 문이 열리는 소리, 어디선가 들려오는 몇 마디 명령. 발아래는 포석으로 가지런히 포장된 길이란 걸 촉감으로 알 수 있었다. 군인들은 여전히 아무 말도 없었다. 혹시 이대로 처형대로 향하는 걸까?

바로 그때 그들이 아로스를 어느 건물 안으로 밀어 넣었다. 그들은 곰팡내가 나는 가파른 계단을 따라 내려가다가 곰팡내가 나는 복도를 따라 걸었다. 신음과 비명이 사방에서 들렸다. 육중한 문이 열렸다. 누군가가 그녀를 발길질해 문턱 너머로 차 넣었다. 아로스가 중심을 잃고 비틀거렸다. 등 뒤로 손이 묶인 그녀는 그대로 넘어지며 돌바닥에 머리를 부딪쳤다.

얼마나 오랫동안 그곳에 누워 있었을까? 누군가가 등을 걷어찼다. "그만 자는 척하고 일어나!"

아로스가 눈을 떴다. 눈앞은 완전한 암흑이었다.

"아무도 자루를 벗기지 말라. 위험한 아이니까. 너희 동료들이 벌써 이 아이에게 당했다는 사실을 들었지?"

길드의 일인자! 그녀가 나타날 거라고 예상했어야 했다. 잔인하고 파렴치한, 악령의 낙인이 찍힌 그녀.

누군가의 목소리가 들렸다. "혹시 모르니 두 눈을 찌르는 게 어떨까요? 제가 하겠습니다. 동료가 셋이나 당했어요. 도살당한 가축처럼 피를 흘리면서."

"좋은 생각이군. 그 얘긴 조금 있다 다시 하지."

이수르야의 손길이 느껴졌다. 그녀가 더러워진 아로스의 옷을 뒤지고 있었다. 하지만 땀과 오물과 피 이외에는 아무것도 찾아내지 못했다.

"넌 뭔가를 숨기고 있어, 그렇지 않으면 설명이 안 돼." 그녀의 화난 목소리가 들렸다.

"날 가만히 내버려 둬, 더러운 배신자 마녀!" 자루를 통해 나오는 그녀의 목소리가 둔탁하게 들렸다.

"하긴 지금 너에게 필요한 건 다정한 위로의 말일지도 모르겠구나. 네가 도망친 덕에 죽음의 시간이 조금 뒤로 미뤄졌을 뿐이야. 덕분에 네 처지는, 뭐라고 해야 할까, 더 드라마틱해졌다고나 할까."

"지옥에나 떨어져." 아로스가 말했다. "아니, 넌 벌써 한 발은 지옥에 담그고 있지만."

"어린애처럼 굴지 좀 마! 넌 황제의 군인을 셋이나 더 해쳤어."

"너희가 자초한 일이지. 난 그냥 내 목숨을 구하려고 한 것뿐이야. 난 이유 없이 갇혔었으니까. 그 전에 너희는 이유 없이 내 가장 좋은 친구를 죽였고."

"쓸데없는 소리를 잘도 지껄이는구나. 내가 더 궁금한 건 말이다… 군인들 말로는 네가 교수대의 지렛대를 멀리서 움직였다던데."

"무슨 소리야, 그 대단하신 마법사들의 우두머리 이수르야도 못 해내는걸."

"마음대로 까불어 보렴. 넌 공개 처형을 당하게 될 거야. 삼 일에 걸쳐서 말이지. 아주 길고 고통스러운 죽음이 될 거다. 하지만 황제께서 먼저 너를 보겠다고 하시는구나. 아마도 궁금한 게 있으신 모양이지."

"그럼 오라고 해. 어쩌면 내가 대답을 해 줄 수 있을지도 모르니까."

"아니, 멍청한 계집 같으니라고. 넌 이 감옥에서 엉망진창 곤죽이 될 거야. 듣고 싶은 게 뭐든 제발 말하게 해 달라고 밤낮으로 빌게 될걸?"

아로스는 아무 대답도 하지 않았다.

"단둘이 할 말이 있다!" 이수르야가 명령했다.

누구를 향한 명령인지는 볼 수도, 들을 수도 없었다. 낮은 웅얼거림이 들리고 발소리가 멀어져 갔다. 문이 닫혔다.

아로스는 이수르야가 자신의 옆에 다가와 앉는 것을 느낄 수 있었다.

"네 마법의 비밀을 알려 줘. 그러면 삼 일간의 고문을 면하게 해 주지." 그녀가 걱정하는 친언니 같은 말투로 말했다. 목소리는 바로 옆에서 들렸다. 자루 사이로 그녀의 숨결을 느낄 수 있을 정도였다.

"직접 알아내 보든지." 아로스가 증오에 찬 목소리로 쏘아붙였다.

"그분은 네가 어떻게 그런 힘을 만들어 내는지 궁금해하시지. 너의 능력을 빨아들이고 너의 힘을 들이마시고 싶어 해." 그녀의 음울한 목소리가 떨렸다.

그녀가 말하는 '그분'이 황제가 아니라는 건 분명했다. 지금 그녀의 정신 속에 악령이 있는 걸까?

죽음의 주사위에서 들었던 대장의 목소리가 문을 통해 들려왔다. "아직 용건이 남았소? 저 아이는 폐하의 죄수이며 폐하만이 처분하실 수 있으니. 그 사실을 잊지 마시오."

"물론입니다! 걱정하지 마세요. 손 하나 까딱하지 않을 테니까." 이수르야가 외쳤다. 그리고 아로스의 귀에 대고 말했다. "나의 악령이 곧 너를 보러 올 거야. 먼저 너의 비밀을, 그다음엔 너의 내장을 꺼내 주지. 아주 특별한 축제가 될 거다."

"악령도 나를 고문하겠다는 거야? 이거 뭐 줄이라도 세워야겠군." 아로스는 자신의 어디에서 그런 당돌함이 나오는지 알 수 없었다. 머리에 자루를 뒤집어쓴 채 아무것도 할 수 없는 신세임에도.

게다가 두려움이 집요하게 그녀를 파고드는 가운데. 하지만 증오가 다시 담대함을 깨우고 있었다. 더는 물러서고 싶지 않았다. 왜냐고? 물러선다고 달라질 것도 없었으니까.

철컥대는 소리가 들렸다. 이수르야가 일어나 문을 열었다. "이 아이는 이제 대장님 손에 넘겨드리죠. 손 하나 까딱하지 않았답니다. 언제 무슨 짓을 벌일지 모르는 아이니 잘 관찰해야 할 거예요."

한참 뒤에 다시 문이 닫혔다. 이제 그녀는 혼자였다. 손이 묶이고 머리에 자루를 뒤집어쓴 채. 두려움과 함께.

얼마나 오랫동안 차가운 돌바닥에 누워 있었을까? 머리에 뒤집어쓴 거친 자루는 생각했던 것보다 훨씬 더 괴로웠다. 이 단순한 자루 하나가 이렇게 끔찍한 고문이 될 줄이야. 숨쉬기가 점점 힘들어졌다. 곧 질식할 것만 같았다. 언제쯤 죽음을 바라게 될까? 언제쯤 죽음이 구원으로 느껴지게 될까?

흐느낌이 터져 나왔다. 그녀의 바싹 마른 목구멍을 통해서. 얼마나 오랫동안 아무것도 마시지 못한 걸까? 목마름. 이 단순한 한 단어가 시간이 지남에 따라 점점 더 포악해져 갔다.

몇 분이 흘렀다.

목이 말랐다.

몇 시간이 흘렀다.

목이 말랐다.

며칠이 흘렀다.

"드디어 찾았군!" 그녀의 머릿속이 울렸다. 끔찍한 목소리. 악령! 감히 부를 수 없는 존재!

아로스의 눈이 휘둥그레졌다. 사방이 암흑이었다. 감옥 문은 닫힌 채였다. 그녀는 분명 혼자였는데!

머리에 쓴 자루가 아니었어도 어차피 아무것도 보이지 않았다. 이곳엔 단 한 번도 빛이 들어온 적이 없는 게 분명했다.

"우리 얘기 좀 할까? 지금이 딱 좋은 타이밍인데." 음험한 낄낄거림이 뒤따랐다.

이수르야가 악령을 그녀에게 데려왔다. 두려움이 엄습했다. 몸이 화끈거렸다. 벌써 그녀의 몸이 지옥 불에 던져진 걸까? 그녀는 무력하게 악령의 손아귀에 있었다. 그가 얼마나 역겨운 존재인지는 바르바로사 호에서 이미 경험했었다. 어쩌다 운 좋게 살아나긴 했지만 악령의 시커먼 탐욕과 그를 둘러싼 끔찍한 불행의 기운을 몸소 체험했었다. 이제 그 더러운 탐욕이 그녀의 내면까지 파고들어 왔다. 어둠이 그녀의 육체를, 그녀의 정신을 뒤흔들었다. 자루가 벗겨졌다. 눈앞에 그것이 나타났다. 휘어진 뿔과 비늘로 덮인 이마, 무시무시한 이빨과 침을 흘리는 거대한 주둥이. 활활 타오르는 무자비한 두 눈.

악령이 그녀를 보며 징그럽게 웃고 있었다. 하지만 그는 그녀의 눈앞에 있는 것이 아니었다. 차라리 눈앞에 있었더라면. 그것은 그녀의 내면에 있었다. 아로스는 너무 놀라 입을 다물지 못했다. 반사적으로 비명을 지르려고 했다. 하지만 그녀의 입에서는 아무 소리도 새어 나오지 않았다.

그렇게 공포에 굴복했다.

정화된 자

"나를 이렇게 맞아 주다니 고맙네." 검은 사내가 인사했다. 파린의 몸에 털이 곤두섰다. 매부리코와 해골 같은 얼굴, 소름 끼치는 쉰 목소리. 악령이 빠져나간 상태라도 까마귀는 견디기 힘든 존재였다. 어두운 기운이 너무 자주, 그리고 너무 강렬하게 그를 지배했기 때문일까?

스무 명도 넘는 군인들이 대기한 가운데 성문이 올라갔다. 드로그단과 매장꾼의 아들이 성 밖으로 나왔다. 드로그단이 함께 온 건 파린의 부탁 때문이었다. 그는 완전히 무장을 한 채로 파린 옆을 떠나지 않았다. 성문 위 망루에는 에미코가 여러 명의 궁수와 함께 그들의 움직임을 감시하고 있었다. 파린은 에미코가 특별한 손님의 일거수일투족을 의심의 눈으로 지켜보고 있다는 사실을 알고 있었다.

내가 있는데 드로그단이 왜 필요해? 징글징글이 투덜댔다.

아, 악령 나리께서 드디어 푹 자고 일어나셨나 보군.

물론 그건 악령의 자부심과 긍지에 금이 가는 조치였다. "한 번만 봐 줘, 징글징글. 지난번에 습격당한 적도 있고 해서 혹시 몰라 조심하려는 것뿐이야." 파린이 내면을 향해 양해를 구했다.

까마귀는 타고 온 말의 고삐를 쥐고 있었다. 이와 눈의 흰자위만 빼고는 주인과 마찬가지로 온통 검은빛의 말이었다. 까마귀는 푸른

색 투구를 쓰고 있었다.

파린이 그에게 다가갔다. "네가 정말로 나타날 거라는 확신은 없었어."

"이렇게 왔지 않는가, 친구. 나도 네가 마중을 나올 거란 확신은 없었는데." 까마귀가 마치 거대한 똥 무더기라도 발견한 듯 인상을 쓰며 드로그단을 보았다. "경비견도 한 마리 데리고 왔군."

"그만해! 우리는 친구 사이가 아니고, 긴말은 필요 없어. 폐하께서 허락하셨다. 정화의 약과 너의 정보를 교환하는 거야. 거래의 순서만 명확히 하면 돼. 감히 부를 수 없는 존재의 낙인이 있는 자는 결코 성안에 발을 들일 수 없다."

"그래서는 계속 헛바퀴만 돌 뿐이야. 고양이가 제 꼬리를 물려고 빙빙 도는 꼴이지. 사실은 나도 호랑이 굴에 제 발로 걸어 들어가고 싶은 마음은 없다고. 하지만 넌 왕에게 충성하는 정보원으로서 어떻게든 나를 들여보내 줘야 하잖아. 아니면 먼저 나에게 정화의 약을 줘. 약효가 증명된 뒤 성안으로 들어갈 수 있게."

파린이 물었다. "네가 낙인에서 해방되고 나서 약속을 지킨다는 말을 어떻게 믿지?"

"내가 비밀을 폭로한 뒤에 너희가 나를 보내 준다는 말을 어떻게 믿지?"

"너 같은 벌레만도 못한 인간이 조건을 달아?" 드로그단이 으르렁댔다.

374

"거래란 원래 양쪽이 이행해야 하는 조건들을 조율하는 거지." 까마귀가 무심하게 말했다. "나는 내 발로 여기까지 왔어." 그가 궁수들을 가리키며 말했다. "무기도 없이 제 발로 찾아온 사람을 쏘든지, 너희가 애타게 구하던 정보를 듣든지." 그가 입고 있는 망토를 젖혀 무기가 없음을 알렸다.

"너를 들여보내기 전에 먼저 쇠사슬로 결박하겠다. 낙인이 사라지기 전까지는 어쩔 수 없어. 감히 부를 수 없는 존재의 낙인이 정말로 사라지고 나면 그때 너를 풀어 준다. 단, 네가 아는 사실을 털어놓았을 때 말이지."

"그러려면 너를 믿을 수 있어야 해."

"네 말이 진실이고, 지금까지의 악행이 정말로 악령 때문이라면 나를 못 믿을 이유가 없잖아. 심지어 감히 부를 수 없는 존재와의 싸움에 힘을 보태고 더 나은 인생을 시작할 기회가 될 텐데."

검은 사내가 어깨를 으쓱했다. "좋아, 어차피 대안이 없으니까. 시키는 대로 할게."

드로그단이 곧바로 그의 뒤로 가서 팔에 수갑을 채우고, 발에도 쇠사슬을 묶었다. 그리고 숨겨 둔 무기가 없는지 온몸을, 신발 속까지 샅샅이 뒤졌다. "무기는 없어. 들여보내도 좋아."

까마귀는 저항하지 않고 자신의 운명을 따랐다. 파린과 드로그단 사이에서 철컥철컥 소리를 내며 그가 성문 안으로 걸어 들어가고 있었다. 모든 이들의 시선이 비쩍 마른 음울한 사내를 쫓았다. 아무도 예상하지 못한 반전이었다. 다른 누구도 아닌 바로 그 까마귀가 스승을 배신하고 투항하다니.

에미코가 계단을 내려오며 명령했다. "예배당 옆 감옥에 가둬라."

무장한 군인들에게 철통같이 에워싸인 채로 검은 사내는 '최후의 자비'라 불리는 감옥으로 보내졌다. 사형 선고를 받은 죄수들이 집행을 기다리는 감옥을 이곳에서는 그렇게 불렀다.

까마귀가 갇히자 에미코는 직접 벽에 박힌 무쇠 고리와 쇠사슬을 점검했다. 까마귀는 특유의 음울한 표정으로 침묵을 지키고 있었다.

"역겨운 놈. 벌써 오래전에 너를 죽였어야 했는데." 에미코가 말했다. "그랬으면 오늘 이따위 야단법석도 필요 없었겠지."

"역겹기로 말하자면 너도 만만치 않아. 듣자 하니 가장 아끼는 신하를 감옥에 가두고 고문했다던데. 고마움을 모르는 파렴치한 인간 같으니." 까마귀가 받아쳤다.

파린은 에미코가 그 자리에서 까마귀의 목을 꺾어 버릴지도 모른다고 생각했다. 하지만 다행히 그는 까마귀의 도발을 참아 냈다. 에미코의 눈썹이 내려갔다. "이번 싸움은 네가 이겼어. 하지만 진짜 전쟁에서 어떻게 될지는 두고 보자."

까마귀가 파린을 보고 말했다. "뭘 기다리는 거지? 정화의 약은 가져왔나? 그럼 어서 그걸 줘."

파린이 허리춤의 주머니에 손을 넣었다. 프레니아에게서 받은 약병 두 개를 꺼냈다. 에미코는 한 병으로도 낙인에서 해방되었으니 이만하면 충분할 것 같았다.

팔과 다리가 모두 결박된 까마귀를 대신해 파린이 코르크 마개를 연 뒤 그의 입에 약을 흘려 넣었다. 검은 사내는 기다렸다는 듯이 단숨에 마지막 한 방울까지 약을 삼켰다. 그리고 있지도 않은 입술을 핥았다. "맛은 별로지만 약효만 좋다면야."

"내 경우에는 낙인이 사라지기까지 몇 시간이 걸렸어. 그때까지 잠자코 여기서 기다려라." 에미코가 말하고는 군인들을 향해 명령했다. "항상 두 명은 여기서, 여섯 명은 문 앞에서 지킨다. 먹을 것과 마실 것은 충분히 주어라. 한 시간마다 왼팔을 검사하고 나에게 보고하라. 그리고 머리에 쓴 투구가 벗겨지지 않도록 주시하라."

"예, 기사님." 보초병이 허리를 꼿꼿이 세우며 대답했다.

그들은 '최후의 자비'를 떠났다. 그라쿠스는 최후의 자비를 자주 베푸는 왕이 아니었다.

다음날 정오 무렵 모든 일이 계획대로 진행되고 있었다. 에미코와 드로그단과 파린이 까마귀 앞에 나타나 왼팔을 검사했다. 한가운데 불꽃이 있는 원 안의 펜타그램은 정말로 사라지고 없었다. 만약에 대비하여 오른팔도 살펴보았지만, 그곳에도 낙인의 흔적은 찾아볼 수 없었다.

"새사람이 된 것 같군." 까마귀가 말했다. 그의 얼굴도 예전에 비하면 조금이나마 부드러운 표정을 짓고 있었다. 하지만 동화 속의 괴물을 연상시키는 공포스러운 얼굴은 여전했다. "이제 이 쇠사슬을 좀 풀어 주겠는가? 새로 얻은 자유를 향해 활짝 기지개를 켜 보고 싶어."

에미코가 이를 갈며 말했다. "한 가지만 분명히 말해 두지. 낙인이 있든 없든 너에 대한 혐오는 변함이 없다. 그리고 그토록 바라는 자유는 약속을 지키는 대로 누리게 해 주지."

"어쩔 수 없지, 그럼 좋을 대로." 검은 사내가 응답했다.

"얼마나 오래 걸릴지는 오늘 안에 결정이 나겠지. 열두 번째 종이 울리는 시간에 알현실로 간다. 그곳에서 설명할 기회를 주지."

"그렇다면 영광이야." 까마귀가 작은 소리로 중얼거렸다.

"투구는 계속 쓰고 있어. 그걸 벗는 순간 널 죽여 버릴 것이다." 에미코가 경고했다.

"물론이야."

"의심이 가는 행동을 하거나 허락받지 않은 곳으로 움직여도 널 죽여 버릴 것이다."

"물론이야."

에미코의 번뜩이는 눈동자가 그의 말이 괜한 협박이 아님을 강조하고 있었다. 반면 까마귀는 심드렁한 얼굴이었다.

재판장 같은 광경이 펼쳐졌다. 무장한 병사들이 알현실을 지키고 있었고 양쪽 벽에 좌우로 늘어선 왕의 호위병들은 험상궂은 얼굴로 눈을 부릅뜨고 있었다. 왕관을 쓴 왕은 왕홀을 들고 왕좌에 앉아 있었다. 파린과 드로그단이 왕좌 바로 아래에 자리했고 뒤편으로는 서기가 높은 책상 앞에 서서 깃털 펜에 잉크를 찍고 있었다. 그 밖에도 대주교 하차르트가 여느 때처럼 자신의 자리에서 옆 사람과 진지한 얼굴로 대화를 나누고 있었다. 대화 상대는 파린이 지난번 연회에서 본 적이 있는 수도원장이었다.

중대한 진실이 밝혀지는 순간을 위한 준비가 모두 끝났다.

까마귀가 끌려 들어왔다. 그의 뒤에서 거대한 문이 닫혔다. 왕의 호위병들이 이미 그의 몸을 수색했고 망토는 벗겨 둔 채였다. 그 밖에 벨텐 제국에서 가장 탁월하고, 가장 큰 공로를 세운 기사 둘, 에미코와 카고란이 그의 일거수일투족을 주시하는 중이었다.

까마귀는 공손하게 왕을 향해 걸어왔다. 창백한 얼굴에 검은 눈, 그의 영혼은 어떤 색일까?

카고란이 왕좌 왼쪽으로 갔다. 에미코는 그와 반대편, 왕의 오른편에 섰다. 둘 다 검을 뽑아 세워 들고 있었다. 그들의 굳은 표정뿐만 아니라 모든 것이 왕궁의 정원에 있는 옛 기사들의 조각상을 떠올리게 했다.

매장꾼의 아들은 잔뜩 긴장하여 내면의 소리에 귀를 기울였다. 징글징글은 어디로 간 걸까? 여전히 잠들어 있는지, 아니면 정말로 어디론가 사라져 버리기라도 한 건지 알 수 없었다. 하지만 전에도 가끔 이런 일이 있었던 터라 파린은 더 깊이 생각하지 않기로 했다. 대신 까마귀라 불리던 음울한 손님에게 시선을 고정했다. 저 사내의 진짜 이름은 뭘까?

검은 사내는 능숙한 동작으로 무릎을 굽힌 뒤 벨텐 제국의 왕이 입을 열 때까지 겸손하게 기다렸다.

하지만 그라쿠스는 마치 검은 사내에 관심이 없는 사람처럼 양쪽에 선 기사들에게 귓속말로 무언가를 지시하고 있었다.

까마귀는 침착하게 기다리고 또 기다렸다. 왕이 자신에게 눈길을 줄 때까지.

드디어 기다리던 순간이 왔다.

"앞으로 나와라." 그라쿠스가 입을 열었다.

그제야 검은 사내는 왕좌 가까이 다가와 다시 한번 우아한 동작으로 무릎을 굽혔다. 그는 왕궁의 예절에 익숙했다.

"네 이름이 무엇인가?" 그라쿠스가 물었다.

"어둠의 악령 손아귀에 들어가기 전에 사람들은 저를 발타사르라 불렀습니다, 폐하."

"발타사르, 너는 적을 섬기고 스승이란 자와 공모했다. 너는 수배 중인 살인자이며 반역 혐의도 있다. 그 밖에도 너의 죄목은 끝이 없지. 네 목을 칠 이유는 이미 한둘이 아니다."

까마귀가 죄책감을 느끼는 얼굴로 고개를 끄덕였다. 그런 그의 모습은 마치 모이를 쪼는 진짜 까마귀처럼 보였다. "그렇습니다. 하지만 특별한 사정이 있었기에 오늘 이렇게 폐하의 자비를 청합니다. 그래서 하우펜 출신의 스콰이어 파린과도 약속을 한 것입니다. 그가 저에게 정화의 약을 주었고 약효가 나타났습니다. 그에 대한 보답으로 저는 감히 부를 수 없는 존재, 그리고 스승과의 싸움에서 폐하께 도움이 될 수 있도록 제가 알고 있는 정보를 알려 드리고, 폐하를 위해 일하겠습니다."

"우리는 오늘 참으로 중요한 이유로 이 자리에 모였다." 그라쿠스가 발타사르를 머리부터 발끝까지 살피며 말했다. 왕의 표정만으로는 그가 발타사르를 어떻게 생각하는지 전혀 알 수 없었다. "그러니까 악령의 낙인이 사라졌다는 말인가?"

까마귀가 두 팔을 들어 올려 증명해 보였다. "보십시오. 폐하. 이제 낙인이 완전히 사라졌습니다. 폐하의 너그러움 덕에 이렇게 치료되었습니다."

"이제 네가 약속을 지킬 차례다. 오늘 이 자리도 그런 이유로 마련되었지."

발타사르가 잠자코 고개를 끄덕였다.

"먼저 내 보물 창고에 있던 귀중한 금속의 전례 없는 도난 사건 이야기부터 시작해 볼까?" 그라쿠스가 손짓하자 하인들이 카펫을 들고 와서 왕좌 옆에 펼쳤다.

"이 카펫이 무엇인지 말해 보아라." 그가 까마귀에게 물었다.

"폐하, 이 카펫을 통해 푸른 금속을 훔칠 수 있었습니다."

"그 방법에 대한 자세한 얘기를 하기 전에, 이 카펫이 어떻게 보물 창고 안으로 옮겨졌는가?"

"대주교의 지시였습니다. 그가 재무대신 밤롬의 일꾼을 매수하여 카펫을 보물 창고 안에 펼쳐 두게 하였습니다."

하차르트가 놀란 얼굴로 고개를 들었다. "이자가 이런 끔찍한 거짓을 지어내는 의도를 모르겠사옵니다." 그가 인상을 찌푸렸다. "저… 사기꾼의 말은 모두 사실이 아닙니다."

"대주교는 수년째 스승의 중요한 정보원 노릇을 하고 있습니다. 저 또한 이미 열 번 넘게 대주교를 만난 적이 있습니다."

"모두 거짓말입니다!" 하차르트가 버럭 소리를 질렀다.

"물론 그의 말이 사실인지 아닌지는 하나하나 밝혀낼 것이다. 그때까지는 그대의 안위를 위하여 안전한 감옥에 머물도록 하라."

즉시 병사 셋이 대주교의 뒤로 갔다.

바로 옆에 서 있던 수도원장은 영문도 모른 채 당황한 얼굴이었다. "폐하, 무슨 말씀이신지…."

"대주교가 적과 결탁하고, 기밀을 누설하고, 왕실의 보물 창고를 침탈하도록 사탄을 도왔다는 의혹이 있다. 악령의 펜타그램이 있는지 확인하라."

카펫을 들여다보던 수도원장의 눈알이 거의 굴러떨어질 지경이었다. 이내 그는 입을 꾹 닫고, 또 무슨 폭로가 이어질지 기다리기로 마음먹은 듯 보였다.

"이제 본격적인 이야기로 들어가 보자." 발단 그라쿠스가 앞쪽으로 몸을 내밀며 말했다. "너는 우리의 적인 악령에 대해 무엇을 알고 있지?"

발타사르가 대답에 뜸을 들였다. 사실 한 박자 늦게 반응하는 건 그의 습관이기도 했다. 그는 왕의 호위병들만큼이나 꼼짝하지 않고 그 자리에 서서 침묵을 지켰다. 머리에 쓴 투구가 스며드는 햇빛을 반사했다. 파린은 눈이 부셔 미간을 찡그린 채 상황을 지켜보고 있었다.

모든 이들의 시선이 왕좌 앞에 선 사내에게 고정되어 있었다. 혹시 어디서부터 말해야 할지 몰라서 저렇게 뜸을 들이는 걸까?

오랜 침묵은 불편함을 자아내기 시작했고, 마치 무거운 짐처럼 알현실에 모인 사람들의 어깨를 짓눌렀다. 파린은 본능적으로 숨을 깊이 들이마셨다. 마치 해저 바닥에 서 있는 것처럼 숨이 막힐 것만 같았다. 투구! 저 투구가 왠지 자꾸 신경에 거슬렸다.

"스승의 정체를 말해라!" 그라쿠스가 날카롭게 명령했다. 그의 목소리가 알현실에 쩌렁쩌렁 울렸다.

어서 말해! 이제 그가 누구인지 알아야 해. 그 사악한 악령이 누구이며 어디에 있는지. 파린이 잔뜩 긴장한 채 속으로 외쳤다. 감히 부를 수 없는 존재의 계획을 말해. 그리고 어떻게 그를 무찌를 수 있는지.

긴장한 나머지 파린은 아랫입술을 깨물었다. 무슨 일이지? 흉측한 기억이 매캐한 연기처럼 피어올랐다. 그의 머리가 욱신거리며 아파 왔다. 까마귀가 과거에 나타났던 장소들이 어디였더라? 게룬다의 장례식, 매장꾼 파린의 집, 그리고 하차르트를 만나러 무술 경연 대회장에도 왔었지. 그러고 보니 심지어는 지게스문트 성에도 그가 있었다. 이런 생각 중에 갑자기 영감이 떠올랐다. 처음에는 희미했지만, 점점 선명한 그림이 되어 갔다.

까마귀는 그라쿠스를 향해 두 걸음 앞으로 걸어 나갔다. 아직 병사들은 잠자코 대기하고 있었다. 카고란과 에미코도 그의 행동을 지켜보기만 했다.

파린은 심장이 멎을 것만 같았다. 그와 함께 번뜩 깨달음이 찾아왔다. 제길! 아까부터 느꼈던 정체 모를 불안감이 무엇이었는지 비로소 깨달았다. 투구가 매끈했다. 마치 대장장이의 손에서 지금 막 완성된 물건처럼. 게다가 햇빛이 비쳤을 때 특유의 푸른빛이 없었다.

파린이 외쳤다. **"조심해! 속임수다! 저놈을 잡아!"**

에미코가 곧바로 앞으로 튀어나와 왕을 엄호했다. 동시에 까마귀가 왕좌를 향해 달려들었다. 둘은 무섭게 충돌했다. 에미코가 3미터쯤 날아가 쿵 소리를 내며 벽에 부딪쳤다.

오싹한 목소리가 벽에 부딪히며 메아리쳤다. "인간들! 너희들은 너무나 어리석지. 드디어 복수를 위해 너희 모두를 한자리에 모았다. 왕, 기사, 대주교, 그리고 뼈를 보는 사람도 빼놓을 수 없지. 아무도 살아서 이곳을 벗어나지 못할 것이다."

눈 깜짝할 사이에 모든 일이 일어났다. 까마귀는 투구를 벗어 그 속에서 무언가를 빼내더니 파린에게 달려들어 가슴에 꽂았다. 파린은 재빨리 피하려고 했지만 간신히 몸을 낮췄고 덕분에 심장이 아니라 그 위쪽을 찔렸다. 악령이 아니면 해낼 수 없는 전광석화 같은 공격이었다. 신음이 터져 나왔다. 고통 때문이 아니었다. 투구 속을 살펴볼 생각을 왜 하지 못했던가. 파린은 입을 꾹 다물고 자신의 가슴에 박힌 푸른 금속을 보았다. 벌써 두 번째로 빌어먹을 화살촉이 그를 찔렀다. 다행히 이번에도 목숨을 잃을 만큼 깊은 상처는 아니었다. 공격을 막아 내고 싸우기 위해서는 먼저 화살촉을 뽑아야 했다. 그런데 무언가가 그의 몸을 마비시켰다. 그는 퀭한 눈으로 까마귀를 바라만 보아야 했다. 까마귀의 팔과 다리가 자라나기 시작했다. 근육이 부풀어 올랐고 손과 발에서 뾰족한 갈퀴 모양의 손톱과 발톱이 자라났다. 가슴이 불거지고 등은 구부러들었다. 파린은 꼼짝도 하지 못한 채 까마귀가 맨손으로, 아니 칼 같은 손톱으로 왕의 병사들을 습격하는 모습을 지켜보아야 했다. 순식간에 괴물이 왕의 알현실에서 미쳐 날뛰고 있었다. 까마귀이자 스승, 감히 부를 수 없는 존재이자 징글징글의 형제인 악령이! 아무도 이렇다 할 저항을 하지 못했다. 악령의 발톱이 얇은 리넨 천을 뚫듯 갑옷을 꿰뚫고 들어갔다. 지옥에서 온 괴물의 피에 대한 갈증은 끝을 몰랐다. 다음으로 악령은 카고란을 향해 달려들었다. 갑옷으로 무장한 그였지만 단 두 번의 공격으로 가슴이 갈기갈기 찢어지고 말았다.

에미코가 재빨리 일어섰다. 고통에 신음하면서도 그라쿠스를 보호하기 위해 왕좌를 향해 달려들었다. 악령은 그의 옆을 지나쳐 대주교에게로 향했다.

하차르트는 순식간에 무릎을 꿇고 겁에 질려 빌기 시작했다. "살려주십시오, 이미 수년 전부터 저는 스승님의 뜻을 따르는 종이옵니다."

"거짓말! 너는 계속해서 낙인을 거부하고 너 자신만을 위해 일했다. 지난번 너를 만났을 때 난 왕의 친척인 공작을 독살하지 말라고 분명히 경고했지. 그런데 너는 수단과 방법을 가리지 않고 왕위를 탐했어. 하지만 벨텐 제국의 지배자는 단 한 명, 오로지 나뿐이다." 순식간에 악령의 발톱이 대주교의 목을 뜯어내 버렸다. 하차르트는 시체가 되어 바닥에 고꾸라졌다.

파린은 여전히 꼼짝할 수가 없었다. 푸른 금속의 공격을 받은 상황에서 징글징글의 도움을 기대할 수도 없었다. 감히 부를 수 없는 존재는 교활하게도 무엇보다도 먼저 제 형제를 무력화시켰다.

이제 남은 병사는 셋뿐이었다. 그들이 용감하게 검을 빼 들고 악령에게 달려들었다. 애당초 대등한 싸움이 아니었다. 칼날은 비늘로 뒤덮인 악령의 피부를 뚫지 못했다. 악령은 한두 차례 재빠른 동작으로 군인들을 갈가리 찢어 버렸다.

이제 그는 도발하듯 왕을 향해 걸어갔다. "어디까지 얘기했더라, 폐하?" 그가 조롱하며 물었다.

에미코가 싸울 준비를 했다.

다음 희생양은 에미코가 될 차례였다.

"기사 양반은 멈추시지. 난 널 죽이지 않을 생각이야. 암, 아니고 말고. 그 대신 너에게 다시 내 낙인을 선물하마. 나 자신에게 진 빚을 갚는 차원이라고 해야 하나. 너 말고는 지금껏 인간 따위가 내 손아귀를 벗어난 적은 한 번도 없었거든."

"그래 봤자 네가 가질 수 있는 건 내 시신뿐이다." 에미코가 대답했다.

"난 내가 원하는 건 뭐든지 가질 거야. 너와 왕과 그리고 저 우스꽝스러운 매장꾼, 그리고 그보다 더 우스꽝스러운 악령까지. 그 녀석은 우리 가족의 수치라고 할 수 있지. 너희는 나를 섬기고 지옥 불까지 나를 따르게 될 것이다." 괴물의 거대한 턱이 입맛을 다셨다. "형제여, 어떤가? 나의 무대가? 너는 아둔한 스콰이어의 몸에 갇힌 쓸모없는 놈이야. 대체 어떻게 인간 따위에 예속될 수가 있지?"

징글징글은 대답이 없었다. 감히 부를 수 없는 존재가 푸른 금속으로 징글징글을 완전히 무력화시킨 게 분명했다.

"스콰이어가 죽고 나면 너는 내 낙인이 찍힌 종의 몸속으로 들어가게 될 거야. 누가 마음에 드나? 이 영감탱이, 아니 폐하시지. 아니면 기사 에미코? 네가 누구를 택하든지 간에 나는 너의 힘을 빨아 들일 것이다. 그리고 너를 영원히 모든 차원의 세상에서 사라지게 만들 거야. 너의 최후는 이미 결정됐어. 봉인해 버리는 걸로."

여전히 징글징글은 아무 말도 없었다.

갑자기 에미코가 악령에게 달려들었다. 그는 두려워하지 않았고, 왕을 위해 죽음도 불사했다.

그리고 자신의 스콰이어를 지키기 위해서. 파린은 그의 기사 에미코를 너무 잘 알고 있었다. 마른침을 삼켰다. 어떻게 그렇게 어리석었는지. 그들이, 그중에서도 특히 파린이 악령의 덫에 걸려들어 감히 부를 수 없는 존재를 알현실로 불러들였다.

화살촉이 그의 심장 위쪽에 박혀 있었다. 파린의 몸은 여전히 굳은 상태였다. 몸을 마비시키는 독이 발려 있거나 아니면 마법의 화살임이 분명했다.

그라쿠스는 아까부터 벌떡 일어나 단도를 손에 들고 있었다. 하지만 노년의 그가 무엇을 할 수 있을까? 까마귀가 걸어가며 왕을 밀쳐 쓰러뜨렸다. 그라쿠스는 뒷걸음질을 치다가 다시 왕좌에 주저앉았다.

에미코가 그 기회를 놓치지 않고 빙그르르 돌아 악령의 허리를 찔렀다. 하지만 단단하고 두꺼운 비늘이 악령을 지켜 냈다. 인간이었다면 곧바로 목숨을 잃었을 공격이었지만 악령은 가벼운 상처를 입었을 뿐이었다.

악령의 비웃음이 터져 나온 건 어쩌면 당연했다. "쓸데없는 짓은 그만두는 게 좋을걸. 지금까지 널 봐줬으니 반항하지 말고 내 낙인을 받아라. 그렇지 않으면 넌 죽은 목숨이야."

"절대로!" 에미코가 단호하게 외쳤다. 그리고 다시 검을 들고 달려들었다. 무의미한 공격의 대가는 고통이었다. 파린은 차라리 눈을 감고 싶었다. 하지만 기사의 움직임 하나하나를 놓치지 않고 바라보았다. 악령은 긴 팔을 채찍처럼 휘둘렀다. 공격은 너무나 빨랐다. 날카로운 발톱이 검을 쥔 에미코의 팔을 위에서 아래로 길게 갈랐다. 에미코는 놀라운 의지력으로 검을 놓치는 대신 왼손으로 옮겨 쥐었다. 하지만 이미 악령이 그를 덮친 뒤였다. 까마귀의 얼굴은 사라지고 없었다. 대신 칼처럼 날카로운 이가 솟아난 괴물의 주둥이가 기사의 목을 향해 다가가고 있었다.

어떻게든 도와야 했다. 하지만 굳은 결심에도 불구하고, 몸부림에도 불구하고 간신히 발가락 끝이 떨리는 것 이외에 그의 몸은 여전히 말을 듣지 않았다. 눈물이 흘러내렸다. 그리고 자신도 모르게 눈을 감았다. 괴물이 에미코를 만신창이로 찢어 버리는 모습만큼은 차마 볼 수가 없었다.

포기

아로스는 황제의 성안 감옥 차가운 돌바닥에 누워 있었다. 그녀의 머리에는 자루가 씌워져 있었고 두 손은 등 뒤에 묶여 있었다. 그것만으로도 부족한지 이제는 사악한 악령을 느꼈고 그 괴물은 날카로운 발톱으로 마지막 남은 그녀의 존재를 파괴했다. 한마디로 말해 그녀의 인생에서 최고의 순간이라고는 말할 수 없었다. 그나마 다행인 건 이제 사흘 동안 집행될 사형을 두려워할 필요가 없다는 사실이었다. 아로스는 숨을 헐떡였다. 가슴이 답답했다. 어둠의 존재가 작열하는 입술로 아로스의 생기를 빨아들였다. 열기 때문에 머리가 터지기 직전이었다. 대체 악령은 엉망이 된 그녀의 영혼으로 뭘 하려는 걸까?

언제나 방법은 있다고? 아무래도 이번에는 아닌 것 같았다. 그야말로 막다른 골목이었다. "인제 그만 끝내자." 그녀가 자포자기 상태로 중얼거렸다. 그녀는 완벽히 무장해제 된 채 악령의 손아귀에 놓여 있었다.

헤, 얼굴이 엉망이네. 세상을 구하라니까 여기 이러고 누워서 빈둥대는 것 좀 봐.

뭐라고? 이제 악령이 그녀를 조롱하기까지 하는 걸까? 아로스는 자기도 모르게 주먹을 쥐었다. 알 듯 말 듯 한 그 말의 의미가, 또는 무의미가 그녀의 머릿속을 맴돌았다. 어쩐지… 그 말은 전형적인 악령의 말처럼 들리지 않았다. 대체 뭐지? 그녀의 머리가 이제 완전히 돌아 버린 걸까? 그래서 거기 들어온 악령마저도 미쳐 버릴 정도로. 아니지. 그건 악령의 야비한 속임수인 게 분명했다.

철학을 논할 시간도 토론할 시간도 없어. 그러니 잽싸게 준비해.

"뭘? 내가 너같이 역겨운 악령이 시키는 대로 할 것 같아?" 머리를 덮은 자루만 아니었다면 제대로 침이라도 뱉어서 자신의 불쾌함을 생생히 보여 줄 텐데.

꼬맹아, 내 말 잘 들어. 삐딱한 차원 초흐르테난에서 알프차라크한테 게룬다보다 더 못생긴 여자애를 데려오겠다고 약속했다고. 그래야만 네 머릿속에 들어올 수 있게 도와준다나? 너 그게 얼마나 어려운 일인지 알아? 나한테도 결코 쉽지 않은 도전이었다고!

아로스가 속삭였다. "헤? 무슨 말인지 하나도 모르겠어."

지금 막 벌레 생각이 나네. 너희는 분명 친척일 거야. 그녀의 뒤통수에서 괴상한 낄낄거림이 들렸다.

"나 정말 미쳐 버렸나 봐. 마법을 너무 많이 써서 이렇게 된 것 같아." 그녀가 혼잣말처럼 투덜댔다.

덧없는 존재들은 원래 다 그래. 그러니까 그건 핑계로 안 받아 줘. 빨리 가야 해.

"너랑은 같이 있고 싶지도 않아. 네 말을 어떻게 믿어? 저리 꺼져!"

얘는 쥐들의 여왕이야, 아니면 까탈스러운 염소들의 여왕이야?

아로스는 이 말에 귀가 번쩍 뜨였다. 어쩐지 지금 머릿속에 나타난 악령은 그녀의 상상 속 섬뜩한 악령과는 다르게 느껴졌다.

꼬맹아, 한 번 더 잘 들어. 나를 내 형제랑 헷갈리지 말라고. 그러면 나 상처받아. 걔는 나쁜 놈이고 나는 그러니까… 아주 많이 나쁜 놈이지.

아로스의 머릿속은 완전히 뒤죽박죽이었다. 어찌해야 좋을지 알 수가 없었다. 모르겠으면 질문을 해, 누군가가 말했었지. "나한테 원하는 게 뭐야, 아주 많이 나쁜 놈아?"

벌레랑 왕이랑 기사, 걔들 지금 죽어 가느라고 한창 바빠. 네가 결정해. 여기서 아무것도 안 하고 있거나 얼른 그곳으로 가서 구경하거나 아니면 그곳으로 가서 끼어들거나. 난 그냥 네가 원하는 대로 할게.

아로스는 곰곰이 생각했다. 머릿속 악령은 바르바로사 호에서 만난 악령과 분명 달랐다. 하지만 지금 이 힘은 예전에도 느낀 적이 있었다. 그제야 기억이 떠올랐다. 지게스문트 성 앞! 파린의 몸에 손을 댔을 때. "…혹시 너… 징글징글이야?"

한숨 소리가 들렸다. 그 이름이 다른 대륙까지 따라다니네. 날 뭐라고 부르든 상관없으니까 마음대로 불러. 하지만 이제 얼른 네 정신을 나한테 넘겨. 많이 넘길수록 좋아.

"잠깐만, 악령아. 뭘 해야 한다고? 어떻게 하는 건데?"

초르그호로차 보르그헤차! 이래서 내가 애들을 싫어한다니까. 질문, 질문, 또 질문. 내가 너를 움직일 수 있게, 여기서 나갈 수 있게 통제권을 넘기라고!

엄청나게 성미가 급한 악령이었다. 아로스는 다시 생각에 잠겼다. 파린은 분명 이 악령을 신뢰했었다. 징글징글은 벌써 여러 번 파린을 도왔고. 그리고 아로스는 파린을 신뢰했다. 게다가 지금은 악령의 말을 들어야 할 또 다른 중요한 이유가 있었다. 바로 선택의 여지가 없다는 사실이었다. 악령의 말을 따르는 것과 이 음산한 감옥에서 고통스러운 죽음을 기다리는 것. 둘 중 하나였다.

아로스는 정신을 집중했다. 정신을 넘겨라⋯ 어떻게 하는 거지?

그냥 놔 버려. 허공에 떠오른다고 생각해. 긴장을 풀고. 네 몸과 정신과 영혼을 자유롭게 해방해.

두 팔이 묶이고 머리에 자루를 뒤집어쓴 채 감옥에 갇혀 있는데 자유롭게 느끼라니, 뭔 말인지. 결코 쉬운 시도는 아니었다. 여전히 악령의 말이 무슨 뜻인지 이해하기 쉽지 않았지만, 어느새 자신의 에너지와 용기와 확신이 커지는 걸 느낄 수 있었다. 이 악령이 무슨 짓을 할지는 정확히 몰라도 그건 좋은 일일 것이다. 바닥의 차갑고 단단한 돌이 움직이는 것 같았다, 아니 열리는 것 같았다. 그녀의 몸이 아래로 가라앉는 느낌이었다.

이제 그 자루 좀 치워 봐. 너 그렇게 못생긴 건 아니잖아. 혀를 차는 소리가 들렸다. **자루 속 쥐며느리의 여왕이 되고 싶지 않거든 말이야.**

그녀가 자발적으로 자루를 뒤집어쓰기라도 했다는 건가! "잘 들어, 아주 많이 나쁜 놈아. 이 빌어먹을 것들로부터 벗어나고 싶은 건 나도 마찬가지라고." 그녀가 버럭 화를 냈다.

너 지금 네 머리에 뒤집어쓴 자루 얘기하는 거 맞지? 설마 내 얘길 하는 건 아니겠지? 벌레한테 물어봐, 나 엄청 잘 삐져. 그리고 뒤끝도 장난 아니라고.

이 세상에 미친 악령들의 길드라는 게 있다면 분명 이 녀석이 대장일 텐데.

이제 수갑을 풀어!

벌써 수백 번이나 풀고 싶었다고, 아로스가 생각했다.

말 말고 행동을 하란 말이야.

아로스가 단번에 등 뒤의 수갑을 풀어 버렸다. 마치 풀로 엮어 만든 얇은 끈을 끊어 내듯이. 그리고 어안이 벙벙한 채 자루를 묶은 끈을 풀기 시작했다. 작은 탄성과 함께 그녀는 머리 위의 자루를 벗겨 낸 뒤 벽을 향해 던져 버렸다. 드디어 해방이야! 일단 크게 숨을 쉬었다. 사방은 컴컴했지만, 어슴푸레 감옥의 윤곽이 보였다. 악령 덕분에 시력까지 좋아지다니 정말로 믿을 수가 없었다.

너무 늦기 전에 여기서 도망치는 방법은 단 하나뿐이야. 더 놓아 버려.

아로스가 손목을 비비며 생각했다. 악령의 목소리에 섞인 탐욕어린 떨림에 소스라치게 놀랐지만, 악령의 힘이 아니었다면 결박을 푸는 게 불가능했던 건 인정할 수밖에 없었다. "뭘 어쩌려고?" 아로스가 작은 소리로 물었다.

문밖에서 발소리가 들렸다. 귀를 기울였다. 최소 네 명. 심지어 그들의 숨소리까지 들을 수 있었다. 누군가가 열쇠를 넣어 돌렸다.

널 찾아온 손님들과 티격태격할 시간이 없어서 아쉽군. 일어나. 똑바로 서서 나한테 네 정신을 더 많이 넘겨.

본능과 이성이 하나가 되어 말하고 있었다. 느닷없이 나타난 어둠의 존재를 믿어도 좋다고. 그녀는 입을 벌려 니네브의 어금니를 꺼낸 뒤 주먹을 쥐었다. 그것을 쥐고 있으니 마음이 편해졌고 아주 많이 나쁜 악령에게 더 많이 정신을 넘겨줄 수 있었다. 그녀는 어둠 속에 똑바로 서서 방금 자신의 정신 속에 들어온 악령에게 자신을 맡겼다.

지하 감옥의 문이 열렸다. 병사들은 얼어붙은 사람들처럼 멈춰 섰다. 그들의 겁에 질린 얼굴이 아로스가 본 마지막 장면이었다. 강렬한 빛에 눈이 부셨다. 여러 번 조심스럽게 실눈을 떠보았다. 그때마다 어른거리는 흰 빛이 보였다. 다시는 앞을 보지 못하게 될까 봐 두려웠다. 깊은 바닷속에 잠수라도 한 것처럼 무중력 상태를 느끼며 그녀의 몸이 빙그르르 돌기 시작했다.

* * *

감히 부를 수 없는 존재의 비명이 울려 퍼졌다. 소름 끼치는 소리에 놀란 파린이 번쩍 눈을 떴다. 악령은 파린의 뒤쪽 어딘가를 응시하고 있었다. 그 순간 에미코를 움켜쥔 악령의 손이 스르르 풀렸다. 기사는 그의 아래에서 숨을 헐떡이며 똑바로 누워 있었다. 무엇인가에 놀란 악령의 노란 눈이 번뜩였다. 왕좌 옆에서 무언가 예상치 못한 일이 벌어지고 있었다.

목이 얼어붙은 사람처럼 매장꾼의 아들은 아주 조금씩 고개를 돌렸다. 마침내 누군가의 가느다란 실루엣이 시야에 들어왔다. 알현실의 문에는 빗장이 채워져 있었다. 대체 저 사람은 어디서 나타난 거지?

"그를 놔 줘!" 카랑카랑한 여자의 목소리였다.

파린의 등에 소름이 돋았다. 갑자기 나타난 사람의 모습은 여전히 알아볼 수 없었지만 익숙한 목소리였다. 천진함과 고집과 용기가 뒤섞인 특유의 목소리. 게다가 그녀의 목소리에는 전에 없던 기운이 느껴졌다. 파린에겐 너무도 익숙한 또 다른 기운이. 도무지 짜맞춰지지 않는 퍼즐 같은 조합이었다. 더군다나 이렇게 절박한 지금 이 순간, 바로 이곳에서라면 더더욱.

"아로스?" 아직도 믿기지는 않았지만 파린의 입에서 그녀의 이름이 흘러나왔다.

감히 부를 수 없는 존재의 경악은 오래 지속되지 않았다. "마침내가 총애하는 마지막 친구까지 다 모였군." 그가 소리쳤다. "오늘이 모임이 더욱 돋보이게 되었어. 너희 모두를 한 방에 끝내 주겠다. 얼마나 극악무도한 축제가 될지, 얼마나 위대한 사탄의 승리가 될지 기대해라."

악령은 잠시나마 자신의 발톱 아래에서 피를 흘리는 에미코를 잊은 듯했다. 그가 다시 아로스를 향해 소리쳤다. "왜 다른 대륙에 있는 황제의 감옥에서 사형 집행을 기다리며 울고 있어야 할 네가 여기에 나타난 거지?"

"이수르야, 그 배신자가 자세히도 알려 줬군."

"배신자라니, 나의 충실한 종이지." 악령이 고개를 갸우뚱했다. 주둥이에서 끈적끈적한 점액질이 흘러내렸다. "대체 어떻게 덧없는 존재인 인간 따위가 악령의 문을 통한 거지?"

그제야 파린의 뻣뻣한 목이 충분히 돌아갔다. 아로스가 보였다. 끔찍한 모습이었다. 누더기 옷에 더러운 얼굴, 눈 주위는 까마귀처럼 검었다. 하지만 그녀의 눈빛만큼은 활활 타오르고 있었다. 작은 악마처럼 그녀가 카펫 위, 펜타그램의 한가운데에 서서 자신보다 세 배는 더 큰 악령을 노려보고 있었다.

악령이 몸을 흔들며 소리쳤다. "아무래도 상관없다. 너희 모두의 종착지는 바로 여기가 될 테니까. 내가 손수 끝내 주지!" 말을 마치기가 무섭게 감히 부를 수 없는 존재가 아로스를 향해 다가갔다.

* * *

아로스가 처음 본 장면은 조롱하듯 기괴하게 웃으며 다친 기사를 죽이기 위해 다가가는 거대한 괴물이었다.

"그를 놔 줘!" 자신의 목소리가 귓전에 들렸다.

괴물이 추한 얼굴을 그녀에게 돌렸다. 활활 타오르는 두 눈이 놀라움을 감추지 못하고 있었다. "왜 다른 대륙에 있는 황제의 감옥에서 사형 집행을 기다리며 울고 있어야 할 네가 여기에 나타난 거지?"

"이수르야, 그 배신자가 자세히도 알려 줬군." 아로스가 말했다. 말하는 도중에도 그녀는 최대한 빨리 이곳에서 무슨 일이 벌어지고 있는지를 파악하고자 했다. 이렇게 화려한 홀은 한 번도 본 적이 없었다. 다만 피바다와 사방에 널려 있는 시신들이 화려한 금빛 배경과 어울리지 않았다. 그녀 옆에는 왕좌가 있는 단상이 있었고 왕좌에는 축 늘어진 왕이 앉아 있었다.

뼈를 보는 사람은 그녀에게서 조금 떨어진 곳에 있었는데 허수아비처럼 굳어 버린 몸에 기이한 자세로 목을 약간 옆으로 돌린 채였다. 그래도 시선이 닿지 않아서인지 눈알까지 최대한 그녀를 향해 돌아가 있었다.

저 게으른 스콰이어 좀 봐. 머리를 확 돌려서 보면 쉬울 것을. 아하, 가슴에 박힌 화살 때문에 마비가 됐구먼.

감히 부를 수 없는 존재가 대답했다. "배신자라니, 나의 충실한 종이지. 대체 어떻게 덧없는 존재인 인간 따위가 악령의 문을 통한 거지?"

아로스는 아무 대꾸도 할 생각이 없었다.

"아무래도 상관없다. 너희 모두의 종착지는 바로 여기가 될 테니까. 내가 손수 끝내 주지!" 말이 끝나기가 무섭게 괴물은 미쳐 날뛰는 늑대처럼 그녀에게 다가왔다. 아로스는 차라리 미쳐 날뛰는 늑대가 나았겠다고 생각했다.

그들은 모두 생사의 갈림길에 서 있었다. 바르바로사 호에서도 악령에게는 자신의 마법이 통하지 않았었다.

머릿속의 악령이 그녀의 생각을 읽었다. 그때 넌 너무 약했어. 쟤가 거짓말을 하는 거야. 악령도 고통을 느껴. 다만 덧없는 존재에 비하면 몇 배나 더 센 강도여야 해.

아로스는 마치 올빼미 같은 눈으로 감히 부를 수 없는 존재의 눈을 노려보며 입술로는 '죽어.'라고 말했다. 하지만 곧바로 자신의 힘만으로는 부족하다는 걸 느낄 수 있었다. 시간도, 고통도, 의지도 괴물을 효과적으로 상대하기엔 부족했다. 괴물이 그녀를 공격하기 위해 칼날처럼 날카로운 발톱을 쳐들었다.

* * *

파린은 여전히 얼음처럼 굳은 몸으로 왕좌 옆에 서서 목만 간신히 돌린 채 눈앞에서 벌어지는 일들을 바라만 보고 있었다. 어떻게든 그녀를 도와야 했다.

악령이 아로스를 향해 달려들었다. 날카로운 이빨과 발톱과 뿔이 그녀를 찢어 놓으려 했다. 괴물의 공격이 아로스를 강타하려는 순간… 아로스가 사라졌다. 어떻게 이런 일이 일어날 수 있지?

공격은 빗나갔다. 뿔이 허공을 찔렀다. 벽에 부딪히기 직전에야 악령은 겨우 멈출 수 있었다.

그제야 파린은 바닥에 엎드린 아로스를 발견했다. 그녀는 인간의 눈으로는 따를 수조차 없을 만큼 빠른 속도로 머리를 살짝 피하고 옆으로 몸을 날렸던 것이었다. 파린이 아는 한, 이 정도로 빠르고 유연한 존재는 벨텐 제국에 단 하나뿐이었다. 파린이 작은 목소리로 중얼거렸다. "징글징글?"

그 사실을 눈치챈 건 파린만이 아니었다.

감히 부를 수 없는 존재가 몸을 돌리고 고함을 쳤다. **"너어**… 저 멍청한 스콰이어가 아니라 이 꼬맹이의 몸속에 있었다고? 어, 어떻게 그럴 수가!" 깨달음 때문인지 형제에 대한 미움 때문인지 감히 부를 수 없는 존재의 분노는 더욱 커져 갔다. 어쩌면 두 가지 다였는지도. 파린은 살의를 뿜어내는 악령의 눈에 아주 잠시 당혹감이 스치는 걸 보았다.

마비 증상은 여전히 그대로였다. 가슴에 꽂힌 화살 때문임이 분명했다. 팔은 고사하고 손가락조차 움직일 수 없었다. 파린은 보이지 않는 저항에 맞서 온 힘을 다해 다시 고개를 돌리고 모든 악의 근원을, 바로 자신의 가슴에 박힌 화살촉을 바라보았다. 누가 그것을 뽑아 줄 수 있을까? 왕좌에 쓰러진 왕은 움직이지 않았다. 에미코는 크게 다친 상태였다. 왕의 호위병들은 모두 죽었다. 하차르트도 마찬가지였다. 수도원장은? 그는 어떻게 된 거지? 몸을 돌릴 수 없었기에 그의 모습을 볼 수는 없었다. "화살을 뽑아 줘요. 빨리!"

대답은 없었다. 아무도 그의 시야에 들어오는 이가 없었다. 소용없는 외침. 그나마 작은 위안이라면 절망적인 상황에서도 고개를 떨어뜨리지 않았다는 사실. 그럴 수조차 없었으니까. **아악!** 갑자기 찾아온 가슴의 통증에 그는 숨이 멎는 것 같았다. 화살이 움직이고 있었다. 화살촉 끝의 미늘이 벌어진 상처를 후벼 팠다. 보이지 않는 유령이 가슴팍에 꽂힌 화살을 뽑아냈다. 그리고 쨍그랑 소리와 함께 화살이 바닥에 떨어졌다.

피가 돌자 근육이 간질거렸다. 마비 증상이 사라지고 있었다. 아주 서서히, 하지만 분명히 사라지고 있었다. 파린은 백 살쯤 먹은 노인처럼 힘들게 허리를 굽힌 뒤 화살을 집어 들었다.

* * *

아로스는 번개처럼 빠른 동작으로 간신히 몸을 피했다. 그녀가 바닥을 구르는 사이 괴물은 쿵쿵 소리를 내며 그녀 옆을 비껴갔다.

"**너어**… 저 멍청한 스콰이어가 아니라 이 꼬맹이의 몸속에 있었다고? 어, 어떻게 그럴 수가!"

감히 부를 수 없는 존재는 잠시 놀라서 멈칫하는 것 같았다. 그는 파린과 그녀를 번갈아 가며 보고 있었다.

"화살을 뽑아 줘요. 빨리!" 파린의 목소리가 들렸다.

그가 누구와 얘기하는지 생각해 볼 여유 따위는 없었다. 다만 그가 원하는 게 무엇인지는 분명했다. 파린의 가슴에 박힌 화살에 정신을 집중했다. 왼손에 쥔 니네브의 어금니가 따뜻해지는 게 느껴졌다. 아주 많이 나쁜 악령도 힘을 보태고 있었다. 강철 같은 의지로 파린의 가슴팍에서 화살촉을 뽑아내는 순간 그녀의 눈꺼풀이 경련을 일으켰다.

일단은 거기까지였다. 감히 부를 수 없는 존재가 마냥 기다리고 있을 리 없었다. 그리고 이번 공격만큼은 만만치 않을 것이었다. 아로스를 과소평가하지 않을 게 분명하니까.

끔찍하게 아팠지만, 아로스는 과거의 경험에서 더 많은 분노와 노여움과 고통을 끄집어내 하나로 모으기 시작했다. 가장 먼저 생각난 사람은 키였다. 그녀의 가장 좋은 친구. 그의 허망한 죽음을 떠올리자 아로스의 분노가 사납게 타올랐다. 길드의 일인자 이수르야. 키 아저씨 죽음의 원흉. 마틸다의 죽음, 회초리를 휘두르던 고아원 원장, 바르바로사 호의 역겨운 부항해장 론둘프. 모든 기억이 고통을 만들어 냈다. 그리고 그녀의 숨통을 조여 왔다.

이제 공포를 고통으로 바꿔 봐.

감히 부를 수 없는 존재가 마치 황소처럼 고개를 숙이고 달려들 채비를 했다. 그러고는 아가리를 벌린 채 그녀를 향해 쿵쿵 다가오고 있었다.

아로스가 괴물을 노려봤다. 모든 고통을 담아 소리치고 싶은 마음이 굴뚝같았다. 하지만 아로스는 비명을 지르지 않았다. 대신 끔찍한 악령에 대한 자신의 증오를 뿜어냈다. 괴물의 움직임이 점점 느려졌다. 가슴을 덮은 비늘 사이가 갈라지더니 검은 피가 흘러내렸다.

하지만 그것만으로는 충분하지 않았다. 그의 기다란 팔 한쪽이 채찍처럼 날아와 그녀의 옆구리를 할퀴었다. 아로스의 몸이 날아가 바닥에 부딪혔다. 승리에 도취해 포효하며 괴물이 아로스를 향해 달려왔다. 몸을 피하기도 전에 거대한 턱이 그녀를 덮쳐 왔다. 숨을 쉴 때마다 불탄 흙과 썩은 내가 진동했다. 물론 그런 건 아무래도 상관없었다.

내 힘만으로는 너를 도울 수가 없어. 더 큰 고통을 느껴야 해.

엉덩이가 아팠다. 찌르는 듯한 통증이 온몸으로 퍼졌다. 하지만 그 정도의 고통으로는 어림도 없었다. 기억 속 고통에 비해도 한참 못 미치니까. 어떻게 더 큰 고통을 불러올 수 있을까?

"미안하군, 형제." 무시무시한 목소리가 들렸다. 감히 부를 수 없는 존재가 입을 벌리고 그녀의 머리를 뜯어 버리려 하고 있었다. 커다란 주둥이에서 떨어진 끈적끈적한 침이 그녀의 두 다리 사이 대리석 바닥으로 흘러내리며 치익 소리와 함께 시큼한 초록빛 연기로 변했다.

그녀 옆으로 그림자 하나가 나타났다. 움켜쥔 주먹이 부러진 화살을 괴물의 왼쪽 눈에 힘껏 박았다. 감히 부를 수 없는 존재의 비명이 귀를 찢었다. 괴물은 한쪽 앞발로 화살을 잡아 뽑아냈지만, 눈구멍에서 반쯤 빠져나온 눈알이 덜렁거리고 있었다. 심한 상처를 입었지만, 아직도 괴물은 살아 있었다. 그리고 부상 때문에 그의 분노는 한층 더 끓어올랐다.

내 형제는 끝을 모른다니까. 아로스의 머릿속 악령이 한숨을 쉬었다. **다른 방법이 없네. 너한테 고통을 꿰 줄게. 800년 인간계 세상살이 동안 얻은 귀한 거야. 오랜 세월 축적한 경험에서 얻은 것이니만큼 누구도 참아내기 힘든 고통이지.**

먼저 아로스는 별것 아닌 듯 보이는 푸른 금속이 만들어 내는 고통을 느꼈다. 표현하기 힘든 육체적 고통이 그녀의 감각에 전해졌다. 인간이 감당할 수 있는 정도가 아니었다.

참아야 해. 지금은 의식을 잃고 쓰러지기에 좋은 순간이 아니야, 아로스가 생각하며 이를 꽉 물었다.

징글징글도 그녀가 느끼는 고통이 인간의 육체가 참아 낼 수 있는 한계를 넘어섰다는 걸 아는 모양이었다. 이제 그는 영혼의 고통을 그녀의 정신 속으로 흘려보내기 시작했다. 끔찍한 장면들, 소리들, 그리고 감정들이 번개처럼 스치고 지나갔다. 전쟁, 흑사병, 배반, 살인, 고문의 장면들이 그녀를 경악게 했다. 견딜 수 없이 난무하는 폭력과 증오가 그녀를 옥죄어 왔다. 고통이 그녀를 짓누르고 숨통을 조였다. 아로스는 눈을 크게 뜨고 악령을 노려보았다. 소름 끼치는 절규! 비명! 소리를 지른 건 아로스였다기보다는 공포 그 자체였는지도. 정말이었을까? 어쨌든 그녀가 절규했다. 흙투성이 발 아로스가 고통의 비명을 토해냈다. "**죽어어어어!**"

감히 부를 수 없는 존재의 머리가 뒤로 꺾였다. 목이 부러지고 몸이 비틀거렸다. 등을 바닥에 대고 자빠져 있던 아로스는 괴물로부터 재빨리 도망쳤다. 괴물의 몸이 여기저기 갈라지고, 화살촉에 찔렸던 눈에서는 급류처럼 피가 솟구쳐 흘러내렸다.

아로스는 자신이 서서히 의식을 잃어 가는 것을 느꼈다. 파날리안의 말은 틀렸다. 영혼의 고통에도 한계가 있었다. 검은 안개가 그녀의 머리를 감쌌다. 아로스는 눈을 감았다. 마음이 편해졌다. 둔탁한 충격에 바닥이 흔들렸다. 그리고 아무것도 느낄 수 없었다.

영원

파린은 있는 힘껏 악령의 눈에 화살을 꽂았다. 무언가가 그의 등을 때렸고 3미터쯤 몸이 날아갔다. 무엇이 그를 공격한 것인지는 알 수 없었다. 어차피 그건 중요하지 않았다. 떨어질 때의 통증이 너무 컸으니까. 그는 반사적으로 두 손으로 귀를 막았다. 뼛속까지 스며드는 악령의 비명을 견딜 수가 없었다. 그의 눈 앞에 펼쳐지는 장면이 다시 그를 마비시켰다. 이번에는 화살촉도, 마법도, 독도 아니었다. 지옥의 괴물이 입을 벌렸다. 아로스의 목을 물어뜯으려 하고 있었다.

파린은 절망감에 외마디 비명을 질렀다. 아로스를 구할 수가 없었다.

악령이 아로스마저 마비시킨 걸까? 그녀는 꼼짝도 하지 않고 쇠약한 얼굴로 악령을 노려보고만 있었다. 그런데 악령의 머리가 더 이상 앞으로 나아가지 않고, 마치 커다란 망치에 얻어맞은 듯 뒤로 꺾였다. 괴물이 쓰러졌다. 둔탁한 소리가 울려 퍼졌다. 괴물의 뼈가 부러지고 피가 솟구쳤다. 무슨 일이 일어났는지 영문도 모르는 파린이 바닥에 널브러진 고깃덩이를 응시했다. 두세 번쯤 괴물의 몸이 움찔했고 그것이 끝이었다. 괴물의 주둥이에서 초록빛 침이 흘렀다. 조금 떨어진 곳에 아로스가 꼼짝도 하지 않고 누워 있었다.

감히 부를 수 없는 존재가 죽은 걸까? 파린은 네발로 기었다. 그리고 그라쿠스도, 에미코도 아닌 아로스에게로 갔다.

아로스는 살아 있어. 몸에 난 상처는 그렇게 심각하지 않아. 내가 걱정하는 건 오히려 아로스의 영혼의 상태야. 내가 너무 많은 짐을 줬어.

익숙한 목소리. 파린은 자신이 망상의 목소리에 이렇게 기뻐할 줄은 몰랐다. 징글징글이 아로스를 이곳으로 데려온 것이었다. 그리고 정말로… 망상이 지금 아로스를 걱정하는 걸까?

"진짜 끔찍했어. 감히 부를 수 없는 존재가 정말 죽은 거야?" 파린이 콜록거리며 물었다.

악령들은 그렇게 쉽게 죽지 않아. 하지만 좋은 소식은, 너의 차원에서는 그의 존재가 사라졌다는 사실이지. 오늘부터 내 형제는 다른 차원의 세계에서 악명을 떨칠 거야.

파린이 마침내 아로스 옆에 도착했다. "영혼의 상태라고 했어? 도대체 아로스가 무슨 일을 겪었는데?" 온몸이 피와 때로 얼룩져 있었지만 그녀는 순결하고 연약해 보였다. 믿을 수 없을 정도로 용감한 존재였다.

내가 어쩔 수 없이 지난 800년 동안의 인간의 모습을 보여 줬어.

파린은 입술을 꾹 다물었다. 그에게는 지난 8분간의 기억만으로도 충분히 힘겨웠다. 그는 아로스의 몸을 끌어안았다. 그리고 악령의 몸에서 흐르는 피를 피할 수 있는 안전한 곳으로 옮겼다. 그녀의 갈비뼈가 규칙적으로 올라갔다가 내려가기를 반복했다. 몇 군데 긁힌 상처를 제외하고 큰 부상은 없어 보였다. 그녀의 손 옆에 어금니가 놓여 있었다.

내가 아로스의 정신에 들어가서 저 아이에 대해서 좀 알게 됐어. 저 어금니는 그 무엇과도 비교할 수 없는 아티팩트야. 네가 잘 챙겨 둬.

파린은 말없이 어금니를 허리춤 주머니에 넣었다. 그리고 잠들어 있는 아로스를 경탄의 눈빛으로 바라보았다. 그는 악령에게 정신의 일부를 맡겨 힘을 얻었다. 그리고 대리석 바닥 위에 신음하며 누워 있는 기사에게 갔다. 에미코는 인상을 쓰며 한쪽 팔을 바닥에 짚은 채 고개를 흔들었다. "난 괜찮다! 폐하부터 살펴라." 신음 섞인 목소리로 보아 괜찮다는 말은 거짓말이었다. 바닥을 보니 에미코는 이미 많은 피를 흘린 상태였다. 악령의 발톱이 그의 팔을 팔꿈치부터 손목까지 길게 찢어 놓았다. 파린은 한 번 더 불복종을 저지르기로 결심했다. 자신의 허리띠를 풀어 에미코의 팔에 감았다. 호통을 치기엔 너무 기력이 없었는지, 아니면 제멋대로인 스콰이어를 포기했는지 에미코는 잠자코 있었다.

그리고 나서야 파린은 그라쿠스에게로 갔다. 왕은 편안한 얼굴로 누워 있었다. 머리에 생긴 커다란 혹을 제외하고는 부상은 없어 보였다. 사방이 피로 물들어 있었지만, 그는 평화롭게 왕좌에 기대어 앉아 있었다. 아니 자세로 보아 누워 있다고 말하는 게 더 정확한 표현일 것 같았다. 기적적으로 그의 몸에는 얼룩 하나 묻어 있지 않았다.

파린은 그 밖에 다른 생존자가 있는지도 살폈다. 수도원장은 등을 벽에 대고 서 있었다. 눈조차 깜빡이지 못할 만큼 얼어붙어 있었다.

"괴물은 죽었습니다. 이제 안전해요." 파린이 말했다.

그래도 그는 안심하지 못하는 것 같았다. 입술조차 거의 움직이지 않은 채 그가 중얼거렸다. "지옥을 향한 창문이 열렸어. 죄악이, 재앙이, 파멸이…."

그때 알현실의 거대한 문이 요란한 소리와 함께 열렸다. 군인들이 몰려들었다.

다 끝나고 나니 도착이군, 파린이 생각했다.

하기야 더 많은 사람이 있었던들 감히 부를 수 없는 존재에 대항할 방법은 없었다. 예언이 떠올랐다. '뼈를 보는 사람을 제시간에 예언가와 만나게 하라. 악령과 환영의 동맹만이 벨텐 제국을 지옥 불에서 구할 수 있다.'

어디선가 드로그단과 플라우디우스와 바랄돈이 나타나 그의 옆에 서 있었다. 알현실의 시체들, 무엇보다 끔찍한 악령의 모습이 그들의 휘둥그런 눈동자에 반사되었다.

"대체 이게 어떻게 된 일이야?" 드로그단이 탄식하듯 말했다.

"그건 나중에 얘기할게요." 파린이 대답했다.

막 의원들이 도착해 몇 안 되는 생존자들의 상태를 살피고 있었다. 치명상을 입고도 살아남은 군인들은 몇 명 되지 않았고 대부분은 무참히 살해당했다. 카고란도 부상을 이겨내지 못했다. 한 의원이 야단법석을 떨며 왕에게 다가가 머리에 생긴 혹을 가라앉히며 공손하게 왕을 깨우고 있었다. 다른 의원은 에미코의 상처를 살폈다.

"먼저 저 아이의 상태를 확인해라!" 에미코가 버럭 호통을 쳤다. 의원이 멈칫했다. "하지만, 기사님!"

"당장!"

놀란 의원이 벌떡 일어나 아로스 옆으로 갔다.

"이제 네 차례야, 뼈를 보는 사람." 프레니아가 서 있었다. 거부할 수 없는 단호한 목소리였다. 그녀가 조심스럽게 파린의 가슴에 생긴 상처를 살폈다. "심각한 상처는 아니군. 염증이 생기지만 않는다면 말이야." 그녀가 파린을 안심시키고 붕대를 감아 주었다.

"정말이에요? 화살을 맞고 한참 동안 마비 증상으로 움직이지 못했어요. 싸우지도 못하고 꼼짝도 못 한 채 보고만 있었다고요."

"아마도 그 덕에 지금 살아 있는 거겠지." 그녀가 어깨를 으쓱하며 말했다. "여기를 좀 봐. 사방이 피범벅이야. 무슨 일이 있었던 거지?"

뒤에서 에미코의 불호령이 떨어졌다. "내 팔은 다 나았다. 이 귀찮은 팔걸이를 네 목에 감아 버리겠다." 에미코가 일어섰다. 조금 비틀거리다가 기둥에 몸을 기대고 말했다. "저 아이를 내 옆방으로 데려와서 세심하게 보살펴라. 아이가 회복될 수 있게 가능한 모든 방법을 동원해라."

"기사님도 좀 쉬셔야 합니다." 에미코가 지팡이처럼 검을 짚고 한 발을 떼려고 하자 프레니아가 말했다.

"이런 돌팔이를 봤나!" 에미코가 투덜댔지만 곧 자신의 상태를 인정했다. "그대 말이 맞아, 프레니아. 나도 좀 쉬어야겠어. 나중에 아로스와 나를 부탁하네. 그거면 됐어."

프레니아가 고개를 끄덕였다. 에미코의 특별한 인정을 받았다는 사실에 그녀는 매우 기뻐 보였다.

드로그단은 말없이 에미코를 부축해 밖으로 나갔다.

남은 사람들은 믿을 수 없다는 표정으로 처참한 광경을 바라만 보았다. 그들 대부분이 이처럼 끔찍한 괴물은 악몽 속에나 있는 존재라고 생각했을 테니까.

"이건 분명 지옥에서 보낸 경고의 메시지일 거야!" 플라우디우스가 마치 괴물을 깨울까 봐 두렵기라도 한 듯 파린의 귀에 대고 속삭였다.

이제 덧없는 인간들이 벨텐 제국에서 저질러지는 온갖 더러운 죄악에 대한 책임을 전가할 대상이 사라졌어. 이제 모든 건 너희 스스로의 책임이라고.

파린이 중얼거렸다. "맞는 말이야… 저마다의 내면에 자리 잡고 있는 감히 부를 수 없는 존재를 탓해야겠지…."

밤늦은 시간, 파린이 방에 누워 제 몸 부위 중 안 아픈 곳이 어디인지 생각해 보았다. 코와 왼쪽 귀, 그리고 속눈썹. 오 예! 오른쪽 무릎은 움직일 때만 아프구나. 상처는 깊지 않았지만 그의 온몸은 긁히고 베인 상처와 멍으로 뒤덮여 있었다.

벌레, 너 지금 어디 어디가 아픈지 찾느라고 많이 바쁜 거야? 아니면 혹시 내 말 들을 정신은 있어?

"내 두 관자놀이 사이에서 나한테 말하는 건 이 세상에 너 하나뿐이야. 내가 어떻게 네 말을 안 듣겠어?" 파린이 대답했다.

나 갈게.

"응, 무슨 계획이라도 있어?"

그것 봐, 내 말 제대로 안 듣고 있잖아. 나 간다고. 영원히. 널 혼자 놓아둔다는 얘기야. 떠나겠다고. 사라지겠다는 뜻이야. 이해돼?

"뭐라고? 그게 무슨 말인데?"

떠난다와 사라진다는 누구나 이해할 수 있는 아주 쉬운 두 단어야. 그리고 동의어이기도 하지.

"하지만, 그럴 수 없는 줄 알았는데?"

아니, 그럴 수 있어. 울지나 마.

"그치만… 내가 펜던트를 불 속에 던져 버린 뒤에 넌 불이 우리 둘을 완전히 떼어 놓을 수 없는 관계로 만들었다고 했잖아. 내가 죽어야 끝이 나는 관계라고."

쉬운 이름 하나도 제대로 외우지 못하는 애치고는 기억력이 제법이군.

"말 돌리지 마. 네가 무슨 말을 하는 건지 이해가 안 돼."

벌레는 귀가 몇 개더라?

"그래, 그러니까 네 말이 무슨 뜻인지 다시 말해 줘."

네가 똑같이 잘 따라 했어. 내가 했던 말 그대로. 네 죽음만이 우리 둘을 떼어 놓을 수 있지.

"엠, 난 방금 죽을 뻔했다가 살아서 너무 기쁜데, 아님 진짜 내가 죽은 건가? 다시 한번 살펴봐 줘."

그럴 필요가 없어. 넌 벌써 죽었어.

"아하, 그렇구나!" 파린이 손바닥을 이마에 얹었다. "너 열 없는데?"

악령의 목소리는 이상하게 진지했다. 깊은 산속 용암 위 다리에서 위험했던 순간 기억나?

"당연하지, 내가 어떻게 잊겠어? 화난 구더기족이 창으로 무장하고 우리를 양쪽에서 포위했었잖아. 우리한테는 용암이 흐르는 강으로 뛰어내리는 방법밖에 없었고."

바로 그거야. 그때 너는 나에게 몸과 정신과 영혼을 모두 넘겼어. 완전히 남김없이, 그리고 무조건적으로. 넌 그때 죽은 거야. 아주 잠시였지만 나는 주인이 스스로 나에게 넘겨준 때 묻지 않은 영혼을 소유했지. 징글징글의 목소리가 조금 떨렸다. 나는 오랫동안 불가능한 걸 찾아다녔어. 마침내 그걸 찾은 학살자는 무엇을 했을까?

파린이 혼란스러워하며 말했다. "내가 널 믿었고, 너는 나를 구했어."

징글징글이 한숨을 쉬었다. 바로 그거야! 바로 그 순간에, 다리에서 용암을 향해 뛰어내릴 때 우리를 구속하던 마법이 풀렸어. 하우펜 마을에서 온 파린은 그 순간 사라졌으니까. 파린이라는 인간은 그때 죽은 거라고.

"하! 내가 어느 용암 구덩이 옆에서 다시 깨어났던 게 기억나는데?"

내가 너를 다시 데려와서 네 육체와 정신과 영혼을 다시 넘겨줬으니까.

파린은 한동안 말이 없었다. 징글징글도 침묵을 지켰다.

"그러니까 그때부터 네가 원하면 언제든 나를 떠날 수 있었다는 말이야? 악령의 나라든, 지옥이든 그게 어디든지 간에?"

바로 그거야. 그리고 그게 바로 오늘이야.

파린이 어리둥절해서 말했다. "그러니까 넌 내가 그냥 떨어져 죽도록 내버려 두지 않은 거야."

아니, 떨어지는 건 그냥 뒀지. 다시 말하지만 다리에서 용암까지는 거의 20미터쯤 되는 높이였어.

"하하. 그러니까 다시 처음으로 돌아가 보자. 그때부터 그냥 날 두고 가 버릴 수 있었다고?"

응.

"그런데 그걸 지금 말해?"

안 물어봤잖아.

"내가 뭘 어떻게 물어봐?"

엥? 그게 뭐가 어려워? '멋진 악령아, 혹시 네가 내 영혼을 완전히 소

414

유하고 용암으로 뛰어내렸을 때부터 우리 둘이 더는 하나로 묶여 있지 않을 수도 있는 거야?'라고 물어보면 되는 거지. 그러면 난 이렇게 대답했을 거고. '우리 벌레가 똑똑해졌네. 그래, 맞아!' 아주 간단하잖아!

어딘지 모르게 낯익은 토론이었다. 파린이 손바닥으로 자신의 이마를 때리며 말했다. "이제 알겠어. 너와 나 사이의 연결이 끊어졌기 때문에 네가 아로스에게 갈 수 있었고, 악령의 문을 통해서 알현실로 아로스를 데리고 온 거였구나. 난 그게 어떻게 가능했는지 궁금하긴 했었어."

팡파르가 없어서 안타깝네. 딩동댕! 바로 그거야.

파린은 사건을 다시 떠올려 보며 가슴에 난 상처를 만졌다. "네가 자유의 몸이 된 걸 깨닫고 감히 부를 수 없는 존재가 그렇게 소스라쳤던 거군. 네가 내 몸속에 있을 거라고, 그리고 푸른 금속으로 네 힘을 빼앗았다고 굳게 믿었을 테니까."

감히 부를 수 없는 존재의 상상력은 교활한 계획을 세우는 데까지였어. 그러니까 거기까지는 생각을 못 한 거지.

"우리를 모두 알현실로 불러 모은 건 정말로 교활했어."

아로스 생각까지는 못 한 거지.

파린이 고개를 끄덕였다. "해변에서 푸른 금속 때문에 극심한 고통을 겪었을 때도 그냥 가 버릴 수 있었던 거야?"

그렇지.

"그런데 가지 않았잖아."

그건 내 형제에게 화가 나서였어.

"아, 그래? 그게 유일한 이유였다 이거지?"

그럼 당연하지. 지금 무슨 생각을 하는 거야?

"그럼 언제부터 아로스를 찾을 생각을 한 거야?"

그 멍청한 예언을 진지하게 생각하게 된 때부터. 그렇게 재미있는 일을 쉽사리 형제에게 양보해 버릴 수는 없었지. 쉽지는 않았어. 라키마저도 아로스가 있는 곳을 알아내기까지 한참이 걸렸어. 사실은 시간이 좀 더 있을 줄 알았는데 까마귀가 감히 부를 수 없는 존재인 게 밝혀진 순간 생사가 걸린 싸움이 갑자기 시작된 거지. 아슬아슬했어. 카펫 위의 펜타그램이 유일한 길이었어. 그게 없었더라면 제시간에 아로스와 이곳으로 돌아올 수 없었을 거야.

"너… 넌 정말 천재적인 악령이야."

헤, 뭘 또 그렇게까지.

"뭘 그렇게 민망해해?"

그래 민망해. 천재적이라는 말은 좀… 너무 약하지.

"어떻게 말해야 좋을지 모르겠어."

네 말주변이 그렇지 뭐. '잘 살아.' 아니면 '날 여러 번 살려 준 거 고마워, 이 사악한 망상아.' 정도면 어때?

"날 여러 번 미치기 직전까지 몰아가 준 거 고마워."

그만하자. 넌 내가 없어도 일주일, 아니 보름쯤은 거뜬히 살아남을 수 있을 거야.

"그럴 것 같아?"

매번 아무 생각 없이 간사한 꾐에 속아 넘어가지 않고, 가끔이라도 악령의 본성을 기억한다면. 그리고 앞으로도 옳은 일을 하기 위해 악의 내면에 있는 선과 선의 내면에 있는 악을 발견할 수 있는 영혼의 소리에 귀를 기울인다면.

파린은 말을 잇기가 힘들었다. "이제 잘 알겠어. 정말로 나를 떠나려는 거구나." 그가 입술을 굳게 다물었다. 얼마나 지금 이 순간이 오기를 바랐던가! 특히 처음에는 하루에 백 번도 넘게 바라고 또 바랐던 일이었다. 그리고 지금, 너무나 갑자기 평범한 삶으로 돌아갈 기회가 찾아왔다. 파린이 슬픈 목소리로 말했다. "너무 갑작스러워, 징글징글. 너한테 너무 많은 도움을 받았어. 그리고… 너한테는 너 스스로 인정하는 것보다 훨씬 더 선한 면이 많아. 그러니까 이를테면 신의, 정의감, 심지어는 가끔씩 공감, 그리고 또…"

지금 나를 모욕하는 거야? 관둬. 덧없는 존재인 주제에! 이번만큼은 낄낄거리는 소리가 들리지 않았다.

깊은 침묵만이 흘렀다.

잠시 후 징글징글이 투덜대기 시작했다. **제길, 제길, 수백 번 제길! 왜 아무짝에도 쓸모없는, 벌레 같은 하찮고 덧없는 존재와의 이별이 왜 이렇게 힘든 건지 말 좀 해 봐. 그래도 내 결정은 확고해. 널 떠나 새로운 세상으로 갈 거야. 내 형제와 맞붙을 수 있는 다른 차원을 찾아서.**

"네가 그리울 거야!" 파린은 그렇게 미워하고, 또 좋아했던 망상과의 이별이 이렇게 힘들 거라고는 생각지 못했었다. 마치 한쪽 팔을 잃는 듯한 슬픔이었다.

하우펜의 파린. 너랑 함께한 일 년은 즐거운 시간이었어. 내가 온 세상에서 나는 제8의 악령으로 통해. 그곳에서는 나를 무정한 나다츠 로먼이라고 부르지. 날 기억해 줘, 덧없는 존재.

"그러니까 나다츠가 네 이름이구나." 파린의 목이 메어 왔다. "너와 함께한 시간은 나에게 영광이었어. 네가 나에게 해 준 일들을 영원히 잊지 않을게."

나도 너한테서 상상했던 것 이상으로 많은 걸 배웠어. 예를 들면…, 망상은 잠시 생각에 잠긴 것 같았다. *왜 아무것도 생각이 안 나지?*

"언젠가는 생각이 나겠지." 파린이 부드럽게 말했다.

하우펜의 파린, 악하게 지내.

파린이 무어라 대답하기도 전에 기이한 기분이 들었다. 그리고 곧 악령이 그의 머릿속 어느 구석에 토라져 있거나 어슬렁거리지 않는다는 느낌이 들었다. 익숙하지 않은 공허함이 그를 사로잡았다. 악령이 사라졌다. 정말로 사라져 버리고 없었다. 완전히, 그리고 영원히.

파린은 한참 동안 꼼짝도 하지 않았다. 한편으로는 분명 시원했다. 마치 누군가가 갑자기 무거운 짐을 어깨에서 내려 준 것 같은 느낌이었다. 하지만 다른 한편으로는 마치 자신의 다리가 납덩어리가 되어 버린 것 같았다. 발걸음이 무거웠다.

"징글징글?" 파린이 습관적으로 생각했다. 물론 대답은 들리지 않았다.

믿을 수가 없었다. 이거였단 말인가? 정말 이렇게 영원히 떠나 버린 걸까? 한참 동안 멍하니 허공만 바라보았다.

초르그호로차 보르그헤차! 벌써 그가 그리웠다. 무정한 나다츠로먼.

소원

징글징글이 없는 첫 아침. 그동안 귀찮은 악령에게서 해방되는 날을 얼마나 기다렸던가! 하지만 막상 그 소원이 현실이 되자 마치 자신의 일부를 잃어버린 것 같은 느낌이 들었다.

뱃속에서는 배고프다고 투정 부리는 소리가 들렸지만 먼저 아로 스와 에미코의 상태부터 확인하고 싶었다.

에미코는 투덜거림으로 파린을 맞이했다. 상상력을 총동원하면 '잘 잤나, 스콰이어.' 정도로 해석할 수도 있는 투덜거림이었다. 팔 은 여전히 줄에 매달려 있었고 평소에 비해 조금 피곤해 보이는 모 습이었다.

"아로스는 어떻습니까?"

"그대로야. 싸움이 끝나고부터 지금까지 자고 있어. 하녀 둘이 몸 을 씻기려 했을 때 잠시 깨어났었어. 그리고 마구 화를 냈지만 씻고 옷을 갈아입은 뒤 다시 곤히 잠이 들었어."

"가진 힘을 모두 써 버렸는데 잠시라도 일어났다는 사실이 놀 랍네요."

기사가 턱을 긁으며 말했다. "한 가지만큼은 분명하다. 아로스가 없었다면 그 끔찍한 악령을 절대로 이길 수 없었을 거야. 그 작은 아이에게 그런 용기와 대범함이 있다니 정말 놀라울 따름이다. 어 떻게 그 악령을 물리칠 수 있었는지는 모르겠어. 그 장면은 죽는 날까지 영원히 잊지 못할 거다. 조금도 당황하지 않고 괴물을 노려보고 있었지. 그때 그 아이의 눈은… 뭐라고 해야 할까… 이 세계의 모든 고통을 담고 있는 것 같았어." 기억을 더듬으며 에미코가 고개를 흔들었다. 에미코가 제 생각을 정확한 문장으로 표현하는 데 어려움을 느끼는 모습은 처음이었다. 에미코가 중얼거렸다. "무기도 없이 그 거대한 괴물에게 맞서다니. 폐하의 호위병들이 휘두른 칼에도 멀쩡하던 그 괴물에게…."

파린이 고개를 끄덕였다. "그 아이는 정말 영웅이에요."

"정말로 그래." 에미코의 눈썹은 조금도 움직이지 않았지만 푸른 눈이 반짝였다. "또 생각나는 게 있다, 스콰이어. 부러진 화살 하나만 들고 무모하게 괴물을 향해 돌진한 멍청이가 있었지."

분명 칭찬하는 말이었지만 파린은 마음이 편치 않았다. "죄송합니다. 모두 제 탓이에요. 제가 양의 탈을 쓴 늑대인 줄도 모르고 속아서 까마귀를 성으로 불러들였어요."

"말도 안 되는 소리! 그건 네 책임이 아니야. 최종 결정은 폐하와 내가 내렸으니까. 물론 피해가 크긴 했지만 결국 우리가 승리했다. 이제 까마귀와 스승과 감히 부를 수 없는 존재가 한 몸이라는 걸, 아니 한 몸이었다는 걸 알게 되었다. 그리고 이제 셋 다 죽음을 맞았어. 그러니 네코르인들의 저항도 이제 끝난 것과 마찬가지야."

조금은 마음의 짐을 턴 듯 파린이 말했다. "한 가지 더 해야 할 일이 있어요. 허락해 주신다면 잠시 성 밖으로 나가겠습니다. 늦어도 이른 오후에 돌아오겠습니다."

에미코가 파린을 무섭게 노려보며 말했다. "그럼 당장 가거라!"

파린의 착각일까? 아니면 정말로 에미코의 입가에 옅은 미소가 번진 걸까? 아니, 그럴 리가 없어. 분명 착각일 거야.

* * *

아로스가 눈을 떴다. 바로 그녀 위에 톱니 모양의 해가 떠 있었고 그 주위에는 여러 개의 달이 떠 있었다. 초승달, 보름달, 반달… 그 사이에는 수많은 별이 아로스를 내려다보며 미소를 짓고 있었다.

나는 죽은 걸까? 만약 그렇다면 여기는…? 지옥처럼 보이지는 않았다, 아니 분명 천국에 가까웠다. 그녀는 구름 위에 누워 있는 게 분명했다. 부드럽고 포근하고 따뜻했다. 몸을 일으켜 앉아 보았다. 오른쪽 옆구리가 아팠다. 악령의 공격을 받은 자리였다. 사방을 둘러보았다. 유리창으로 햇살이 들어와 호화롭게 치장된 방안을 비추고 있었다. 옷장과 침대, 그리고 침대 옆에 작은 탁자가 놓인 방이었다. 모두 굉장한 가구들이었지만 그중에서도 그녀가 누워 있는 캐노피 침대가 가장 아름다웠다. 태양과 달과 별이 아름답게 그려진 천이 머리 위에 드리워져 있었고 모서리마다 세워진 네 개의 기둥은 그 자체로 아름다운 조각품이었다. 발치에는 나무 위에 그려진 커다란 금빛 매가 날개를 펴고 날아가고 있었다. 그림을 보자 키가 떠올랐다. 자연의 아름다움을 화폭 위에 담는 탁월한 능력의 소유자, 키.

그녀의 왼손은 주먹을 쥐고 있었다. 천천히, 마치 두꺼운 철사를 펴듯이 손가락을 펼쳤다. 빈손이었다. 깜짝 놀라 잠이 확 깼다. 니네브의 어금니가 어디로 사라진 걸까? 작은할머니의 유산 덕분에 아로스는 목숨을 건졌다. 아니면 그 덕분에 험악한 상황에 엮이게 되었다고 해야 할까? 모든 일에는 양면이 있는 법이니까. 아티팩트를 잃어버린 게 언제일까? 감히 부를 수 없는 존재와 싸운 뒤에 흘린 게 분명했다. 그렇다면 아직 알현실에 떨어져 있을지도 몰라. 그곳을 다시 말끔하게 치우려면 시간이 많이 걸릴 테니….

옷장 옆에는 금빛 테두리로 장식된 거울이 걸려 있었다. 아로스는 거울에 비친 아가씨를 바라보았다. 몹시 배가 고파 보였다. 그리고 기억 속의 모습보다 훨씬 더 나이가 들어 보였지만 자이다나 틴라처럼 아주 많이 늙어 보이지는 않았다. 그녀는 소매가 레이스로 장식된 흰색 리넨 잠옷을 입고 있었다. 지금까지 이렇게 깨끗한 모습이었던 적은 없었다. 그녀의 왼손만이 갈색 핏자국과 때로 얼룩져 있었다. 그들이 이 손은 펴 보지 않았군. 물이 담긴 대야가 있어 손을 씻었다. 그러는 중에도 이 모든 일의 출발점이었던 어금니에 관한 생각이 머릿속에서 떠나지 않았다. 힘과 권력에 대항할 운명을 타고난 그녀. 그 운명은 너무 가혹하고 무거웠다.

노크 소리가 들렸다.

"내 옷은 어디 있어요?" 그녀가 문밖을 향해 소리쳤다.

"그 더러운 누더기 말하는 거야?" 파린의 목소리가 들렸다. "옷장 안에 새 옷이 있어. 그중에서 골라 입으면 돼."

아로스가 문을 열고 개구쟁이처럼 웃었다. "안녕, 뼈를 보는 사람."

"놀라운 예언가, 악령의 정복자, 내가 아는 최고의 마법사가 바로 너야."

둘은 잠시 서로를 꼭 안아 주었다.

"근데 네가 아는 마법사가 몇 명이나 돼?"

"너 하나지."

"내가 그럴 줄 알았어."

"하지만 정말이야. 누가 내 가슴의 화살을 뽑았지? 손이 아니라 설명할 수 없는 힘으로. 흙투성이 발 아로스가 아니라면 누가 감히 부를 수 없는 존재를 무찌를 수 있었을까?"

"너랑 너의 악령이 아니었다면 절대로 이길 수 없었어."

"응, 그런데 악령은 이제 없어. 나에게서 떠나 버렸어."

아로스가 놀라며 침대 끝에 앉았다. "어떻게 된 거야?"

"자신의 차원으로 돌아간 것 같아. 악령의 향수병이라고 해야 하나. 그러니까 난 이제 자유야."

아로스가 파린을 가만히 바라보았다. 한편으로는 홀가분해 보였지만 다른 한편으로는 어쩐지 슬픈 얼굴이었다.

"이제 고맙다는 말도 못 하게 되어 버렸네. 나는 황제의 감옥에 갇혀 있었고, 거의 죽은 거나 다름없는 상태였어. 악령이 사형 집행을 기다리고 있던 나를 구해서 벨텐 제국으로 돌아오게 해 줬어. 우리는 악령의 문을 통해서 이동했어."

"더 자세히 말해 줄래?"

"내 얘기를 들으면 다들 내가 미쳤다고 할 거야."

"나는 물론이고 폐하나 기사님도 이제 그렇게 생각하지 않을 거야."

"징글징글과 오랜 시간을 보낸 건 아니야. 하지만 그는 분명히 내가 지금껏 상상했던 악령과는 전혀 다른 존재였어. 그는 나에게 자신의 내면을 보여 줬어. 지난 800년간 자신이 겪은 일들과 느낌을. 징글징글의 내면에는 선과 악이, 진지함과 장난기가, 그리고 야비함과 동정심이 격렬하게 싸우고 있었어. 그 싸움은 쉽게 끝나지 않을 것 같았어. 앞으로도 영원히. 더는 뭐라고 설명해야 좋을지 모르겠어."

"아니야, 잘 설명했어. 징글징글에게 딱 맞는 말이야." 파린이 입술을 꾹 다물었다. "징글징글은 누군가의 영혼을 가지려고 벨텐 제국에 왔어. 그리고 결국 원하는 걸 손에 넣었지." 파린이 허리춤의 주머니를 풀었다. "이거 네 것 맞지?"

아로스의 눈이 동그래졌다. 파린의 손에 어금니가, 시간의 어금니가 있었다. 이렇게 빨리 아티팩트가 돌아올 줄은 몰랐다.

"고마워." 그녀가 대답하며 니네브의 어금니를 받았다. "내 마법에 도움이 되는 물건이야." 한편으로는 소중한 보물을 되찾았다는 기쁨이, 다른 한편으로는 자신의 마법이 주는 부담감이 동시에 찾아왔다. 아로스가 거울 앞에 섰다. "너한테 비밀을 한 가지 알려 줄게. 아무에게도 말하지 않을 거지?" 그녀가 입을 벌리고 어금니를 빈자리에 밀어 넣었다.

"보관하기 아주 좋은 곳이네. 그러니까 난 벌써 잊어버렸어." 파린이 잠시 말을 멈추고는 기대에 넘치는 얼굴로 물었다. "옷을 갈아 입고 나면 같이 아침 먹으러 갈래?"

아주 좋은 질문이었다. "그래, 좋아. 난 정말 굶어 죽기 직전이야."

"그다음에 왕궁을 보여 줄게. 정말 굉장한 곳이야. 커다란 정원이랑 금붕어가 있는 연못, 그리고 망루도 있어." 그가 가운데 창문으로 가서 밖을 내다보았다. 그러더니 갑자기 깜짝 놀란 듯 인상을 찌푸리며 말했다. "오, 맙소사. 저게 대체 뭐지?"

"또 무슨 안 좋은 일이 일어난 거야?" 아로스가 창문가로 달려와서 창밖의 작은 아치문을 보았다. 그 옆에 커다란 동물이 덤불의 잎사귀를 뜯어 먹고 있었다.

아로스의 두 뺨이 달아올랐다. "**리젤!**" 그녀가 소리쳤다.

리젤이 고개를 들어 두리번거리며 '히힝' 하고 울었다.

"먼저 옷부터 갈아입고, 리젤을 보고, 아침 먹으러 가자." 아로스가 숨까지 헐떡이며 말했다. "리젤이 있는 곳을 어떻게 알았어?"

"우리가 같은 악령을 알고 있다는 거 벌써 잊었어? 바로 그 악령

이 네 말을 성 앞 양치기들한테 가서 데려오는 게 어떻겠냐고 말해
줬어. 그 고집 세고, 피에 굶주리고, 감정이 메마른 악령이!"

아로스가 생각에 잠겼다가 말했다. "징글징글이 내 두려움과 그
리움을 알고 있어."

"응, 내 마음도 알고 있고. 그것 때문에 여러 번 나를 미치게 만들
었지." 파린이 고개를 끄덕이고 씨익 웃었다. "리젤한테 먼저 가서
기다릴게."

정오쯤에 파린과 아로스는 남쪽 성벽의 제일 높은 곳에 서 있었
다. 이곳에서 내려다보는 도시의 풍경은 숨이 멎을 만큼 아름다웠
다. 아로스는 얼마나 여러 번 저 아래에 서서 성벽을 올려다보았던
가! 아래 세상의 그녀에게 이곳은 늘 닿을 수 없는 곳이었다. 그런
그녀가 이제 왕의 손님이 되어 고아원 전체만큼이나 커다란 방에
머무르게 되다니!

이곳에서 보니 심지어 구시가지의 하수도와 무덤과 도랑까지도
깨끗해 보였다. 하지만 아로스는 그곳을 잘 알고 있었다. 실개천과
무두장이, 염색공, 박피공, 악취와 더러움. 어디에 있건 그녀는 자기
가 어디서 왔는지 절대 잊지 못할 것이다. 아니, 잊지 않을 것이다.

아로스의 시선이 항구를 향했다. 몇 주 후면 바르바로사 호가 항
구로 들어올 것이었다.

야콥 선장과 크노헨, 그리고 다른 선원들은 내가 벌써, 그들보다

먼저 여기에 온 걸 알면 얼마나 놀랄까.

아로스는 야콥 선장에게 전갈을 보내 알렉산도르를 선원으로 고용해 달라고 부탁해야겠다고 생각했다. 어금니를 손에 쥐고 있지 않아도 아로스는 알 수 있었다: 다음번 바르바로사 호가 아바스토란 항구에 들어오면 알렉산도르가 그녀의 행방을 물을 거라는 사실을. 아로스는 진심으로 바라고 있었다. 그녀의 친구가 바르바로사를 타고 벨텐 제국으로 오기를.

* * *

다음 날 저녁 그라쿠스가 통치실에서 에미코와 아로스와 파린을 맞았다. 에미코는 여전히 끈으로 팔을 고정한 채였지만 그것 말고는 모두가 건강해 보였다. 그라쿠스의 이마에 난 혹은 이제 거의 사라지고 초록빛 멍만 남아 있었다.

왕은 밝은 얼굴로 사건을 떠올리며 말했다. "이제 우두머리였던 악령이 죽었으니 네코르인들로 인한 위협도 사라졌다. 벌써 악령의 낙인이 감쪽같이 사라졌다는 사람들의 소식이 들어오고 있어." 상냥하지만 일면 날카로운 시선으로 그라쿠스가 대각선 맞은편에 앉은 아로스를 보았다. "네가 위대한 니네브의 후계자라고 들었다. 너는 굉장한 마법사야. 나에게 꼭 필요한 사람이다."

아로스가 갑자기 슬픈 얼굴로 말했다. "폐하, 영광입니다. 하지만 그 힘은 파린의 악령을 통해서 얻은 것입니다. 그 악령이 저를 다른 대륙에서 이곳으로 데려왔어요. 이제…" 그녀가 천진난만하게 팔을 벌려 보이며 말을 이었다. "그 악령이 완전히 사라져 버렸어요. 그리고 그와 함께 저의 마법도요."

그녀가 계속해서 혀끝으로 어금니 하나를 만지작거리고 있다는 걸 아는 사람은 파린뿐이었다.

"폐하, 아로스의 말이 맞습니다. 저의 악령이 완전히 저를 떠났습니다. 감히 부를 수 없는 존재의 죽음과 함께 이 세계에서 자신의 임무가 끝난 것이라고 했습니다." 파린도 아로스를 거들었다.

에미코가 말했다. "제가 미리 말씀드린 대로입니다, 폐하."

그라쿠스가 의기소침하게 말했다. "그래, 알겠다." 그가 자리에서 일어났다. "벨텐 제국의 오늘이 있기까지 큰 역할을 해 준 두 명의 신하가 이곳에 있다. 하우펜의 파린과 바로 이 도시, 나벤슈타인의 딸인 아로스. 짐은 지금껏 단 한 번도 공로를 나 몰라라 한 적이 없다. 너희들에게 바라는 바가 있다면 나에게 힘이 있는 한 무엇이든 들어줄 것이다."

물론 파린의 머리에는 아무런 생각도 떠오르지 않았다. 징글징글이 있었다면 분명 잽싸게 몇 가지 제안을 했을 텐데. 공로를 따지자면 영웅은 단연코 망상이었다. 그가 아로스를 알현실로 데려오지 않았다면 감히 부를 수 없는 존재와의 싸움에서 이기는 건 상상조차 할 수 없는 일이었으니까.

아로스가 먼저 입을 열었다. "폐하, 저는 이 도시에 대해 잘 알고 있습니다. 물론 아름다운 면도 있지만 사실 저는 그보다 나벤슈타인의 어두운 그늘에 대해 더 잘 알고 있어요. 그래서 가난한 이들에게 더 많은 도움을 주십사 부탁드립니다. 이런 말씀을 드리는 이유는 제가 이 도시의 가장 가난한 곳에서 자랐기 때문입니다. 지하 배수로로 연결되는 화장실, 벽이 무너질 염려가 없는 집, 그리고 비가 새지 않는 지붕과 깨끗한 우물이 필요합니다." 그녀가 잠시 생각하다가 말을 이었다. "가난한 사람들에게 끼니를 제공하는 시설도 늘어나면 좋겠어요. 저와 나벤슈타인, 그리고 제 친구 키를 위해서입니다. 키도 정말 기뻐할 거예요." 그녀의 눈가가 촉촉해졌다.

감동적인 연설이었다. 파린이 경탄의 눈으로 아로스를 바라보았다. 그녀는 분명 용감한 마법사 그 이상이었다.

그라쿠스도 놀란 표정이었다. "차라리 너를 감옥에 가둬야겠구나. 내 곁에서 도망가지 못하게…." 그러더니 그가 주름이 깊어지도록 활짝 웃었다. "아니면 왕실의 자문으로 임명하거나. 네 소원은 이루어질 것이야, 아로스. 네가 원한다면 직접 진행 상황을 감독해도 좋다."

문이 열리고 전령이 나타났다. "폐하, 말씀 도중에 송구하오나 서쪽 문에 웬 어부들이 찾아왔습니다. 그중 한 여인이 스콰이어 파린을 안다고 하는데 이름은 사벨리아라고 합니다."

파린의 심장이 두 배로 빠르게 뛰기 시작했다. 사벨리아가 그를

찾아왔다. 그리고 그들에겐 도움이 절실했다. 드디어 파린에게도
왕에게 말할 소원이 생겼다.

—《매장꾼의 아들 4》 끝—

저자: 샘 포이어바흐(Sam Feuerbach)

깊이 있는 유머감각과 신들린 언어 연주로 사랑받는 작가이다.
그의 이야기는 복선과 굴곡, 역설을 버무린 변화무쌍한 변주로 독자의 상상력을 자극한다.
아마존 독일소설 부문 #1 베스트셀러
총 50,000 이상의 리뷰 4.7/5
《매장꾼의 아들》한 작품만 해도 20,000개의 폭풍 리뷰가 달릴 만큼 열광적인 팬들의 지지를 받고 있으며 작가 지망생들이 본받고 싶어하는 작가 1위로 손꼽히고 있다.

2018년 《매장꾼의 아들》로 베스트 오디오북 대상,
2020년에는 스카우츠 상(Skoutz Award)을 수상하였다.

역자: 이희승

서울대학교에서 금속공예와 조소를, 독일 드레스덴 조형예술대학에서 조소를 공부했다. 독일 타우누스 자락에 정착해 살고 있다. 옮긴 책으로는 《거짓에 관한 진실》,《모차르트》,《세상을 바꾸는 뉴파워, 녹색소비》,《마르크스》,《가끔은 남자도 울고 싶다》 등이 있다.